contents

表紙挿絵：❾小野小町
裏表紙挿絵：62清少納言

まえがき

この本を手に取られた方は、百人一首がとても好きな方、百人一首かるたで遊んだことを懐かしく思われた方、そして、百人一首に興味を持たれた方だろうと思います。でも、本のタイトルをみて、「待てよ、『百人一首一夕話』って何かな?」と思われたからこそ、この「前書き」を読んで下さっているのだと思います。

『百人一首一夕話』は、江戸時代後期に書かれた百人一首の注釈書です。著者は尾崎雅嘉(一七五五〜一八二七)です。大阪に生まれ育ち、通称春蔵(俊蔵)、字は有魚、号は蘿月と称しました。家業は医者とも、書店とも言われますが、いずれにせよ、和漢の書物を渉猟し、国書の解題集である『群書一覧』を執筆しました。また、和歌にも秀で、古今和歌集の注釈書である『古今和歌集鄙言』や、『百人一首一夕話』を著しました。これらは刊行された後、時代を超えて読み継がれ、人々に親しまれた書物であると言ってよいでしょう。

『百人一首一夕話』は「ひゃくにんいっしゅひとよがたり」と訓みますが、百人一首の注釈書の筆頭に挙げられる『宗祇抄』以下、数多くの百人一首の注釈書の中でも、歌の解釈だけでなく、歌人の様々な逸話を記した点に特色があります。本書は架蔵版本を用いて本文を作成してありますが、作品解説に加えて歌人のエピソードなど、そのエッセンスを概要に凝縮してみました。版本には江戸時代後期に名古屋に生まれ、後に江戸に出て画家として、また有職故実家として活躍した大石真虎(一七九二〜一八三三)が描いた挿絵が入っています。紙数の都合により本書に全てを納めることはできませんでしたが表紙や裏表紙などに一部を使いました。雰囲気をお楽しみ下さい。なお、作者名は『百人一首一夕話』の呼称に従いました。

最後になりましたが、本書は百人一首を理解するだけでなく、くずし字を習得することにも目的を置いています。なんて、気が多いと思われるかもしれませんが、このスピーディーな時代に一石二鳥位は狙わないと、と考えました。くずし字習得の極意は、「たくさん読む」ことです。当たり前だと思われるかもしれませんが、古文書調査でも手掛けない限り、大量のくずし字を読む機会はありません。博物館のガラスケースの前でもどかしい思いをした方もいらっしゃるでしょう。そこで、なるべく多くのくずし字に触れることができるように、歌だけをくずし字で読むという考えは捨てて、歌の解釈の部分はすべてくずし字で提示することにしました。師を頼んで教えを乞うても良し、独学で読破しても良し、本書の使い方はそれぞれかと思いますが、この一冊を読み通した達成感は格別ではないかと思います。

さあ、皆さん、百人一首の世界へようこそ!(城崎陽子)

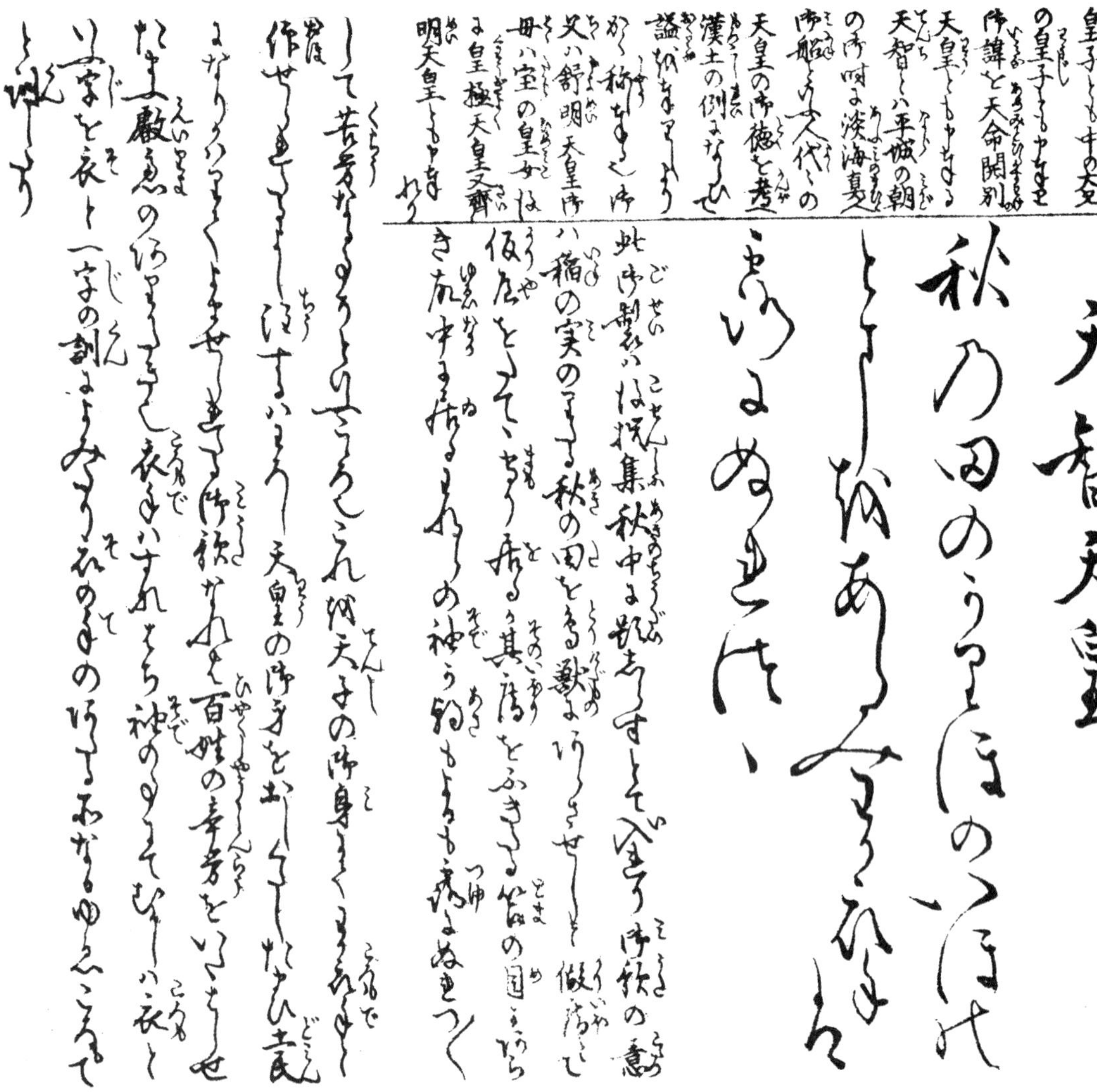

❶ 天智天皇　てんじてんのう

口語訳

秋の田のほとりに建てた仮小屋の屋根の苫目が粗いので、私の袖は夜露に濡れていることよ。

概要

『万葉集』巻一〇・二一七四番歌が原歌です。『後撰和歌集』（秋中・三〇二）では天智天皇の御製とされています。農民の苦労をしのんだ御製として享受される一方、王道の衰微を述懐したとみる説や、百済救援のため、筑紫へ行幸した際の歌とみる説などもあります。作者の天智天皇（六二六～六七一）は、第三八代天皇で、中臣鎌足とともに、乙巳（いっし）の変によって蘇我氏を滅ぼし、大化改新を断行しました。そして、天皇を頂点とする律令国家体制を築くのです。ちなみに、❷番の歌の作者である持統天皇とは父子の関係です。この配列は、百人一首の末尾を後鳥羽院（99番）と順徳院（100番）の父子二首で結んだことに対応しています。（城﨑陽子）

注釈

苫　菅や茅などで編んだ屋根を葺くための材。

中臣鎌足（六一四～六六九）　奈良時代の中央豪族。中大兄皇子らと大化改新を断行し、律令国家体制の基礎をつくった。臨終に大織冠の冠位と藤原の姓を賜った。

大化改新　中大兄皇子や中臣鎌足らが中心となって行った政治改革。私有地の廃止、地方行政組織の確立、戸籍・計帳の作成と班田収授法の実施、統一的な税制の実施等、公地公民制に基づく中央集権的支配体制の形成などを目指した。

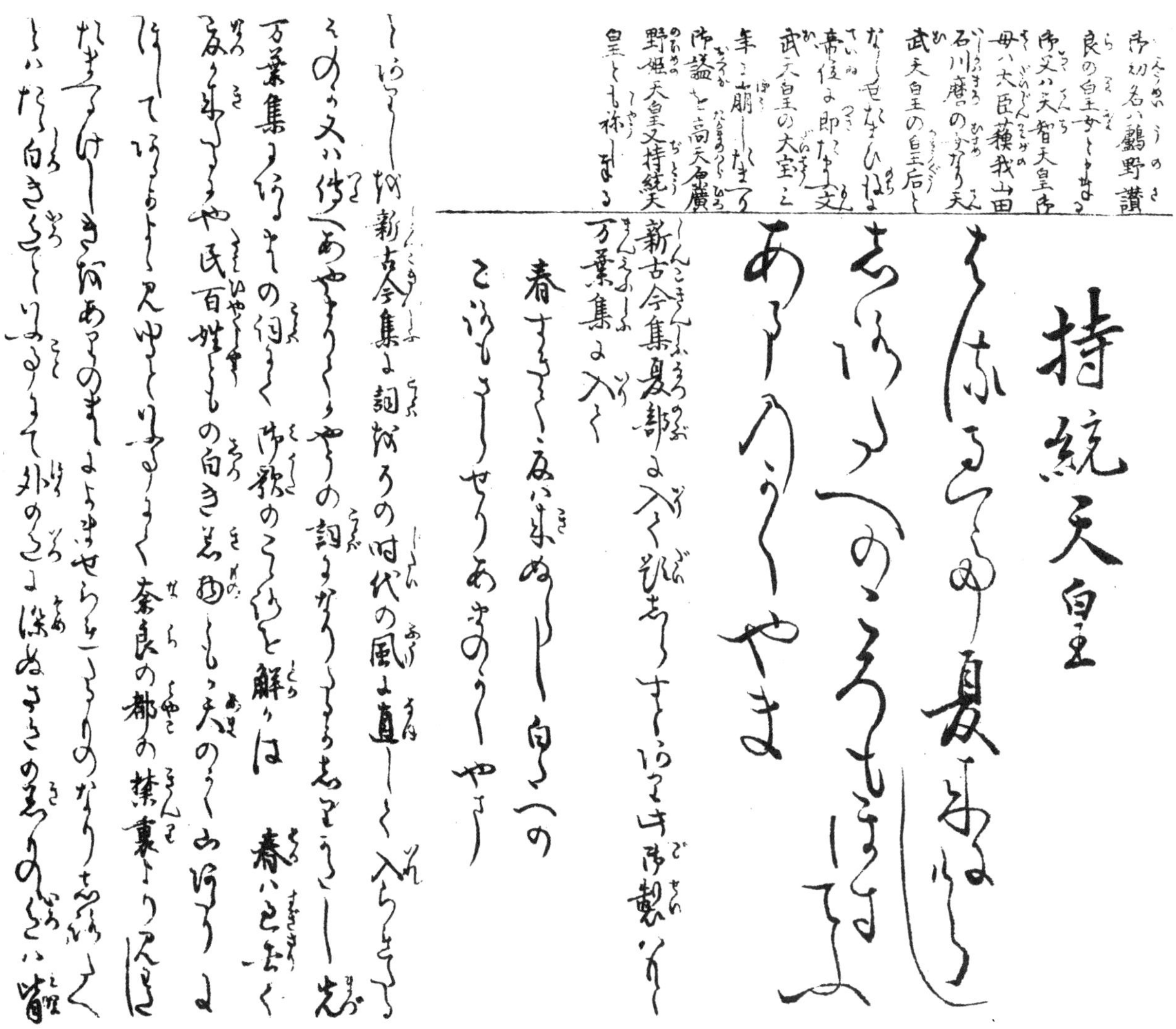

❷ 持統天皇

じとうてんのう

口語訳

いつのまにか春が過ぎて夏が来てしまったことよ。白い衣を干すという天の香具山に。

概要

原歌は『万葉集』巻一・二八番歌の持統天皇御製です。原歌の「春過ぎて夏来たるらし白妙の衣干したり天の香具山」にみられるような季節の推移に感動し、眼前の景として天の香具山を詠み込む印象の強さなどは当該歌からは失われています。しかし、百人一首の撰者である定家（97番）の時代には、実際に目にすることのない大和の風景を伝承表現によって詠むことで古代への憧憬を込めているとも理解できます。作者の持統天皇（六四五～七〇二）は、天智天皇（❶番）の第二皇女。夫の天武天皇と壬申の乱を戦い勝って、律令国家体制を充実させ、我が国初の都城である藤原宮造営を行いました。初めて火葬された天皇でもあります。（城﨑陽子）

注釈

天武天皇（?～六八六）第四〇代天皇。天智天皇の弟である。天智崩御後の六七二年に天智の息子である大友皇子との間で皇位継承を争う壬申の乱が起こり、戦い勝って天武が飛鳥浄御原宮に即位した。国史の編纂や、八色の姓制定などを行って、律令体制を強化した。

白き衣をいふ也　白たへの衣とも白たへの袖とも読まれたり
白妙といふ妙の字ハ假字にて万葉にハ多く白栲とかけり栲の字ハ
木の名にて栲といふ木の皮をもて衣を織る布のことに使ぬ是を
白栲といへりさて此歌ハ八日にほしてかはくといふこゝろにて此御時代ハ
藤原の宮とて大和の高市郡の都にてありし故禁裏より程ちか
近き十市郡の香具山のほとりなる民の家々に夏になれハ衣をほし
おきたるを見そなはしたまふさまを御詠ありしなるへし
然るに新古今集にも此百人一首にも衣ほすてふといひて今ハ不審
なるやうなりすへて歌の詞にてふといふハとりわき細にいはゝめづら
ものうく無興なるやうに思ひ無興なるやうにいふなれハ此御
製を眼前衣のほしてあるさまを衣ほすてふとよませたまへるに
ありて此故に百人一首の諸家の註釈いはれも此歌の解にさまくの
むつかしき説ともはつけなかし明らかなる解なきものにすくなき
ひとりの考にて此京極摂政良経公の月清集に院の第二度の百首
にて読たまへる冬の歌のうちに

　雲さえし雪のひかりや白たへのころもほすてふあまのかく山

とよまれたる此ハ京極殿ハ定家卿と同し時代の人なるを此歌に
持統天皇の御製の此句をなしろのやうにてぬすみたまへる歌にて
かゝる此ハ京極殿の歌のこゝろハ此万葉集にある持統帝の御製の

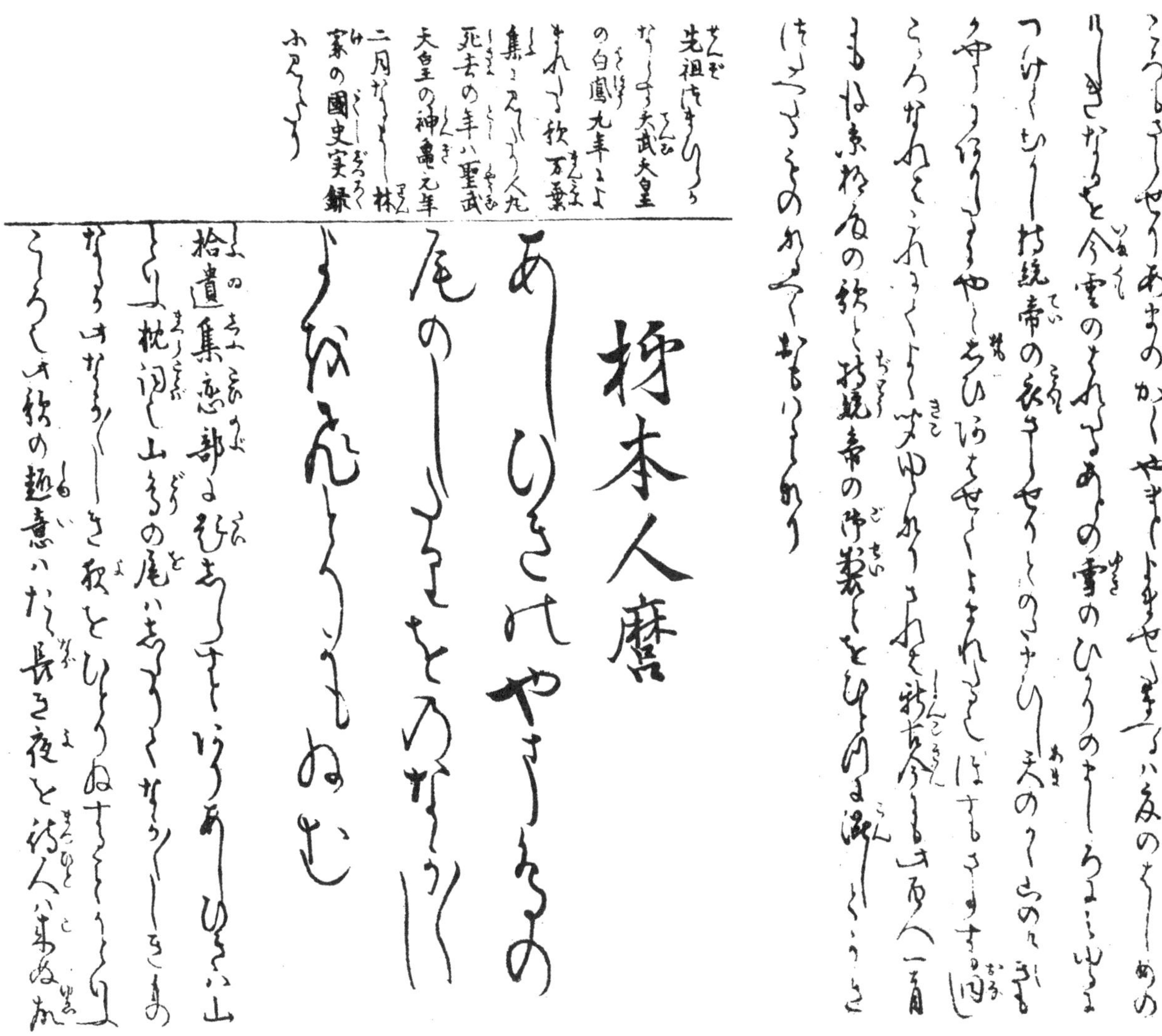

❸ 柿本人麿

かきのもとのひとまろ

口語訳

山鳥の尾が長く垂れ下がっているように、この長い夜を一人で寝るのか。

概要

歌の主意は一人寝を嘆く歌です。『万葉集』巻一一・二八〇二番歌の或本歌が原歌で、本来は作者未詳歌です。しかし、人麿歌として伝承され、『拾遺和歌集』（恋三・七七八）に人麿作とされ、定着したと考えられます。

作者柿本人麿（生没年未詳）の事跡は『万葉集』以外に手がかりがなく、持統天皇（❷番）のはじめ頃に石見国から都に上り、文武天皇の末頃石見に向かう途中に亡くなったと考えられます。しかし、大和国に葬られたとの伝承もあります。石見国美濃郡戸田郷小野（現在の島根県益田市戸田町）に綾部という一族がいて、ある時、庭の柿の木の下に神童が現れ、成長したのが人麿であったという伝承も残されています。『古今和歌集』の仮名序には正三位とされ、「歌聖」と称されるに及び、歌人として尊崇され、中世期には「人麿影供」も行われるようになりました。（城﨑陽子）

注釈

人麿影供　人丸忌に柿本人麻呂の肖像をかけて、香華や供物を供えてこれを祀り、歌会などが催された。

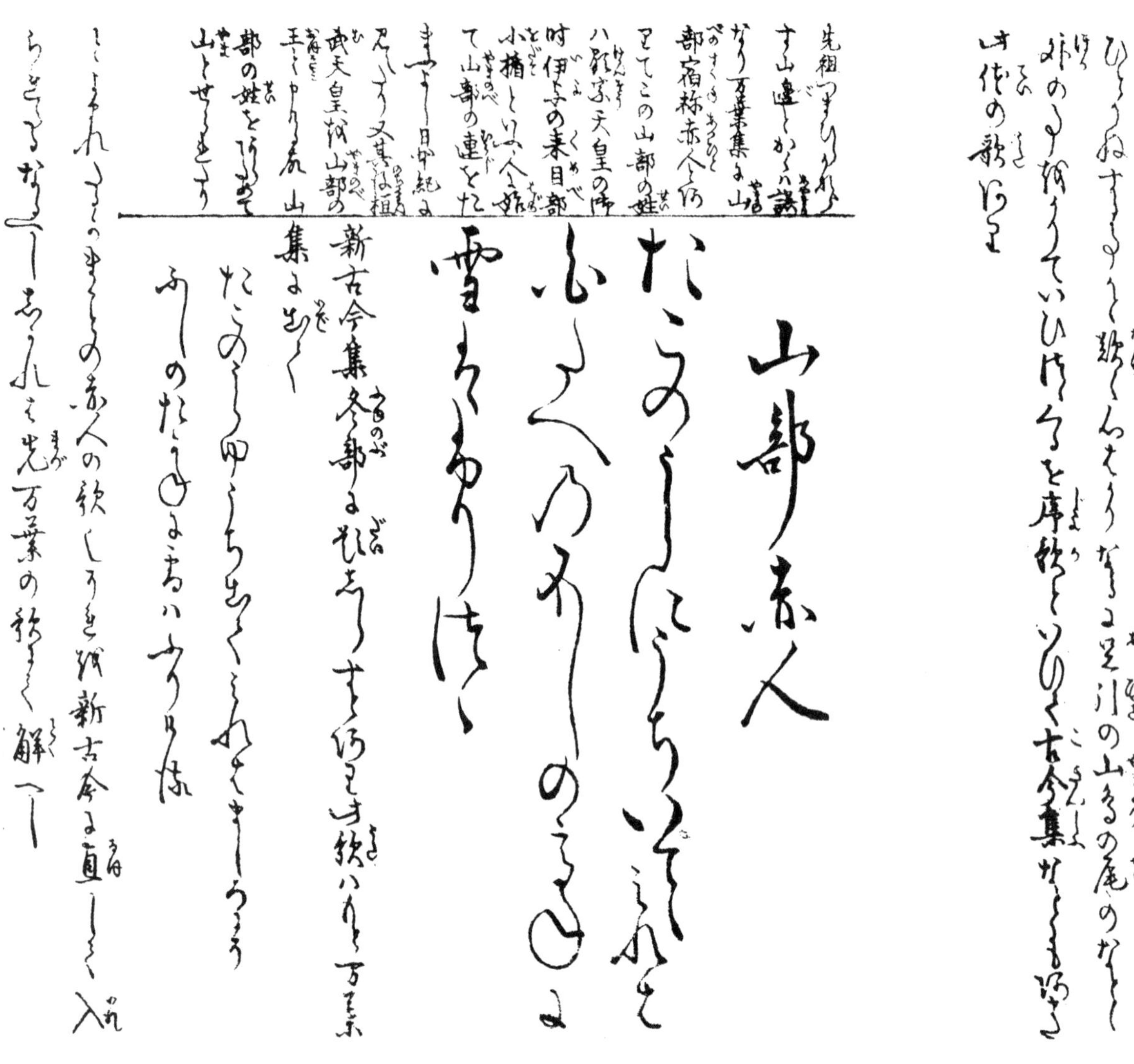

〔コラム〕1

麻呂・麿・丸　「麻呂（まろ）」は古代、男子の呼称として広く用いられました。また「～麻呂」と接尾語としても使われました。『百人一首』作者にも、柿本人麿（❸番）・安倍仲麿（❼番）がいます。この『百人一首一夕語』でも人麿・仲麿と書かれています。この「麿」は合字と言って二文字を一文字に合わせて書いたもので、平安時代以降に用いられました。また、「丸（まろ・まる）」とも書かれました。猿丸大夫（❺番）も「さるまろ」、蟬丸（❿番）も「せみまろ」の用例があります。『百人一首』は中世の読み方・書き方となっています。そのため、『万葉集』で柿本人麻呂と記されていても、『百人一首』では柿本人麿、時に人丸と記されます。

❹ 山部赤人　やまべのあかひと

口語訳

田子の浦へ出てみると、真っ白な富士の高い嶺にまだ雪が降っている。

概要

原歌は『万葉集』巻三・三一八番歌です。「田子の浦ゆ打ち出でてみれば真白にぞ富士の高嶺に雪は降りける」という原歌の第五句「降りける」は、雪の降り積もっている叙景を感動的に表現しています。しかし、当該歌は富士山の頂に雪が降り続いているという現実離れした情景が詠まれており、美的情趣が先行した一首といえるでしょう。作者の山部赤人（生没年未詳）は、『古今和歌集』仮名序に人麿と並んで「歌聖」と評されます。『万葉集』からその事跡を拾ってみると、聖武天皇の御代、行幸に供奉して作品を残している他、当該歌や勝鹿の真間娘子の歌など、東国へ下向したことがわかります。（城﨑陽子）

注釈

田子の浦　静岡県富士市……の入り江をいう。

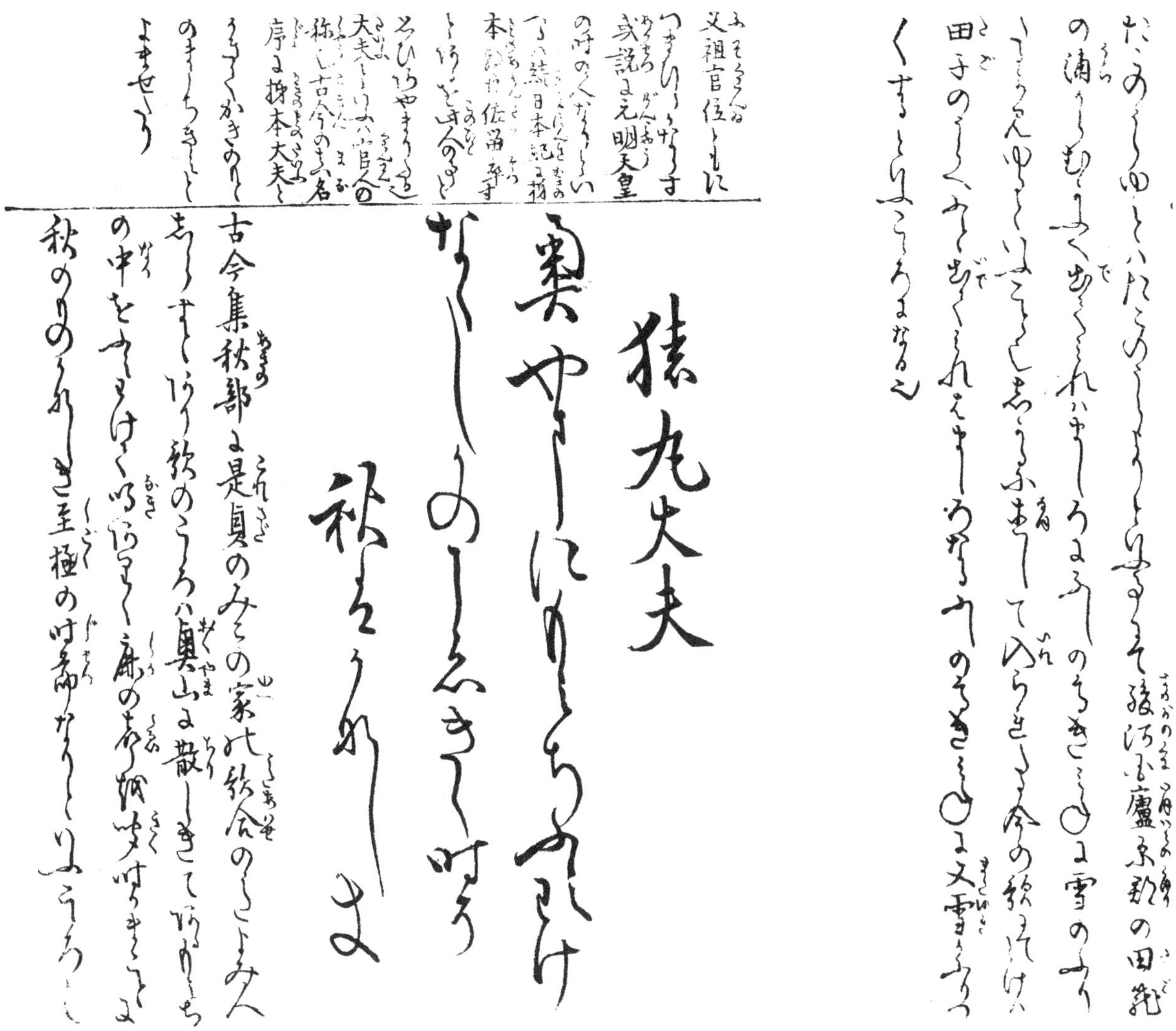

❺ 猿丸大夫

さるまろだいふ

口語訳

人里離れた山の奥で、紅葉を踏み分けて妻を呼んで鳴く鹿の声を聞く時こそ、秋は悲しいと思うのです。

概要

作者とされる猿丸大夫（生没年未詳）は、三十六歌仙の一人でありながら、事跡の明らかでない人物です。当該歌は『古今和歌集』（秋上・二一五）に「是貞親王の家の歌合の歌」として収められている歌ですが、作者については「よみ人知らず」とあります。家集とされる『猿丸大夫集』の歌も猿丸の作と判っている歌は一首もありません。その上、宗祇の『百人一首抄』で、猿丸大夫を弓削道鏡としたことから作者についての妄説がまかり通るようになりました。鴨長明の『無名抄』や『方丈記』に猿丸大夫の墓所についての伝説が記されています。（城﨑陽子）

注釈

宗祇（一四二一～一五〇二）室町後期の連歌師。姓は飯尾、号は自然斎、種玉庵等。三〇歳ごろから連歌を宗砌や心敬、専順らに学んだ。また、古典を一条兼良に、和歌を飛鳥井雅親に学び、四六歳の時、東常縁から古今伝授を受けた。『新撰莵玖波集』の撰進や肖柏や宗長との「水無瀬三吟」「湯山三吟」なども著名である。多くの注釈書も執筆している。

弓削道鏡（?～七七二）奈良時代の法相宗の僧。義淵に学び、孝謙上皇の病気平癒を祈ったことから寵を得る。天平神護元年（七六五）太政大臣禅師、同二年（七五七）法王の位に登り、政治・宗教の両面に権力を振るったが、藤原氏の抵抗を受け、宝亀元年（七七〇）称徳天皇の死後、下野薬師寺別当に左遷された。

『**無名抄**』鎌倉初期の歌学書。鴨長明（一一五三頃～一二一六）の著。和歌の風体や表現、詠歌の心得、歌人の逸話や追想などを随筆風に記す。

『**方丈記**』鎌倉初期の随筆。鴨長明が仏教の無常観を主題にして、作者の体験した都の生活などを描いている。

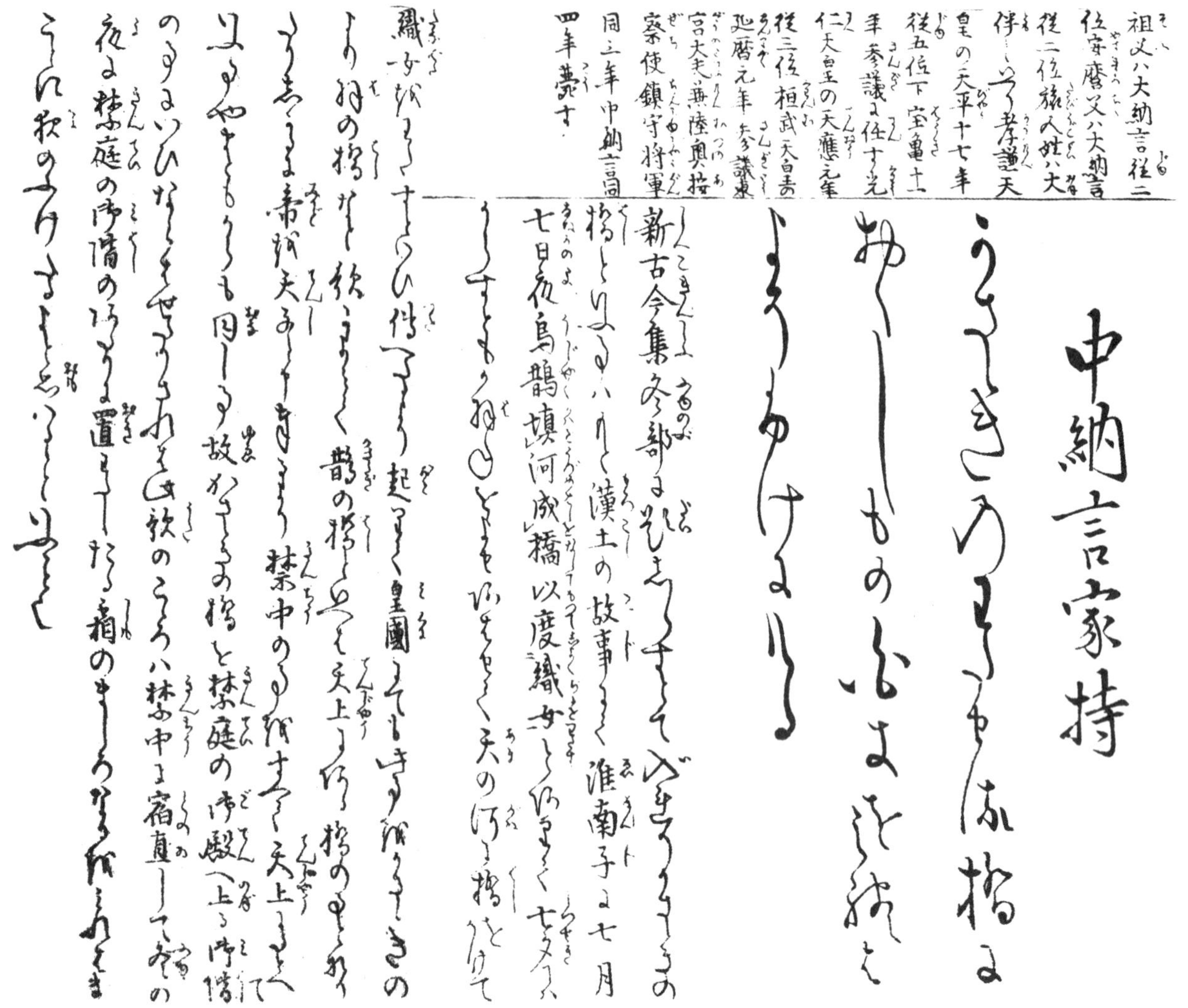
中納言家持

かささきのわたせる橋におく霜のしろきをみれば夜ぞふけにける

祖父ハ大納言従二位安麿父ハ大納言従二位旅人姓ハ大伴といふ孝謙天皇の天平十七年従五位下宝亀十一年参議に任す光仁天皇の天應元年従三位桓武天皇の延暦元年春宮大夫兼陸奥按察使鎮守将軍同三年中納言同四年薨す

❻ 中納言家持　ちゅうなごんやかもち

口語訳

天の川に鵲（かささぎ）が翼を広げて渡した橋に降り置いている霜の白さをみると、夜も更けてしまったことだ。

概要

「鵲の渡せる橋」は、『淮南子』などに記されている七夕伝説に基づく故事で、七夕の夜に鵲が羽を連ねて天の川にかける橋のことを指しています。この「橋」を宮中の階段などに見立て、「禁中に宿直して、冬の夜に禁庭の階に置いた霜の真白なのをみると、夜も更けたことだ」と解釈する説もあります。作者の大伴家持（七一八頃〜七八五）は、大伴旅人の長男です。十代で父を亡くし、大伴家の長として藤原氏の台頭著しい困難な政局に対処しなければなりませんでした。家持は『万葉集』の最終編者とおぼしく、全二〇巻の末四巻は家持の歌日誌的性格が強い編纂となっています。死後、藤原種継暗殺事件の首謀者の一人として罪せられましたが、後に赦されました。三十六歌仙の一人です。（城﨑陽子）

注釈

『淮南子』　古代中国の淮南王劉安（?〜BC一二二）が編著した思想書。

藤原種継暗殺事件　藤原種継（七三七〜七八五）は奈良時代後期の公卿で、藤原宇合（うまかい）の孫。桓武天皇の信任が厚く、長岡京の造営を任されたが、皇太子の早良親王と不和となり、暗殺された。

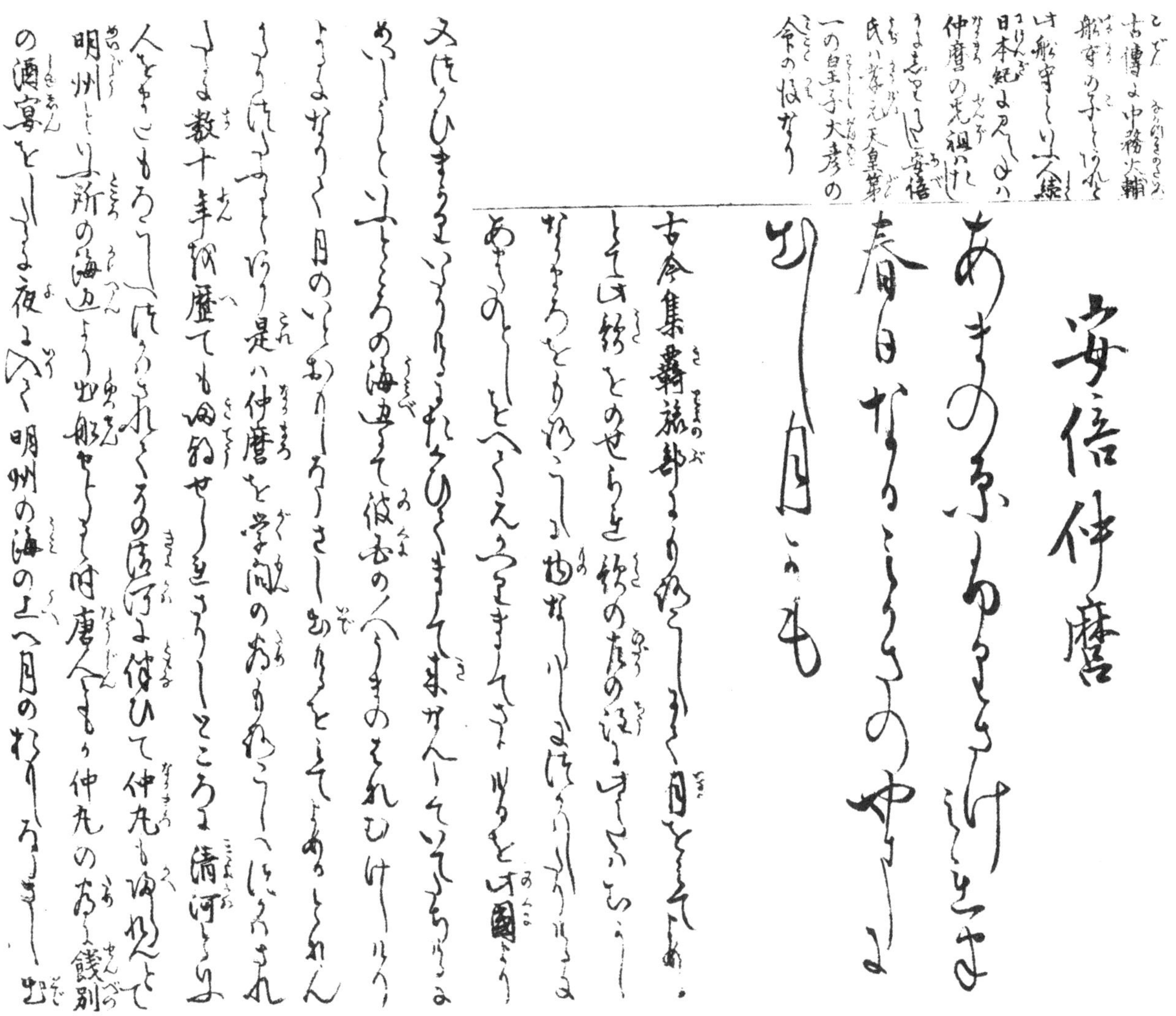
安倍仲麿
あまの原ふりさけみれば春日なるみかさの山にいでし月かも

❼ 安倍仲麿

あべのなかまろ

口語訳

広々とした大空をふり仰いで見渡すと、故郷の春日にある三笠山にでていた月と同じ月がでているなあ。

概要

当該の歌は、「唐土にて月を見て詠める」との詞書をもつ『古今和歌集』（羇旅・四〇六）の歌で、帰国する仲麿に餞宴を催した時の歌とされます。作者安倍仲麿（七〇一頃～七七〇頃）は遣唐留学生として養老元年（七一七）に唐に渡り、玄宗皇帝に仕えました。唐名を朝衡と言い、唐の詩人李白や王維たちとも親交がありました。天平勝宝五年（七五三）に一度は帰国の途につきましたが、難破して再び長安に戻り、唐土でその生涯を終えました。（城﨑陽子）

注釈

李白（七〇一～七六二）中国唐代の詩人で、字は太白、号は青蓮居士と称した。朝廷に出仕したものの、安禄山の乱などで国が乱れ、不遇であった。玄宗皇帝と楊貴妃の悲恋をつづった「長恨歌」などが有名である。

王維（六九九頃～七六一）中国唐代の詩人であり、画家でもあった。字は摩詰。中国自然詩の完成者とも言われ、南宋画（文人画）派の祖とも称される。

〔コラム〕2

六歌仙・三十六歌仙　『古今和歌集』「仮名序」に「近き世にその名聞こえたる人」として取り上げられた六人の歌人を「六歌仙」と呼びます。僧正遍昭（⑫番）、在原業平（⑰番）、文屋康秀（㉒番）、喜撰法師（⑧番）、小野小町（⑨番）、大伴黒主の六名に対する評価はきびしいものの、後に与えた影響は大きく、「三十六歌仙」は「六歌仙」を意識してすぐれた歌詠み三十六人を藤原公任（55番・九六六～一〇四一）が選んだものです。

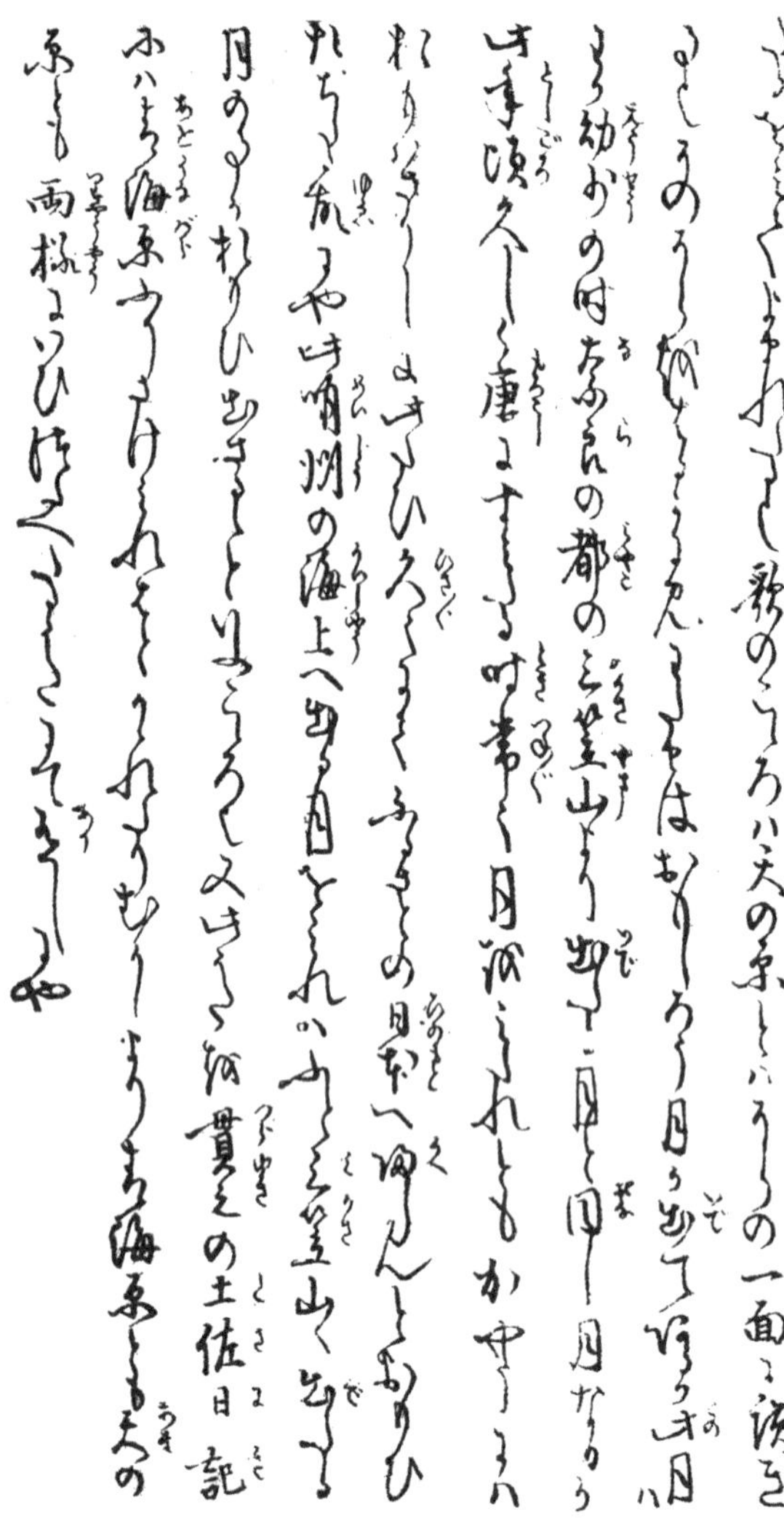

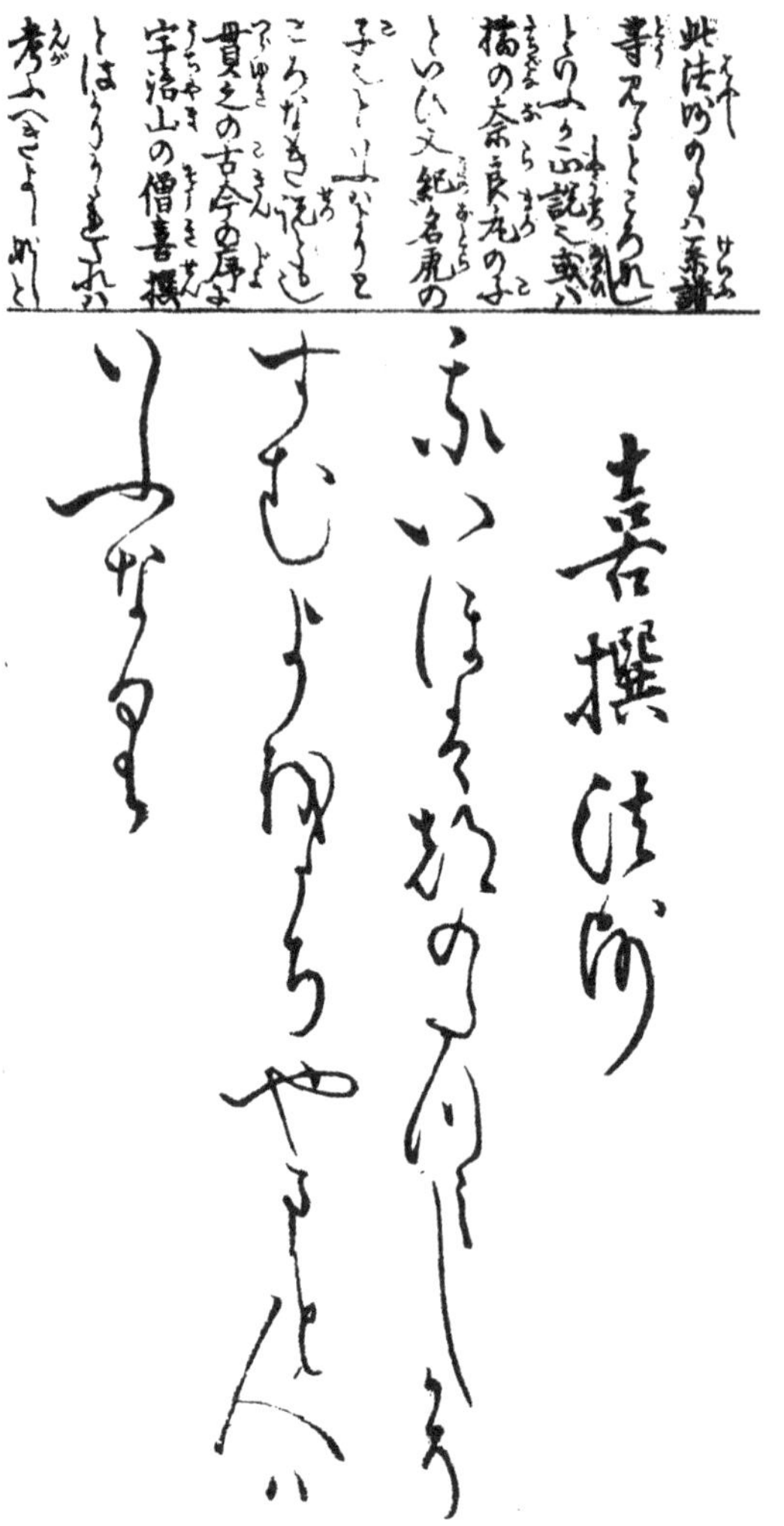

❽ 喜撰法師　きせんほうし

口語訳

私の庵は、都の東南にあって、鹿が住むようなところです。世間の人は「憂し」という、その「宇治山」に住んでいますよ。

概要

喜撰法師（生没年未詳）は六歌仙の一人です。宇治山はその昔、応神天皇の末子菟道若郎子が宮を営んだ所です。峰は高く、山中に清らかな泉が湧く地でした。喜撰法師もこの山を愛して住家としたようです。一方、「うし山」の「うし」に地名の「宇治」と「憂し」が掛かっており、「宇治山」には厭世的な意味合いも含まれています。山腹には「喜撰が洞（ほら）」と呼ばれる由縁の地があったとの伝承も残されていました。（城﨑陽子）

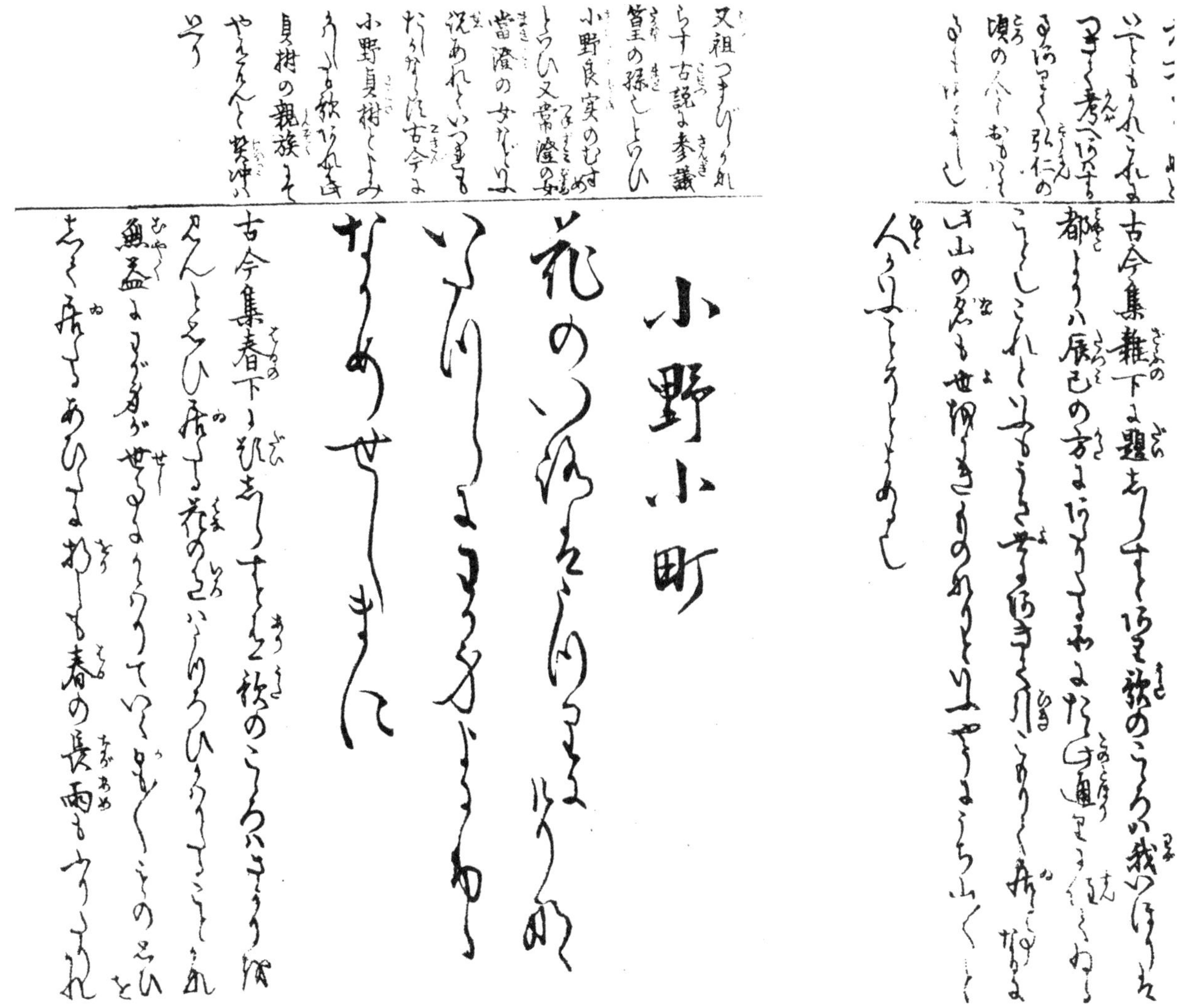

注釈

喜撰式　平安初期の歌学書。本来の書名は『倭歌作式』といい、喜撰法師が書いたとされるが、未詳である。和歌の起源に触れた序、歌病、畳句、連句、長歌、混本歌などを論じる。奈良時代末『歌経標式』、平安初期の『孫姫式』、原文が平安後期に散逸した『石見女式』の三点とともに「和歌四式」と呼ぶ。

❾ 小野小町

おののこまち

口語訳

花の色はもう色あせてしまったのですね、長雨が降っていた間に。そしてなにをするともなく年を経て私自身の美しさもあせてしまったのですね、物思いにふけっていた間に。

概要

小野小町は生没年未詳。仁明・文徳天皇（八三三〜八五八）の時代に活躍した女流歌人とされ、六歌仙、三十六歌仙の一人です。この歌は『古今和歌集』（春下・一一三）に「（題しらず）小野小町」と記されます。文屋康秀（㉒番）や僧正遍昭（⑫番）との贈答歌（『大和物語』）がありますが、謎が多く、その歌から恋多き美女、零落の老後などの伝説が生まれ、能や浄瑠璃・歌舞伎などに取り入れられました。（大内瑞恵）

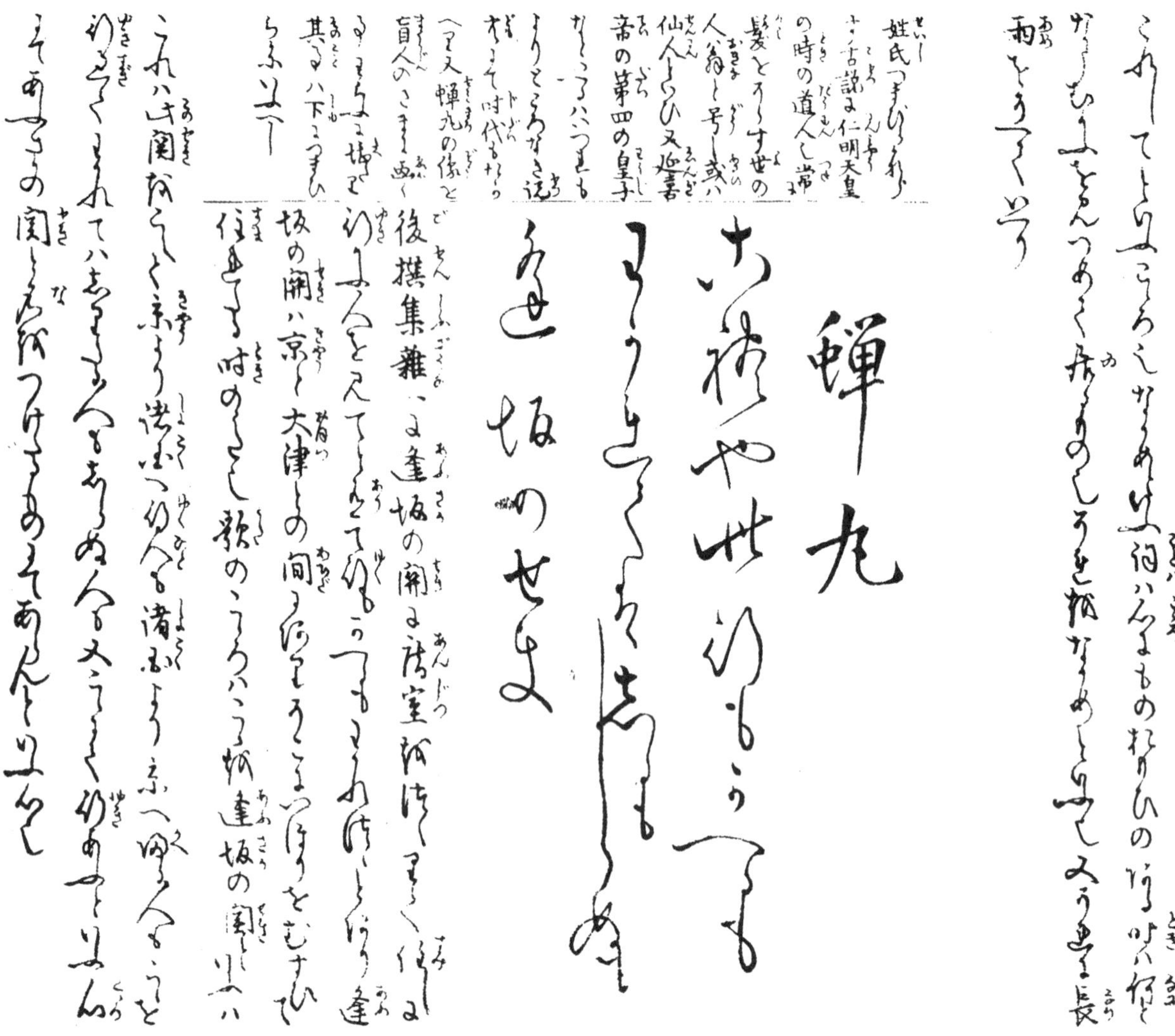

蝉丸

これや此ゆくもかへるもわかれてはしるもしらぬも逢坂のせき

❿ 蝉丸

せみまろ

口語訳

これがまあ、京を出て行く人も京へ帰る人もここで別れ、また知らない人も知った人もここで行き逢う、その名も逢坂の関なのですね。

概要

姓氏はよくわかりません。琵琶に堪能だった宇多天皇の皇子敦実親王の雑色だった時、親王自らがお作りになった秘曲、竜泉・啄木の曲をいつとなく聞き覚え、ついに弾き得るまでになりました。その後隠者となり、延喜五年（九〇五）頃、逢坂のほとりに庵室を構えました。隠棲した後も長生きし、醍醐天皇の孫であった博雅三位（源博雅）に竜泉・啄木の秘曲を伝えたといいます。（渡部修）

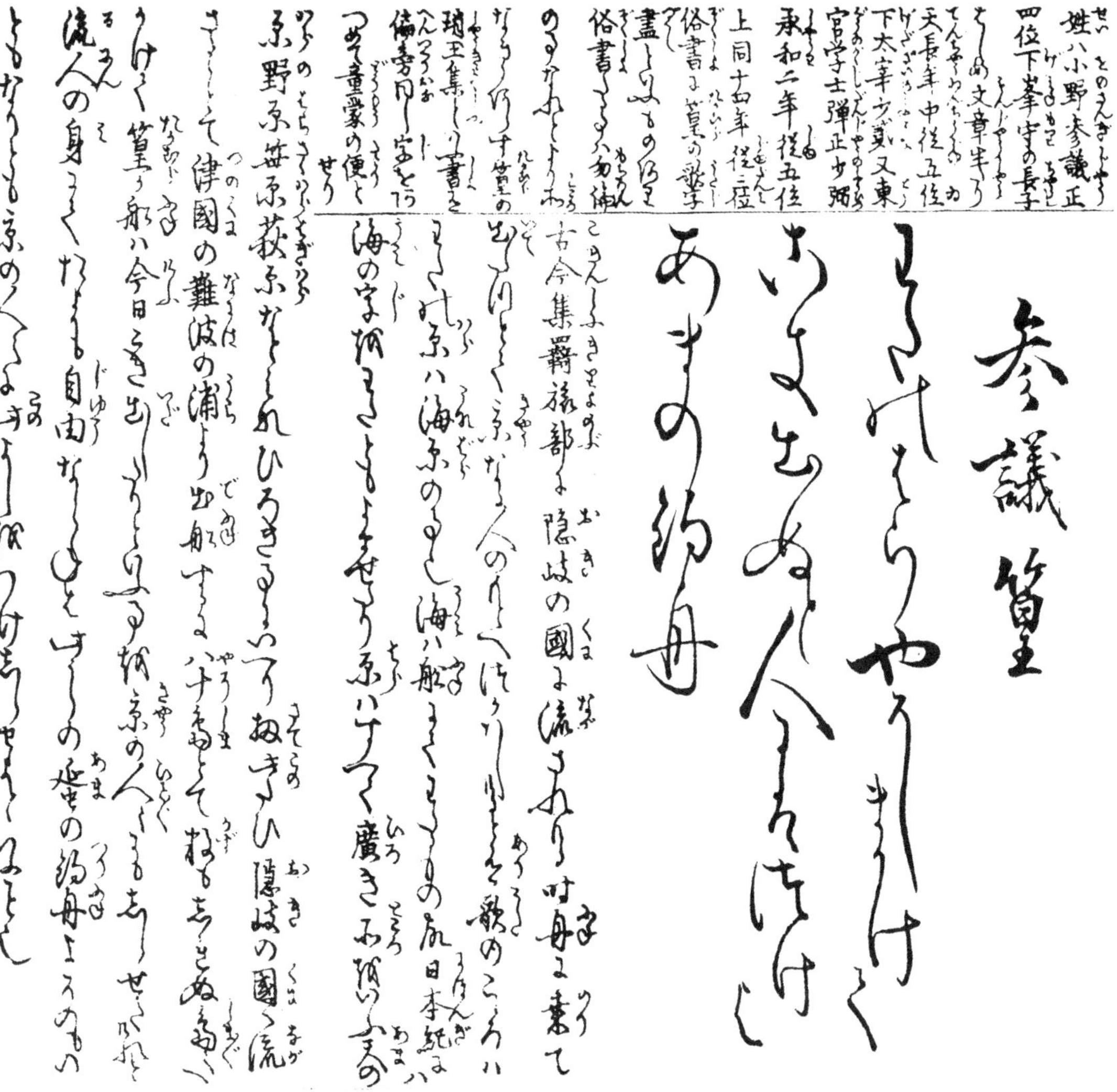

⓫ 参議篁　さんぎたかむら

口語訳

配流の身となった篁が今、広い海原の無数の島々をぬって漕ぎ出したと京の人には告げておくれ。海人の釣船よ。

概要

小野篁（八〇二～八五二）。峰守の子。父峰守が陸奥国守だった時に、父に従って当地に赴き、弓馬の道に秀でるところとなりました。都に戻ってからも弓馬ばかりを好んでいましたが、淳和天皇がこれを嘆かれたという話を聴いて、大いに恥じ学問に励みました。承和五年（八三八）、遣唐副使に任ぜられた時に、大使藤原常嗣と乗船について揉め、副使を辞した上に詩「西道謡（さいどうのうた）」を作って遣唐使を譏りました。このため、勅勘を被り隠岐に流されました。（渡部修）

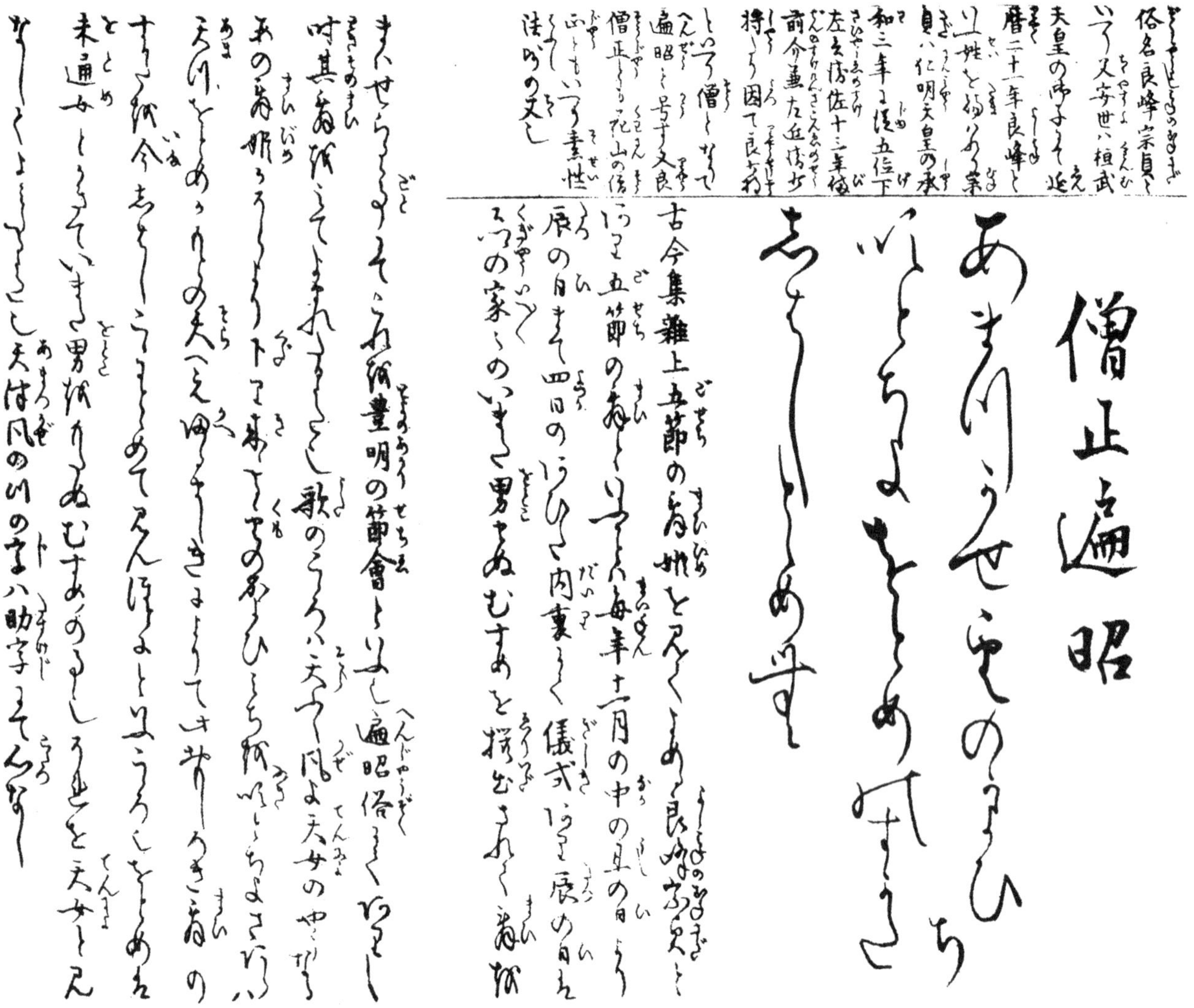

⑫ 僧正遍昭
そうじょうへんじょう

口語訳 空を吹く風よ天女が地上と天上とを往き来する雲の通い道を吹き閉じておくれ。この舞姫たちの姿をもう少しとどめておきたいと思うから。

概要 作者の僧正遍昭（八一六～八九〇）は桓武天皇の皇孫で、俗名は良岑宗貞です。仁明天皇の御代に活躍し、その崩御と同時に三五歳で出家しました。僧侶としての地位も高く、光孝天皇の御代でも重用されました。六歌仙の一人です。当該歌は、『古今和歌集』（雑上・八七二）に「五節の舞姫を見て詠める」とある一首で、出家前の遍昭が毎年一一月に行われる新嘗祭の翌日に催された豊明節会で舞われる五節の舞を目のあたりにした感激を詠ったものです。ちなみに素性法師（㉑番）は遍昭の子です。（城﨑陽子）

注釈

新嘗祭 天皇が天神地祇に新穀を供え、共食する祭り。祭儀は、一一月の下の卯の日に新嘉殿で行われる。

豊明節会 宮中での新嘗祭（大嘗祭にも）の翌日、豊楽殿（後に紫宸殿）で行われる宴会。陰暦一一月の中の辰の日（大嘗祭の時は午の日）、天皇がその年の新穀を神と共食し、群臣にこれを賜わる宴。賜宴の後に吉野の国栖の奏楽、五節の舞などが催される。

五節の舞 五節の豊明節会に行われる少女の舞。

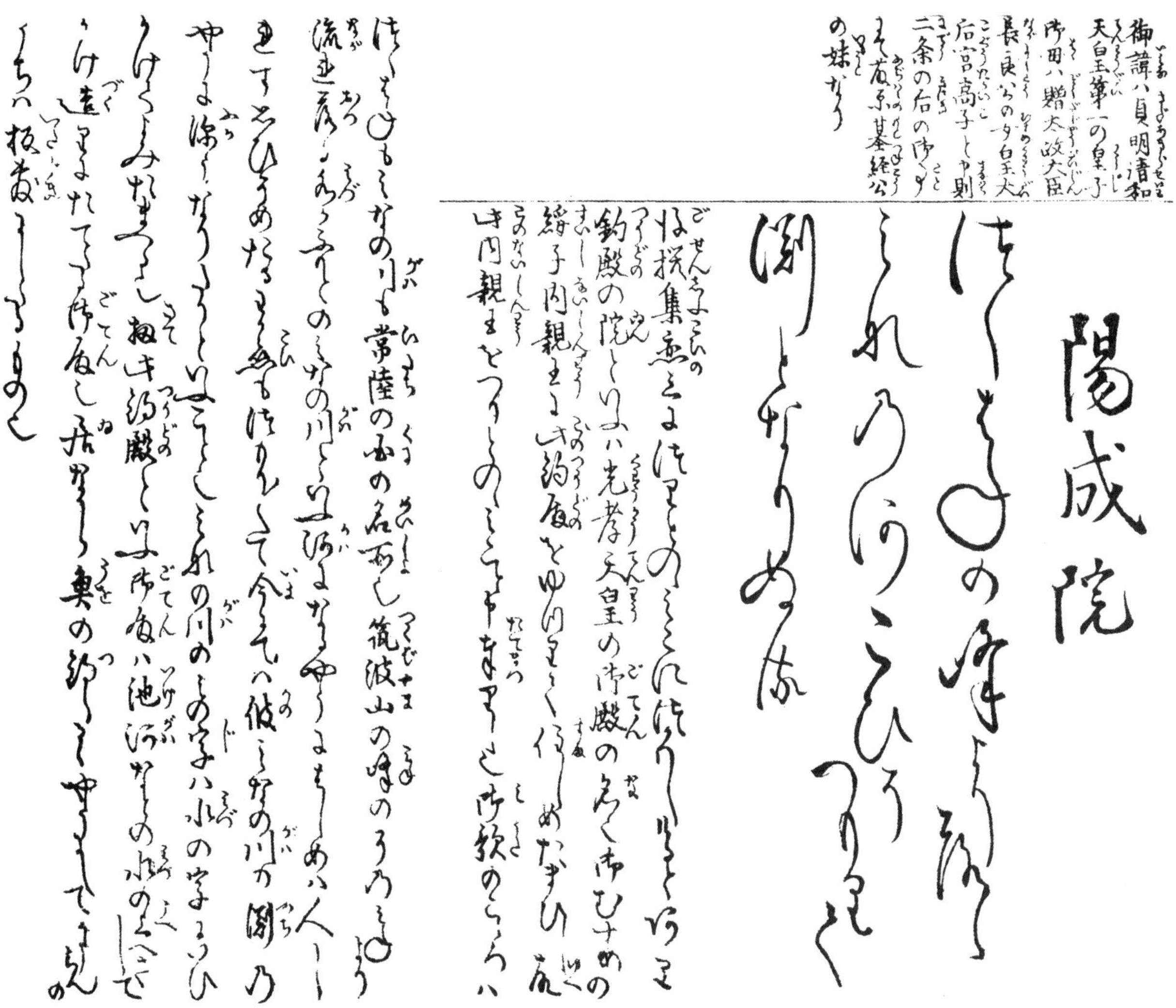
陽成院
つくばねの峰よりおつるみなの川こひぞつもりて淵となりぬる

⓭ 陽成院　ようぜいいん

口語訳

筑波山から流れてくる男女川（みなのかわ）の水がたまって淵となるように、私の恋心も積もりに積もって淵となってしまったよ。

概要

作者の陽成院（八六八〜九四九）は、清和天皇の第一の皇子。母は藤原高子（たかいこ）です。譲位を受け、一〇歳で即位した陽成天皇は馬が好きで、禁中で密かに馬を飼っていたところ伯父である右大臣藤原基経に止められ、以降「御悩」（物狂い）となりました。生き物を集めては互いに戦わせ、果ては人を木に登らせて打殺す始末。基経公は早々の退位をはかり、光孝天皇（⓯番）が即位することになります。当該歌の相手は光孝天皇の息女綏子（すいし）内親王で、こうした恋の歌が残されているところをみると、陽成院の「御悩」も事実とは異なる部分があるように思われます。（城崎陽子）

注釈

藤原高子（八四二〜九一〇）　陽成天皇の母。「たかきこ」とも。藤原基経は同母兄。在原業平との悲恋物語が有名。

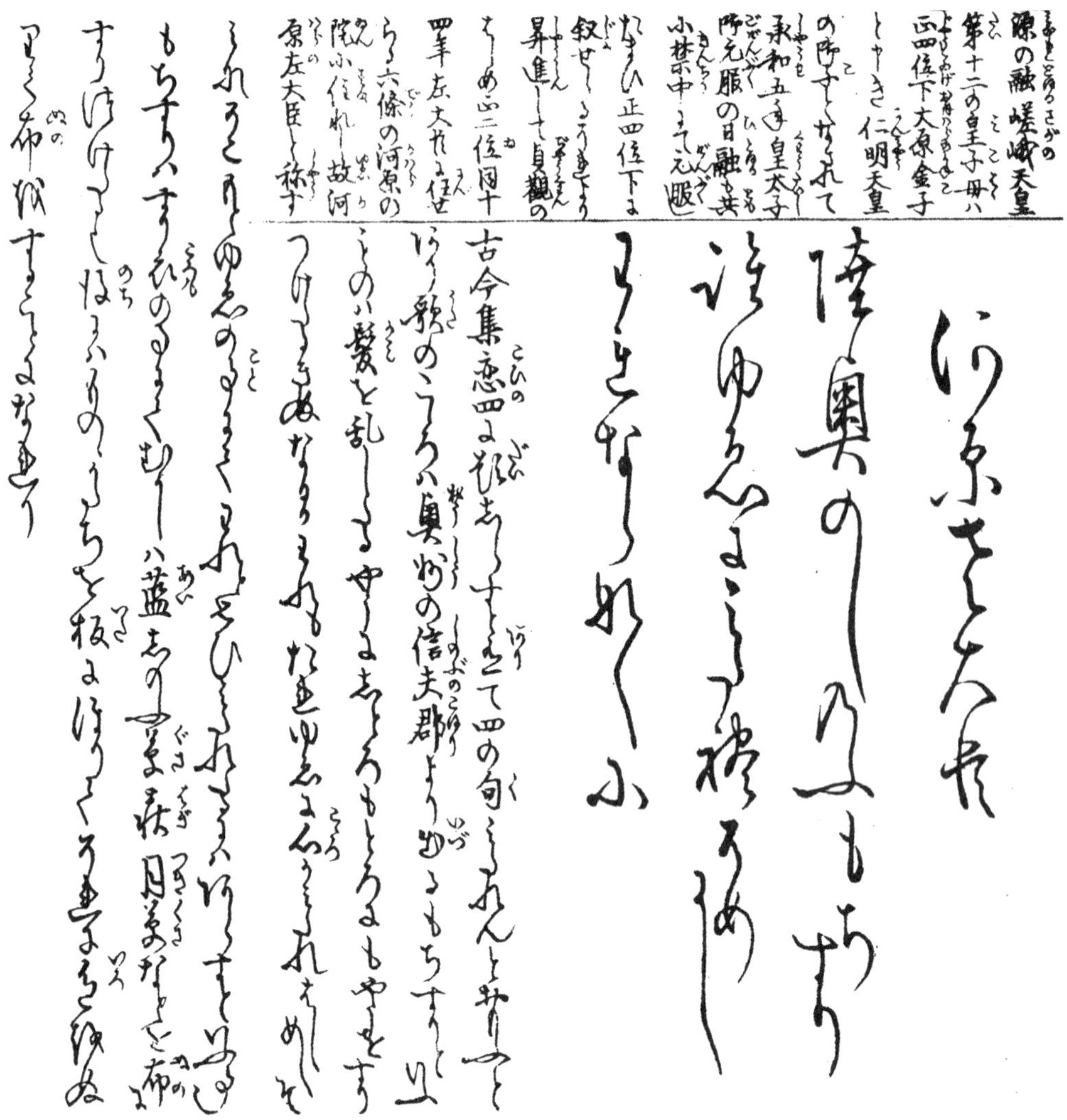

⑭ 河原左大臣

かわらのさだいじん

口語訳

陸奥の信夫（しのぶ）でつくられる乱れ模様のように誰か別の人のせいで心が乱れはじめたのではなく、あなたのせいなのですよ。

概要

作者の源融（八二二～八九五）は、嵯峨天皇の皇子でしたが、臣籍降下し、従一位左大臣となりました。平安京の東六条の河原院に邸宅を構えたことから「河原左大臣」とも呼ばれました。遊楽を好み、自然を愛した融は、難波から河原院まで毎日海水を運ばせ、奥州の塩釜浦よろしく塩釜を立てて塩を焼かせたとされています。融の死後、河原院は宇多法皇の所有するところとなりますが、ある夜、宇多法王が月をめでていたところ、融の亡霊が出現したというエピソードも残されています。ちなみに融は『源氏物語』の主人公光源氏のモデルの一人とされています。（城﨑陽子）

注釈

塩釜　海水を煮詰めて塩を作るのに用いる釜。また、底の浅い釜のことをいう。

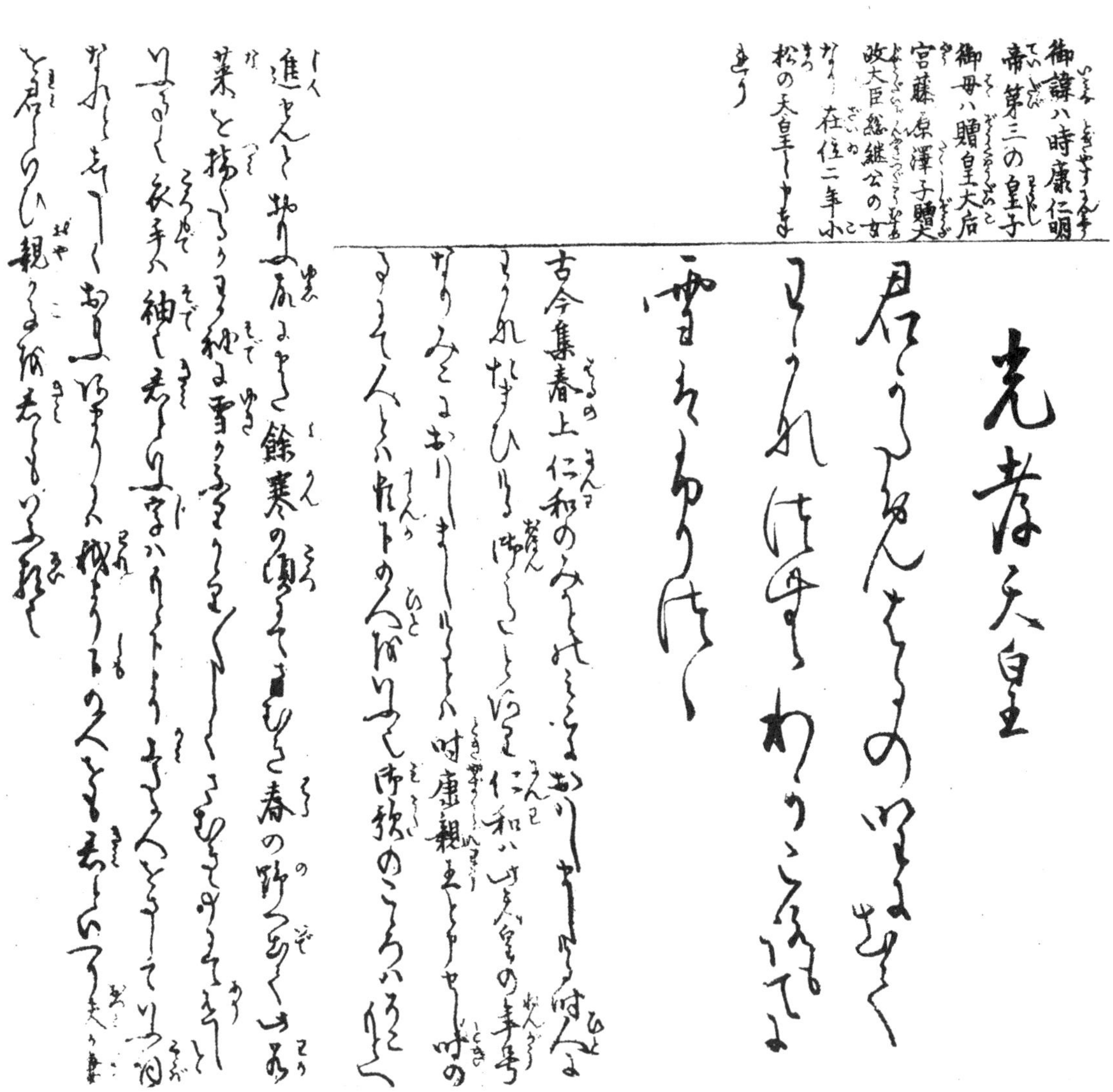

⑮ 光孝天皇　こうこうてんのう

口語訳

あなたにさしあげようと思って、春の野にでて若菜を摘んでいる。私の衣の袖には雪がしきりに降りかかることよ。

概要

『古今和歌集』（春上・二一）に収められているこの歌は、早春に贈る若菜に添えられた歌です。作者の光孝天皇（八三〇〜八八七）は、仁明天皇の第三皇子で、陽成天皇（⑬番）の譲位を受けて即位しました。幼少のころより学を好み、穏やかな性格であったといわれています。皇子であったころ、渤海国の使者がその骨相を「貴相」と見立てました。即位したのは、五四歳の時でしたが、その占いが当たったようです。また、小松殿での不遇な生活が長かったため、即位に就いてから、多くの町人から借用したものがありました。光孝天皇は帝位に就いてから、それらを返却したというエピードもあり、その人柄を物語っています。（城崎陽子）

注釈

若菜摘み　春の野に出て、若菜を摘むこと。『枕草子』には「七日、雪まのわかなつみ」とある。

小松殿　京都大内裏の東、大炊御門大路の北側にあった光孝天皇の生誕所。

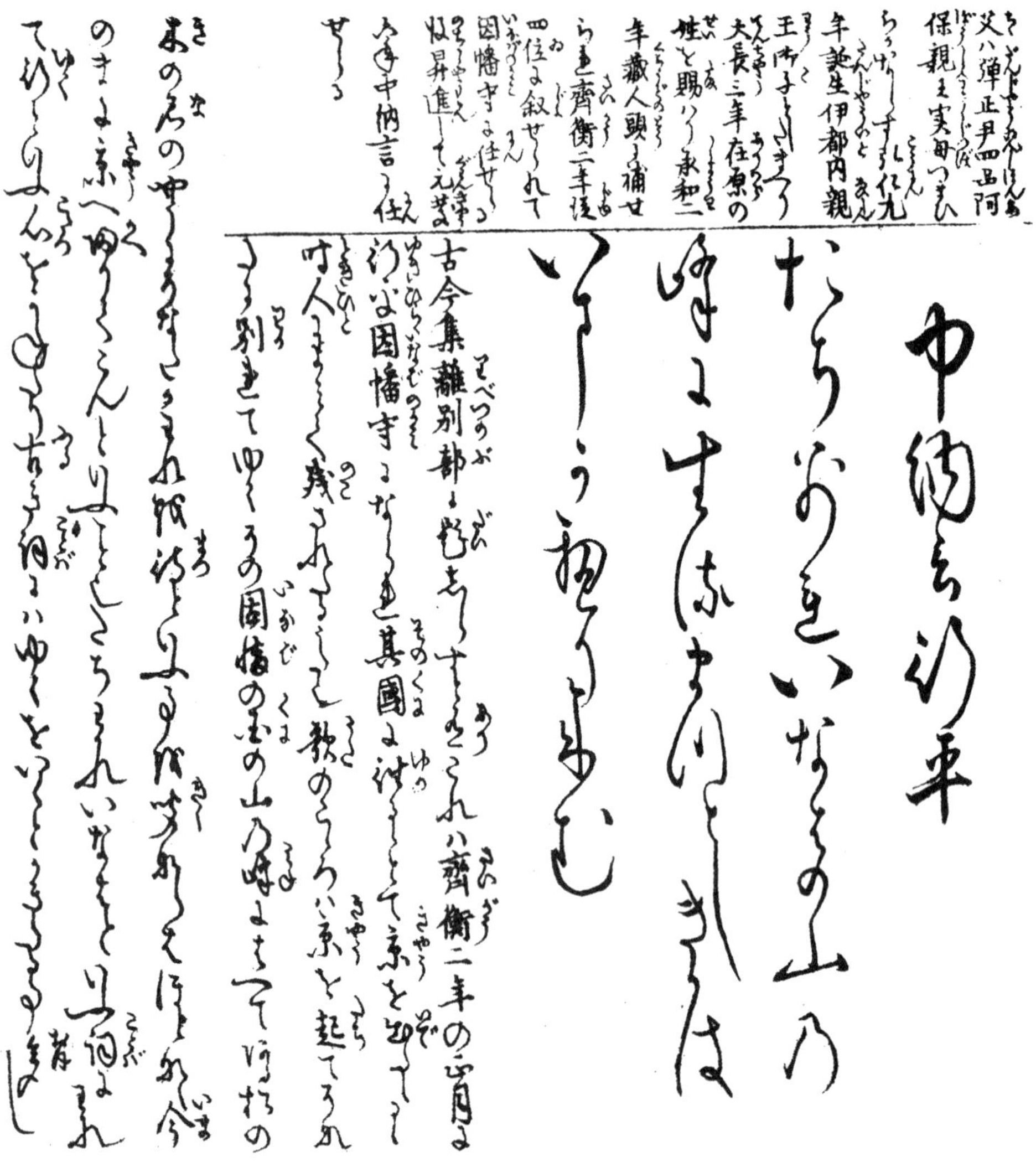

⑯ 中納言行平　ちゅうなごんゆきひら

口語訳

人とお別れして因幡の国に去ったとしても、その国の因幡の峰に生えている松ではないが、人々が私を待っていてくれると聞いたならば、すぐにでも帰って来ましょう。

概要

作者の中納言行平（八一八～八九三）は阿保親王の子ですが、在原姓を賜わりました。太宰権帥（だざいのごんのそち）の時に筑前国の民を壱岐国に派遣し水田を作って対馬の年貢とし、壱岐の年貢を留めて筑前・肥前等に分配して窮状を救いました。唐人に海産物を不正に奪われぬよう税を定めるなどの功績により中納言に昇進しました。須磨に流されたという俗説があり、『源氏物語』須磨巻のモデルと言われています。（佐藤瞳）

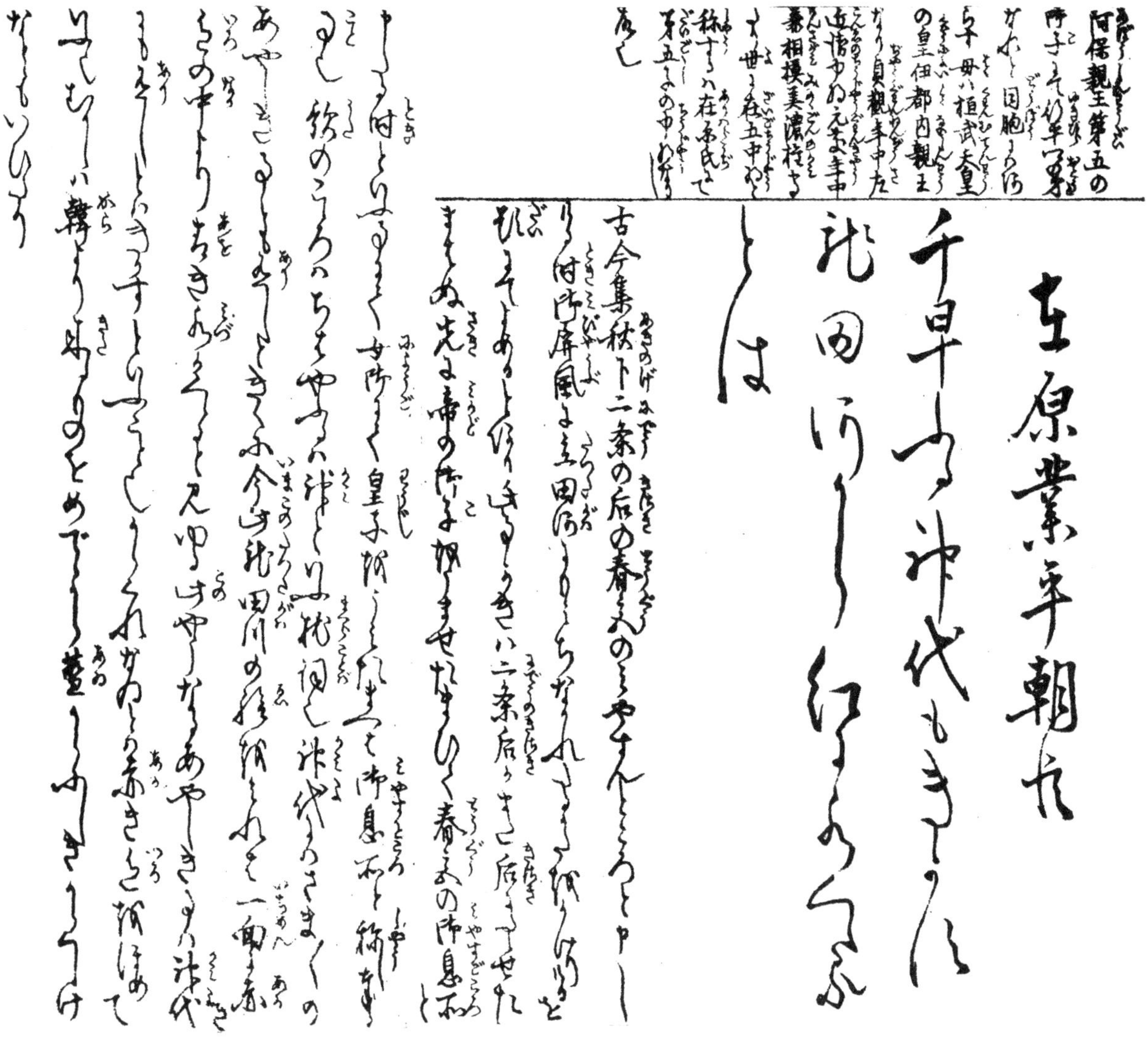

⑰ 在原業平朝臣

ありわらのなりひらのあそん

口語訳

不思議なことが起こったという神代にも聞いたことがありません。龍田川が散った紅葉によって、あざやかな唐の紅色に水を絞り染めにするとは。

概要

作者の在原業平（八二五～八八〇）は阿保親王の第五子で、在原姓を賜り在五中将などと呼ばれました。⑯番の歌の作者の行平とは兄弟です。行平と異なり、政界の才よりも和歌の才に恵まれた人でした。「体貌閑麗として姿かたちは雅びやかなる美男」と讃えられ、奔放な人生を送ったと伝えられています。『伊勢物語』の「昔男」は業平をモデルとして、様々な恋模様が描かれています。清和天皇の后高子が出仕する以前の若い頃に、業平と秘かに通じた仲と伝えられていますが、真偽のほどはわかりません。鴨長明の『無名抄』に業平の家が三条坊門付近にあったことが記されています。（佐藤瞳）

注釈

二条の后 藤原長良の二女、高子。清和天皇の女御であり、陽成天皇（⑬番）の母后。

御息所 天皇・東宮の妃の敬称。

龍田川 奈良県生駒郡斑鳩町龍田にある龍田山のほとりを流れる川。この周辺は古来、紅葉の名所として知られた歌枕。

くくる くくり染め（絞り染め）にすること。なお「くくる」を「くぐる」と読んで、水が紅葉の下をくぐって流れるの意とする説もある。

唐紅 鮮やかな紅色。韓の国から渡来したのに由来する名称。

『伊勢物語』 歌物語。作者未詳。在原業平に擬せられる多感な「昔男」（各章段が「昔、男…」で始まるので、こう呼ぶ）の、恋愛・流離・友情・別離など多岐にわたる内容を、和歌を中心に語る。

『無名抄』 鴨長明による歌論書。建暦元年（一二一一）～建保四年（一二一六）の間に成立。和歌に関する故実、歌人の逸話、作歌の心得、歌体論などについて、長明と彼の師匠俊恵の見解を中心に述べられている。

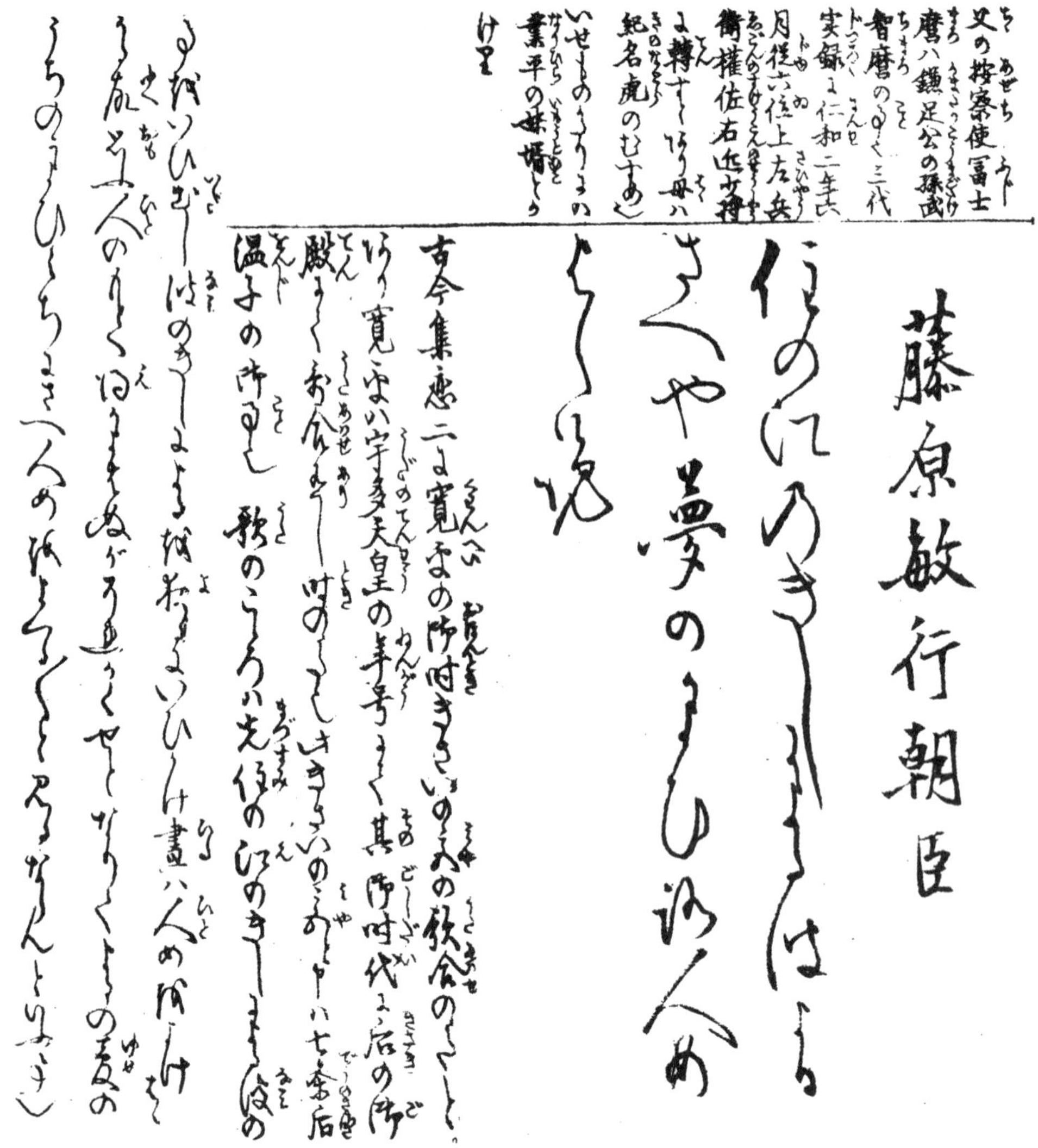
藤原敏行朝臣

住の江のきしによる波よるさへや夢のかよひ路人めよくらん

18 藤原敏行朝臣

ふじわらのとしゆきのあそん

口語訳

住の江の岸に「寄る」波ではありませんが、その「夜」の夢の中での通い路（逢瀬）でさえも、あなたはどうして人目を避けなさるのでしょうか。

概要

藤原敏行は、生年未詳、延喜七年（九〇七）没（一説に元年没）。三十六歌仙の一人です。この歌は『古今和歌集』（恋二・五五九）の詞書に「寛平御時きさいの宮の歌合のうた　藤原としゆきの朝臣」と記されます。寛平御時后宮歌合は寛平元年（八八九）～五年（八九三）の間に、光孝天皇の后班子女王が主催した歌合。「住の江」は摂津国（大阪府）住吉の浦で歌枕。「よる（寄る）波」は「夜」を導く序詞となっています。（大内瑞恵）

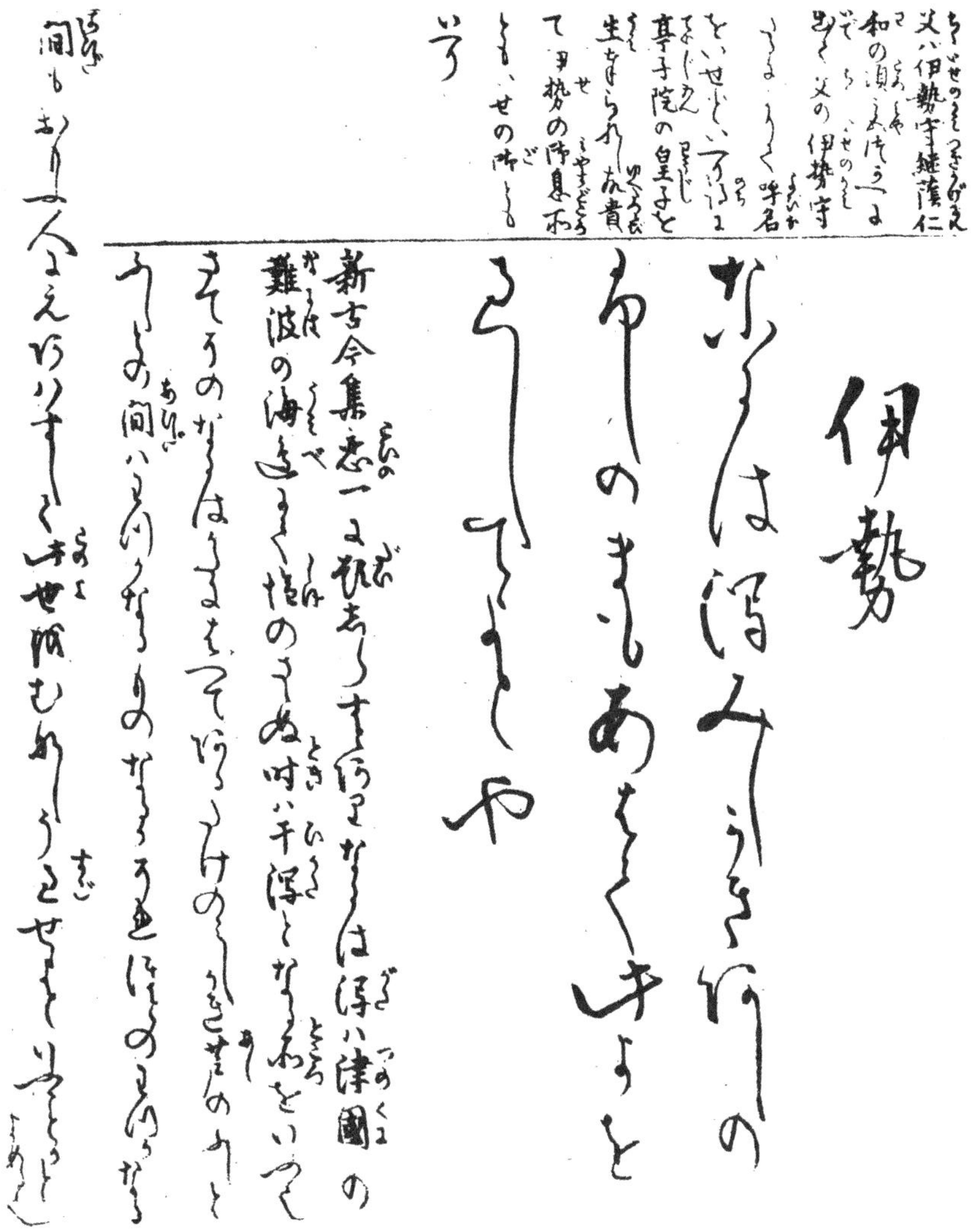
伊勢
なにはがたみじかきあしのふしのまもあはでこのよをすぐしてよとや

⑲ 伊勢　いせ

口語訳
難波潟の葦の、短い節と節の間のように、ほんのわずかな間でさえも、あなたに逢わないでこの世を終えてしまえとおっしゃるのでしょうか。

概要
作者の伊勢（八七七〜九三八頃）は、父の継蔭が伊勢守であることから伊勢と呼ばれました。宇多天皇の中宮温子に出仕しました。温子の兄の藤原仲平がまだ若い頃に伊勢と恋仲になり、伊勢の歌に感動し、人目を憚らず通いました。伊勢は宇多天皇にも寵愛され、行明（ゆきあきら）親王を出産しています。敦慶（あつよし）親王にも寵愛され、中務を出産しました。伊勢は容貌だけでなく心の美しい人と伝わり、古今集時代の代表的女流歌人として活躍しました。
（佐藤瞳）

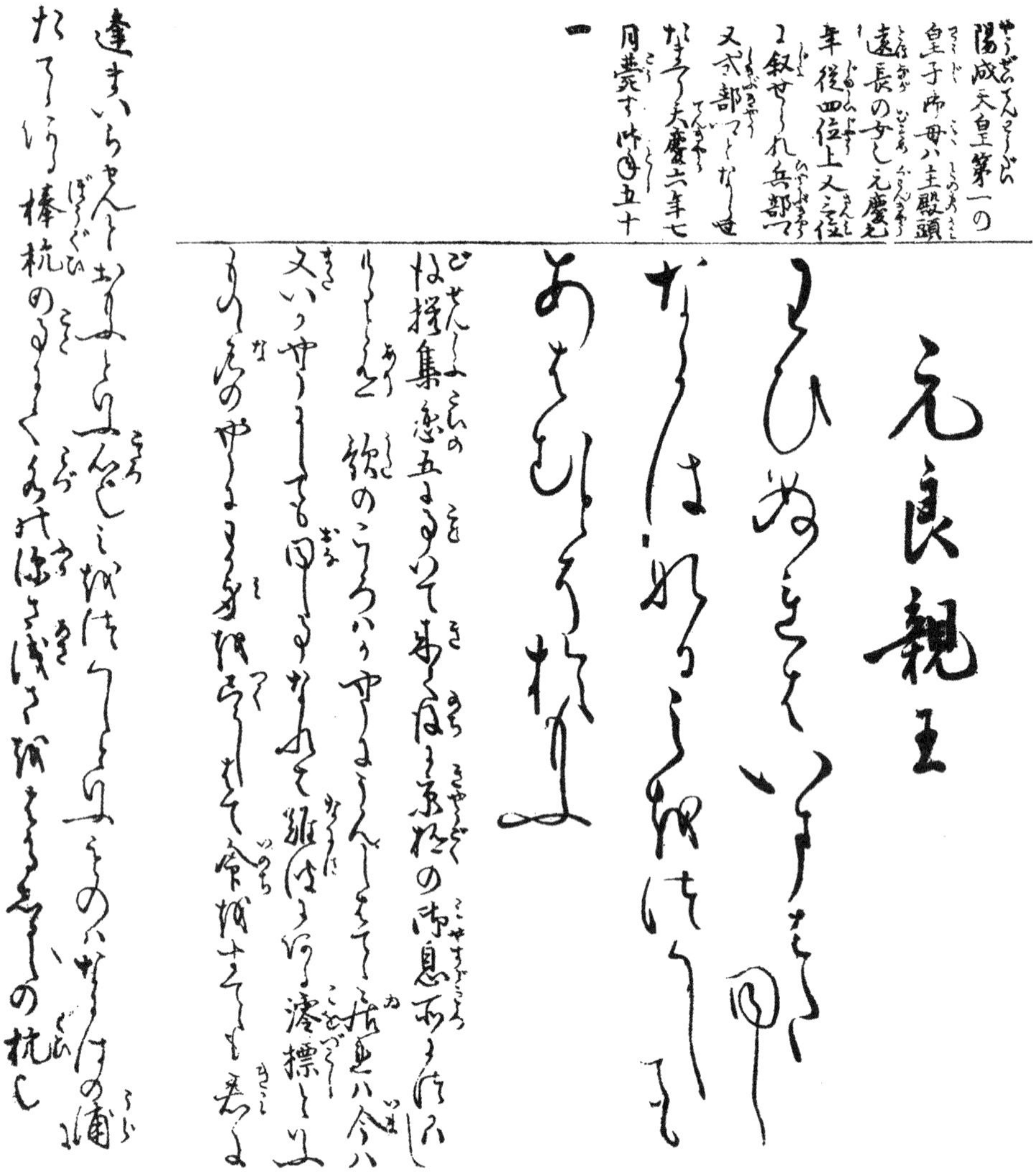

元良親王

わびぬれば今はた同じ難波なる身をつくしても逢はむとぞ思ふ

⑳ 元良親王　もとよしのしんのう

口語訳

これほど思い悩むくらいだから、今はもうどうなっても同じことです。難波にある澪標（みおつくし）のように、身を尽くしてもあなたに逢いたい。

概要

作者の元良親王（八九〇～九四三）は、陽成天皇（⑬番）の第一皇子です。本来ならば、帝位に就いてもおかしくない立場にありましたが、実際には藤原基経の推す光孝天皇（⑮番）が即位します。好色風流士の名をほしいままにしたようで、「美人」と聞けばもれなく通ったというエピソードも残されています。作品は宇多天皇が寵愛した「京極の御息所」（藤原時平の女褒子（むすめほうし））に贈られたもので、道ならぬ恋が露見したことで憂き目をみて、やぶれかぶれになった様子が詠われています。「澪標」は船が往来する目印として水脈に立てられた杭を指しますが、これに「身を尽くす（滅ぼす）」の意を掛けています。（城﨑陽子）

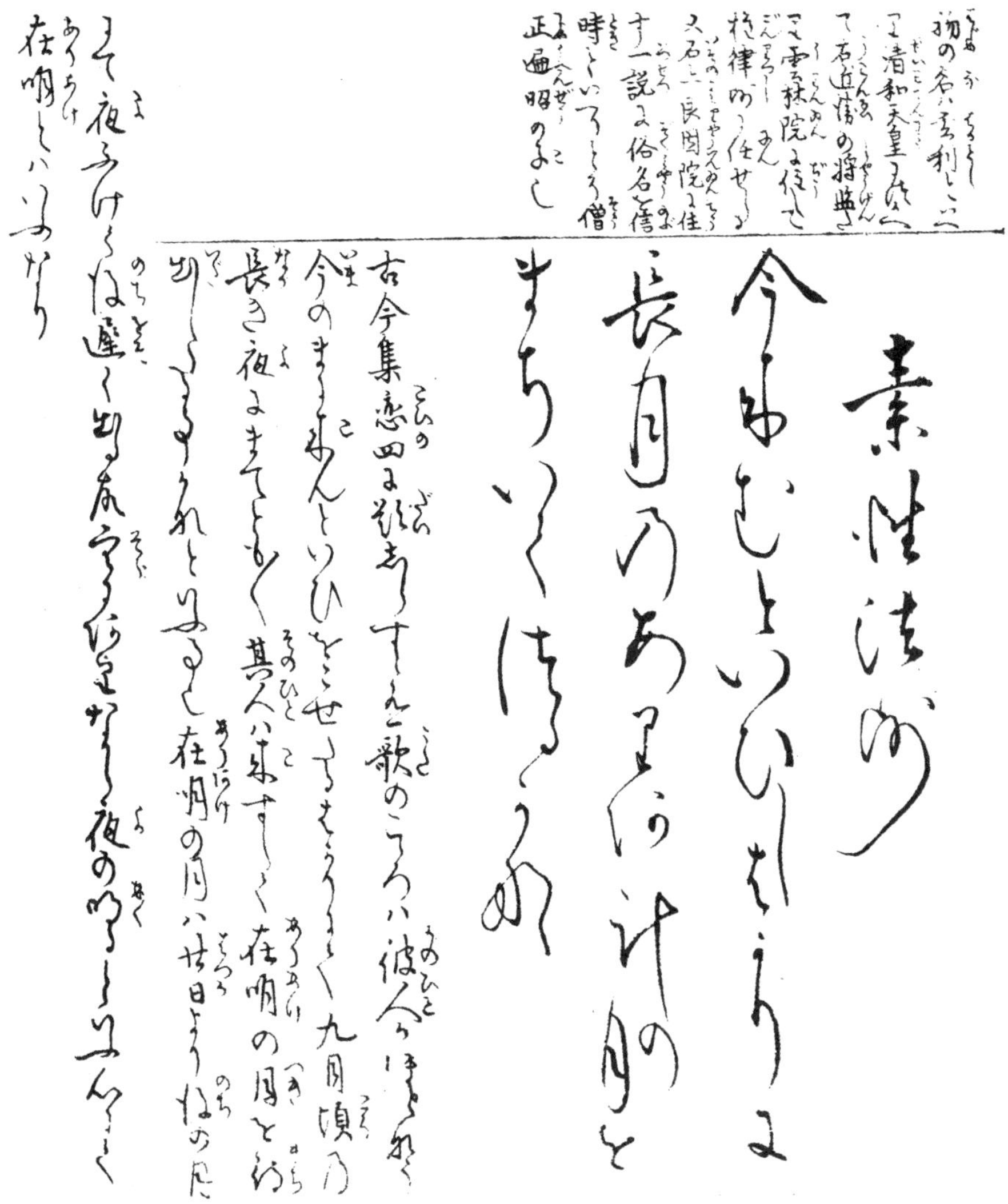

㉑ 素性法師　そせいほうし

口語訳
もうすぐ行きますよとあなたが言ってきたばかりに、長月（九月）の長い夜、あなたを待ち続けて有明の月が出る頃になってしまいましたよ。

概要
素性法師は生没年未詳。⑫番の僧正遍昭（良岑宗貞）の子です。この歌は『古今和歌集』（恋四・六九一）に「（題しらず）そせいほうし」と記されます。女が男を待つ恋の歌。「有明（在明）の月」は陰暦十六夜以後の月で、夜更けに出て夜明けになっても空に残る月です。藤原定家（㉗番）は何日も待っていた歌と解釈していますが、江戸時代の契沖は『古今和歌集』の配列から待っていたのは一夜のことと解釈しています。（大内瑞恵）

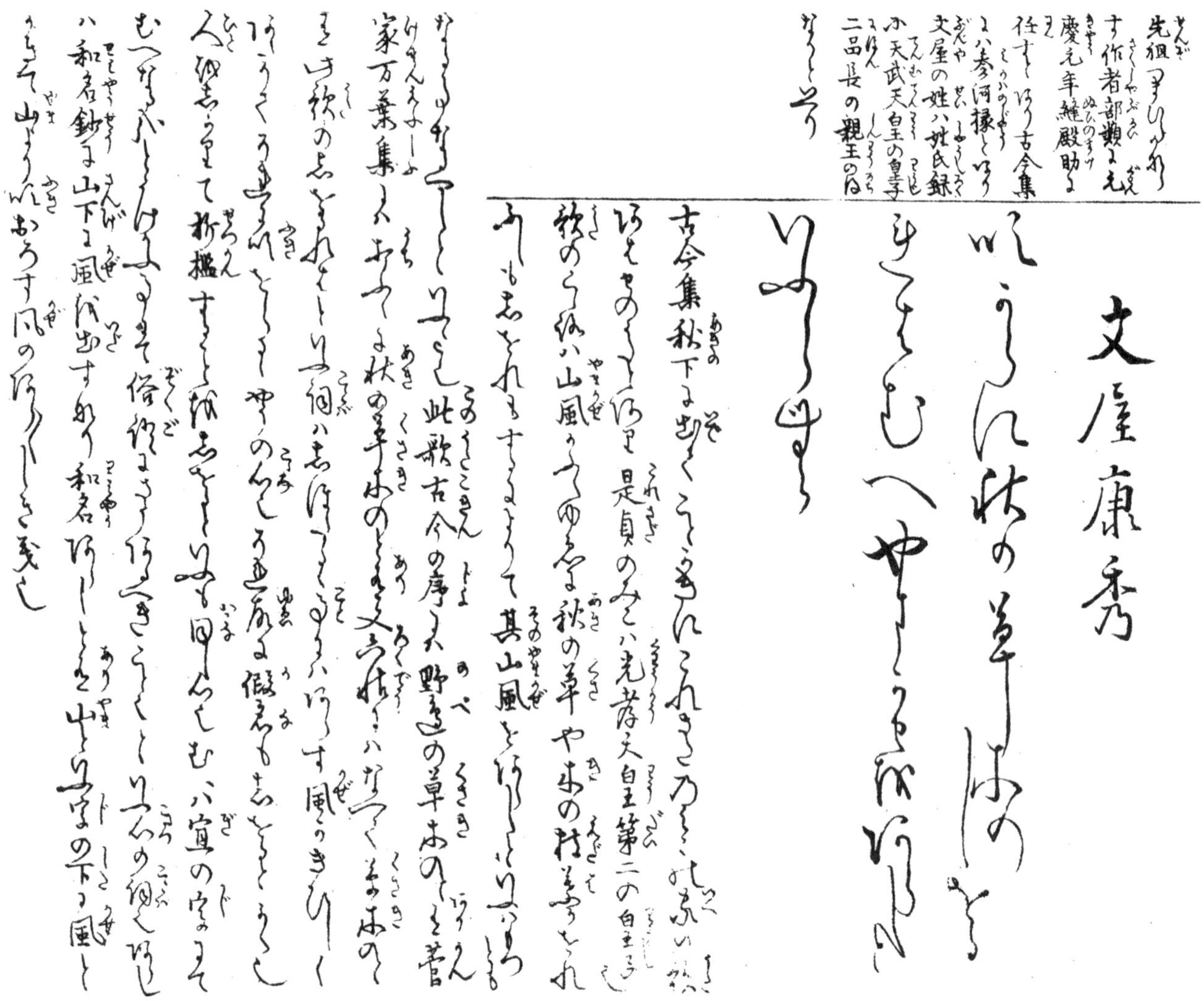

㉒ 文屋康秀
ふんやのやすひで

口語訳

吹いてくると、たちまち秋の草木がしおれてしまう。なるほど、山からの風を嵐と呼ぶのですね。

概要

作者の文屋康秀（生没年未詳）は六歌仙の一人です。身分は低かったようですが、在原業平（⑰番）や素性法師（㉑番）らとともに歌人としての才能が高く評価されていたようです。それにしても、思い起こされるのは『古今和歌集』仮名序の康秀に対する酷評です。「詞は巧みにて、そのさま身におはず、いはば商人のよき衣をきたらむがごとし」（言葉は巧みで面白く、上等な衣装のように目立つけれども、その歌の姿は俗っぽくて、賤しいところがある）とされています。当該歌も、「たちまちに草木をしおれさせる風」といった誇張表現や山からの風に「嵐」と「荒し」を掛けて詠う言語遊戯的な面が目立ってしまうからでしょうか。（城﨑陽子）

〔コラム〕3

八代集　『古今和歌集』『後撰和歌集』『拾遺和歌集』『後拾遺和歌集』『金葉和歌集』『詞花和歌集』『千載和歌集』『新古今和歌集』の八つの勅撰集を「八代集」と呼びます。平安時代の初めごろから鎌倉時代に至る和歌史の大きな流れを八代集によってつかむことができます。

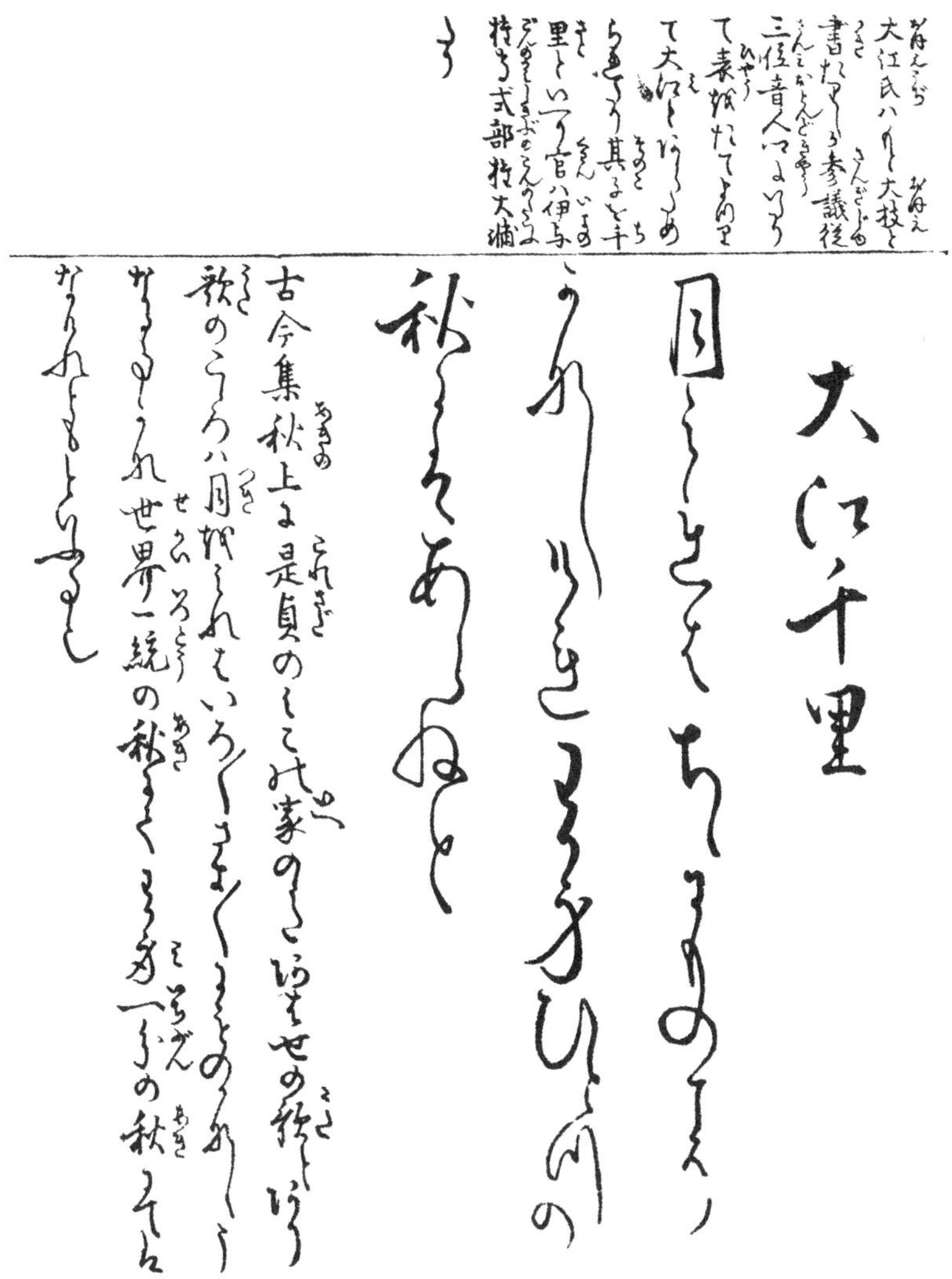

㉓ 大江千里　おおえのちさと

口語訳

月を見るといろいろと物悲しくなってしまいます。自分一人だけの秋というわけではないのに。

概要

平城天皇の曾孫で、阿保親王の孫であった大江音人の第二子です。父音人は、学問を好み博学宏才で聞こえました。また、清和天皇の持読も勤め、『群籍要覧』『弘帝範』『貞観格式』などを選定しました。『貞観格式』の上表並びに弁式の序は、ともに音人の作です。千里はこうした父の学識を受け継ぎ、特に和歌をよくしました。家集並びに句題和歌一二〇首があります。句題和歌は、宇多天皇の詔を受けて、故人の詩句をいろいろと選び、それに自らの歌を詠み添えて奉ったものです。（渡部修）

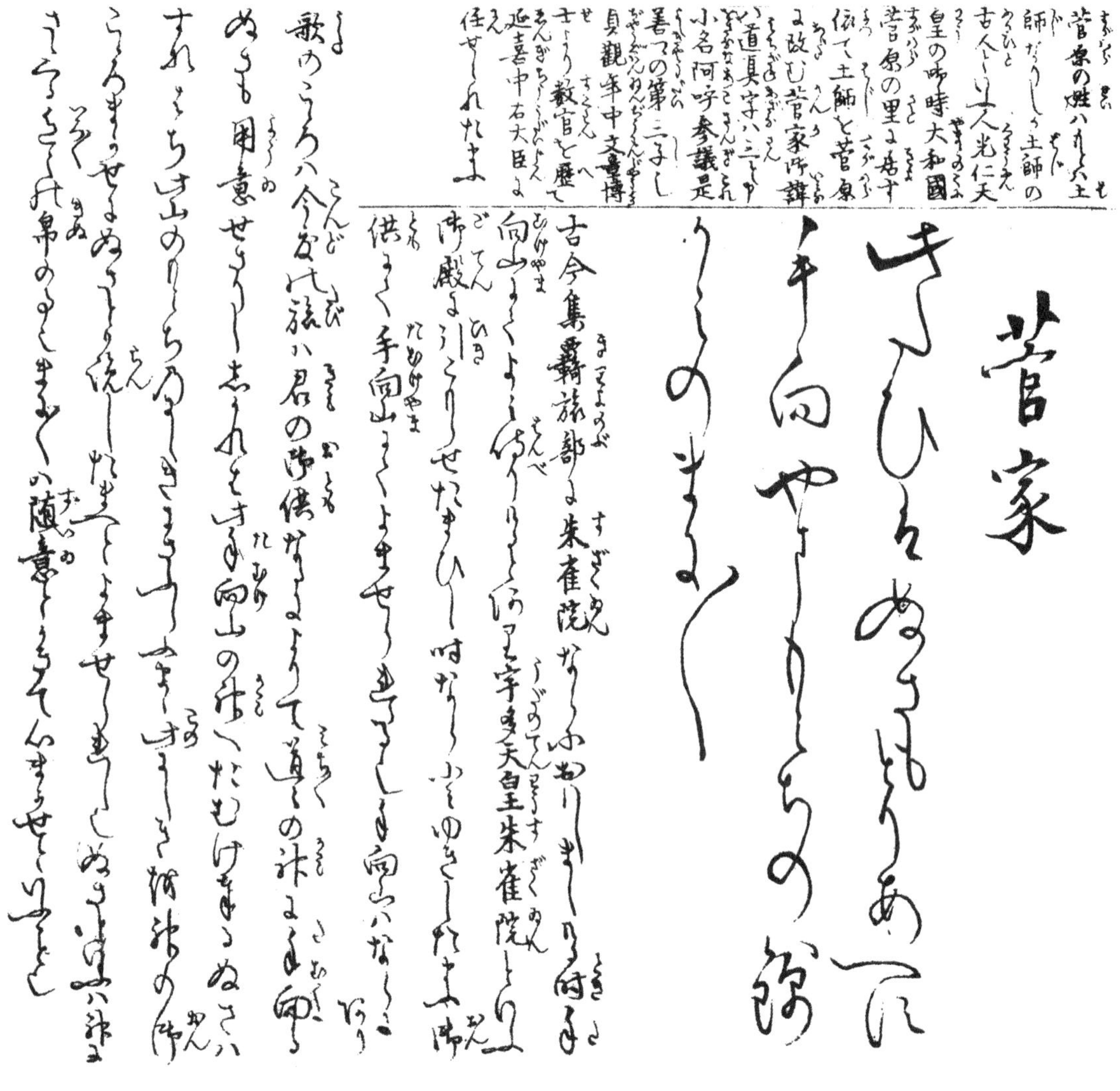

24 菅家 かんけ

口語訳

この度の行幸は急な事でしたので幣の用意もできませんでした。神よ、手向山の錦のように美しい紅葉を幣として、御心のままにお受けください。

概要

作者の菅原道真（八四五～九〇三）は大江家と並ぶ文章博士の家柄に生まれました。幼少より聡明との誉れが高かった道真は、一八歳で文章生となり、文章博士などを歴任し、『文徳実録』や『貞観格式』の編纂にたずさわりました。寛平五年（八九三）に遣唐大使となりましたが、唐の内乱を理由に遣唐使廃止の建言をしたことは有名な話です。醍醐天皇の昌泰二年（八九九）に従二位右大臣に昇りました。しかし、その昇進もつかの間、延喜元年（九〇一）には左大臣藤原時平の讒言にあって大宰府へと左遷されました。都を出立する時にあたって、庭の梅の木に「東風吹かばにほひおこせよ梅の花主なしとて春を忘るな」と詠ったことから、梅が道真を慕って大宰府まで飛んできたという「飛梅」伝説は有名です。道真はその後、彼の地で亡くなりますが、都では落雷が頻発し、それが「菅公の祟り」と噂されたことから、太政大臣を追贈され、天満天神として祀られるようになりました。（城﨑陽子）

注釈

文徳実録　正式には『日本文徳天皇実録』。六国史の五番目で、文徳天皇の一代を対象とする編年体の歴史書。

貞観儀式　平安時代前期に朝廷の儀式次第を編纂した書物。三代儀式の一つ。

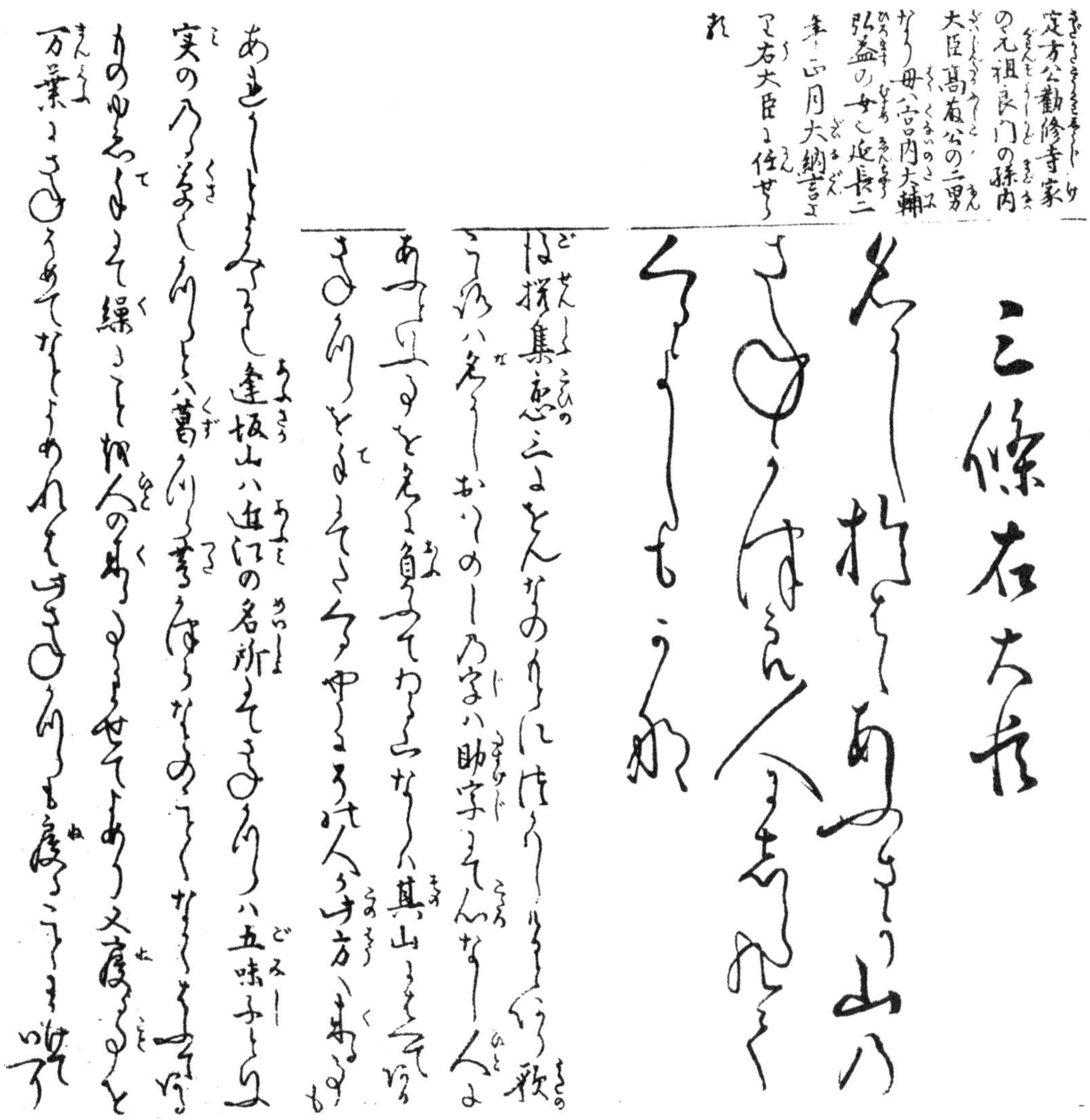
定方公勧修寺家の元祖良門の孫内大臣高藤公の二男なり母ハ宮内大輔弘益の女也延長二年正月大納言より右大臣ニ任せられ

三條右大臣

名にし負はば逢坂山のさねかづら人に知られでくるよしもがな

25 三條右大臣　さんじょうのうだいじん

口語訳

「逢う」「さ寝」という名を持つならば、逢坂山のさねかづらよ、その蔓を繰るように、人に知られずにあなたのもとへ来る（行く）方法がほしい。

概要

三條右大臣、藤原定方（八七三～九三二）は中納言朝忠（44番）の父。『後撰和歌集』（恋三・七〇〇）詞書に「女につかはしける」（別本、女のもとにつかはしける）三條右大臣」とあります。「名にし負ふ」はその名にふさわしいの意。「逢坂山」は京都府と滋賀県の境で、逢坂関で有名な歌枕。恋人との逢瀬が多く詠まれます。「さねかづら（真葛）」は蔓草です。「さね」の語から「さ寝」（寝ること。男女の共寝）が連想されます。また、「くる」は「蔓を繰る（巻き取る）」意と「来る」との掛詞です。（大内瑞恵）

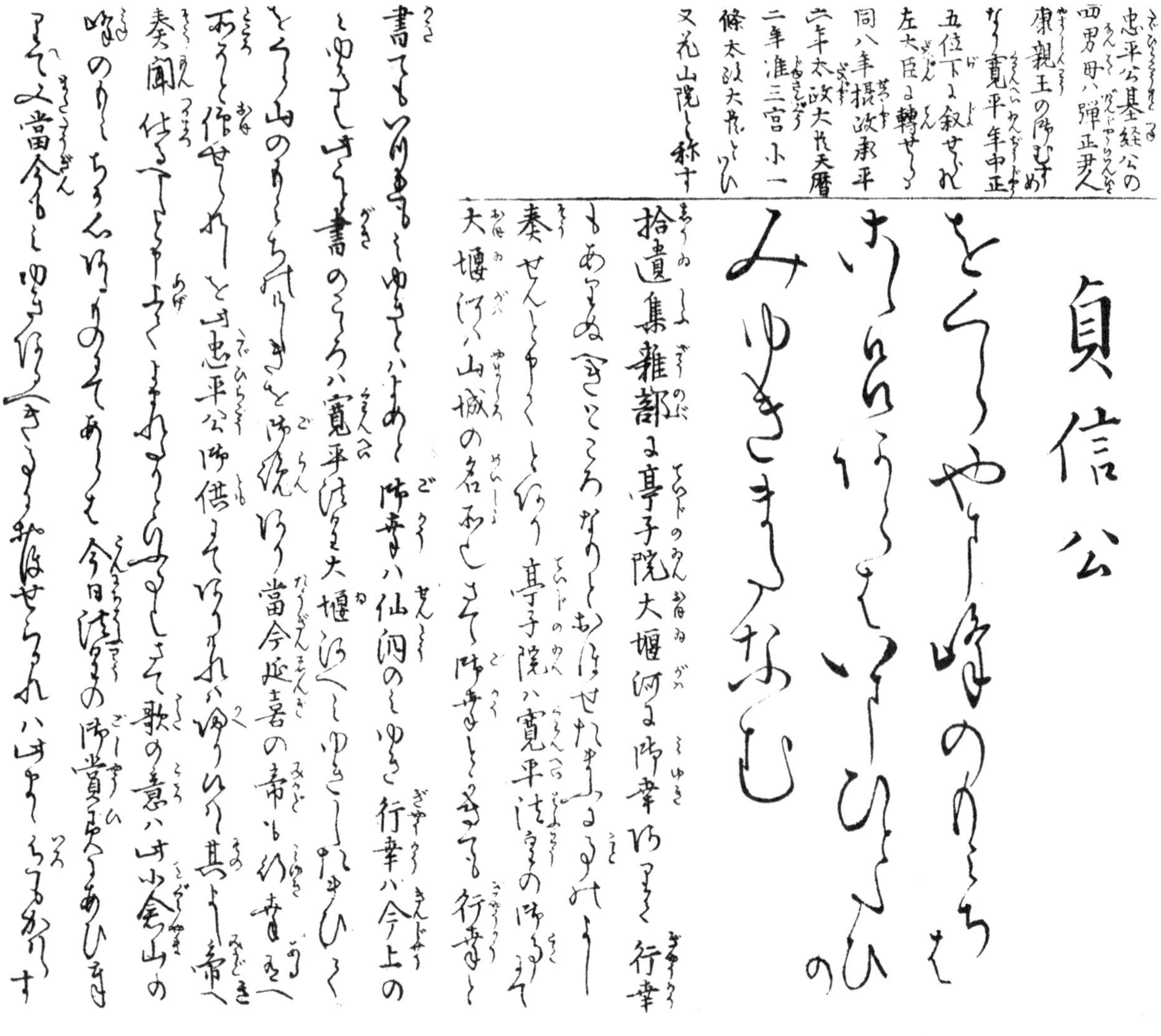

26 貞信公

ていしんこう

口語訳

小倉山の峰の紅葉の葉よ。もしも心があるならば、もう一度、今度は主上の行幸を待っていてほしい。

概要

藤原忠平（八八〇～九四九）は、醍醐天皇、朱雀天皇に仕えた公卿。藤原基経の子で、菅原道真（㉔番）を左遷した時平の弟ですが、兄の死後摂政、関白となり藤原氏全盛の基礎を作りました。その邸にちなんで小一条太政大臣と称され、没後貞信公と諡（おくりな）されました。『拾遺和歌集』（雑秋・一一二八）詞書に「亭子院大井河に御幸ありて、行幸もありぬべき所なりとおほせたまふに、事のよし奏せんと申して　小一条太政大臣」とあります。江戸時代の歌人井上文雄は延喜七年（九〇七）の歌と推定しましたが、近年は延長四年（九二六）のことと目されます。宇多法皇が大井河（大堰川）に行幸した折、その紅葉の美しさをぜひ、醍醐天皇にも見せたいと仰ったことに対して忠平が詠んだ歌。紅葉に心があるならばと擬人法・仮定法を用いた表現です。（大内瑞恵）

注釈

小倉山　京都市右京区嵯峨。大堰川（保津川）を隔てて南側に嵐山があり、紅葉の名所として古くより知られていた。

みゆき　天皇・上皇・女院の外出のこと。天皇の外出を行幸（ぎょうこう）と記し、平安中期以降上皇の外出を御幸（ごこう）とするが、訓読みではどちらも「みゆき」と読む。

亭子院　宇多法皇の離宮。

寛平（八八九～八九八）宇多・醍醐両天皇の代の年号。宇多天皇は寛平九年（八九七）に醍醐天皇に譲位し、上皇そして法皇（出家）となった。「亭子院」「寛平法皇」ともに、宇多法皇を示す。

仙洞　仙人（俗界を離れた人）の住居の意から、天皇を退位した上皇もしくは法皇の御所をいう。

当今　今上天皇（現在の天皇）のこと。ここでは醍醐天皇を指す。

延喜（九〇一～九二三）醍醐天皇の代の年号。「延喜の帝」とは醍醐天皇を示す。

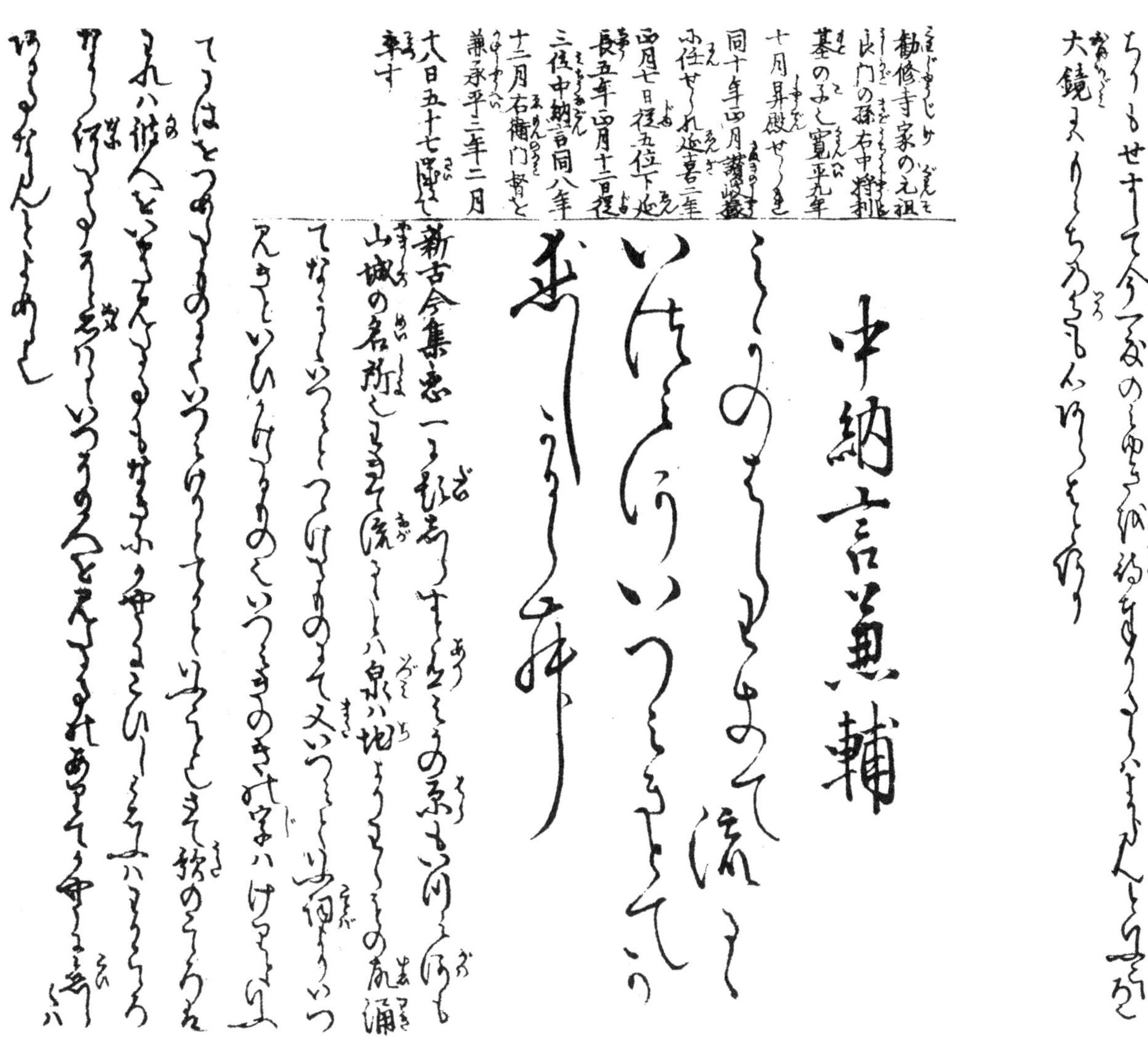

㉗ 中納言兼輔　ちゅうなごんかねすけ

口語訳

みかの原から湧き出て、それを分けるように流れる泉川の、その「いつ」ではないが、いつ逢ったというので、こんなにまで恋しいのでしょうか。

概要

作者の藤原兼輔（八七七～九三三）は従三位中納言にまで昇進しました。賀茂川の堤の下に堤第という邸があり、堤中納言と呼ばれました。現在の廬山寺にあたります。紀貫之（㉟番）や凡河内躬恒（㉙番）らと親交があり、多くの歌人が邸宅に集まりました。長男、雅正の孫が紫式部（57番）で、兼輔は曾祖父です。堤第には紫式部も住んだといわれています。兼輔の没後、土佐から上京した紀貫之が、兼輔の旧宅の粟田の家で歌を詠んだと伝わっています。（佐藤瞳）

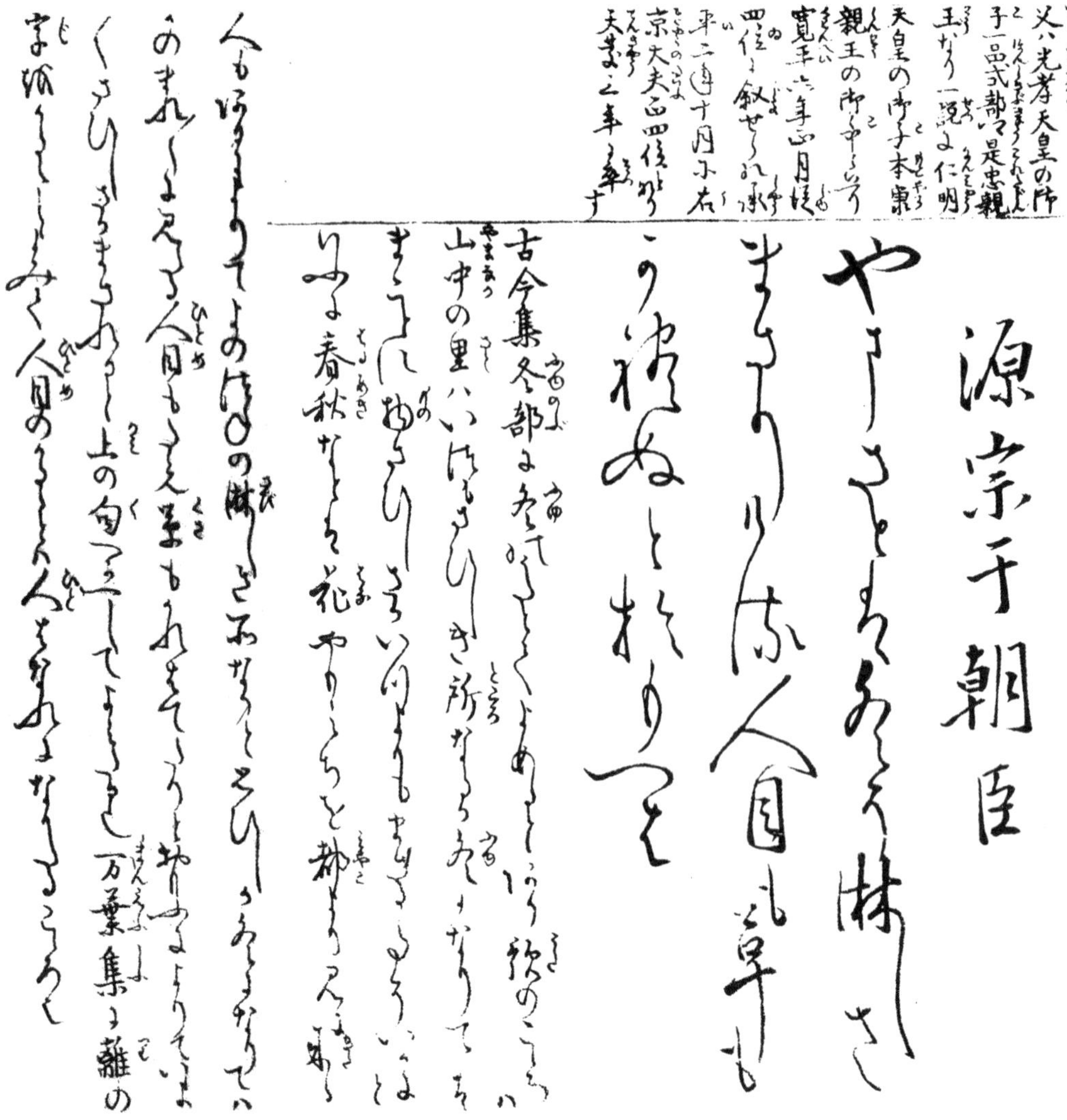

㉘ 源宗于朝臣　みなもとのむねゆきのあそん

口語訳

山里というものはいつも寂しいものですが、冬はことさらに寂しさが勝ります。人目からも離れ、また草木も総て枯れてしまうと思うと。

概要

光孝天皇の皇子である是忠親王の御子です。親王は延喜二〇年（九二〇）閏六月に出家して、南院の宮と称されました。宗于を、仁明天皇の皇子である本康親王の御子とする説もあります。しかし、『大和物語』に、花がおもしろく咲いた頃、南院の公達が集まって歌会を催した時、宗于が南院を「故郷」として歌を詠んだこと、また、宗于の女を「南院のいまぎみ」と呼んでいることから、宗于を本康親王の子とする説は誤りで、是忠親王の御子とするのが正しい説です。（渡部修）

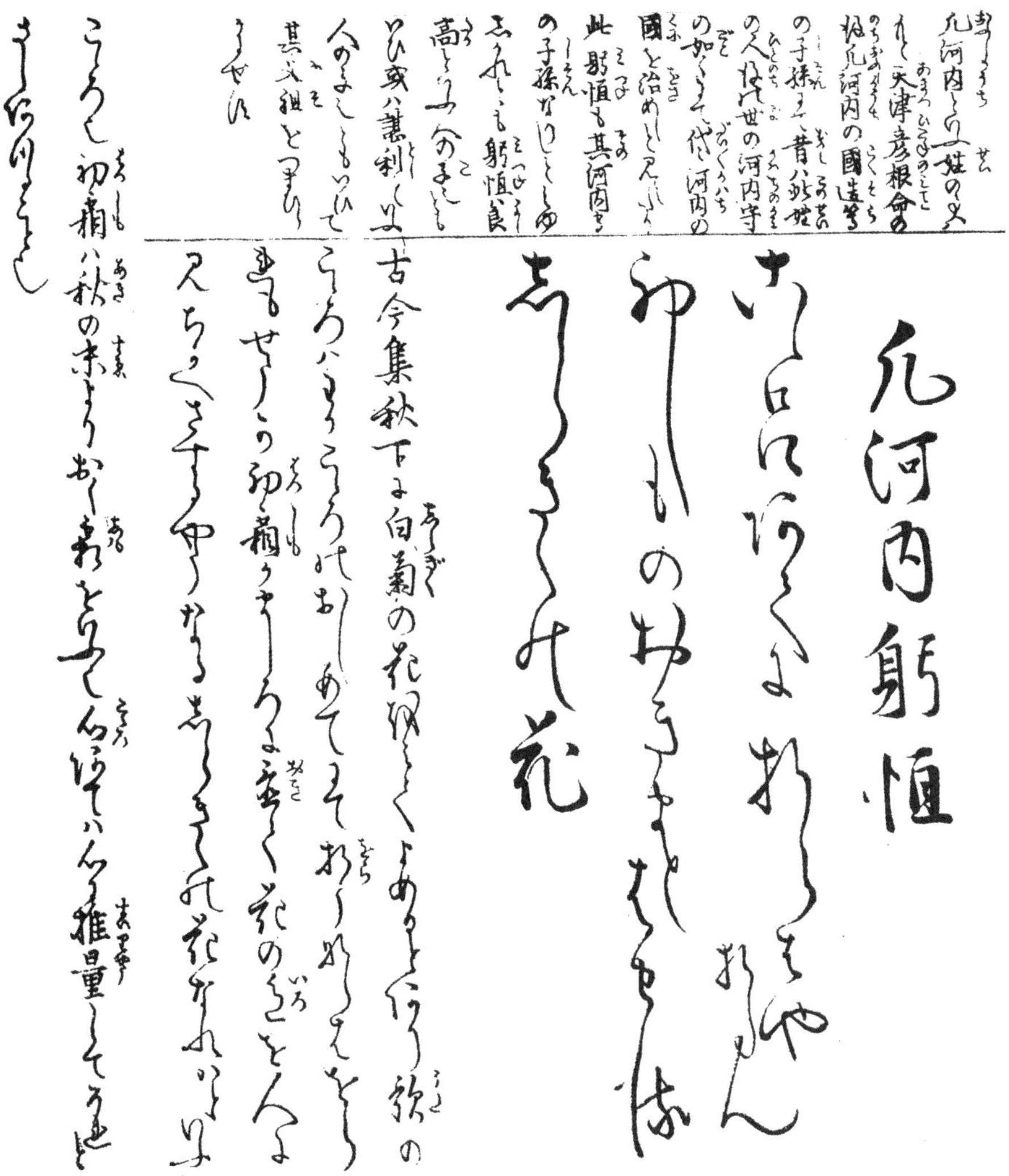
凡河内躬恒

心あてにおらはやおらん
初しものおきまとはせる
しらきくの花

㉙ 凡河内躬恒

おおしこうちのみつね

口語訳

あてずっぽうに折るなら折ってみようかな。初霜が降って霜か菊か見分けもつかなくなっている白菊の花を。

概要

作者凡河内躬恒（生没年未詳）は微官でしたが、歌の才能が認められ、『古今和歌集』の撰者の一人に任ぜられました。三十六歌仙の一人です。白菊と霜とを見紛うという着想は漢詩にあり、躬恒はその表現手法をつかって歌を詠んだのです。後世、三条相国（三条実行〈一〇八〇～一一六二〉）と二条の帥（藤原俊忠〈一〇七三～一一二三〉）が躬恒と貫之の歌の勝劣を論じた時に、決着がつかず、その判を白河院から承った源俊頼（74番）が「躬恒を侮らせ給ふな」とだけ言ったというエピソードが『無名抄』に残っています。（城﨑陽子）

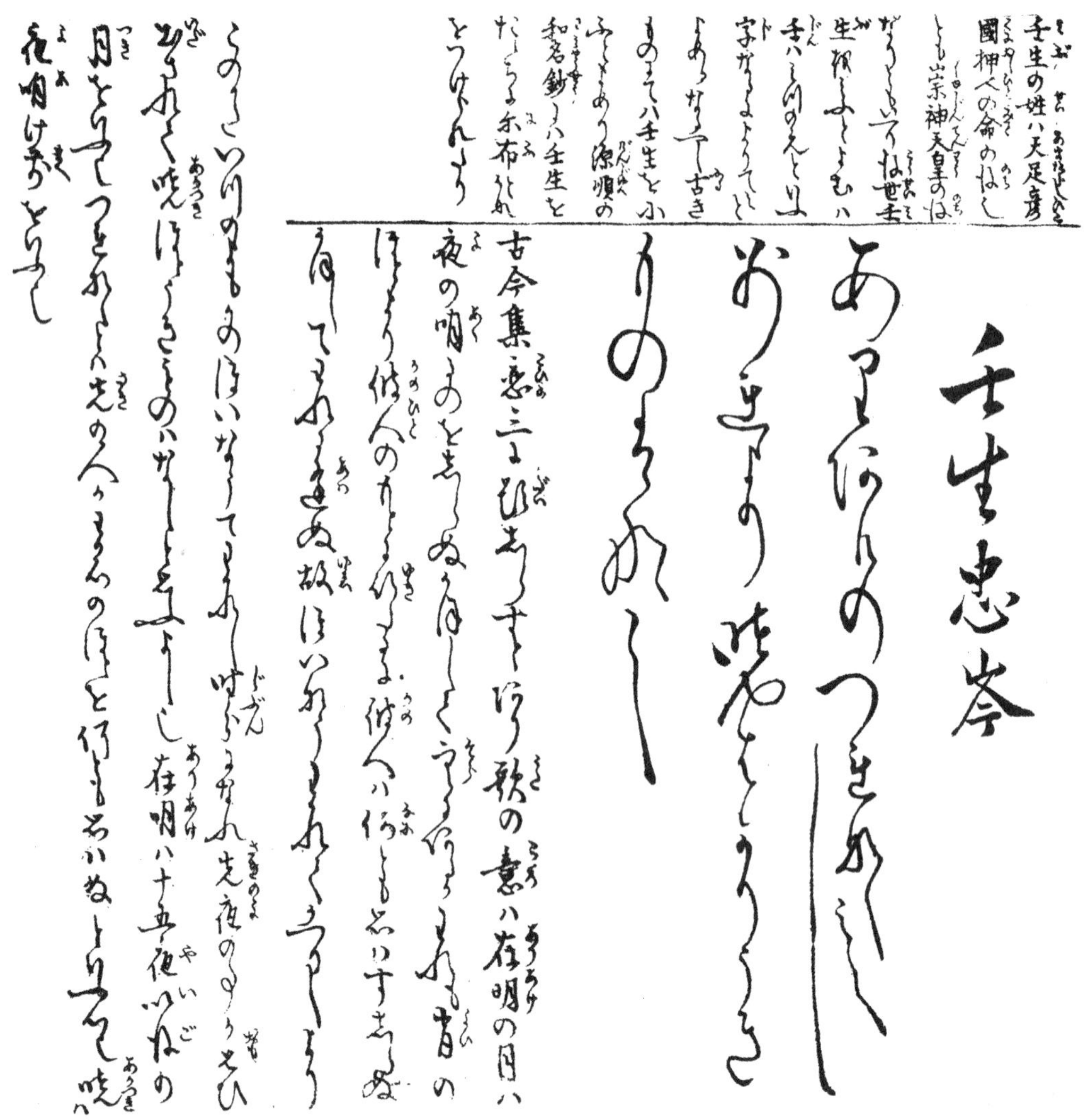

30 壬生忠岑

みぶのただみね

口語訳　有明の月が夜が明けるのも知らぬ風情で空にある、それを目にした日から後朝に暁ほど辛いものはないようになったよ。

概要　当該歌の二句目の「つれなく見えし」が「月」なのか「相手の女」なのかで説がわかれており、『六百番歌合』でも難陣の場で問題にされています。後鳥羽院（99番）が『古今和歌集』の中でもいずれが秀逸な歌かと近臣に尋ねたところ、藤原定家（97番）も藤原家隆（98番）も当該歌を第一として挙げたというエピソードが残ります。作者壬生忠岑（生没年未詳）は微官ではありましたが、三十六歌仙の一人でもあり、歌人として優れ、『古今和歌集』の撰者にも任ぜられました。壬生忠見（41番）の父です。歌集に『忠岑集』があります。（城﨑陽子）

注釈　**六百番歌合**　鎌倉時代の歌合。主催者は藤原良経（91番）、判者は藤原俊成（83番）。十二人の歌人から百首ずつを詠進し、六百番の歌合とした。

〔コラム〕4

歌合　歌人を「左方」「右方」という二つのグループにわけ、与えられた歌題について和歌を作り、これを比較して勝負を競う和歌行事を「歌合」といいます。判定には勝・負・持（引き分け）があり、「判者」と呼ばれる人がこれを決めました。主催者によって、様々に趣向がこらされました。

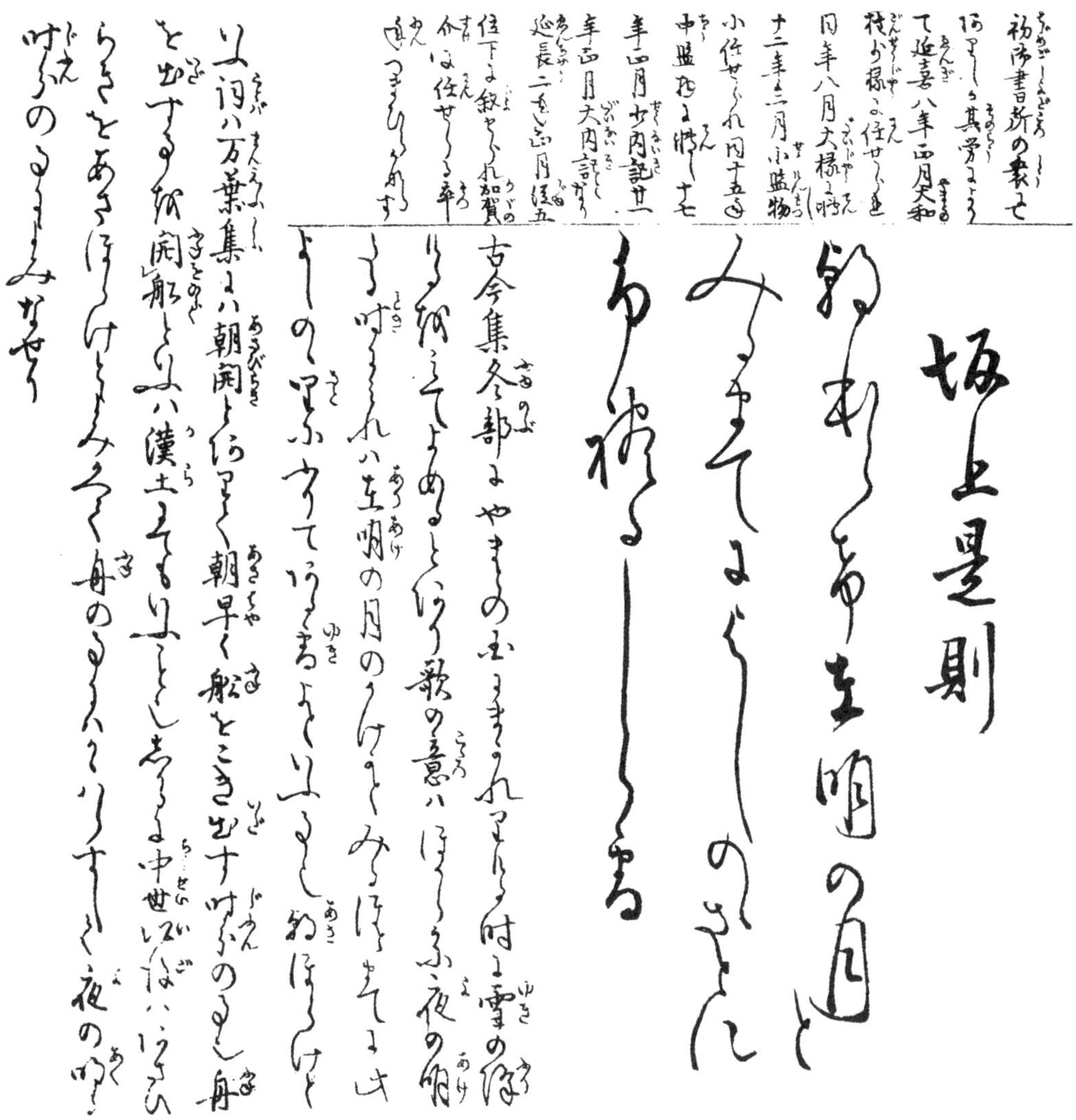

坂上是則

あさぼらけ有明の月とみるまでによしのゝさとにふれるしらゆき

㉛ 坂上是則　さかのへのこれのり

口語訳

ほのぼのと夜が明けるころ、有明の月の光かと見える程まで、この吉野の里には雪が降り積もっていることです。

概要

後漢の孝霊帝四代の孫、阿知使主（あちのおみ）の後裔で、坂上田村麿の四代の孫、好蔭の子です。才学があって、醍醐天皇の御書所に勤め、後に、詔勅文や記録を司る大内記となりました。また蹴鞠の達者で、延喜五年（九〇五）三月二五日、仁寿殿で催された蹴鞠の会では、二〇六度まで連続で蹴って一つも落とすことがありませんでした。それほど歌に優れていたわけでもない子の望城が『後撰和歌集』の撰者になれたのは、父是則の誉れがあったからと思われます。（渡部修）

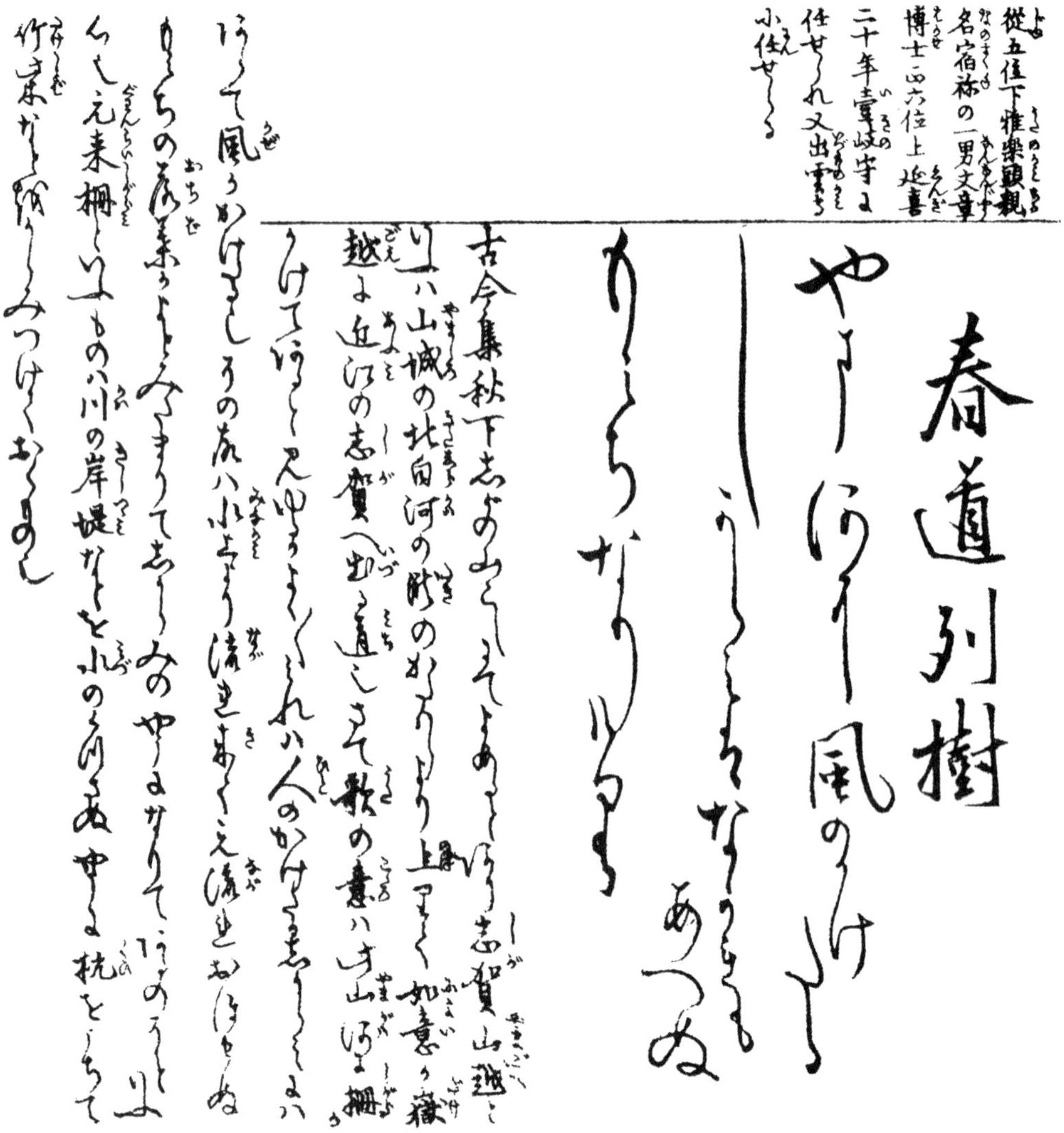

㉜ 春道列樹

はるみちのつらき

口語訳

山中の川に風がかけた柵（しがらみ）とは、よく見てみると流れきれずに堰（せ）き止められたようになっている紅葉であったよ。

概要

春道列樹（生年未詳〜九二〇）について詳しいことはわかりませんが、勅撰集に五首の歌が入集しています。当該歌は『古今和歌集』（秋下・三〇三）に「志賀の山ごえにて詠める　はるみちのつらき」とあります。志賀の山越は滋賀県大津市と京都市北白川とを結ぶ山道。比叡山の麓を越えるこの道は、天智天皇（❶番）が創建したという崇福寺（志賀寺）参詣の道であり、歌枕・名所としてよく和歌に詠まれました。（大内瑞恵）

注釈

やまがは（やまがわ） 山中を流れる川。「やまかは（やまかわ）」と濁らない場合は山と川の意。『万葉集』に「夜麻河泊（ヤマカハ）」「夜麻加波（ヤマガハ）」と記され、古代より使い分けられていた。

しがらみ 水の流れを堰き止めるために、水中に杭を打ち並べ、竹・柴などを横に渡して結び、からませたもの。

あへ 動詞「敢ふ」（下二段活用）の未然形。十分にそうする、なし遂げるの意。

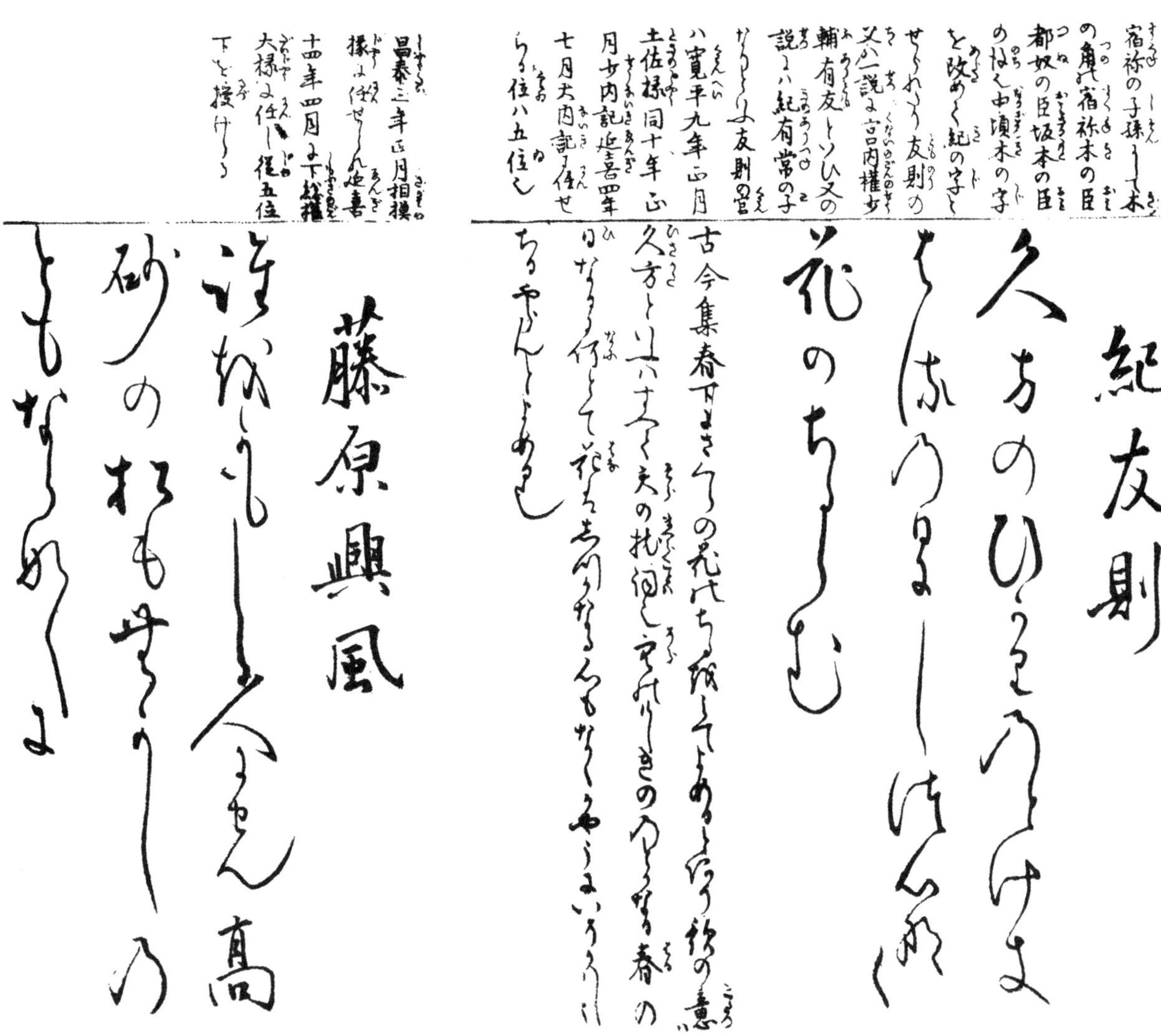

㉝ 紀友則　きのとものり

口語訳

日の光がのどかな春の日に、落ち着いた心もなく桜の花はどうして散るのでしょうか。

概要

作者の紀友則（生年未詳～九〇五）は、紀貫之（㉟番）とは従兄です。延喜四年（九〇四）に正六位大内記（だいないき）になりました。内記は天皇の詔を書き記し、天皇の行動の記録を司る職です。官位は低かったものの和歌での活躍はめざましく、早くから歌合に加わっていました。大内記に任ぜられたのも歌合での活躍があったからといいます。古今集時代の代表的歌人です。六〇歳の時に『古今和歌集』の編纂に加わりましたが、完成を見ずに六一歳で亡くなりました。（佐藤瞳）

㉞ 藤原興風　ふじわらのおきかぜ

口語訳

年老いた今となっては誰を知人としたらよいものでしょうか。あの年久しい高砂の松でさえ昔の友ではないのです。

概要

藤原浜成の曾孫で、道成の子です。正六位上治部少丞となって、院の藤太と号しました。昌泰五年（九〇二）三月相模掾、延喜一〇年（九一〇）

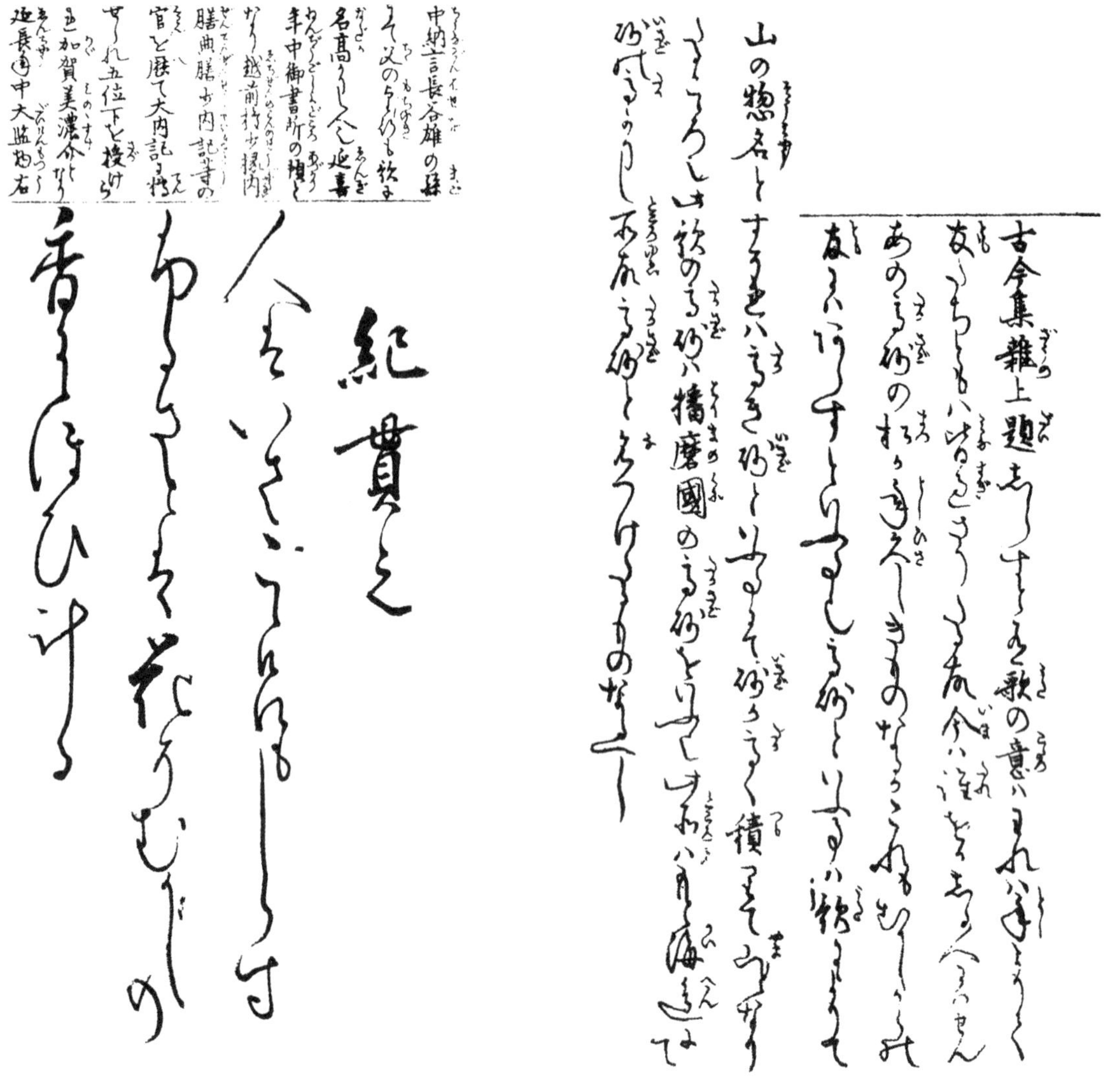

四月下総権大掾、従五位下に叙せられました。曾祖父の浜成は、『天書』という国史と和歌の式を作りました。その和歌の式は、世に『浜成式』（『歌経標式』）といいます。しかし、現在世に流布している『天書』も『浜成式』も偽書です。本物は早くに滅びて伝わりません。（渡部修）

㉟ 紀貫之　きのつらゆき

口語訳

あなたは、さあ、どうでしょう。人の気持ちというのは私にはわかりません。昔なじみのこの里では、この梅の花だけが昔のままの香りで咲き匂っていますよ。

概要

作者である紀貫之は八七二年頃～九四五年に生きた人です。晩年は土佐守を経て、従五位上木工権頭（もくのごんのかみ）になったといいます。木工権頭は宮殿の建築、修理を行う木工寮の長官です。官位には恵まれなかったものの、早くから歌人の名声が高く、歌合や屏風歌に活躍しました。『古今和歌集』の中心的編者です。本格的な歌論として知られる『古今和歌集』の仮名序を書いたことでも大きな功績があります。他に『新撰和歌』や、土佐守の任期後、土佐から京に戻る時のことを記した『土佐日記』を著しています。

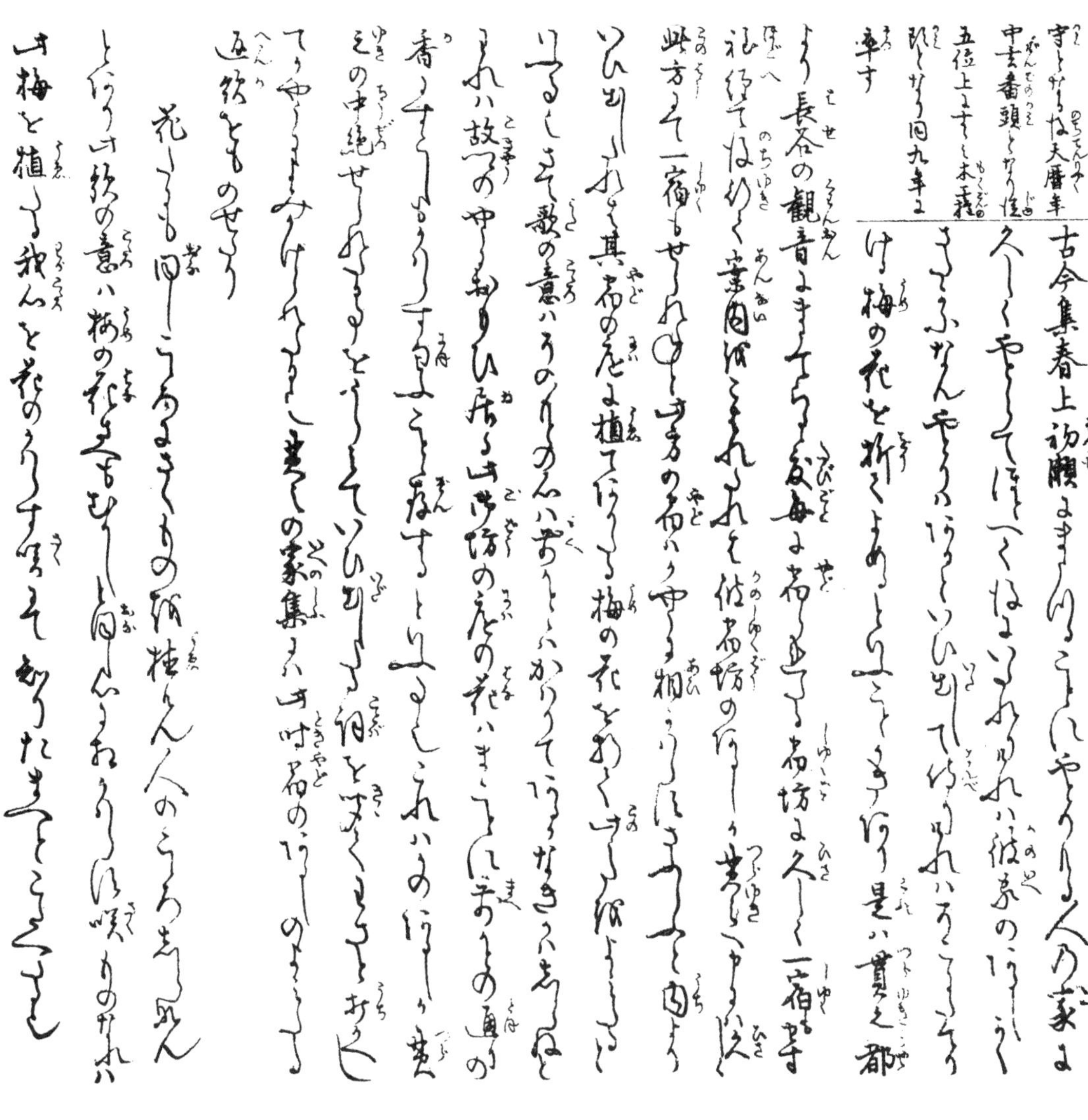

『土佐日記』は日本文学史上初めての仮名日記で、その後の仮名日記文学に多大な影響を与えました。この歌は長谷寺に参詣する度に宿としていた家を、しばらくぶりで訪れたところ、その家の主人が「あなたの家は昔のままですよ」と来訪のないことに不満を滲ませたので、そこに咲いていた梅の花を折って詠んだと伝わっています。（佐藤瞳）

注釈

初瀬　奈良県桜井市初瀬にある長谷寺。真言宗豊山派の総本山。平安時代、本尊の十一面観音菩薩は厚く信仰された。

貫之の家集　家集『貫之集』のこと。九〇〇首余の貫之歌を収める。成立年未詳で、自撰本と他撰本がともに存在するとみられている。

『土佐日記』　仮名文による最初の日記文学。承平五年（九三五）成立。作者は紀貫之。晩年、土佐守の任を終えた貫之が、土佐を出発して帰京するまでの、五五日間の旅日記。土佐守在任中に失った女児への追慕の情を基調としながら、風波や海賊への恐怖、帰京の喜びなどを、諧謔（かいぎゃく）を交えた理知的な文章で記す。

〔コラム〕5　**『古今和歌集』と仮名序**　延喜五年（九〇五）、醍醐天皇の勅命で、最初の勅撰和歌集が作られました。『古今和歌集』です。四季の歌や恋の歌などは、部立と呼ばれる分類を配し、優美で繊細な美意識で構成されています。『古今和歌集』には紀貫之の作とされる仮名文の仮名序と紀淑望（よしもち）の作とされる漢文の真名序とが付せられています。和歌の本質と効用をはじめとして、歴史的変遷、種類、歌人評など、まとまった歌論の先駆をなすものとして注目されます。

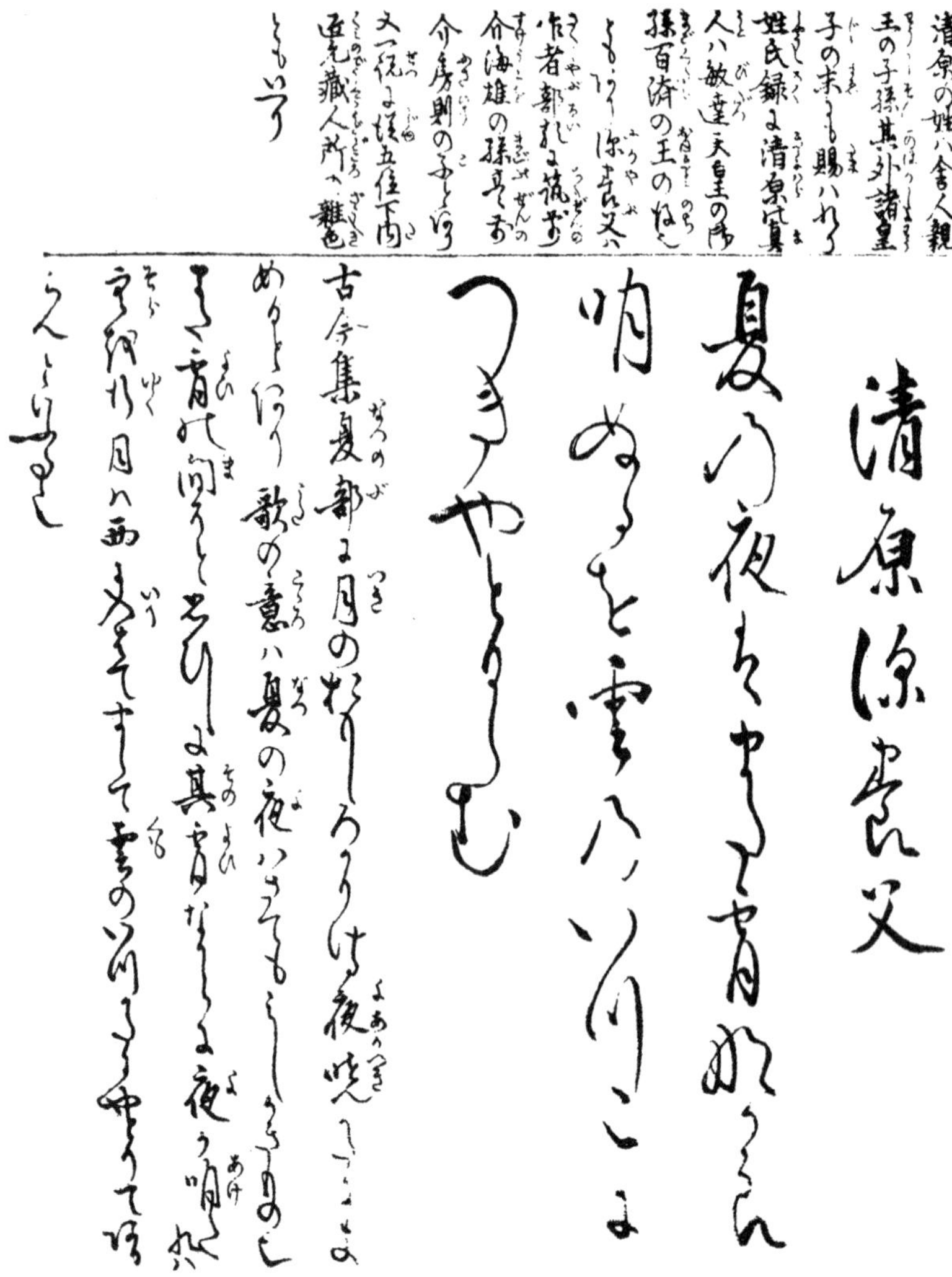
清原深養父
夏の夜はまた宵なから明ぬるを雲のいつこに月やとるらむ

36 清原深養父　きよはらのふかやぶ

口語訳

夏の短い夜はまだ宵の口と思っているうちに明けてしまったが、雲のどの辺りに月は宿をとっているのだろうか。

概要

作者の清原深養父は生没年未詳で、九世紀末から一〇世紀初めに生きた人です。従五位下内蔵大允（くらだいじょう）という微官に終わりましたが、貫之（35番）、兼輔（27番）らと親交があり、歌人として優れ、琴の名手でした。その歌風は古今集時代の先駆的傾向を示していて注目されます。晩年は洛北の小野の里に補陀洛寺（ふだらくじ）を建て、隠棲したと伝わっています。清原氏は天武天皇の皇子舎人親王の末裔です。深養父は清原元輔（42番）の祖父、清少納言（62番）の曾祖父で、三代にわたって『百人一首』に撰ばれました。（佐藤瞳）

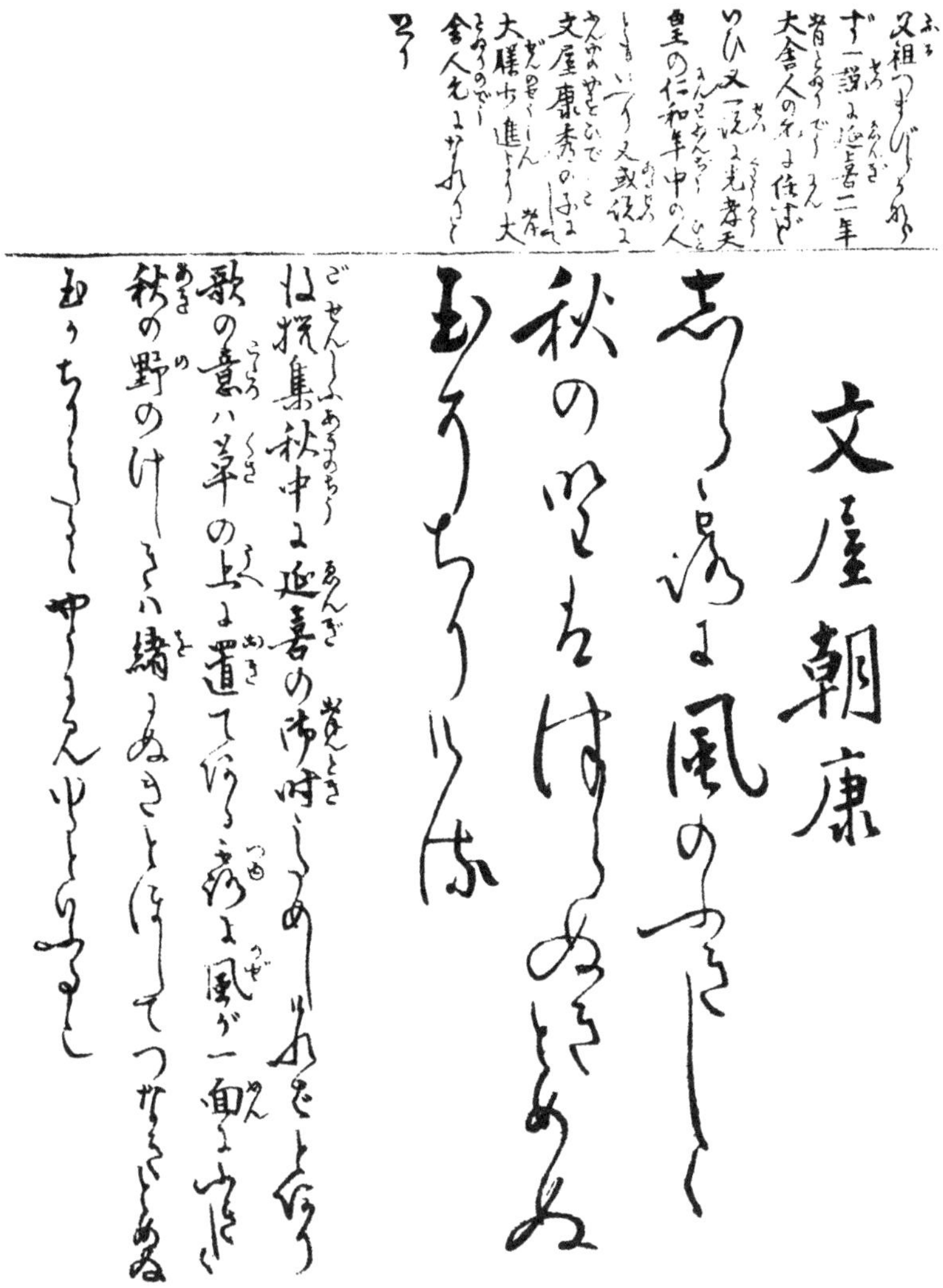

㉗ 文屋朝康

ふんやのあさやす

口語訳

草の上の白露に風がしきりに吹く秋の野は、まるで緒に貫き通してつなぎ止めていない玉が散り乱れているように美しく見えることだよ。

概要

文屋朝康は生没年未詳。文室とも書きます。文屋康秀（㉒番）の子です。この歌は『後撰和歌集』（秋中・三〇八）に「（延喜御時、歌めしければ）文室朝康」とありますが、『寛平御時后宮歌合』『新撰万葉集』にも見えることからもっと早い時期の歌と思われます。「吹きしく」はしきりに吹く意。「玉」（または白玉）は古代では真珠を指すことも多く、穴をあけて、緒（糸や紐）で貫き飾りとしました。（大内瑞恵）

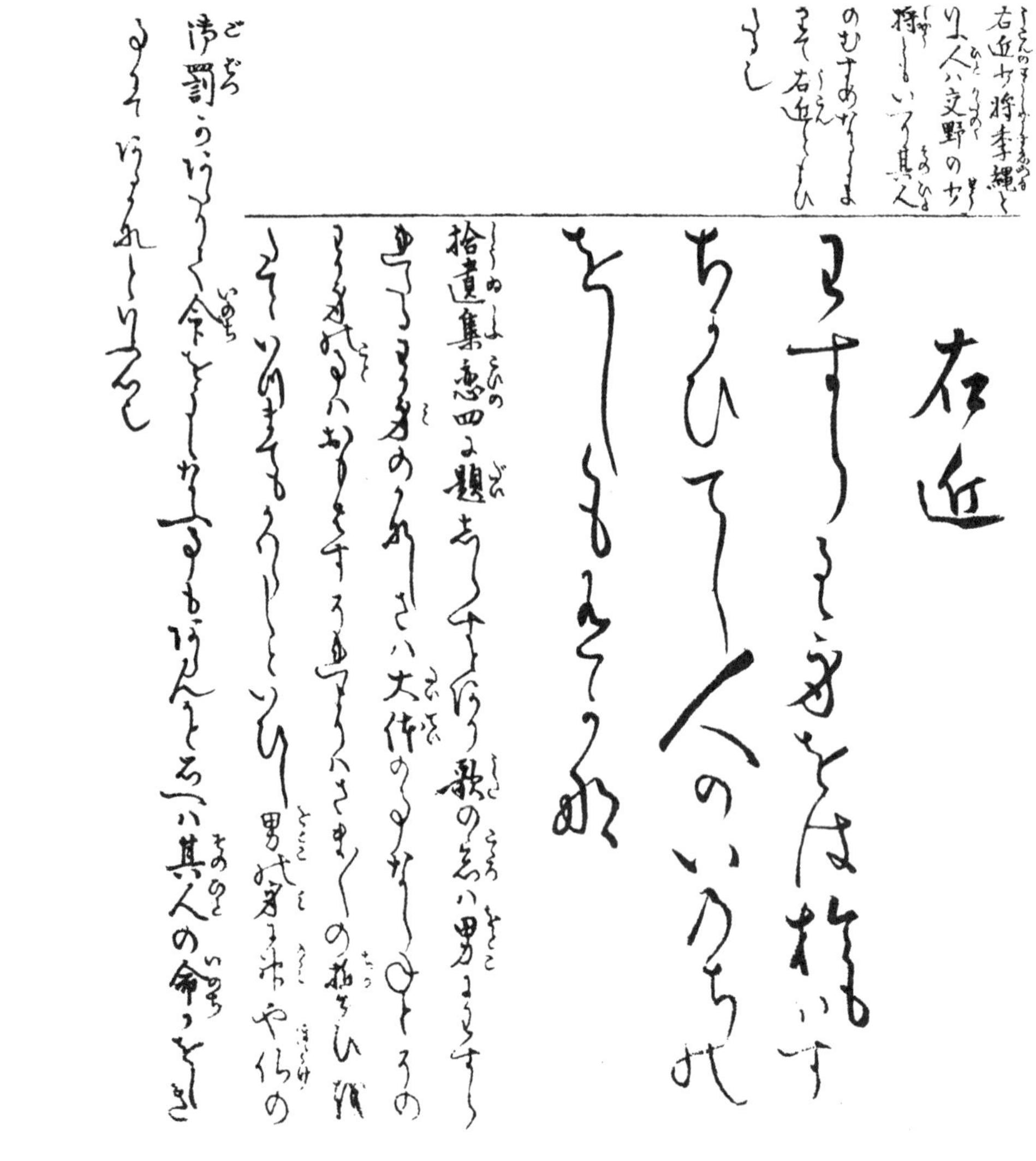

㊳ 右近　うこん

口語訳

忘れられてしまう我が身のことは何とも思いません。それより（いつまでも変わらないよと）神仏に誓いを立てたあなたに罰が当たって命を失うことになるかと思うと惜しく思われるのです。

概要

右近は生没年未詳。『大和物語』では藤原季縄（すえなわ）（交野の少将）の女（むすめ）とされ、醍醐天皇の中宮穏子に仕えました。この歌は『拾遺和歌集』（恋四・八七〇）に「（題しらず）右近」とあります。当該歌は『大和物語』（八四段）に登場しますが、前後に右近の話は五段あり、一連の物語とするとこの恋の相手は藤原敦忠（㊸番）のようです。「契り」は人間同士の約束ですが、「誓ひ」は神仏の前での約束であり、破ると罰が下るとされました。（大内瑞恵）

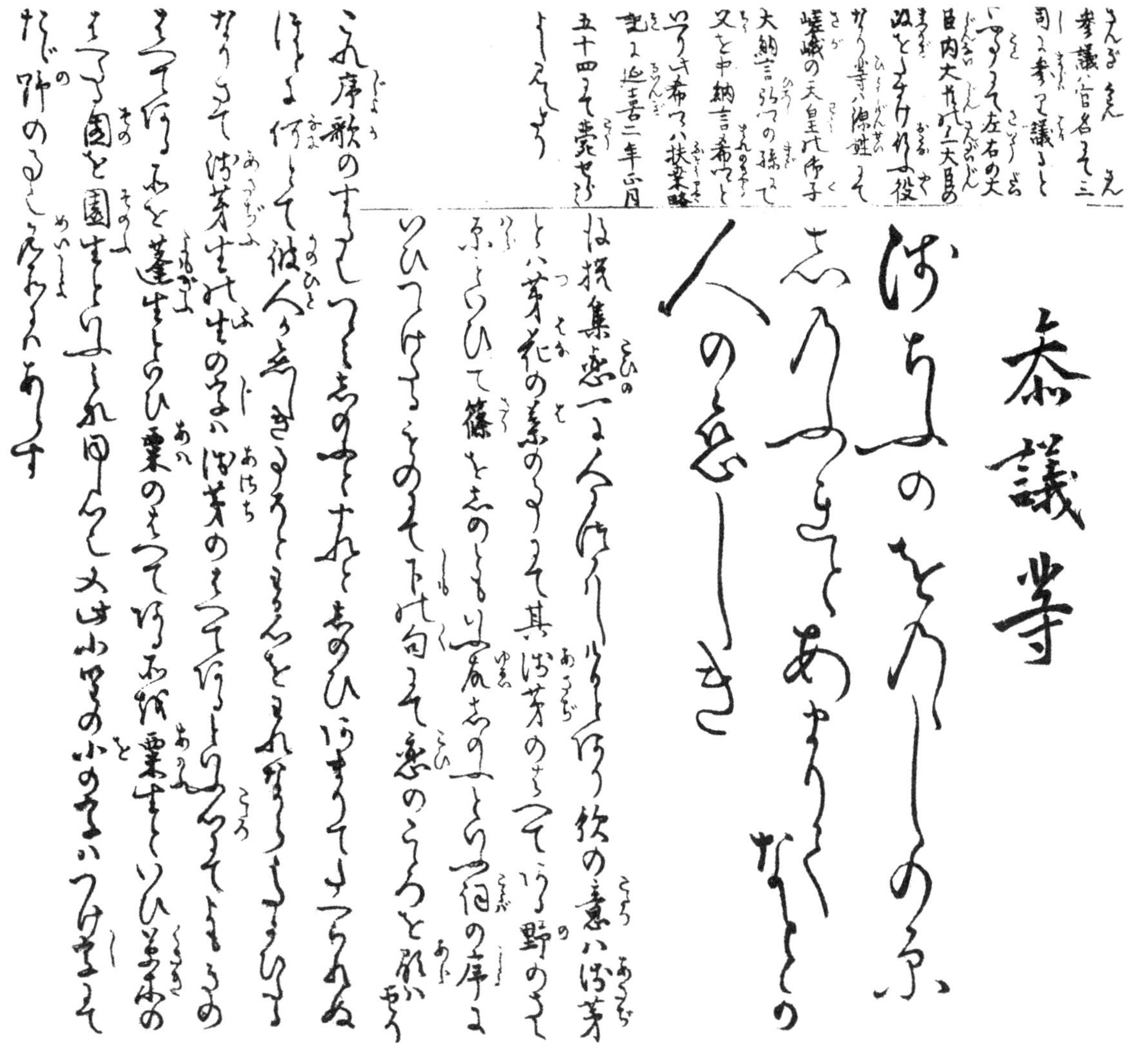
参議等

あさぢふのをののしのはらしのぶれどあまりてなどか人のこひしき

39 参議等　さんぎひとし

口語訳

茅花の生える野には篠も広がっています。その「しの」ではありませんが、どうして忍び余るほどにあの人が恋しいのでしょうか。

概　要

源等（八八〇～九五一）。嵯峨天皇の御子、大納言弘の孫で、中納言希の子です。嵯峨天皇の曾孫にあたるため、源姓になっています。すべて、天皇の御子を臣下とする際には、源姓が下賜されます。『扶桑略記』に、天慶元年（九三八）四月二六日、右大臣源等を以て参議に任ずると見えます。参議は官職名で、三司に参り議る意です。左右の大臣と内大臣の三大臣の政務を助け行います。『扶桑略記』には、父希が延喜二年（九〇二）正月、五四歳で薨ずとあり、等自身は、天暦五年（九五一）正四位に叙せられ、同年、七二歳で薨じました。（渡部修）

注釈

『扶桑略記』 平安時代の私撰の歴史書。正史である六国史の抄本のような役割を果たし、重宝された。「扶桑」は日本の別称。

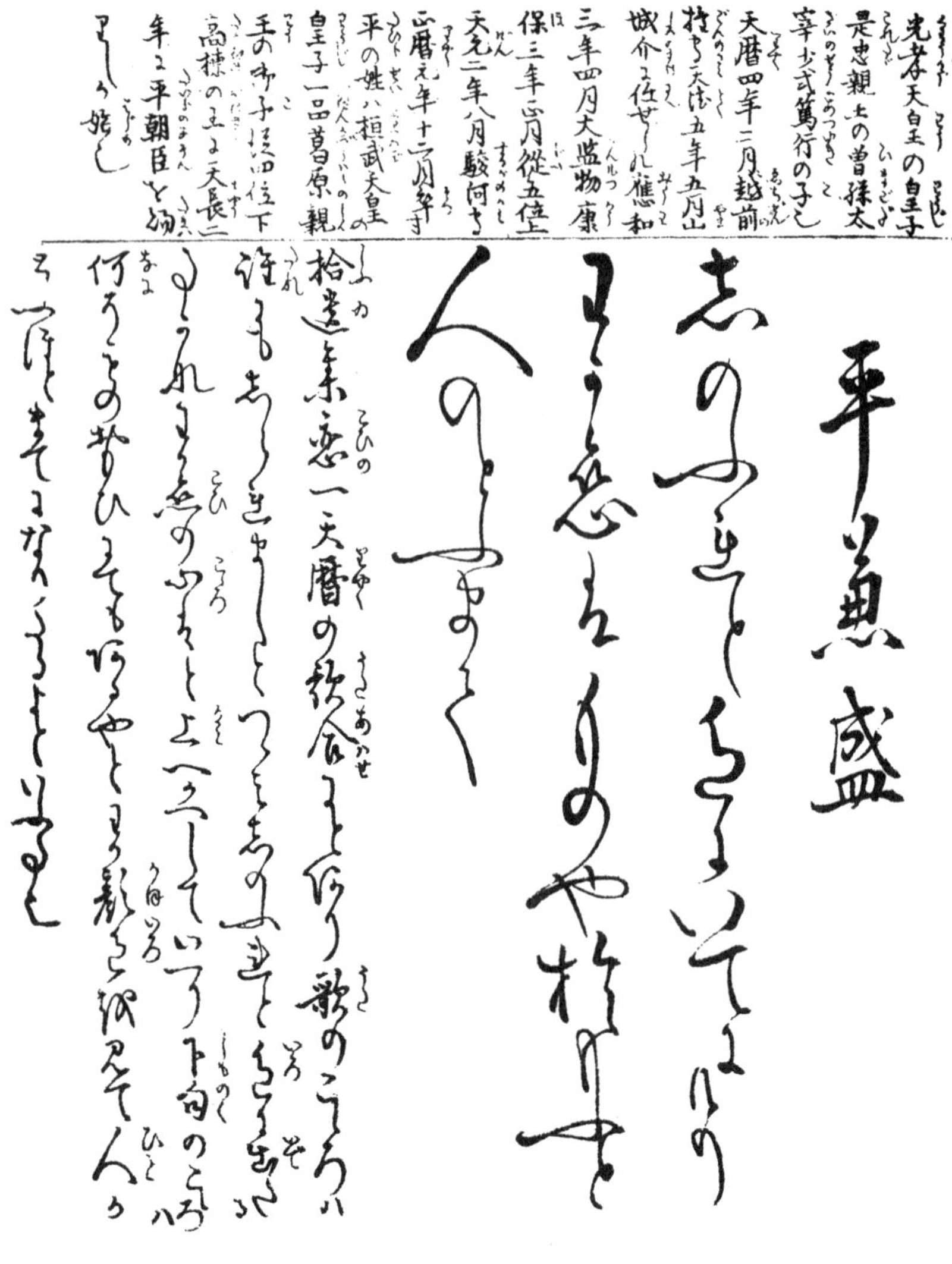

❹⓪ 平兼盛　たいらのかねもり

口語訳

ひそかに隠していたけれど顔色に出てしまったのだったなあ、私の恋心は。恋の物思いをしているのかと、人があやしんでたずねるほどに。

概要

作者の平兼盛は生年未詳、永祚二年（九九〇）まで生きた人です。光孝天皇の曽孫篤行王の三男で、初め兼盛王を名乗りましたが、後に臣籍に降りました。和歌、漢学ともに才があり、大学寮に入り学問を学んだ後、従五位駿河守などを歴任しました。娘は赤染衛門（❺❾番）です。この歌は天徳内裏歌合で「忍ぶ恋」の題で出詠し、壬生忠見（❹❶番）の歌と競いました。勝負をつけがたく判者の藤原実頼が村上天皇の顔色をうかがうと、天皇は兼盛の歌を口ずさみ、こちらの勝ちとなりました。（佐藤瞳）

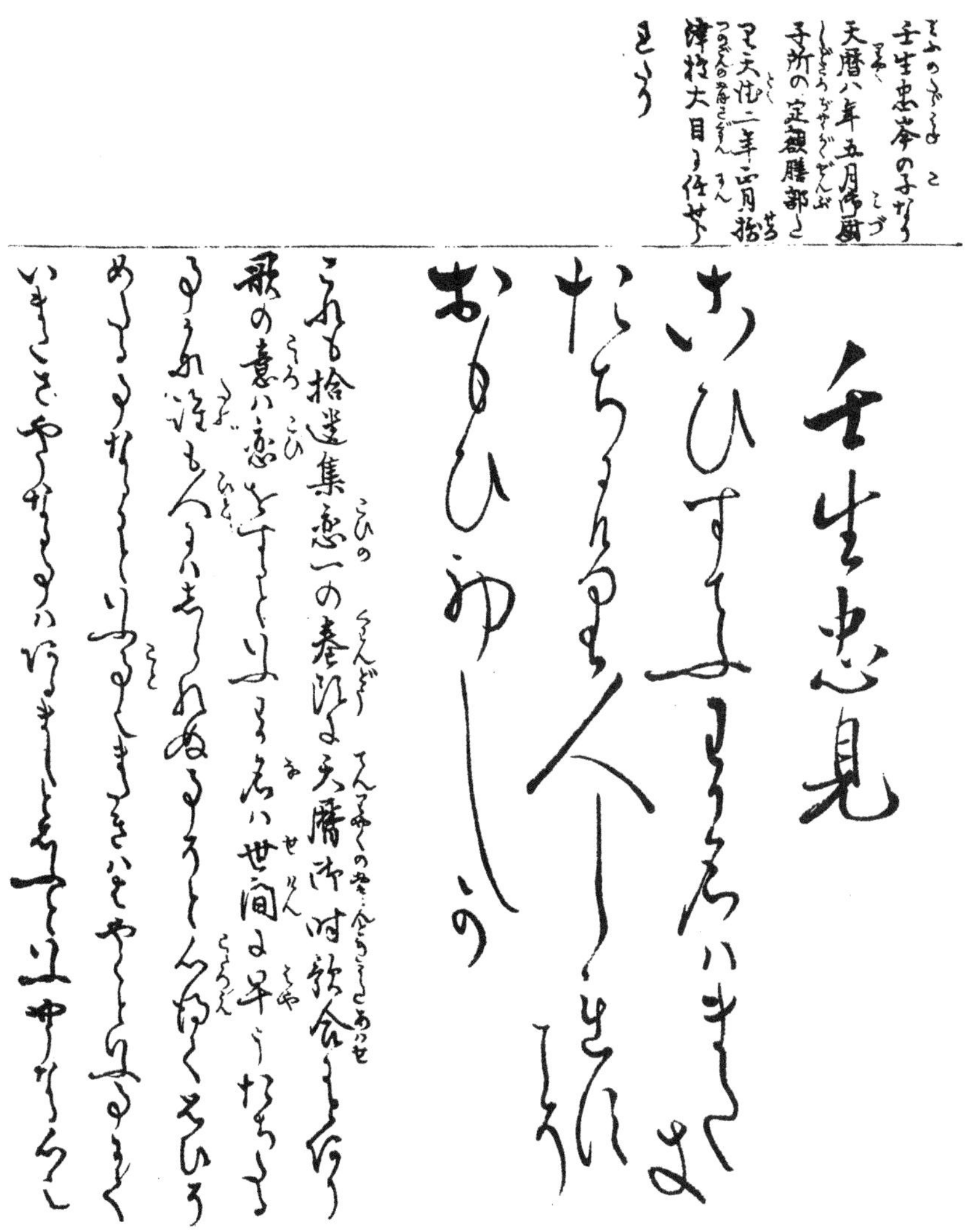

壬生忠見

こひすてふわか名はまたきたちにけり人しれすこそおもひそめしか

41 壬生忠見

みぶのただみ

口語訳

恋をしているという私の噂が早くも立ってしまったのだったよ。誰にも知られないよう心ひそかに思いはじめていたのに。

概要

作者の壬生忠見は生没年未詳、一〇世紀中頃の人です。『古今和歌集』撰者である壬生忠岑（30番）の子で、御厨子所（みずしどころ）定外膳部、摂津大目（だいさかん）に任ぜられた以外に官歴は未詳です。低い官位でありながら内裏歌合の作者となり、村上天皇の歌壇で活躍しました。この歌は天徳内裏歌合で、平兼盛（40番）と番（つが）えられました。歌合の最後を飾る二〇番目の勝負でした。敗れた忠見は落胆のあまり食欲もなくなり、死んでしまいました。（佐藤瞳）

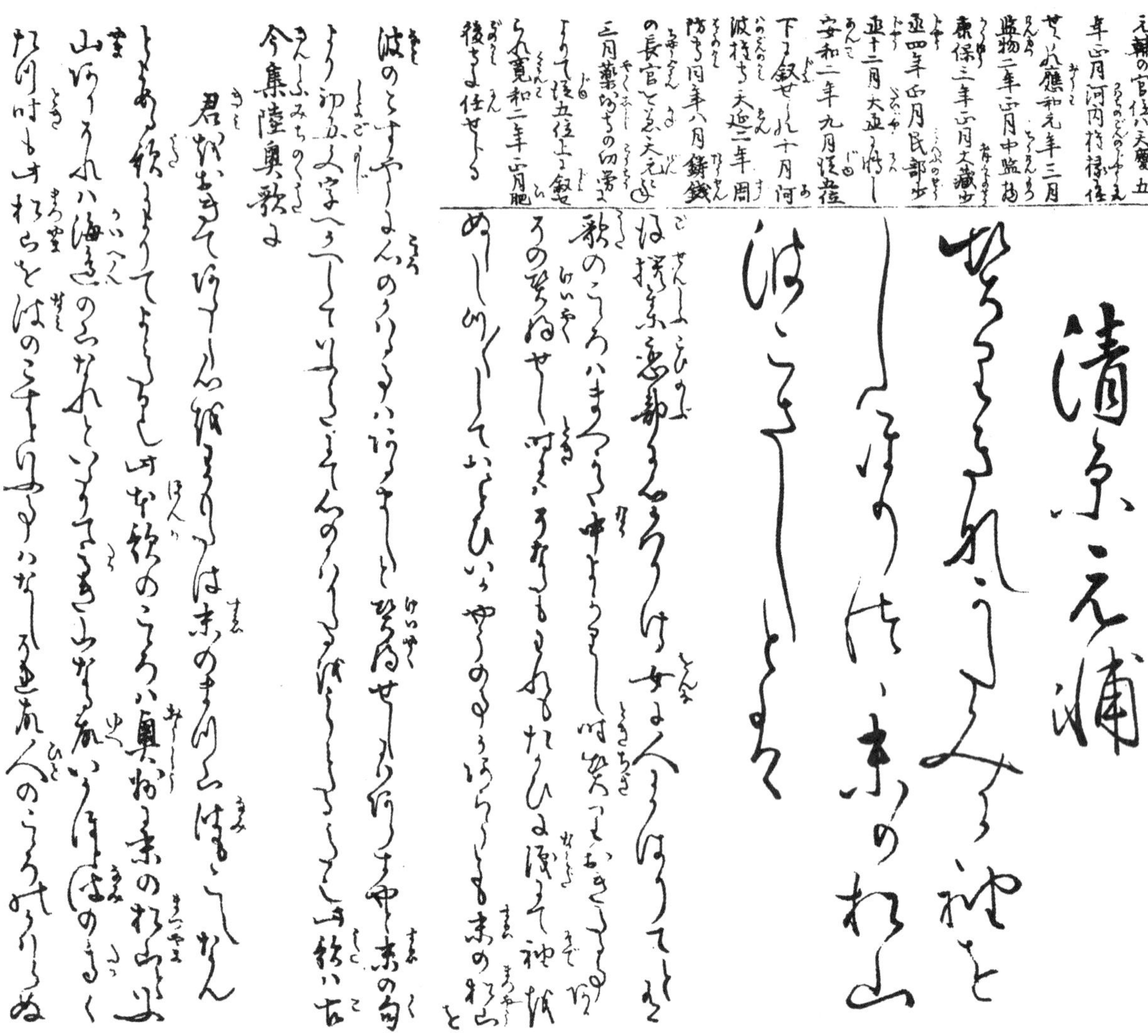

㊷ 清原元輔

きよはらのもとすけ

口語訳

固く約束をしましたよね、お互いに涙にぬれた袖を絞りながら、あの末の松山を波が越えることのないように、ふたりの心も変わりますまい、と。

概要

清原深養父（㊱番）の孫で、清少納言（62番）の父です。官位は従五位下肥後守に終わりましたが、清原氏は代々歌詠みの家柄で、元輔の代に至って名声は高いものになりました。元輔は教養と歌才が認められて大中臣能宣（㊾番）らとともに和歌所の寄人に選ばれ、梨壺の五人として『万葉集』の訓読と『後撰和歌集』の編纂に当たりました。その頃『万葉集』を読み解くことは難しくなっており、彼らの功績は計り知れません。元輔の人柄を伝える逸話に、一条大路を通った時に馬から落ち、冠がすべり落ちてしまった話があります。当時冠を落とすことは裸になるくらいの一大事でした。元輔は冠をつけもせず、周囲の人たちに「不安定な冠は落ちて当然」と説きます。人々は同情する気も失せて笑い始めたといいます。物事を俯瞰して見つつ人を笑わせる所は、清少納言のユーモアと通ずるものがあります。（佐藤瞳）

注釈

末の松山　陸奥国にあった地名。宮城県多賀城市の海岸にある丘。または岩手県一戸町と二戸町の間にある丘ともいう。末の松山を波が越すことを、起こり得ないことの比喩に用いる。歌枕。

末の句　和歌の第五句、結句のこと。ここでは「波越さじとは」から初句の「契りきな」に返るという意味の歌であることをいう。

君をおきてあだし心を我が持たば末の松山波も越えなん　あなたをさしおいて他の人を恋する心を私が持ったとしたら、きっとあの末の松山を波が越えることでしょう。

奥州　陸奥国の異称。現在の福島・宮城・岩手・青森の四県と秋田県の一部にあたる。

あだくしき心　浮気心。

『後撰和歌集』　第二番目の勅撰和歌集。天暦五年（九五一）村上天皇の命によって、大中臣能宣・清原元輔・紀時文・源順・坂上望城ら（梨壺の五人）が撰進した。全二〇巻。

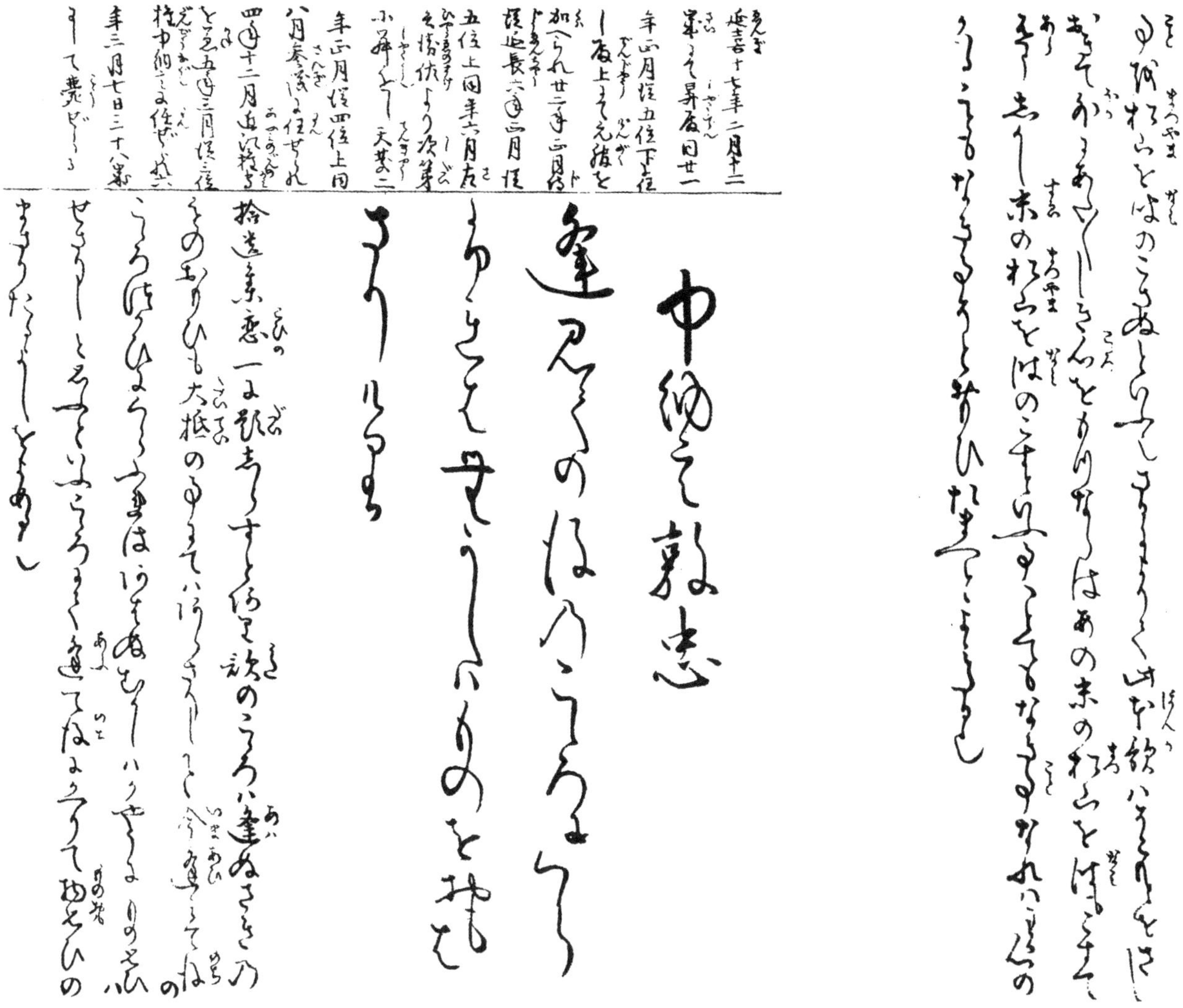

㊸ 中納言敦忠

ちゅうなごんあつただ

口語訳

あなたと逢って契った後の、この恋しく切ない気持ちに比べると、以前は物思いなど何もしていなかったのと同じことなのですね。

概要

作者の藤原敦忠（九〇六～九四三）は左大臣藤原時平の三男で、従三位・権中納言にまで昇進しました。管絃の名手でした。『大鏡』によると敦忠の死後、管絃の名手として著名な源博雅がもてはやされているのを見た老人たちが「敦忠の生前は博雅が重んぜられるとは思いもしなかった」と嘆いたほどでした。美貌の貴公子で、多くの女性たちと浮き名を流しました。三八歳の若さで没し、時平の子ゆえ菅原道真（㉔番）に祟られたと人々に噂されました。（佐藤瞳）

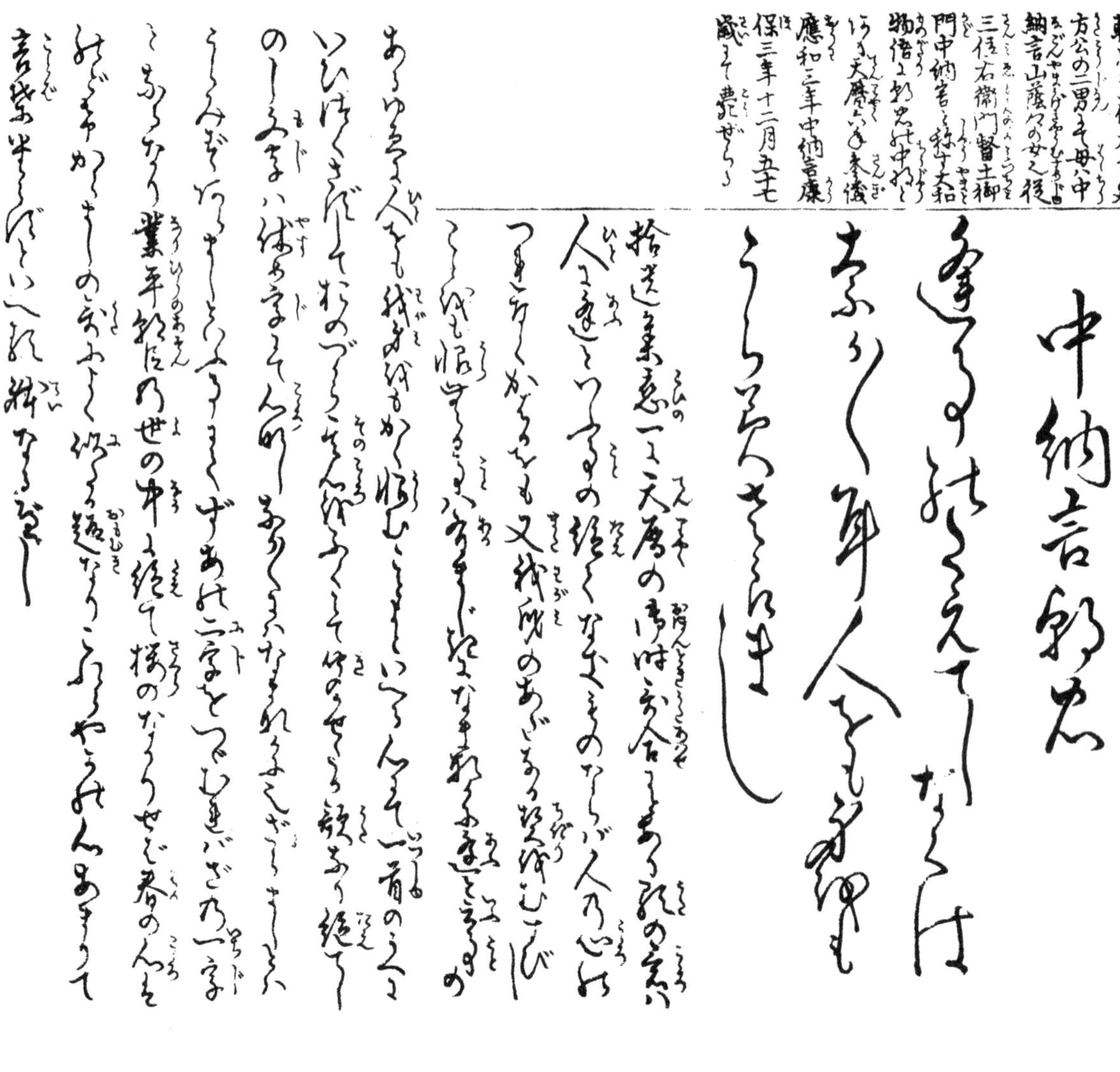
中納言朝忠

逢ふことの絶えてしなくはなかなかに人をも身をも恨みざらまし

㊹ 中納言朝忠　ちゅうなごんあさただ

口語訳

逢うことがまったくないならば、かえって相手の心変わりも、我が身のむなしさも恨むことがないであろうに（中途半端に逢ってしまうので恨まれることであるよ）。

概要

藤原朝忠（九一〇～九六六）は藤原定方（三條右大臣・㉕番）の子で、三十六歌仙の一人です。この歌は『拾遺和歌集』（恋一・六七八）に「天暦御時歌合に　中納言朝忠」と記されます。「天暦御時歌合」とは天徳四年（九六〇）三月三〇日に清涼殿において村上天皇の主催で行われた天徳内裏歌合のこと。この歌は藤原元真の「君恋ふとかつは消えつつ経るものをかくても生ける身とや見るらん」と番（つが）えられ、「詞清げなり」との判詞で朝忠歌が勝ちました。朝忠は笙の名手と伝えられるほか、『大和物語』（六段）に人妻との恋の歌があります。（大内瑞恵）

注釈

まし　反実仮想の終助詞。事実に反したことを仮想する意。この歌は在原業平（⑰番）の「世の中に絶えて桜のなかりせば春の心はのどけからまし」（『古今集』春上・五三）と類似の表現である。

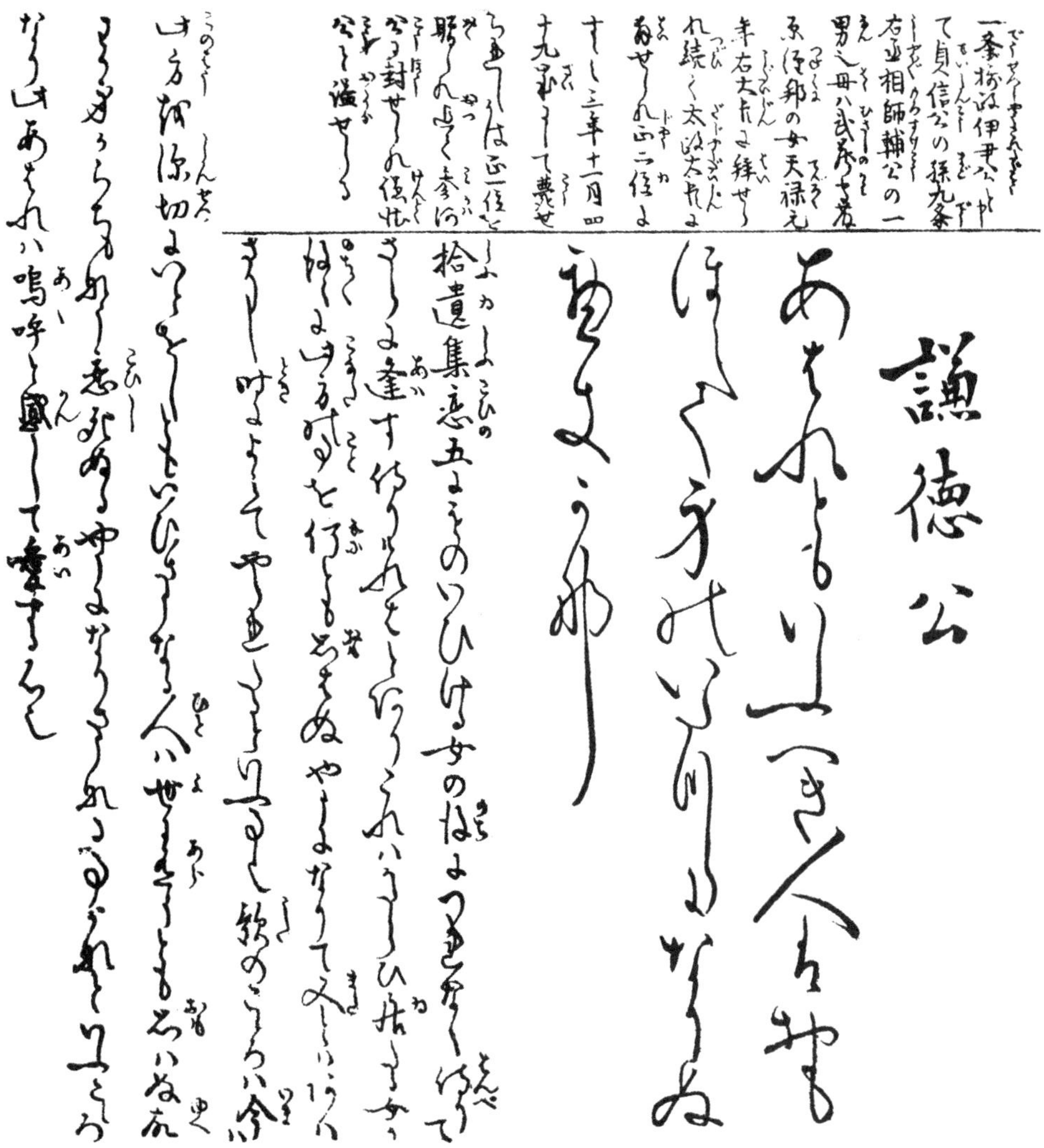

㊺ 謙徳公　けんとくこう

口語訳

愛おしいというべき人は誰とも思い浮かばないゆえ、わたしも無駄に死んでしまいそうなことです。

概要

藤原伊尹（これただ）（九二四〜九七二）。謙徳公は諡（おくりな）です。村上天皇の天慶五年（九四二）和歌所の別当となり、『後撰和歌集』の選定を預りました。父、師輔は質素倹約を遺誡としましたが、伊尹は兎角に奢りを好んで、右大臣、摂政となって栄華を極めました。大臣大饗の時には、居宅である世尊寺の寝殿の壁が黒ずんでいたのを見て、急遽、奥州檀紙を一面に張らせたといいます。世尊寺には後々までその跡が残っていたそうです。（渡部修）

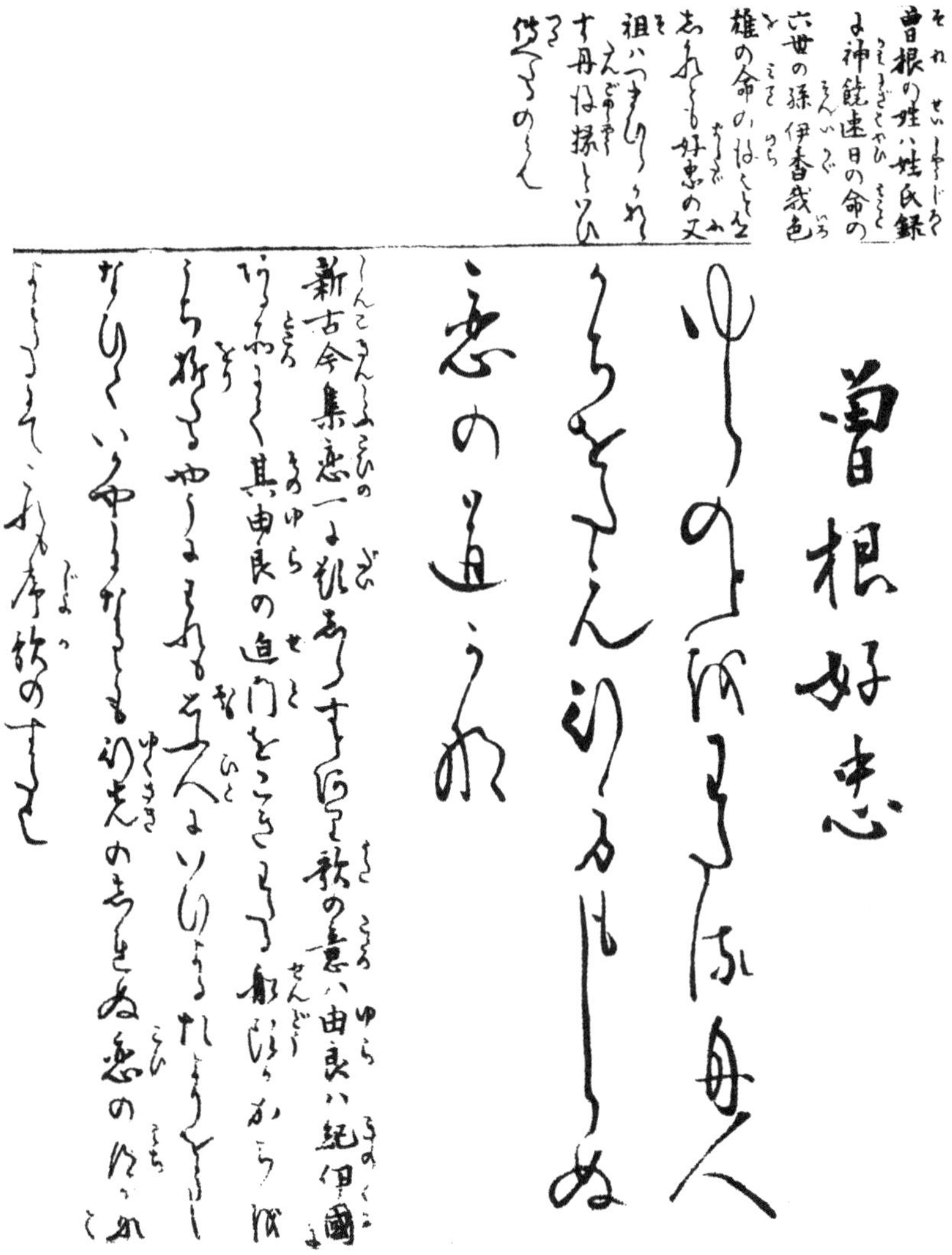

46 曽根好忠

そねのよしただ

口語訳

由良の瀬戸を漕ぎ渡る舟人が、櫂がなくなり、行く先もわからず途方にくれているように、どうなるのか行く末の見当もつかない私の恋路であることですよ。

概要

作者の曽根好忠は生没年未詳、一〇世紀後半の人で、異色の歌人として知られています。身分が低く、丹後掾であったことから曽丹後・曽丹と呼ばれました。偏狭な性格で自尊心が強かったため孤立した存在で、逸話が残されています。招かれもしない歌合の席に「自分のような名歌人が招かれないのは何かの手落ちだ」と言い張り、乗りこんだもののつまみ出されてしまいました。型にはまらぬ清新な歌風が、後世高く評価されました。

（佐藤瞳）

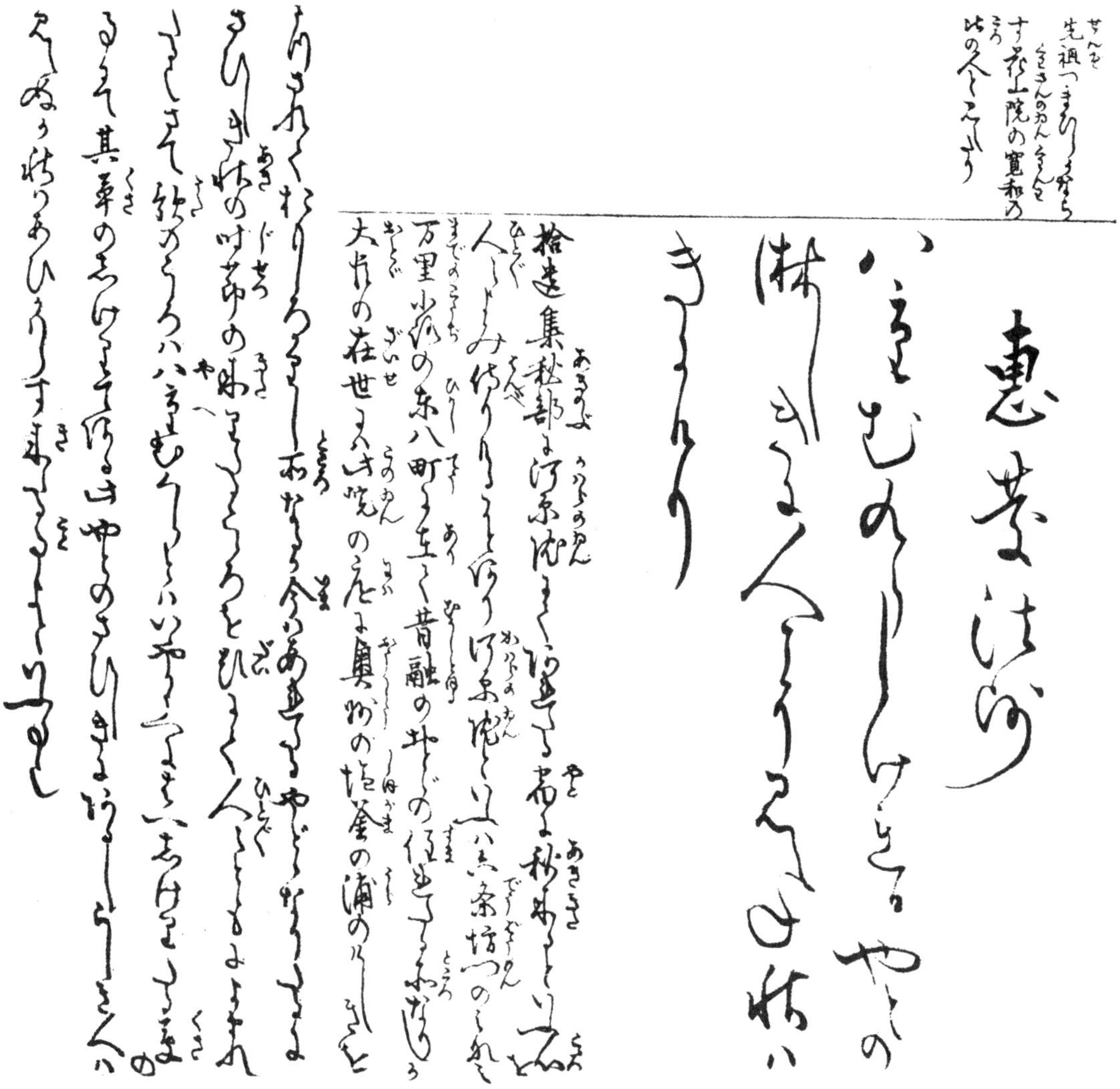

47 恵慶法師

えぎょうほうし

口語訳

ひどく草の生い茂った中にあるこの宿には住む人も見えません。しかしそこにも、秋は変わらずに来ています。

概要

出自はよくわかりません。平兼盛（40番）、紀時文、源重之（48番）などを友人としていて、寛和（九八五～九八七）の頃の人と思われます。『作者部類』には、播磨国の講師であったと見えています。講師は、諸国の国分寺に、読師とともに置かれた役です。『後拾遺和歌集』（秋上・二五三）の「すだきけん昔の人もなき宿にたゞ陰澄める秋の夜の月」と、『続古今和歌集』（雑上・一五七八）の「草しげみ庭こそ荒れて年経ぬれ忘れぬものは秋の白露」は、同じ恵慶法師の歌で、かつ「河原院にて詠み侍りける」と同じ詞書を持っていることから、同じ時に詠まれたものと思われます。（渡部修）

注釈

『後拾遺和歌集』 勅撰和歌集の一つで、八代集の第四。白河天皇の命により、藤原通俊が撰し、応徳三年（一〇八六）に完成した。

『続古今和歌集』 勅撰和歌集の一つで、二十一代集の第十一。後嵯峨天皇の命により、九条基家等が撰し、文永二年（一二六五）に完成した。

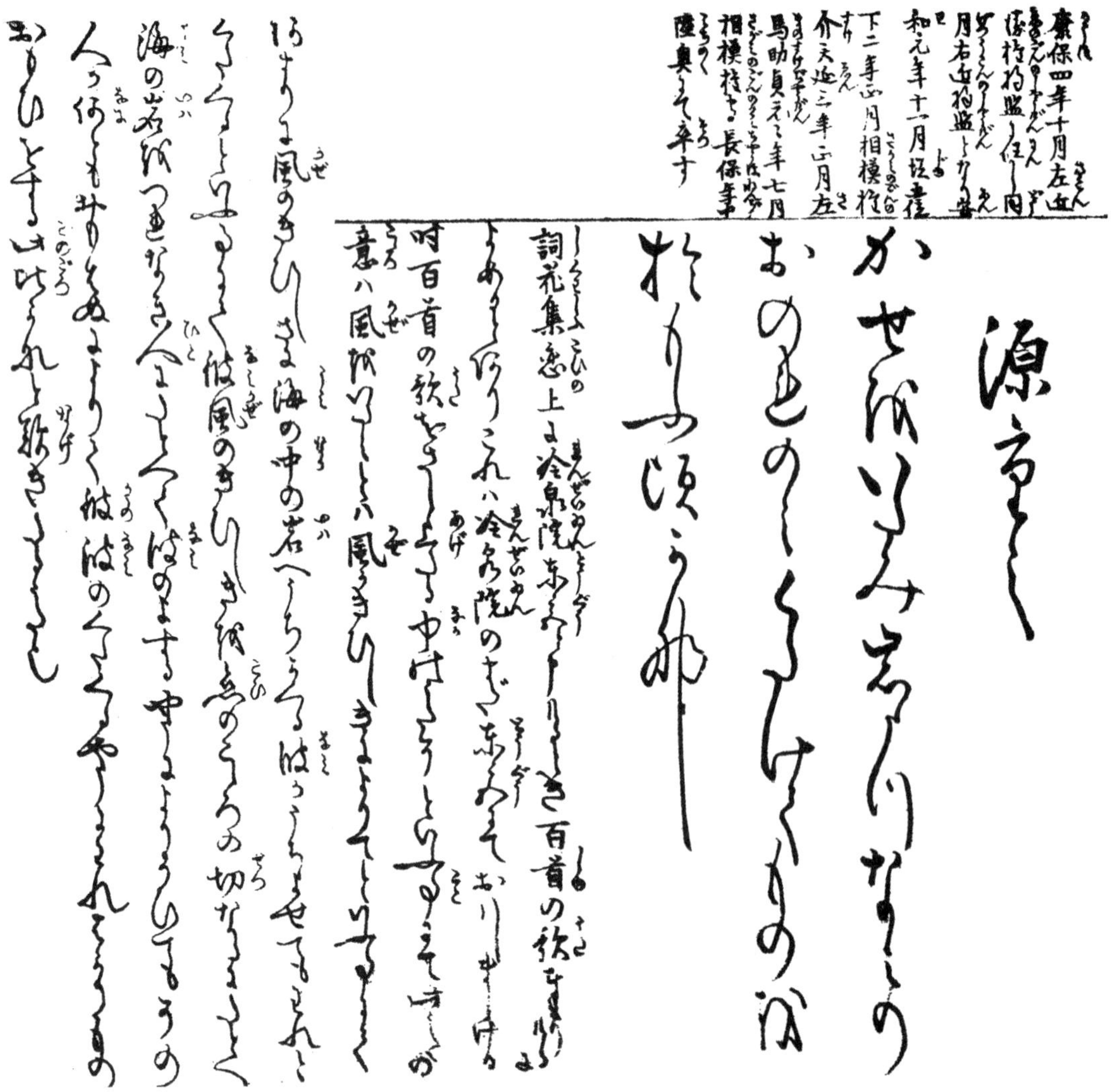
源重之
かぜをいたみいはうつなみのおのれのみくだけてものをおもふころかな

48 源重之

みなもとのしげゆき

口語訳

とても風が激しいので岩に打ち当たる波が自分だけ砕け散るように、あの人はつれないままで私だけが心も砕けんばかりに思い悩むこの頃であるよ。

概要

源重之（生年未詳～一〇〇〇頃）は清和天皇の子孫で源兼信の子で、三十六歌仙の一人です。『詞花和歌集』（恋二・二一一）に「冷泉院春宮と申しける時、百首歌たてまつりけるによめる　源重之」とあります。冷泉天皇が東宮の頃（九五〇～九六七）、重之は帯刀（東宮警固）の任にありました。当該歌は「百首歌」の中の一首で、重之の「百首歌」はこうした形式の最初期の作品として知られます。重之は相模権守、肥後守、筑前守を歴任した受領層の歌人であり、筑紫や陸奥など旅をよくし歌枕を詠んだ歌も多く、陸奥で没したといいます。（大内瑞恵）

注釈

上の句「風をいたみ岩うつ波の」　「（おのれのみ）砕けて」を導く序詞であると同時に下の句の譬喩となっている。

…を～み　表現は「…が～ので」の意で上代に多く用いられた。古風な表現で自然を詠み上げつつ、つれない恋人を岩に、悩める自分を波に巧みに喩えた歌である。

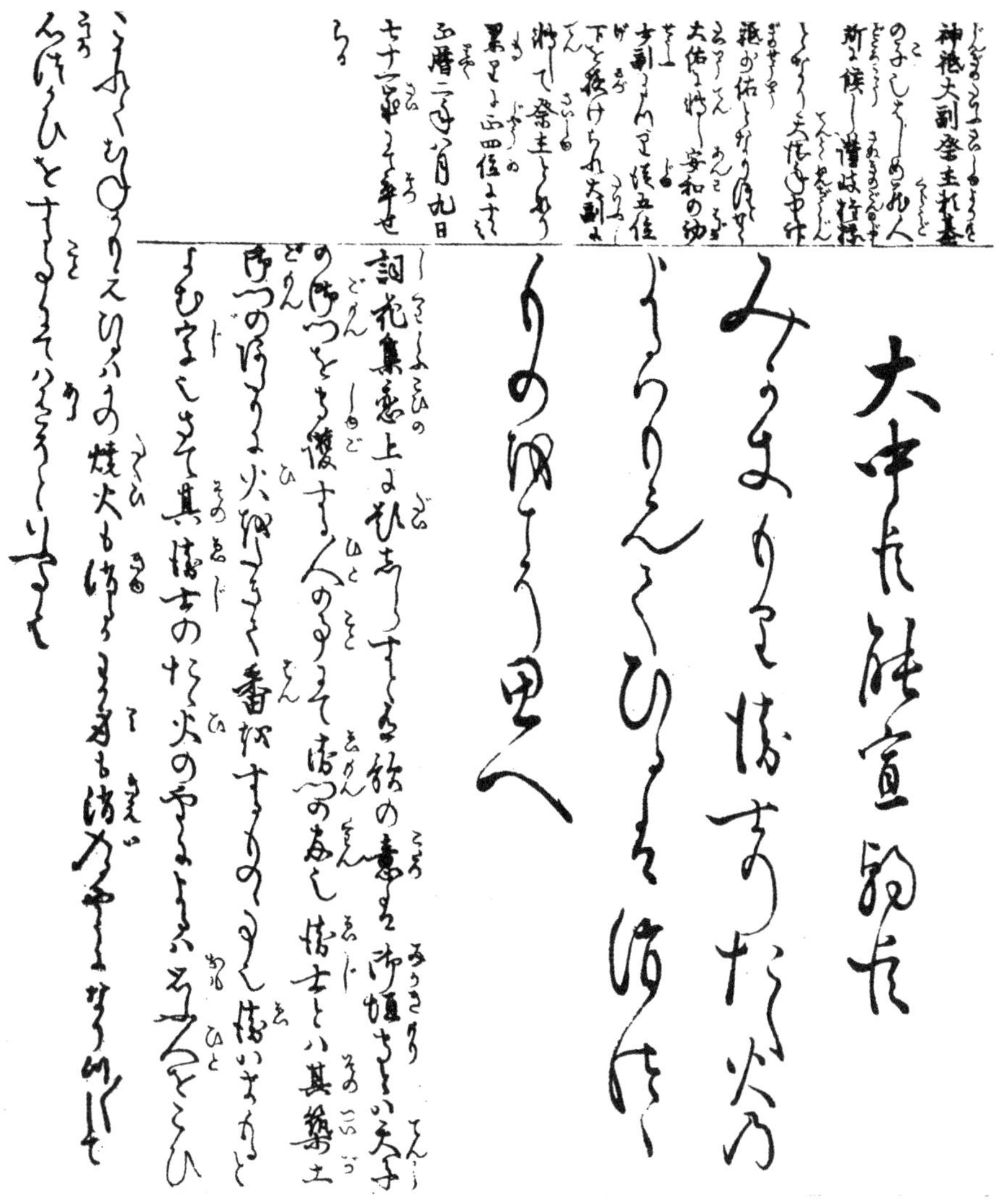

㊾ 大中臣能宣朝臣

おおなかとみよしのぶのあそん

口語訳

宮中の御門を守る衛士の焚く火は、夜は赤々と燃え立ち昼は消えてしまいます。そのように、私は、恋の思いに燃え上がってはその辛さに消え入るようになり、を繰り返してものを思っています。

概　要

中臣鎌足が藤原の姓を賜った後、神事に預かる者の姓は中臣に復すべきであるとの文武天皇の詔によって、藤原意美麿などが中臣の姓に復しました。そして、称徳天皇が意美麿の子、清麿に大の一字を加えた大中臣の姓を与えたことにより、この姓が生まれました。父、頼基も和歌をよくしましたが、能宣に至っていよいよ歌名が高まり、能宣自身は、いわゆる梨壺の五人の一人として『万葉集』の訓読と『後撰和歌集』の選定に預かりました。（渡部修）

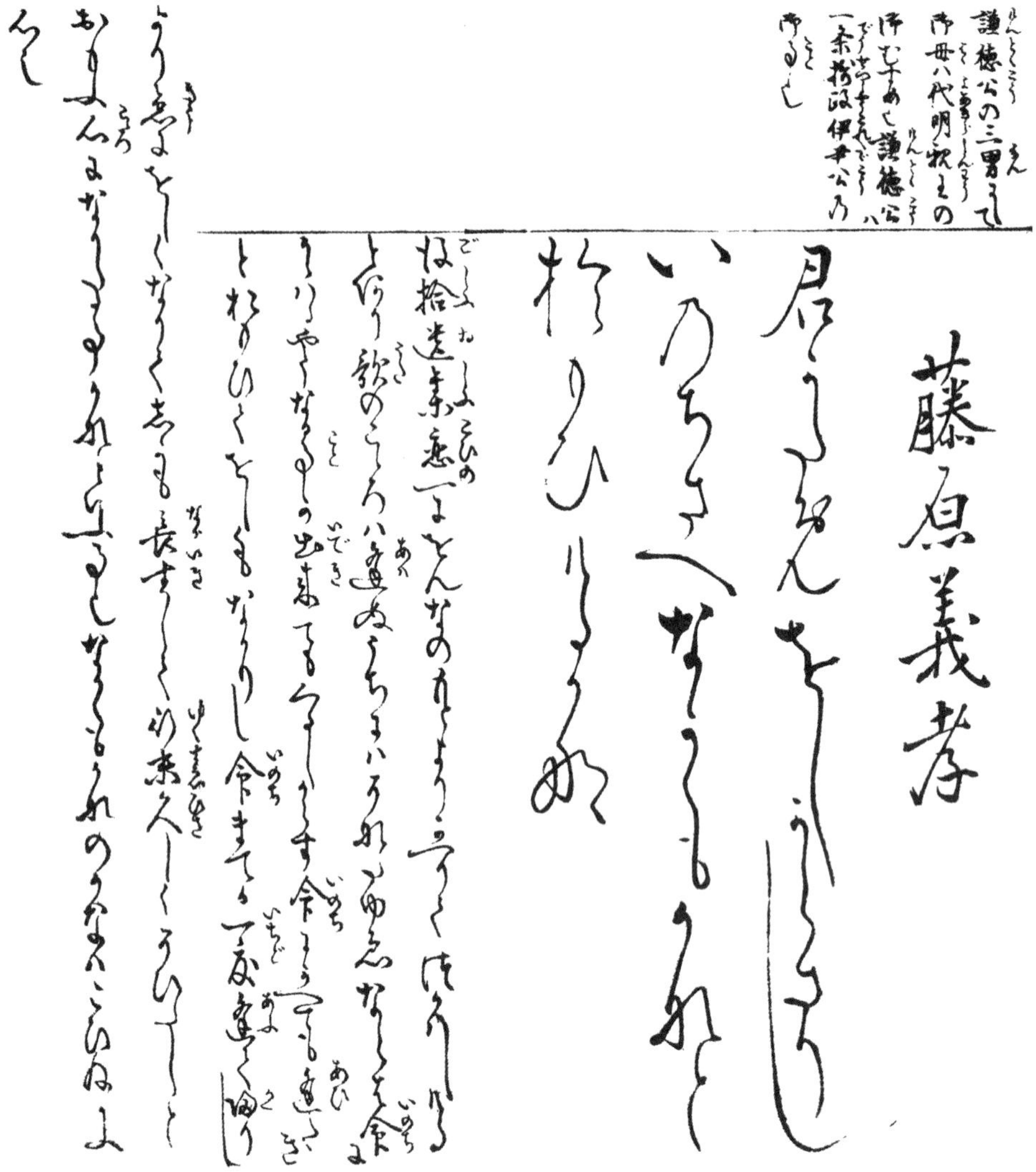

50 藤原義孝　ふじわらのよしたか

口語訳

あなたのためなら死んでも惜しくないと思ったこの命も、逢瀬の叶えられた今となっては、急に惜しくなってもっと長くあってほしいと思ってしまうのですよ。

概要

作者の藤原義孝（九五四〜九七四）は一条摂政藤原伊尹（これただ）（謙徳公・45番）の三男で、名筆家として知られる藤原行成の父です。姿形麗しく評判でした。年代的に不審ですが、一条天皇の御前で人々が「秋はただ夕まぐれこそただならね」の下の句が付けられずにいた時、一二歳の義孝が「荻の上風萩の下露」と付けて賞賛されたとか。信仰心が篤く、道すがら法華経を読んでいたといいます。流行の疱瘡のため、二一歳の若さで夭折してしまいました。（佐藤瞳）

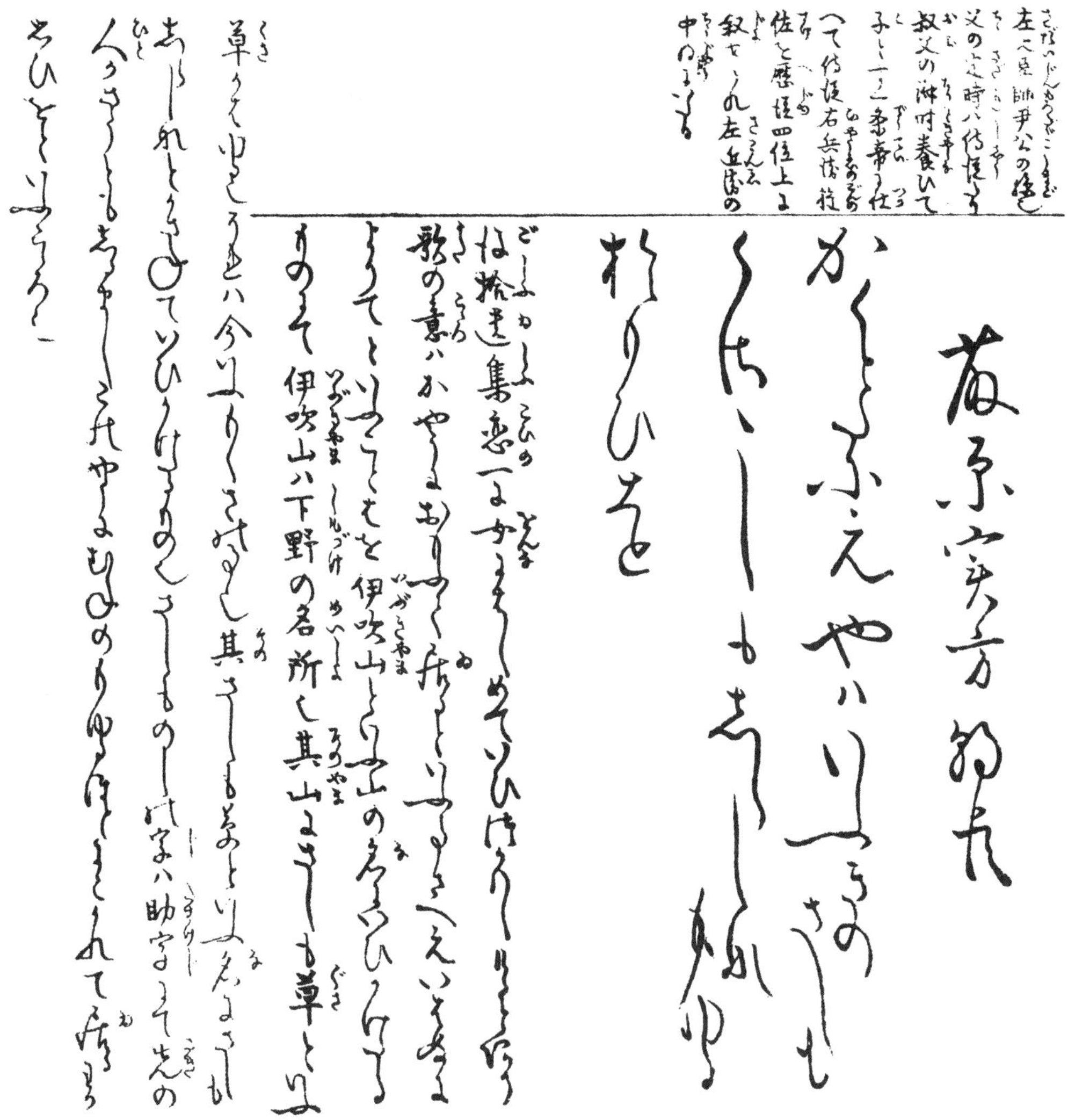

51 藤原実方朝臣

ふじわらのさねかたのあそん

口語訳

せめてこんなふうだと言うことさえできません。伊吹山のさしも草ではありませんが、あなたはさしもご存知ないでしょうね。私の火のように燃えあがる胸の思いを。

概要

花山、一条朝に仕え、歌人として名声を博しました。清少納言（62番）と恋愛関係にあったようです。実方が「桜狩雨は降り来ぬ同じくは濡るとも花の蔭に宿らん」と雨に濡れながら詠んだ時、藤原行成が「歌は面白いが振る舞いはばかげている」と言い、口論の末、実方が行成の冠を笏で打ち落してしまいました。辱めにあっても落ち着いて振る舞う行成を一条天皇が評価し、実方は陸奥守に左遷され、この地で没しました。（佐藤瞳）

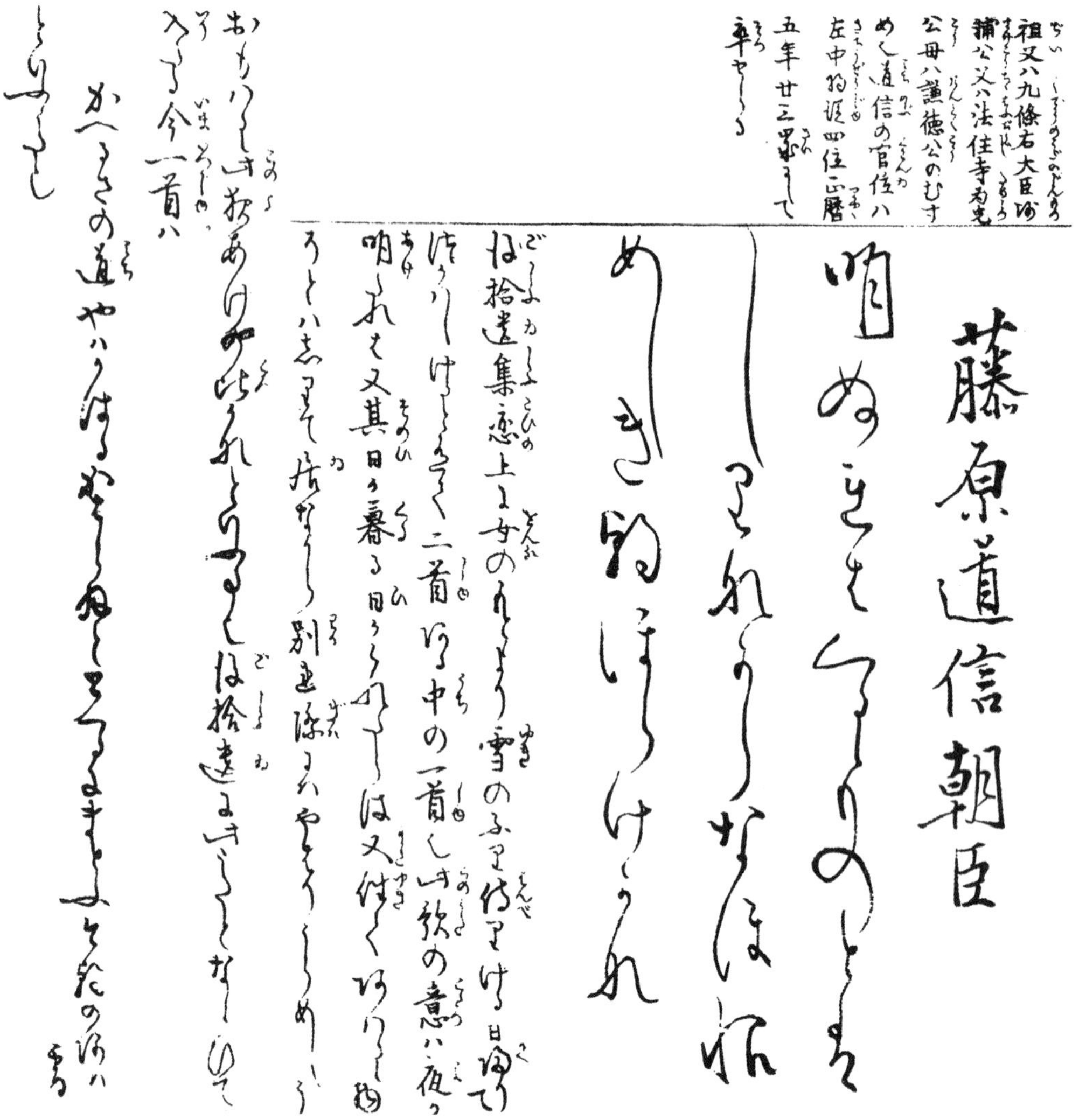
藤原道信朝臣

明ぬれはくるゝものとはしりなからなほうらめしきあさほらけかな

(52) 藤原道信朝臣

ふじわらのみちのぶのあそん

口語訳

夜が明けてしまうといずれは日が暮れ、そうするとまたあなたと逢えるのだとは知っているものの、それでもやはり恨めしい明け方なのですよ。

概要

作者の藤原道信は藤原為光の子で、兼家の養子となりました。姿形も人柄もよく、公任（(55)番）や実方（(51)番）らと親交があり、和歌の名手でした。実父為光が亡くなった後、道信は喪に服しましたが、喪が明ける時に「限りあれば今日ぬぎ捨てつ藤衣果てなきものは涙なりけり」と詠みました。その孝行心の篤さに、人々は感心したといいます。従四位上左近衛中将にまで昇進しましたが、天然痘により二三歳で夭折してしまいました。

（佐藤瞳）

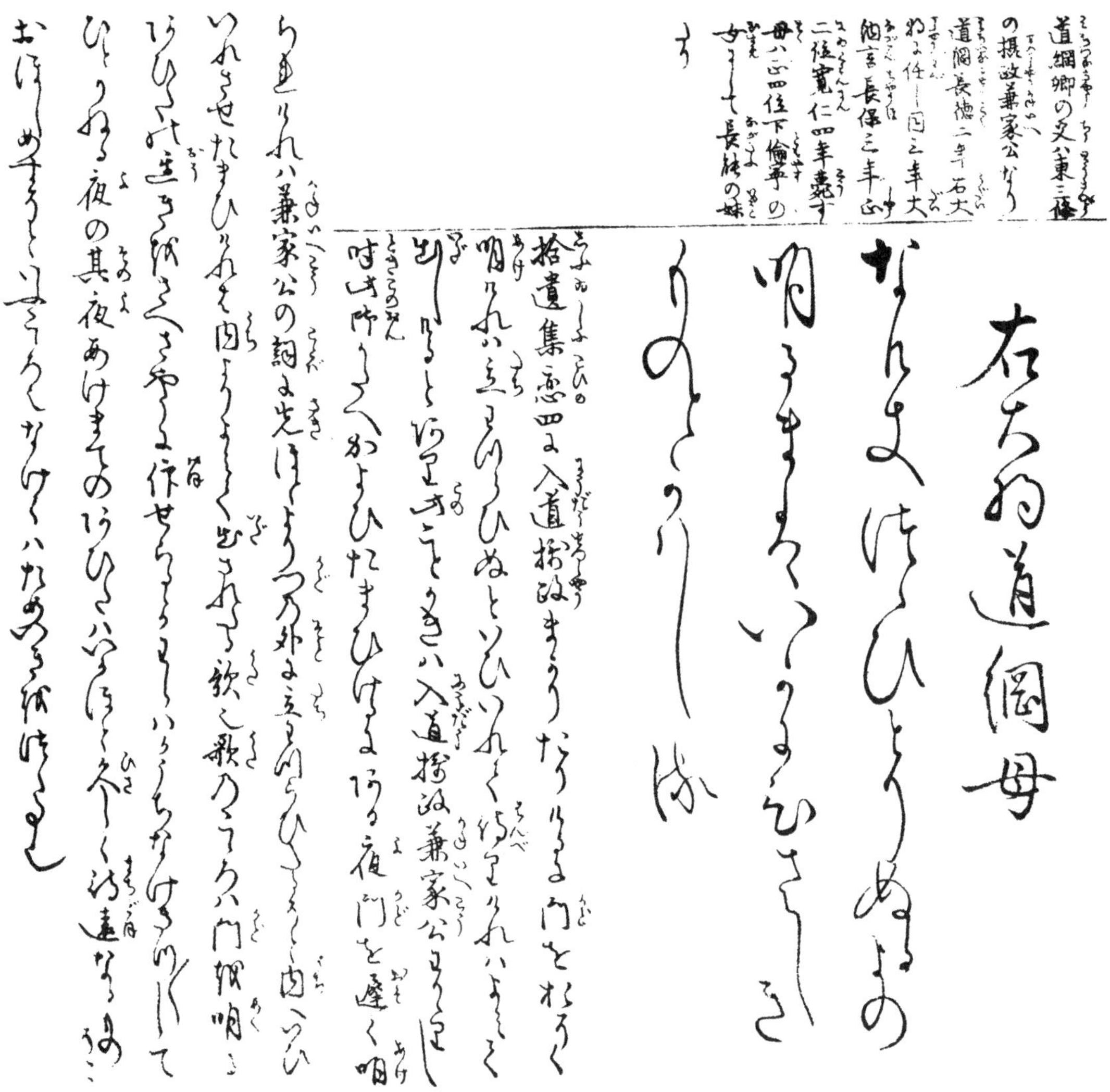
右大将道綱母
なけきつゝひとりぬるよの
あくるまはいかにひさしき
ものとかはしる

53 右大将道綱母

うだいしょうみちつなのはは

口語訳

あなたが来ないのを嘆きながらひとり寝る夜が明けるまでの間は、どんなに長いものかあなたはご存知でしょうか、ご存知ありますまい。

概要

この歌の作者は藤原倫寧（ともやす）の女（むすめ）、藤原兼家の第二夫人で、右大将道綱を出産しました。本朝の三美人にして和歌の名手と評判でした。兼家との満たされない結婚生活の思いをつづったのが『蜻蛉日記』です。『蜻蛉日記』によると、新しい愛人である町の小路の女のもとに三夜続けて宿っていた夫が、明け方近くに道綱母の家の門を叩きました。道綱母は迎え入れず、朝方になって色変わりした菊の花（夫の心変わりを暗示する）とともにこの歌を送り、夫に反省を期待したのでした。（佐藤瞳）

注釈

入道摂政　作者の夫、藤原兼家。

この御方　道綱母のこと。歌の解説では門を開けるのが遅かったと書かれているが、『蜻蛉日記』では道綱母との結婚後、新たな愛人のもとに三夜続けて通ったために門を開けなかったとある。

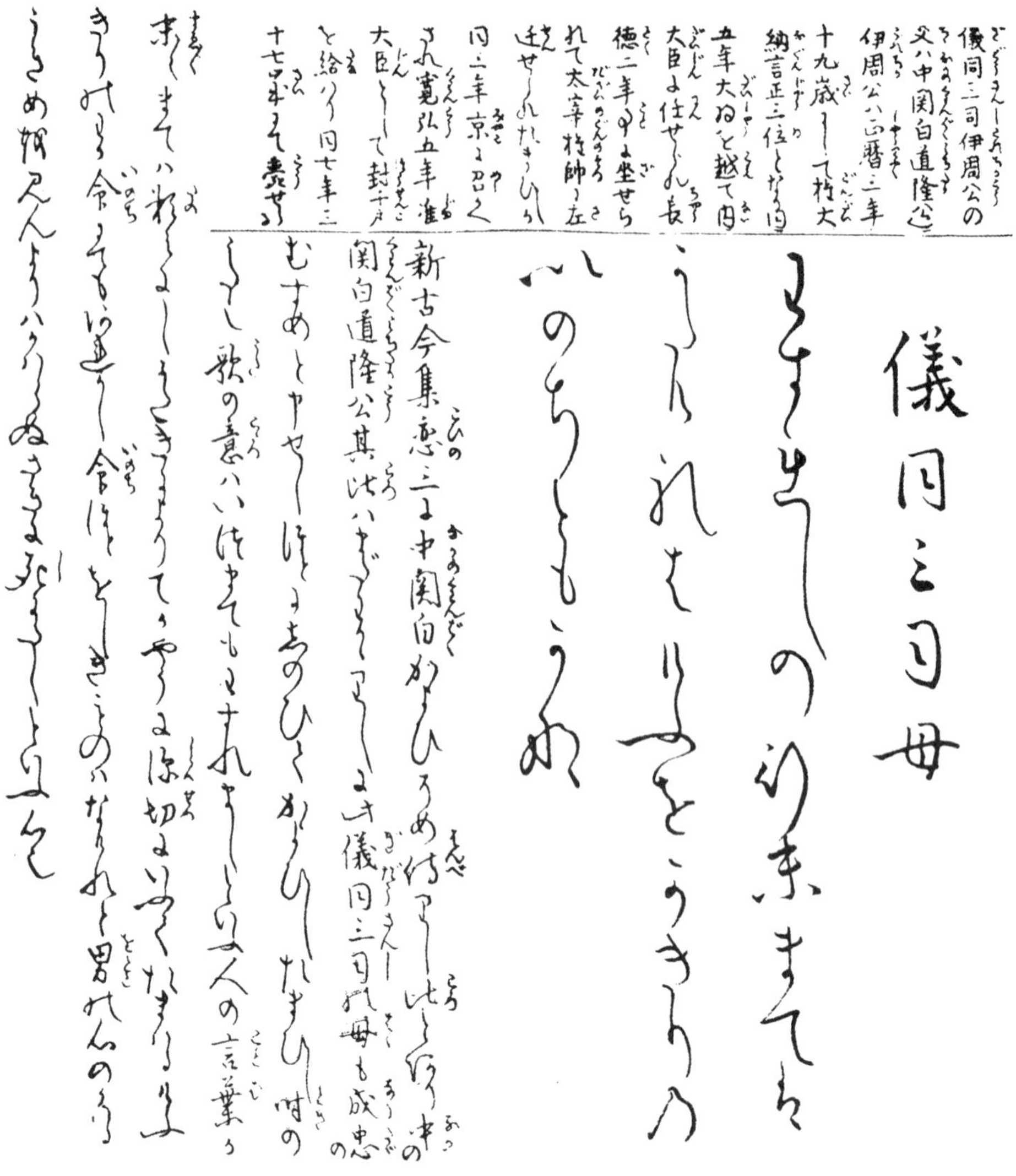

54 儀同三司母

ぎどうさんしのはは

口語訳

私のことをいつまでも忘れまいとおっしゃるあの人の言葉も、遠い将来までは頼みにしがたいものなので、幸せな今日という日を最後にして死んでしまいたいものです。

概要

「儀同三司」とはこの作者の産んだ長男藤原伊周（これちか）のことです。作者は高階成忠（たかしなのなりただ）の女（むすめ）で、本名は貴子といいます。漢学の素養があり詩文を作る才女でした。円融天皇の朝廷に内侍として仕え、高内侍（こうないし）と呼ばれました。中関白藤原道隆と結婚し、伊周、隆家、定子（一条天皇の中宮）を出産しました。中関白家は繁栄を極めましたが、道隆の死後は悲運の晩年を過ごしました。（佐藤瞳）

コラム 6

藤原公任と具平（ともひら）親王　「三十六歌仙」のもとである『三十六人撰』を編んだのは藤原公任（55番）ですが、その際に公任と議論を戦わせた人物がいました。それが具平親王です。具平親王（九六四〜一〇〇九）は村上天皇の第四皇子で、若い時から経学・詩文の研鑽に努め、博学多識な人物として活躍しました。『袋草子』によれば、公任と「人麻呂貫之優劣論」を繰り広げたといいます。具平親王は人麻呂を評価し、意見の合わない公任を論破してしまいました。これがきっかけとなって公任は『三十六人撰』を撰定しました。三十六歌仙以後これにならって『後六々撰』、『中古三十六歌仙』が撰定され、『三十六人集』や『三十六歌仙絵巻』が作られるなど、文学史・文化史にもたらした影響ははかり知れません。

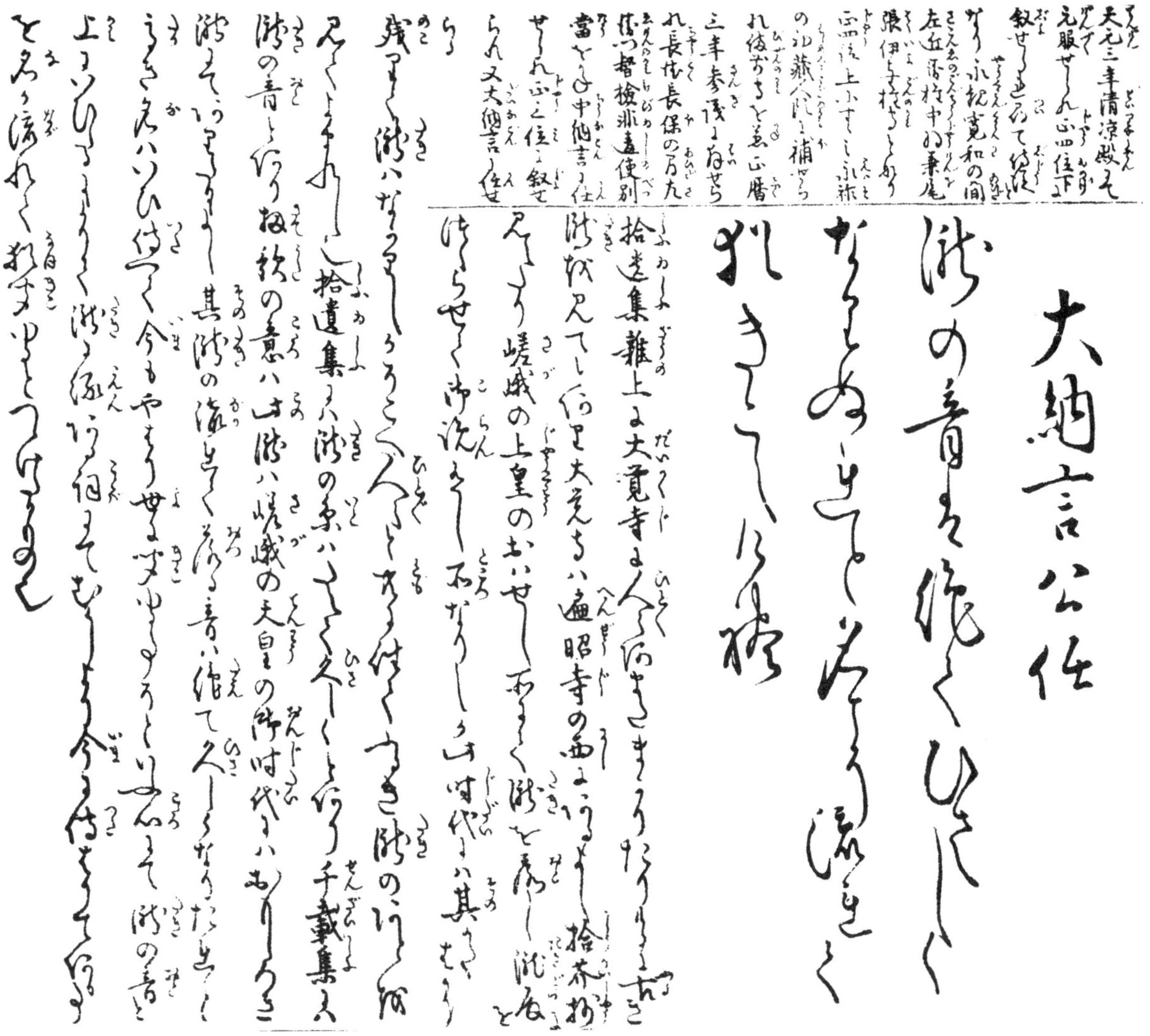
大納言公任

滝の音はたえて久しくなりぬれど名こそ流れてなほ聞こえけれ

55 大納言公任　だいなごんきんとう

口語訳

滝の水音は水が涸れたため聞こえなくなってから長い年月がたってしまったけれども、その名声は流れ伝わり、今でもやはり聞こえてくることです。

概要

作者の藤原公任（九六六～一〇四一）は学識豊かな才人で、漢詩文、和歌、管絃ともに当代随一の文化人として知られる人です。正二位権大納言まで昇進しました。藤原道長が大堰川で遊覧した際、漢詩の舟、和歌の舟、管絃の舟を分けてそれぞれに才ある人を乗せていました。乗る舟を尋ねられた公任は和歌の舟に乗ると言い、「朝まだき嵐の山の寒ければ紅葉の錦著ぬ人ぞなき」と詠んだのです。この歌は『拾遺和歌集』（秋三・二一〇）に入集されました。後に、漢詩の方がより名声が上がったと漏らしたとか。藤原道長の子教通が公任の娘に婿入りする時に、公任が撰して厨子に置いていたのが『和漢朗詠集』です。（佐藤瞳）

注釈

大覚寺　京都市右京区嵯峨大沢町にある真言宗大覚寺派の大本山。もと嵯峨天皇の離宮であったが、寺に改めた。

古き滝　大覚寺の嵯峨天皇の離宮の大沢の池にある滝。

拾芥抄　中世の百科事典。多くの和漢書を引用する。

嵯峨上皇　第五二代天皇。桓武天皇の第二皇子。大同四年（八〇九）～弘仁一四年（八二三）在位。多くの漢詩を残し、能筆家としても有名で、三筆の一人。

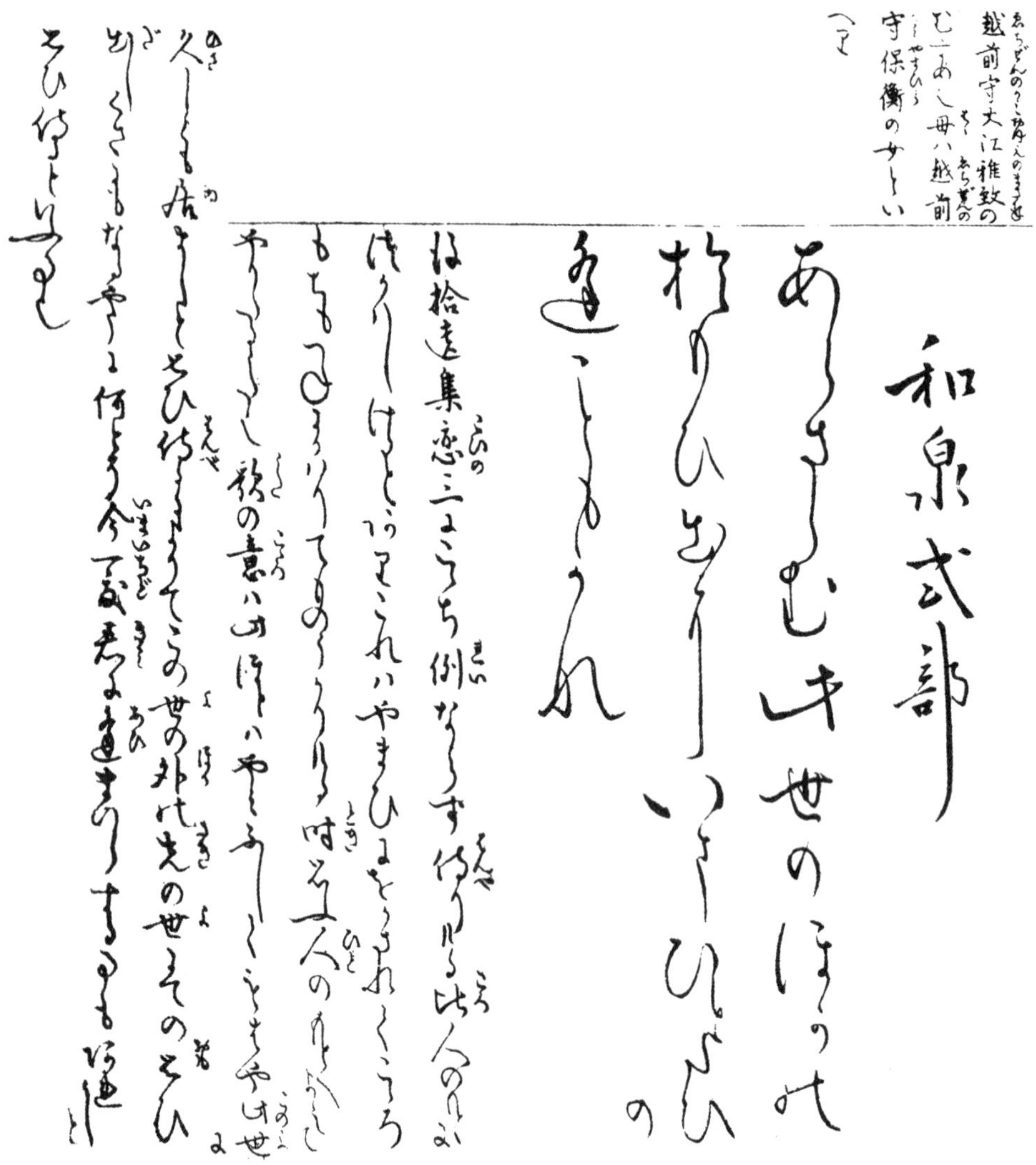

56 和泉式部　いづみしきぶ

口語訳

まもなく私は死んでこの世にはいなくなるでしょう。せめてあの世への思い出に、もう一度あなたとお逢いしたいものです。

概要

作者の和泉式部（九七九頃～一〇三六頃）は大江雅致（まさむね）の女（むすめ）で、和泉守橘道貞と結婚し、小式部内侍（60番）を出産しました。為尊（ためたか）親王、弟の敦道（あつみち）親王との恋愛など、多くの男性遍歴で知られています。為尊親王、敦道親王とは死別、娘の小式部内侍にも先立たれ、波乱の人生を送りました。一条天皇の中宮彰子に出仕し、後に藤原保昌と結婚しています。和泉式部の和歌は『古今和歌集』の伝統から抜きんで深い叙情をたたえたもので、後に高く評価されました。（佐藤瞳）

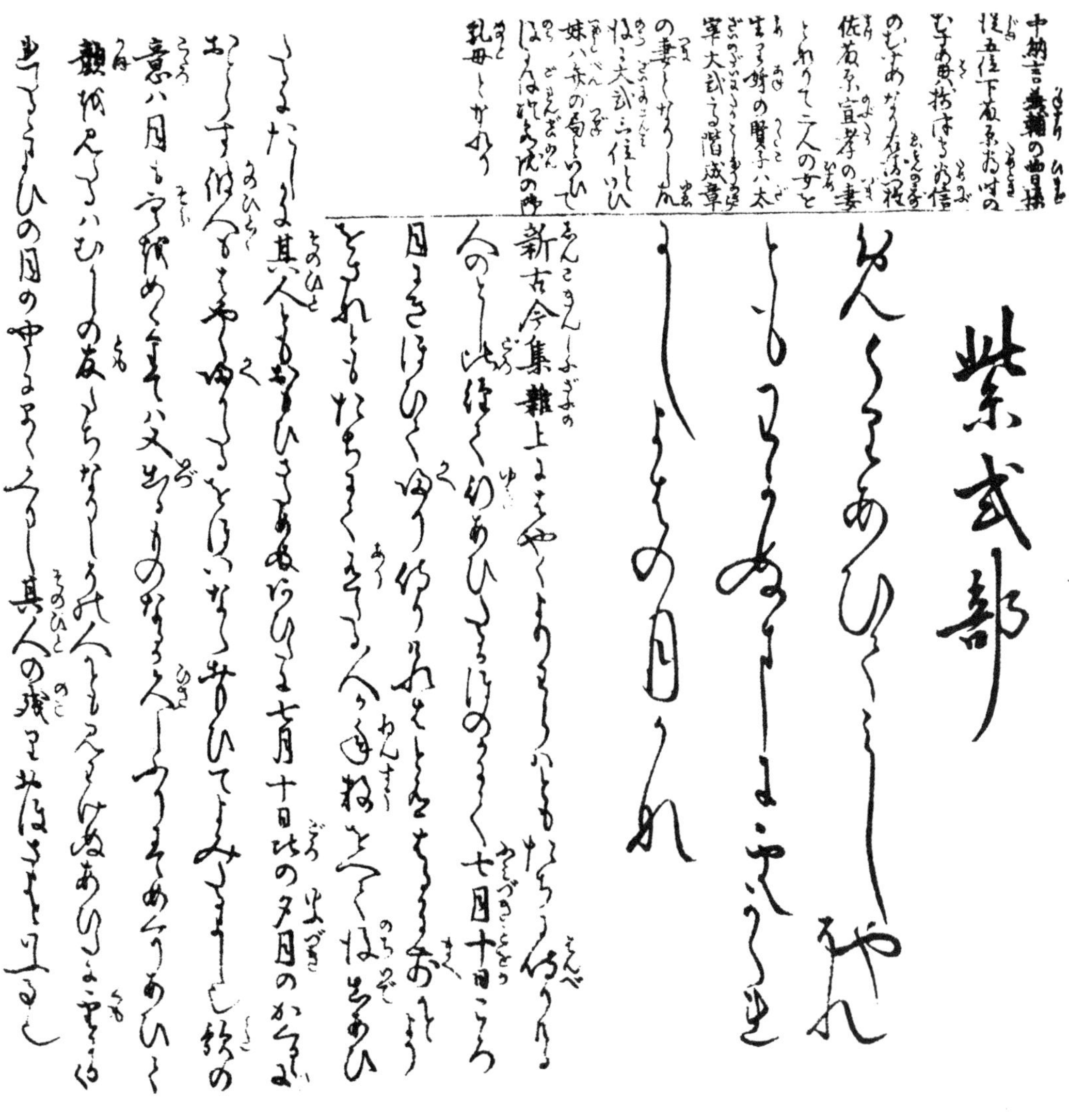

57 紫式部

むらさきしきぶ

口語訳

久しぶりにめぐり会って、見たのがその人かどうか見分けがつかないうちに、雲間に隠れてしまった夜半の月のように、あなたは姿を隠してしまったのですよ。

概要

幼少より漢詩文に親しみ、兄よりも早く『史記』を覚えてしまったので、父は式部が女子ではなく男子だったらと嘆きました。藤原宣孝と結婚しましたが、三年後に死別しました。娘の賢子（大弐三位）を抱えての寡婦生活に、『源氏物語』を創作し始めました。後に一条天皇の中宮彰子に出仕し、その体験に基づく作品が『紫式部日記』です。藤式部と呼ばれましたが、『源氏物語』の紫の上にちなんで「紫式部」と呼ばれました。（佐藤瞳）

注釈

七月十日頃 現在の八月中旬～下旬頃。

本意なく 不本意だ。残念だ。もの足りない。

残り 心残り。

〔コラム〕7

源氏物語 紫式部により書かれた『源氏物語』は五十四帖から成る長編物語です。数百人もの多くの登場人物の恋愛模様や政治的な争いが緊密な筆致で書かれています。『紫式部日記』寛弘五年（一〇〇八）の記事に藤原公任（55番）が「このわたりに若紫やさぶらふ」と、紫式部に戯れかかったことが記されており、この頃までにはほぼ成立していたかと見られていますが、どの時点でどこまで書かれたかなどは不明です。現行の巻の順序に書かれたかどうかも疑問です。石山寺の観音に祈って「須磨」・「明石」巻から書き始めたという伝説が残されています。

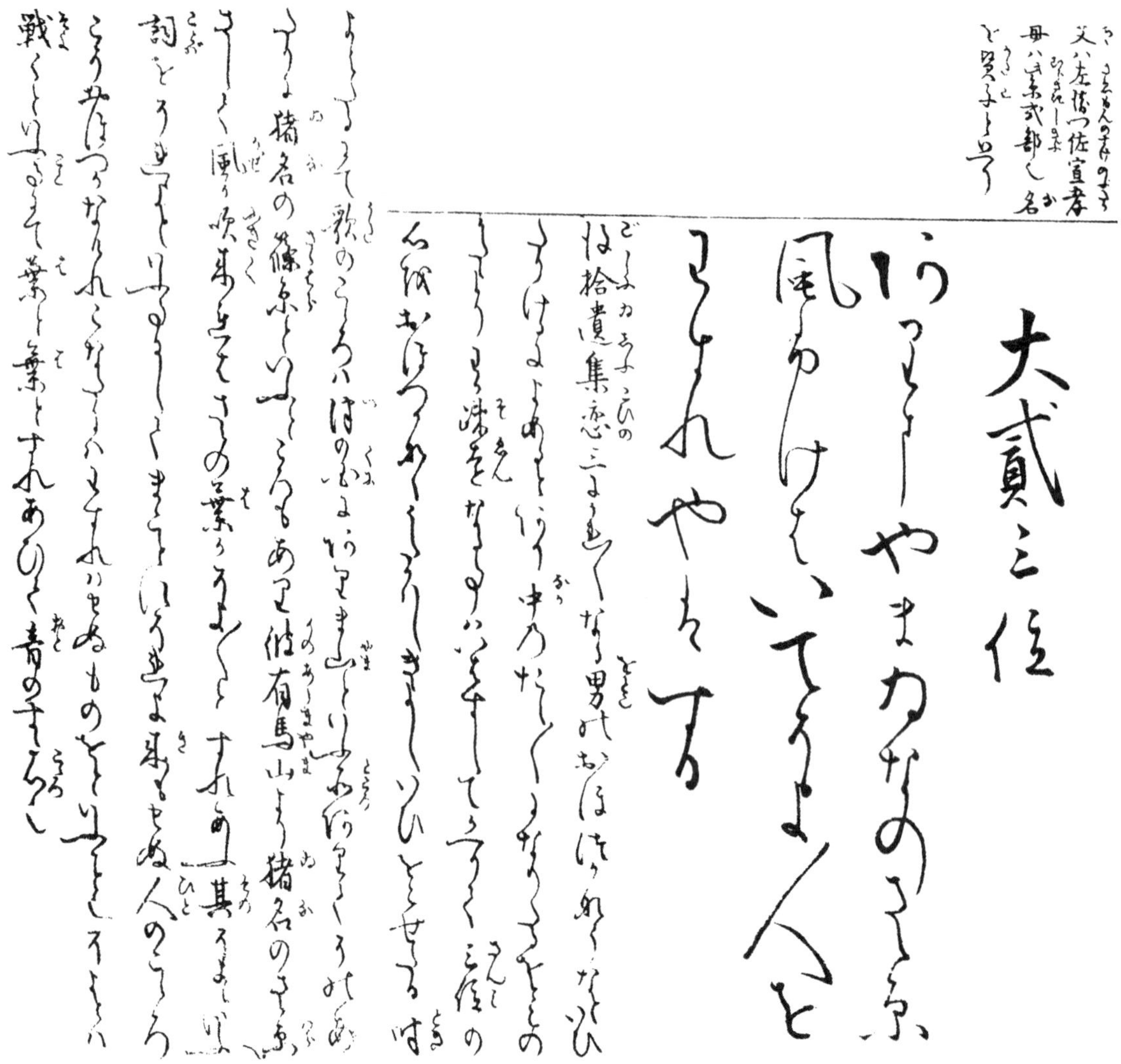
大貳三位
ありまやまゐなのささはら
風ふけはいてそよ人を
わすれやはする

58 大弐三位　だいにのさんみ

口語訳

有馬山に近い猪名(いな)の笹原に風が吹くと、笹の葉がそよそよと音をたてますが、さあそれですよ、私があなたのことをどうして忘れることなどがありましょうか。忘れたのはあなたでしょう。

概要

作者の藤原賢子（九九九〜？）は紫式部（57番）の娘です。正三位大宰大弐の高階成章(たかしなのなりあきら)と結婚し、夫の官によって大弐三位と呼ばれました。『後撰和歌集』の詞書によるとこの歌は、作者のもとから遠く離れていこうとする男が大弐三位が心変わりして他の男を通わせているのではないか、それが気がかりだという気持ちになり、「私を忘れてはいないか」と言ってきた手紙に対する返歌だといいます。大弐三位はこの歌の下の句でぴしゃりと反論しました。上の句は風景を美しく叙述し、「そよ」に笹の葉音と「それよ」の意を掛けています。（佐藤瞳）

注釈

津国　摂津の国の古称。今の大阪府北部と兵庫県東部にわたる地域。

有馬山　今の兵庫県有間温泉付近の山々の総称。

猪名の笹原　兵庫県の猪名川両岸の笹原。

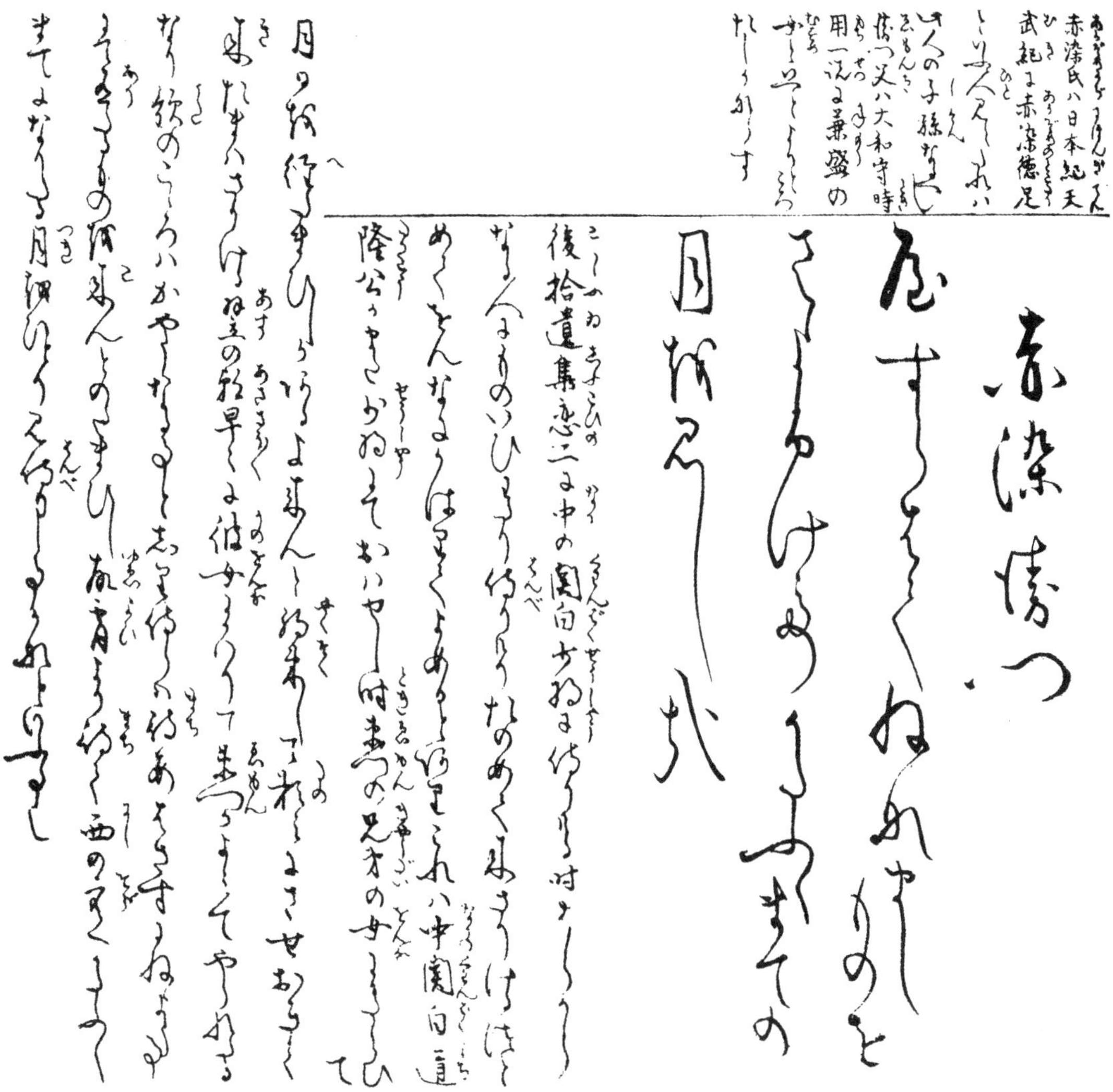

59 赤染衛門　あかぞめのえもん

口語訳

来て下さらないとはじめから知っていたら、ためらわず寝てしまったでしょうに、お待ちしているうちにとうとう夜が更けて、西に傾くまでの月を見てしまったことですよ。

概要

作者は赤染時用(ときもち)の女(むすめ)で、父が右衛門尉(うえもんのじょう)であったので赤染衛門といいます。藤原道長の北の方、倫子や中宮彰子に仕えました。当代随一の文人として知られた大江匡衡(まさひら)と結婚しました。歌は和泉式部（56番）と並び称されています。また、『栄花物語』本編の作者として有力視されています。この歌は赤染衛門の姉妹のもとに通っていた若き日の藤原道隆が、約束しておきながら来なかった時に、本人に代わり赤染衛門が詠んだものです。男性を待つ女性のいじらしさ、哀しさが「かたぶくまでの月」を見るという行為によく表れています。（佐藤瞳）

注釈

中関白　藤原道隆。天暦七〜長徳元年（九五三〜九九五）。兼家の第一子で、道長の兄。一条天皇皇后定子の父。摂政・関白となった。

少将　道隆が少将であったのは二四、五歳の頃（九七七〜九七八）。

はらからなる人　姉妹。

頼めて来ざりける　約束したのに来なかった。

女に代はりて　「はらからなる人」に代わって作者が。

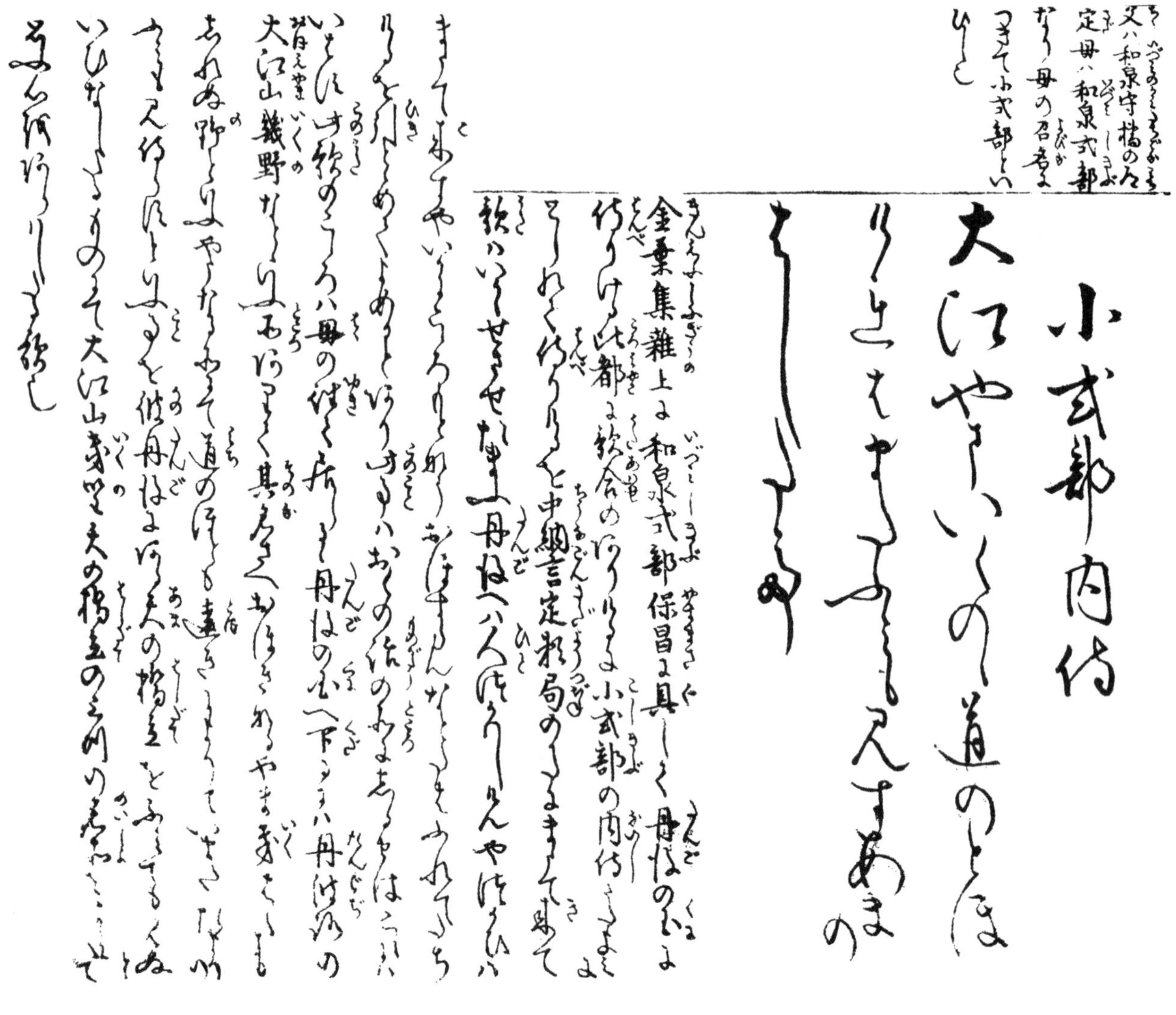

60 小式部内侍

こしきぶのないし

口語訳

母のいる丹後国までは大江山を越え、生野（いくの）を通って行く道が遠いので、まだ天の橋立の地を踏んでみたこともございませんし、母からの文（ふみ）も見てはおりません。

概要

作者の小式部内侍（一〇〇〇頃～一〇二五）は橘道貞と和泉式部（56番）の娘です。中宮彰子に出仕しました。教通（のりみち）・頼宗（よりむね）・定頼（64番）・公成（きんなり）など多くの貴公子に愛されましたが、二六歳で病死してしまいました。この歌は『金葉和歌集』（雑上・五五〇）に長い詞書が付されています。小式部内侍は幼少時から歌が上手でしたが、実は母が代作しているのではと噂されていました。母が丹後に下っていた頃、小式部内侍が歌合に召されることになりました。藤原定頼が「丹後の母上への依頼はどうなりましたか、文を持った使者は間に合いますか」とからかうと、通り過ぎる定頼を引き留め、即座にこの歌を詠んだのです。このことが小式部内侍の名声を高めました。「いく」「ふみ」という掛詞を用い、「踏みもみず」「文も見ず」と応じた機智と才気にあふれた歌です。（佐藤瞳）

注釈

保昌　藤原保昌。九五八年～一〇三六年。和泉式部の夫。藤原道長に仕えた。

丹後国　現在の京都府北部。

歌合　歌の作者を左右に分け、その詠んだ歌を各一首ずつ組み合わせて判（はん）者（じゃ）が批評し勝敗を判定した文学的遊戯。

中納言定頼　藤原定頼（九九五～一〇四五）。平安時代中期の歌人。藤原公任（55番）の子。

局　宮中内で、女房が起居する部屋。

大江山　現在の京都市西京区の西にある山。山城と丹波を結ぶ交通の要地。

幾野　生野。京都府福知山市東南端の地名。京から山陰へ向かう要地。歌枕。

天の橋立　京都府宮津市、宮津湾西岸の文殊に向かって突き出る砂嘴（さし）。日本三景の一つ。

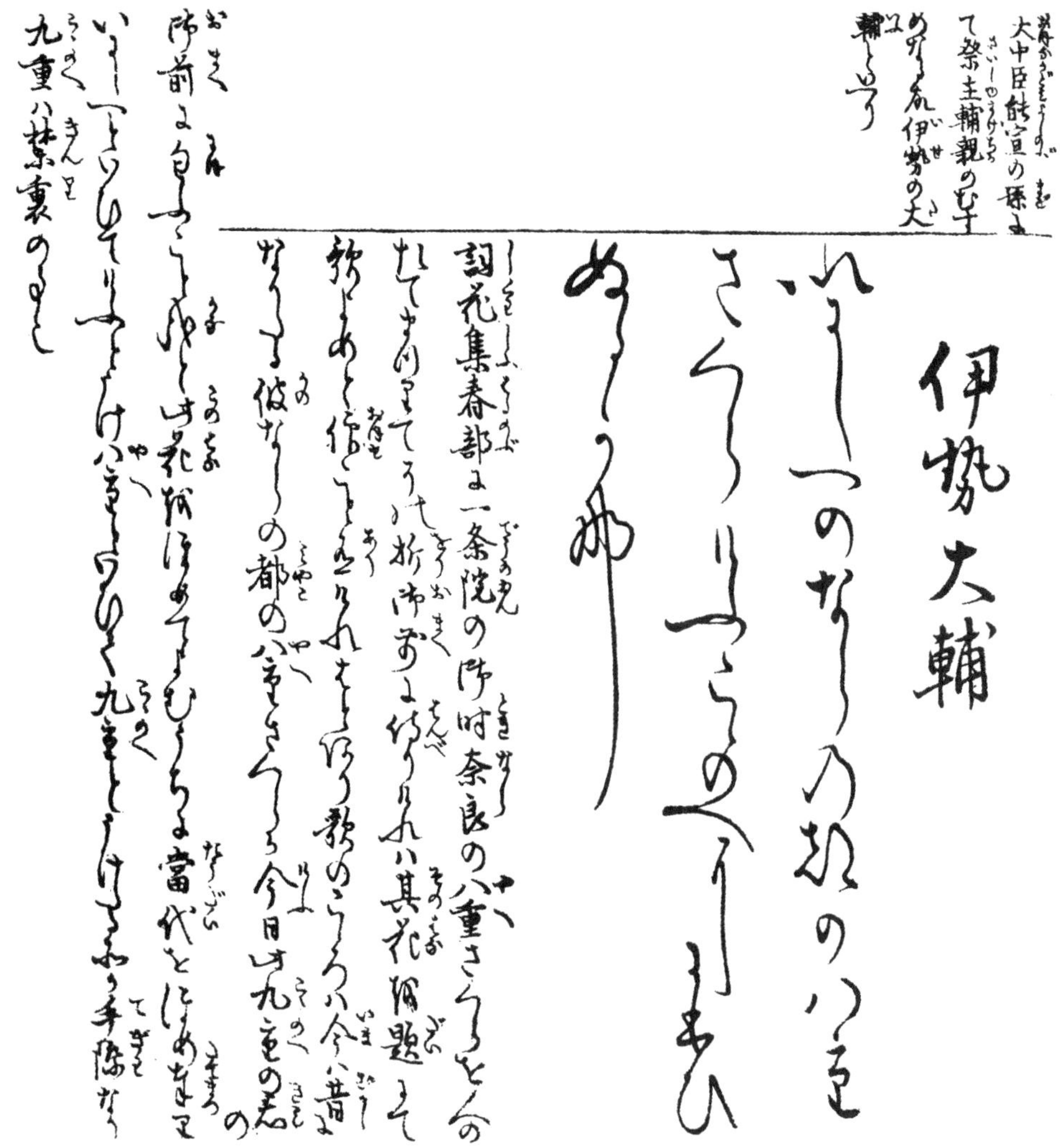

(61) 伊勢大輔

いせのたいふ

口語訳

昔の奈良の都で咲き誇っていた八重桜が、今日は京ここの、九重の宮中で、美しく照り映えて咲いていることです。

概要

作者の伊勢大輔は一一世紀前半の人で、大中臣能宣（(49)番）の孫です。伊勢神宮の神官の家系なので伊勢大輔と呼ばれました。この歌は古都奈良から宮中に献上された八重桜を即座に詠んだものです。八重桜は歌の上手な女房、この年は紫式部（(57)番）が受け取る役でしたが、出仕間もない伊勢大輔に譲ってしまいます。伊勢大輔は「古（いにしへ）への奈良の都」と「今日（けふ）九重」、「八重」と「九重」の対比、「今日」と「京」の掛詞など、華麗な宮中と桜をめでて見事に詠みました。（佐藤瞳）

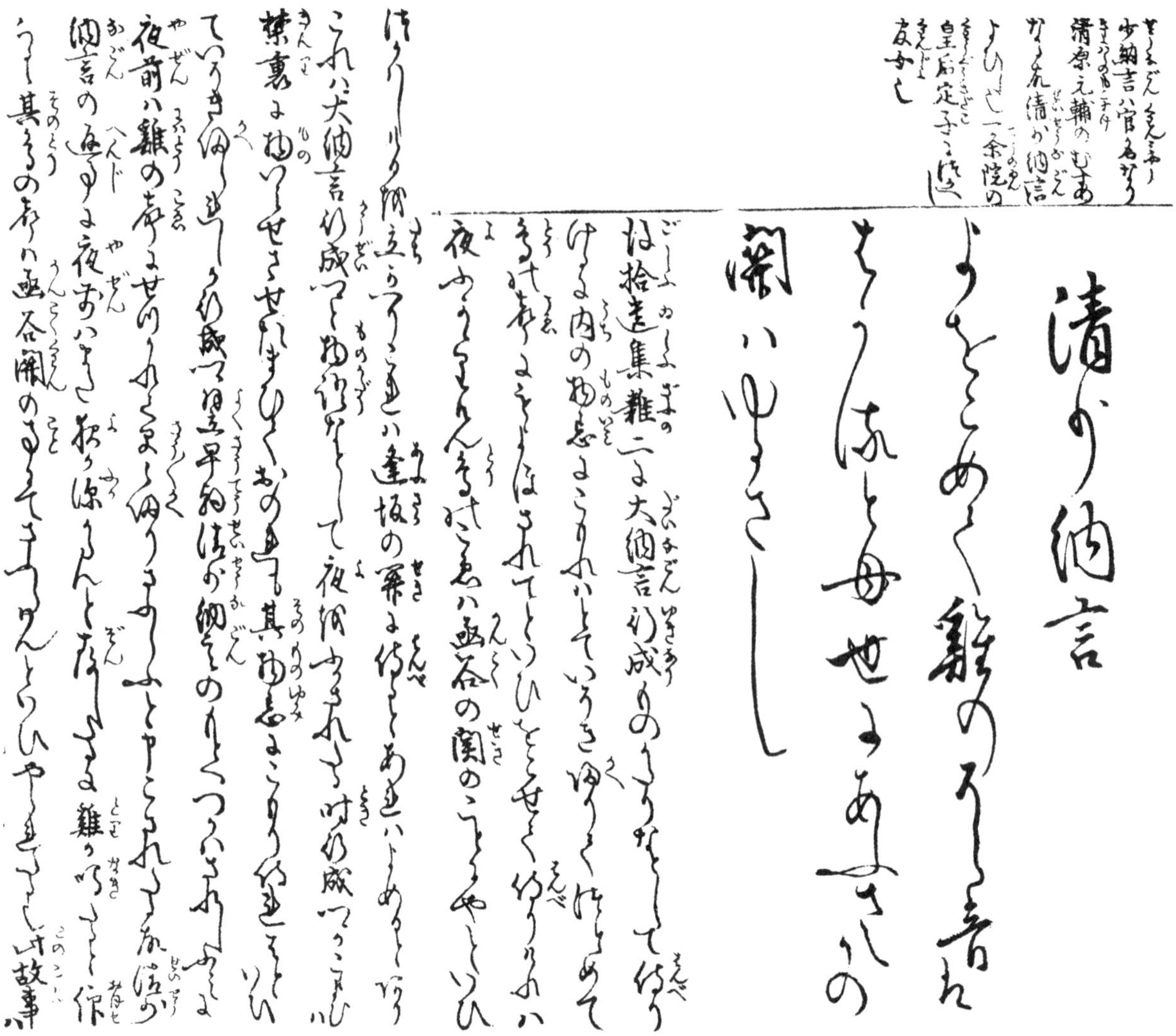

㊷ 清少納言

せいしょうなごん

口語訳

まだ夜の明けないうちに、鶏の鳴きまねで人をだまそうとしても、あの函谷関（かんこくかん）ならいざ知らず、この逢坂の関はけっして逢うことをゆるしませんよ。

概要

作者の清少納言（九六六～一〇二七頃）は清原元輔（㊷番）の女（むすめ）で、橘則光と結婚しました。正暦四年（九九三）一条天皇の中宮定子に出仕し、その体験をもとに『枕草子』を執筆しました。晩年は零落したとも伝えられていますが詳細は不明です。この歌は作者の局で長話をしていた大納言藤原行成とのやりとりによって出来たものです。行成が「明日は帝の物忌のために籠らねばならないので」と言って帰った後、「昨夜は鶏の声で、せっかくの睦言が中断されて」と後朝（きぬぎぬ）めいた手紙を送ってきたので、彼女は函谷関の故事を持ちだしてとぼけながら、「それは、あの深夜の函谷関のそら鳴き…」と切り返してみせました。行成がなおも「関は関でもあなたに逢う逢坂の関」と戯れて言い寄るので、この歌で拒んだのです。即座に『史記』の「鶏鳴狗盗」の故事と逢坂の関を結び付ける機知によって、相手の懸想がましい思惑をそらして、完璧に言い負かしました。上の句は鶏の鳴きまねをさせて難関を突破した孟嘗君（もうしょうくん）のような智恵者だとしても、の意で、中国古代の故事は男性貴族の得意とする教養です。彼女はそれを逆手にとって、立派な教養をお持ちの貴公子とはいえ、私には私なりに開けることの出来ない関があると切り返したのです。『枕草子』の作者の面目躍如たる逸話と言えるでしょう。

『枕草子』には他にも、清少納言の才智を物語る逸話が記されています。雪の降った後に定子が「香炉峰の雪はいかに」と問うと、清少納言がただちに座を立って御簾を巻き上げた話は有名です。これは白楽天の詩句を踏まえています。この一件によりさらに定子からの寵愛がまさり、清少納言は内侍の位になる可能性もあったとか。しかし中関白家の凋落とともに立ち消えてしまったのでした。（佐藤瞳）

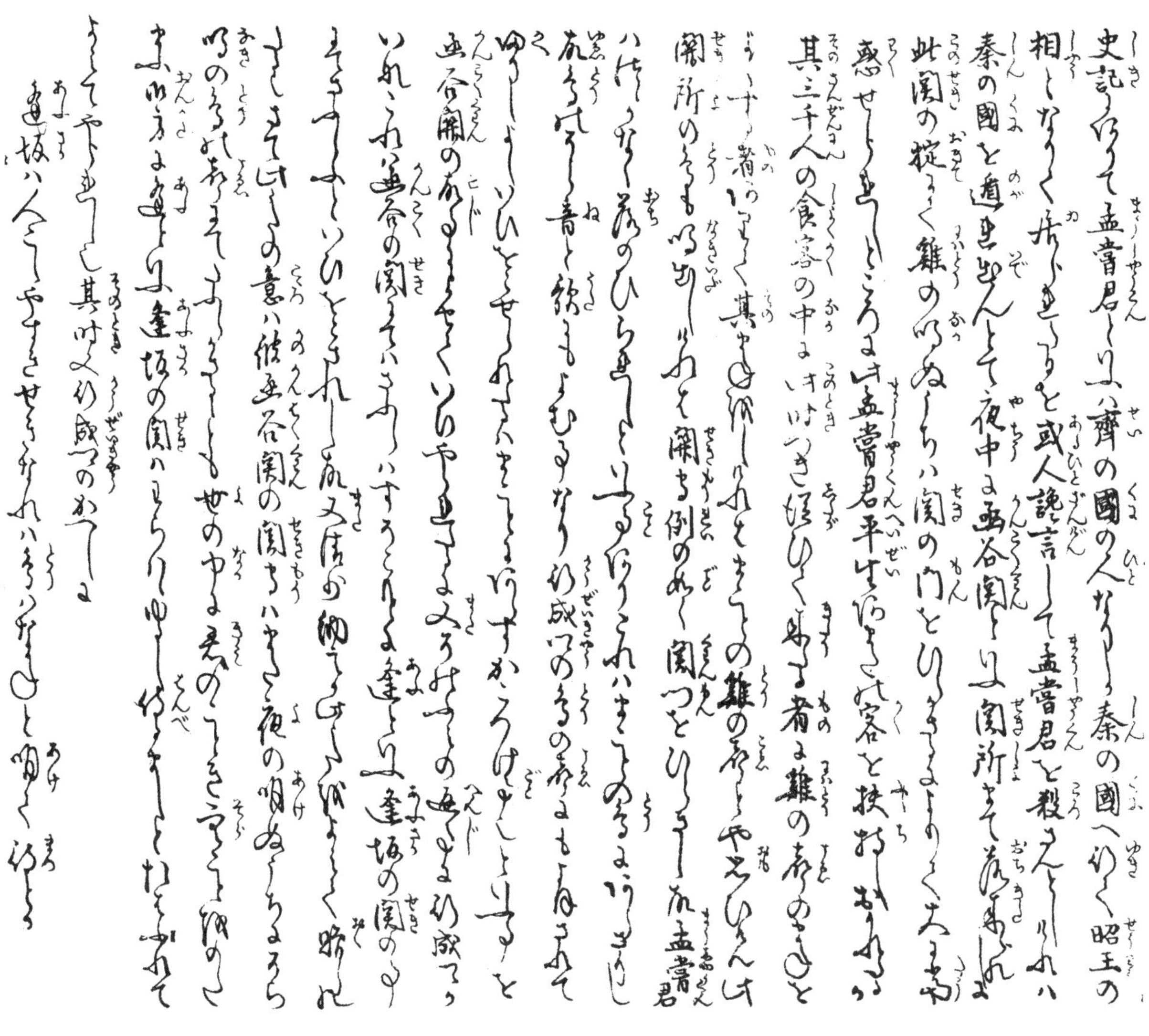

注釈

大納言行成　藤原行成（九七二～一〇二七）。平安中期の公卿・書家。三蹟の一人。

内の物忌　天皇の物忌。侍臣はその間、殿上の間に伺候している。

鶏の声に催されて　鶏の声にせき立てられて。わざと後朝の文めかして言った。

函谷の関の事にや　『史記』孟嘗君列伝に見える故事。周末戦国時代の斉の公族孟嘗君は秦に使して、とらわれそうになったので逃れて、夜半に函谷関に至ったが、関門が閉じていた。関法が鶏鳴によって開門と定められていたのに乗じて、随行の食客中の鶏鳴をまねることの上手な者にまねさせて、無事に帰ることができたという話。函谷関は中国河南省の北西部にあった。

逢坂の関　現在の京都府と滋賀県との境の逢坂山にあった関所。「逢坂の関」の「逢」に「逢ふ」を掛ける。歌枕。

三千人の食客　孟嘗君は食客三千人をかかえていたとその伝に見えるが、函谷関に随行していたのではなく、事実には合わない。

逢坂は人越えやすき関なれば鶏は鳴かねど明けて待つとか　逢坂は人が越えやすい関なので、鶏が鳴かないのにもかかわらず、いつも関の戸をあけて、来る人を待つとかいうことですよ。

〔コラム〕8

『枕草子』と中宮定子　『枕草子』は随筆文学を代表する作品とみられていますが、当時は随筆という形態が定まっているわけではありませんでした。跋文に「ただ一つにおのづから思ふことを、戯れに書きつけたれば」とあるように、既成の形態にとらわれず、自由に折々の感懐を書きとめたのです。平安文学史上、他に例のない自由な形態の作品です。これは清少納言が仕えた一条天皇の中宮、定子のサロンの雰囲気を反映しています。その定子の一門は、定子の父、藤原道隆が病で急死した後、栄華がもろくも崩れてしまいます。道隆の長男、伊周は道長との確執に破れ、左遷されてしまうのです。定子は後見を失い、後宮で孤立してしまいました。清少納言は一門の没落を目のあたりにすることになりますが、『枕草子』の文章にはそのような暗いかげりはありません。暗部を切り捨て、明るく輝かしい宮廷美のみを描ききったのです。

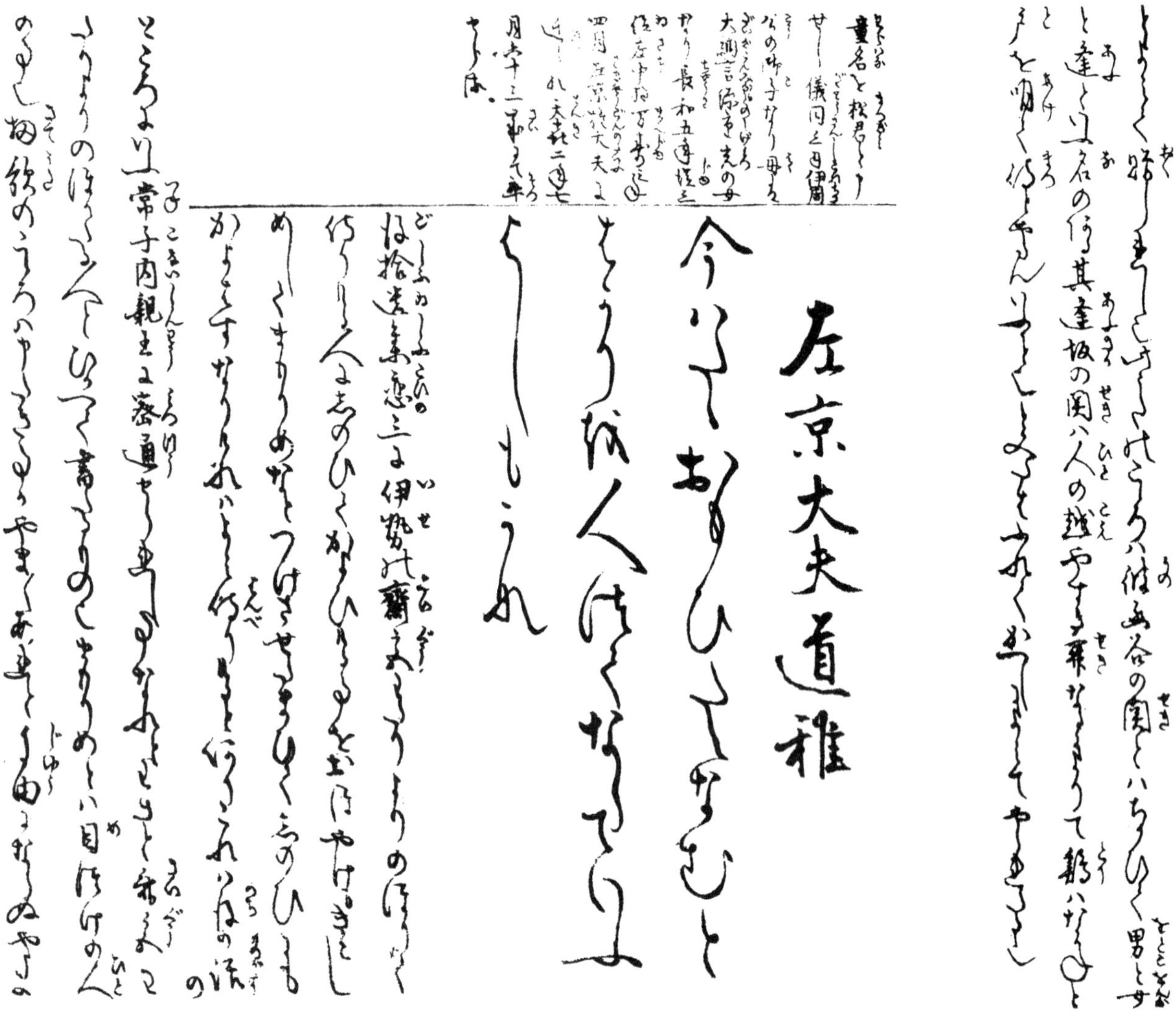

63 左京大夫道雅

さきょうのたいふみちまさ

口語訳

今となってはただ「あなたへの思いをあきらめましょう」とだけでも、人づてではなく直接伝える方法がほしいのです。

概要

藤原道雅（九九二～一〇五四）は藤原伊周の子。関白道隆の孫ですが、道長の台頭により中関白家は没落。この歌は『後拾遺和歌集』（恋三・七五〇）に「伊勢の斎宮わたりより上りて侍りける人に忍びて通ひけることを、おほやけもきこしめして守女（まもりめ）などつけさせ給ひて忍びにも通はずなりにければ詠み侍りける　左京大夫道雅」とあります。長和五年（一〇一六）、三條天皇（68番）は道長の圧力により退位。そのため当子内親王が伊勢の斎宮を終え帰京しました。そこへ道雅が通ったことを知った父三條院は激怒し逢瀬は絶たれてしまいました。（大内瑞恵）

注釈

在原業平（17番）の斎宮との恋（『古今集』『伊勢物語』）と重ねて語られることの多い歌である。

おほやけ　天皇、または皇后・中宮。ここでは三條院。

まもりめ　守目とも。世話をしたり、守り役の人。番人。目付。

常子内親王　当子内親王の誤り。「當」と「常」を読み違えたか。

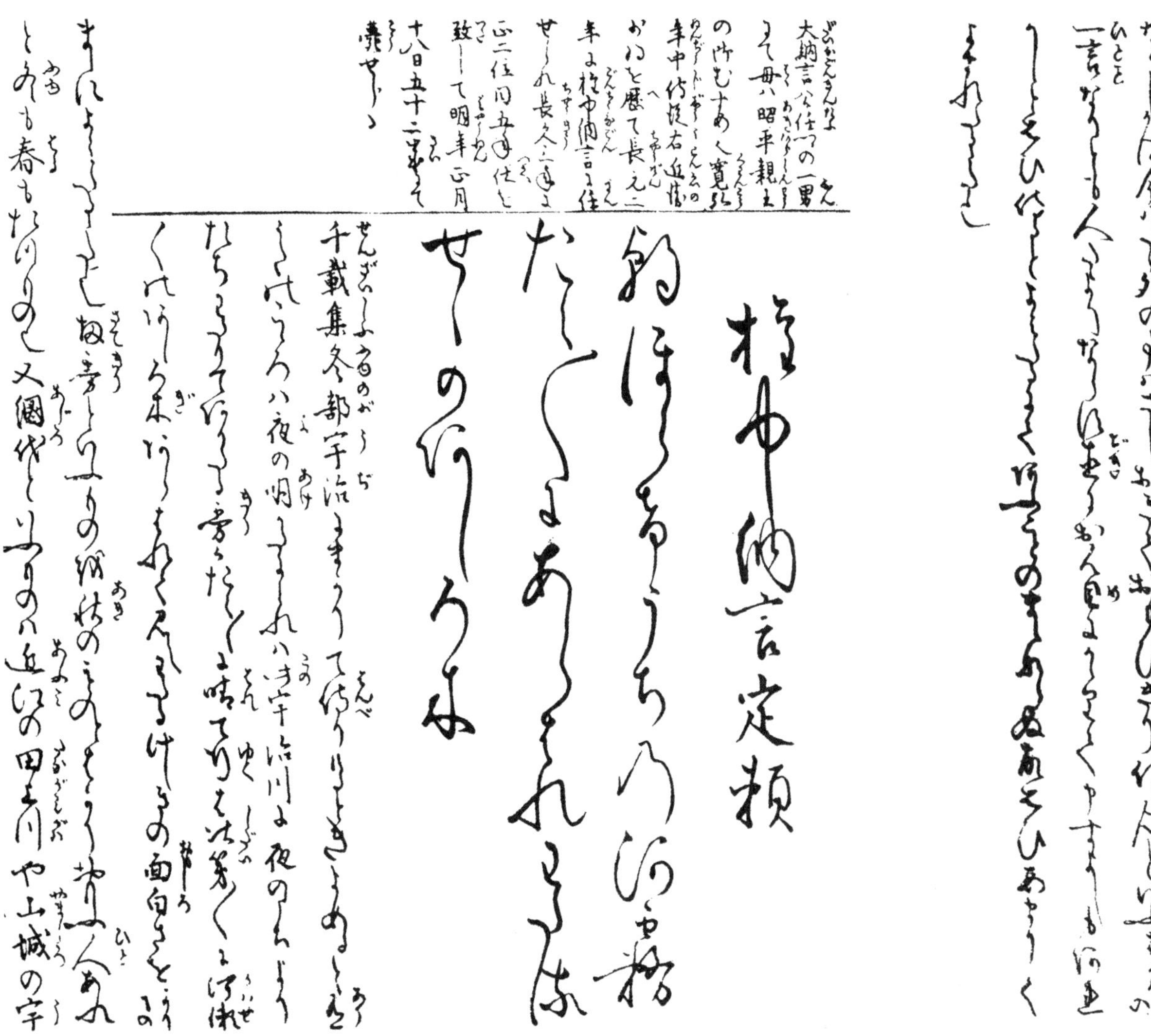

64 権中納言定頼

ごんちゅうなごんさだより

口語訳

朗らかな夜明け方、宇治の川霧が絶え絶えに晴れてゆくと、そこからあちこちの川瀬に設けられた網代木が現れて見えることです。

概要

藤原公任（55番）の息子です。歌に巧みで能書の聞こえも高く、また父に対して篤い孝心を持っていました。一条院の大堰川行幸に父とともに供奉して歌を奉った時には、「水もなく見え渡るかな大堰川」という凡庸な上の句に、「峰の紅葉は雨と降れども」という鮮やかな下の句を付け、心配する父を喜ばせたりしました。一方で、世間的には礼を失することも多く、長和三年（一〇一四）の春日社行幸では、行事役であったにも関わらず、自らの従者と敦明親王の従者との間で諍いが起こった際、敦明親王の奴を命が危うくなるほどに打擲させました。これによって、五年の間行事役を留められています。（渡部修）

注釈

敦明親王 三條天皇の第一皇子。藤原道長の権勢に耐え切れず皇太子の位を辞し、准太上天皇の位を得たことで知られている。尊号を小一条院という。

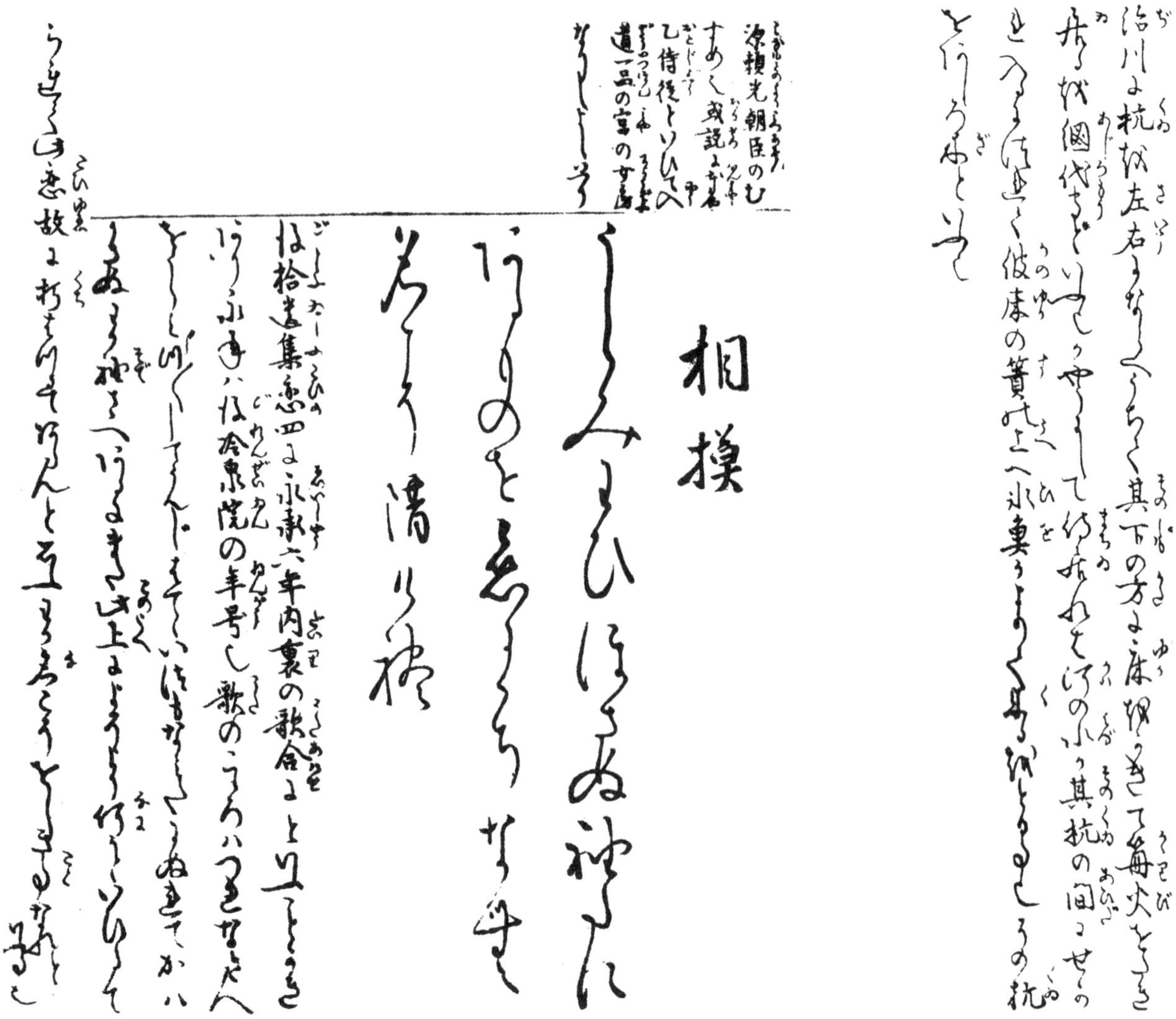

65 相模

さがみ

口語訳

あの人がつれないことを恨み悩んで、涙のかわくひまもないことすら口惜しいのに、恋の噂で朽ちてしまう、私の名が惜しまれることよ。

概要

相模は生没年未詳。三十六歌仙の一人です。源頼光の女（むすめ）で、相模守大江公資と結婚し任地へ下向しましたが、帰京後公資と離別。一品宮脩子内親王に出仕し相模と呼ばれました。『後拾遺和歌集』（恋四・八一五）詞書に「永承六年内裏歌合に　相模」とあります。この歌合は永承六年（一〇五一）五月五日に後冷泉天皇主催で行われた「内裏根合（殿上歌合）」で、『栄花物語』にその様子が記されています。この時「恋」の題で詠まれた題詠歌です。（大内瑞恵）

注釈

後冷泉院　第七〇代天皇（一〇二五～一〇六八）で、父は後朱雀天皇、母は道長の女（むすめ）の嬉子。

永承（一〇四六～一〇五三）　後冷泉天皇の代の年号。関白は藤原頼通。

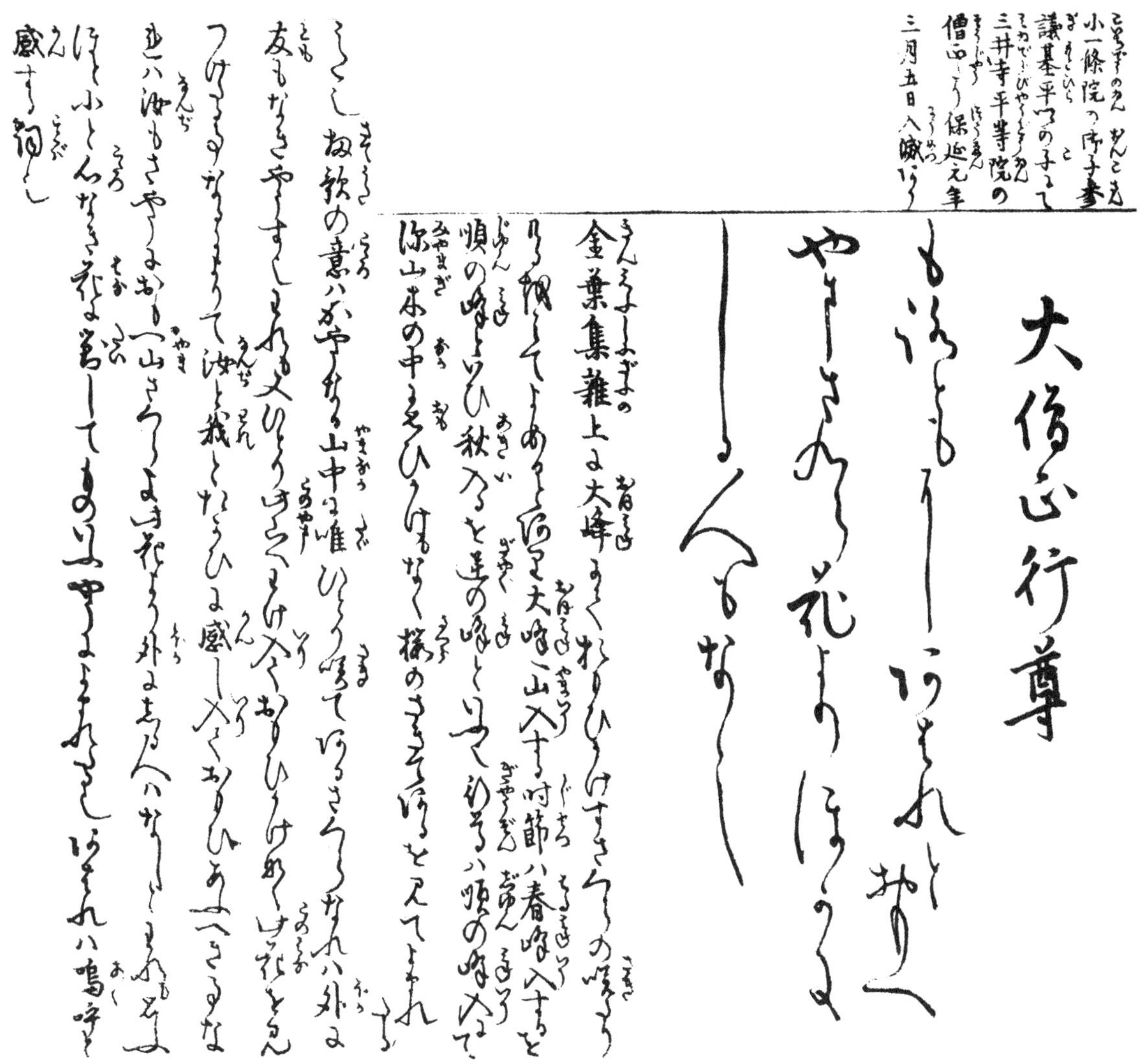

大僧正行尊

もろともにあはれとおもへ山さくら花よりほかにしる人もなし

小一條院の御子参議基平の子にて三井寺平等院の僧正なり保延元年三月五日入滅なり

66 大僧正行尊

だいそうじょうぎょうそん

口語訳

私と一緒に感じ入りなさい、山桜の花よ。私の心も、このような山中では、花以外に知る人はいません。

概要

小一条院の皇子、藤原基平の子です。はじめ三井寺の平等院の僧正で、保安四年（一一二三）延暦寺の座主となり、天治二年（一一二五）三月大僧正に任ぜられました。徳が高かったばかりでなく、歌に巧みで能書家でもあり、入滅後もその手は仮名の手本として残されました。また、世間的には思いやりのある人でもありました。鳥羽天皇の時代、護持僧として内裏に伺候していた際、管弦の催しがありました。行事の途中、花園左大臣の琵琶の弦が切れてしまいます。その時、行尊は懐から替えの弦を取り出して奉り、花園左大臣はそれを掛け替え夜もすがら弾かれました。列座の者は皆、行尊の振る舞いに感じ入ったそうです。（渡部修）

注釈

小一条院　三条天皇（68番）の第一皇子である敦明親王のこと。藤原道長の権勢に耐え切れず皇太子の位を辞し、准太上天皇となり、小一条院の尊号を得た。

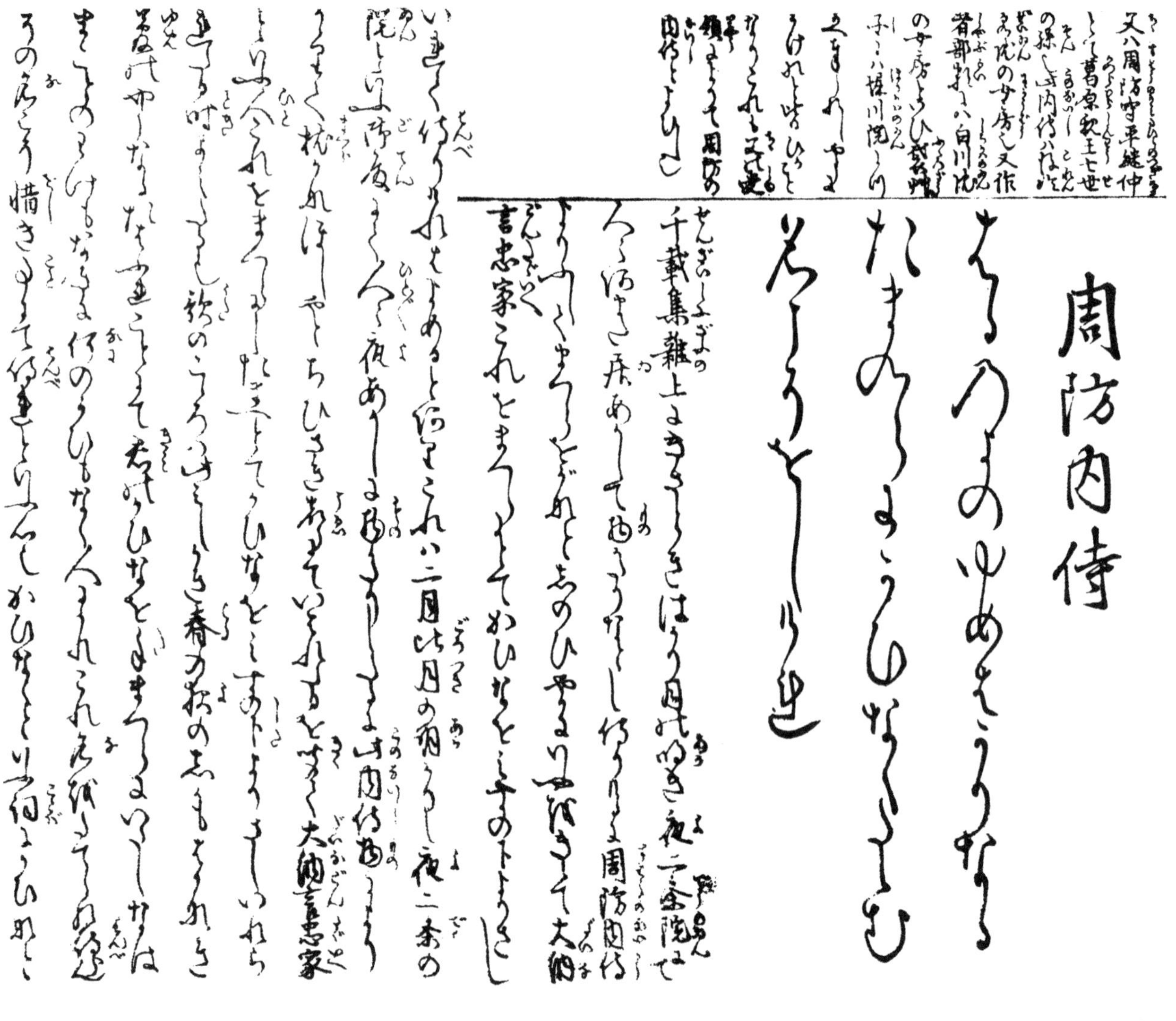

(67) 周防内侍

すおうのないし

口語訳

短い春の夜のしかもはかない夢のような、たわむれの手枕を借りて、何の甲斐もなく浮き名が立ってしまう、それが残念ですよ。

概要

周防内侍は生没年未詳。周防守平棟仲の女（むすめ）、仲子。治暦元年（一〇六五）頃より宮中に出仕し、後冷泉、後三條、白河、堀河の四代の天皇に仕えました。『千載和歌集』（雑上・九六四）に「二月ばかり月あかき夜、二条院にて人々あまたゐあかして物がたりなどし侍りけるに、内侍周防よりふして、枕をがなとしのびやかにいふをききて、大納言忠家これを枕にとてかひなをみすのしたよりさしいれて侍りければ、よみ侍りける　周防内侍」とあります。春二月の月の明るい夜、二条院（後冷泉天皇中宮章子内親王邸）で人々が大勢で寝ずに話などしていましたところ、周防内侍が物に寄り臥して「枕がほしい」とそっと言うのを聞いて、大納言忠家が「これを枕に」と言って腕を御簾の下から差し入れてきましたのでという「腕（かひな）」を詠み込み男の軽口をかわしました。物語の一場面のような情趣ある当意即妙の歌です。忠家は藤原道長の息子長家の子であり、藤原定家（(97)番）の曾祖父にあたります。（大内瑞恵）

注釈

手枕　腕を枕にすること。恋人の腕枕を指すことが多い。

かひなく　何の甲斐もなくの意であるが、「腕（かひな）」が隠し名として詠み込まれている。

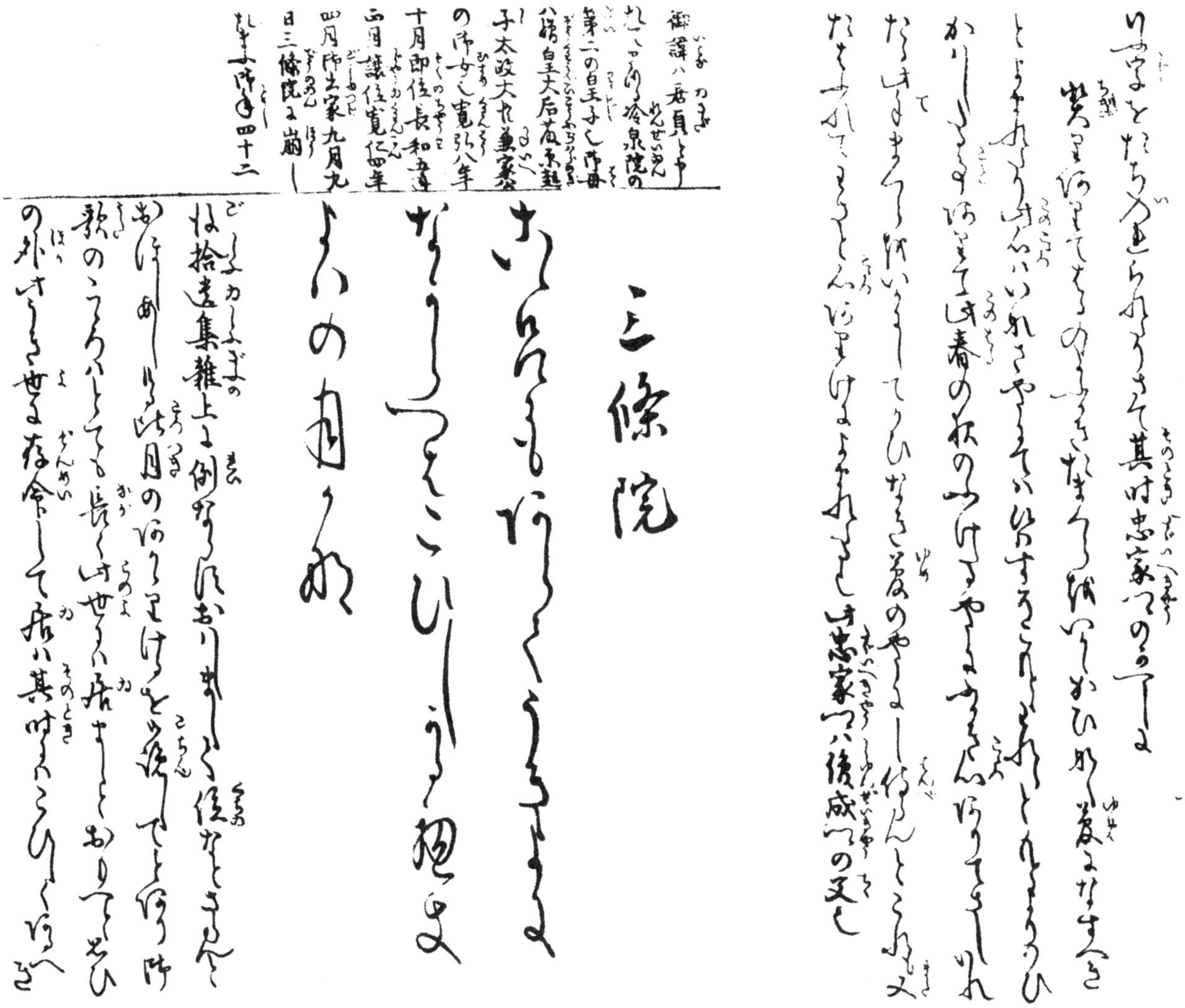

〔コラム〕9

掛詞と本歌取り　ともに和歌の表現技法の一つです。

掛詞は、一つの音節に二つ以上の意味を持たせて使う技法で、かな文字が成立して以降、発達しました。代表的なものとして「まつ」があります。「まつ」は発音すれば一つの言葉ですが、そこに「松」と「待つ」の二つの意味を持たせて使うことができるわけです。

本歌取りは、広い意味では先行作品の一部を利用して歌を詠む詠み方ですが、修辞技法としては、院政期以降に発達したものを指します。本歌取りでは、『古今和歌集』『後撰和歌集』『拾遺和歌集』の三代集や『伊勢物語』『源氏物語』などの古典作品の世界を背景に、幽玄で余情がある妖艶な歌世界を構築しようとします。藤原俊成（83番）・定家（97番）父子によって確立されました。

68 三條院

さんじょういん

口語訳

自分の本心でもなく、この辛い世の中に生きながらえたならば、その時こそ恋しく思われるような美しい夜半の月ですよ。

概要

三條院（九七六〜一〇一七）は第六七代天皇で、名は居貞。冷泉天皇第二皇子で、母は藤原兼家の女（むすめ）超子。寛和二年（九八六）一一才で東宮となりましたが、即位したのは寛弘八年（一〇一一）。内裏焼亡、病弱、孫の即位を急ぐ藤原道長の圧力もあり、長和五年（一〇一六）に退位。この歌は『後拾遺和歌集』（雑一・八六〇）に「例ならずおはしまして位など去らんとおぼしめしけるころ月の明かりけるを御覧じて　三條院御製」とあります。『栄花物語』（玉の村菊）では長和四年一二月中旬の月の明るい夜に中宮妍子に示した歌とされています。（大内瑞恵）

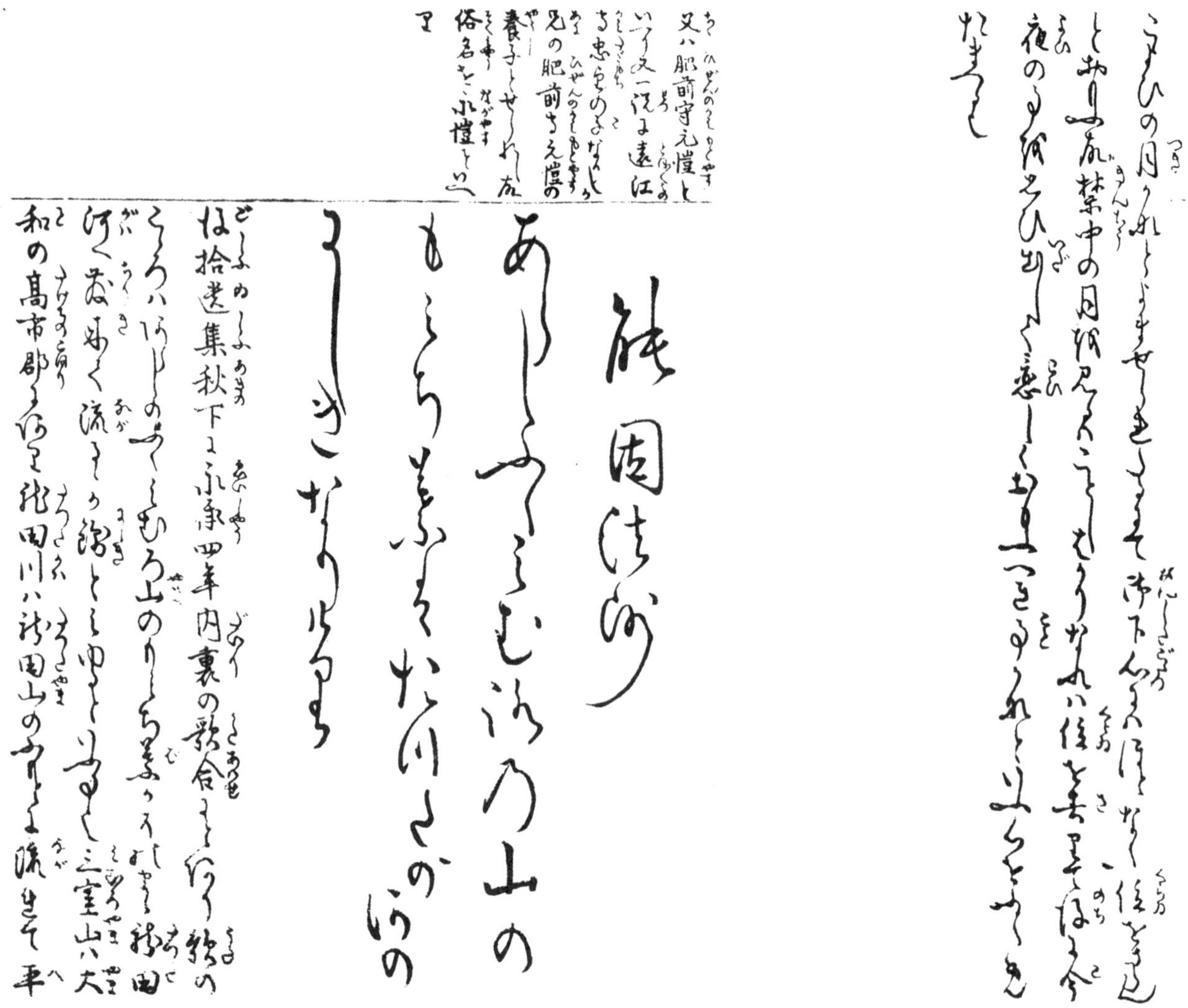

69 能因法師

のういんほうし

口語訳

嵐が吹き散らした三室山の紅葉は龍田川の錦なのでしたよ。

概要

当該歌は後冷泉天皇の催した内裏歌合で詠まれた作品です。三室山の紅葉と龍田川の流れを同時に詠むという手法は『古今和歌集』以来の伝統です。この構想に能因の才能が認められ、歌は「勝判」を得ています。作者能因法師の俗名は橘永愷（ながやす）（九八八〜？）。はじめ、融因と称し、後に能因と改めました。摂津国古曽部（こそべ）に住したことから古曽部入道とも呼ばれました。三十六歌仙の一人です。伊予守藤原実綱（さねつな）に従って伊予国に下り、旱（ひでり）で苦しむ人々をみて、三島明神に歌を詠んで奉ったところ、にわかに雨が降ったというエピソードは有名です。歌集に『玄々集（げんげんしゅう）』、歌学書に『能因歌枕』があります。（城﨑陽子）

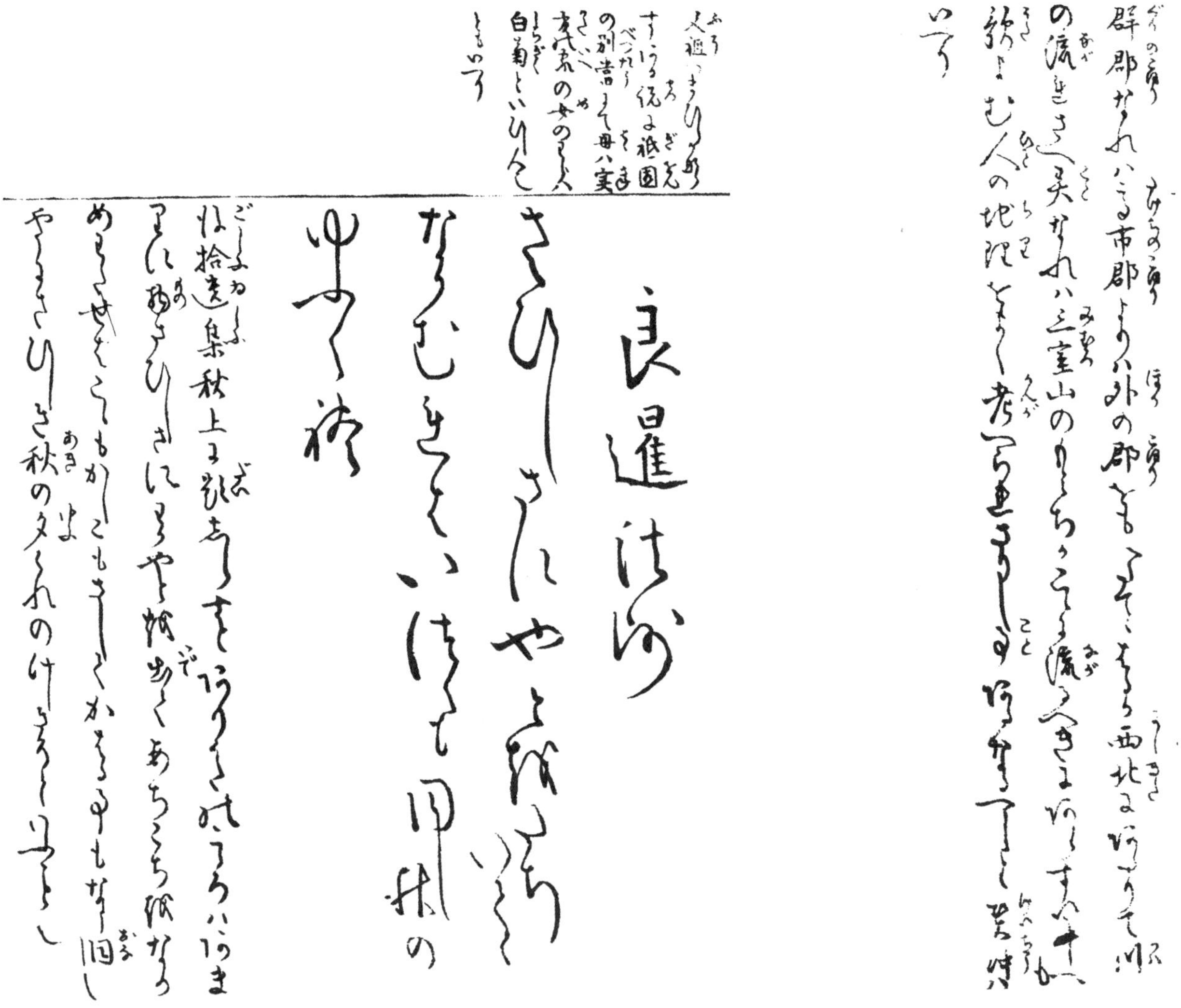

(70) 良暹法師　りょうぜんほうし

口語訳

寂しさに耐えかねて、庵を立ち出でてあたりを見渡してみると、どこも同じように寂しく感じられる秋の夕暮れであることよ。

概要

良暹法師は生没年未詳。一〇六四年頃没かとされます。天台宗の僧で祇園社の別当でしたが、晩年は洛北大原に籠もったといいます。この歌は『後拾遺和歌集』（秋上・三三三）に「題不知　良暹法師」とあります。「いづく」は代名詞「いづこ」の古い形ですが、「小倉色紙」ほか「いづこ」と記された本文もあります。歌語としての「秋の夕暮」が登場するのは『後拾遺和歌集』からです。秋の寂しさを詠んだこの歌は美意識の転換点の一つと言えるでしょう。（大内瑞恵）

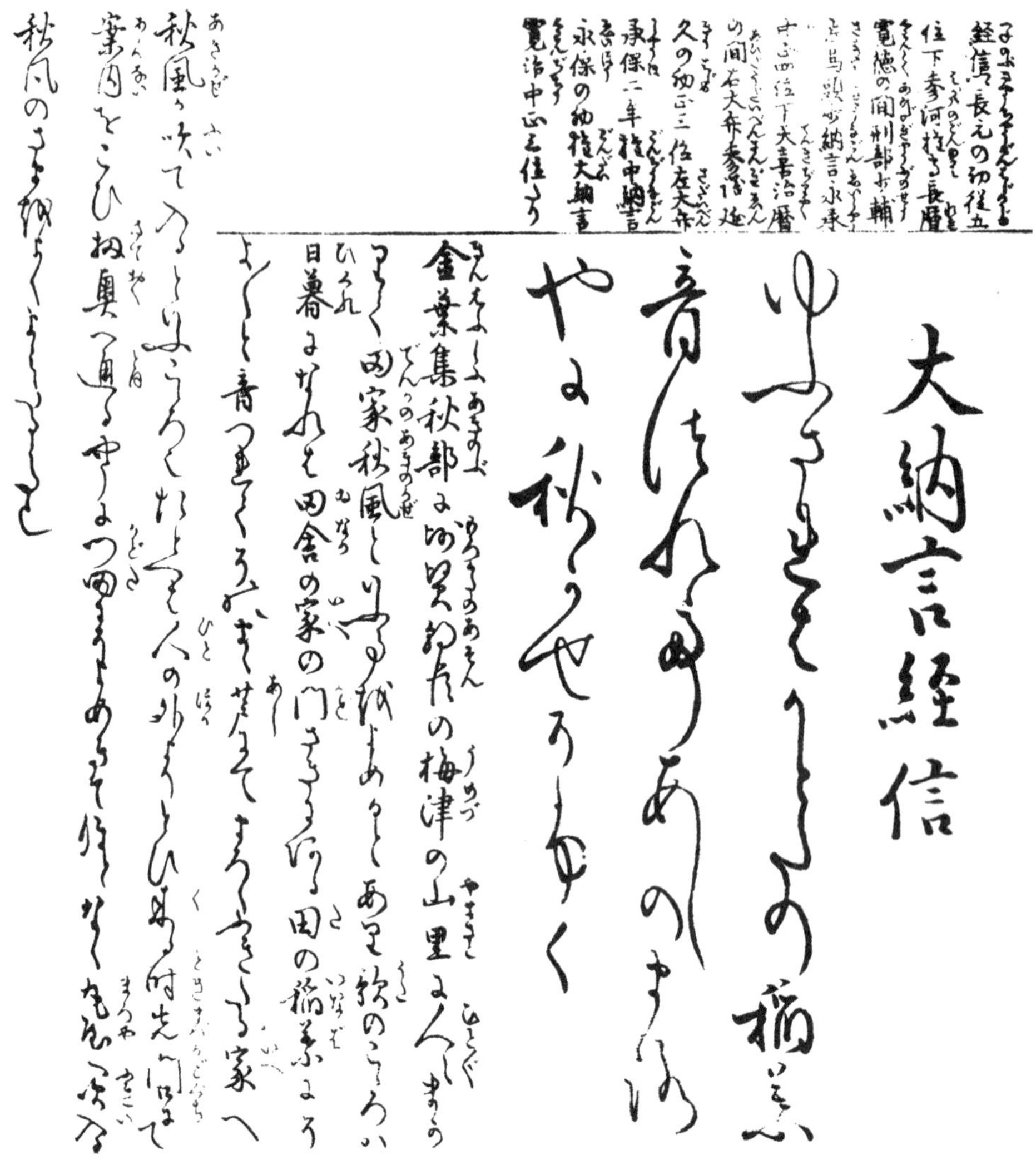
大納言経信
夕されば門田の稲葉おとづれて芦のまろやに秋風ぞ吹く
金葉集秋部に師賢朝臣の梅津の山里に人々まかりて田家秋風といへる事をよめる

⑦1 大納言経信

だいなごんつねのぶ

口語訳

夕方になると、家の門先にある田の稲葉に音をたてて、そのまま芦で葺いた粗末な小屋に秋風は吹いてくることです。

概要

源重信の孫で、道方の第六子です。博学多芸で殊に和歌をよくし、藤原公任（55番）と並び称されました。後一条天皇が、長元歌合の判を長谷（ながたに）に住む公任に依頼した時、当時一八歳だった経信は、蔵人弁として使いに立った兄経長に特に望んでともに長谷に赴きました。公任は、こうした経信の和歌に対する篤い志に感じ、この歌合の判についてつぶさに語って聞かせたといいます。また、公任と同じく、三船の才の逸話も伝わっています。（渡部修）

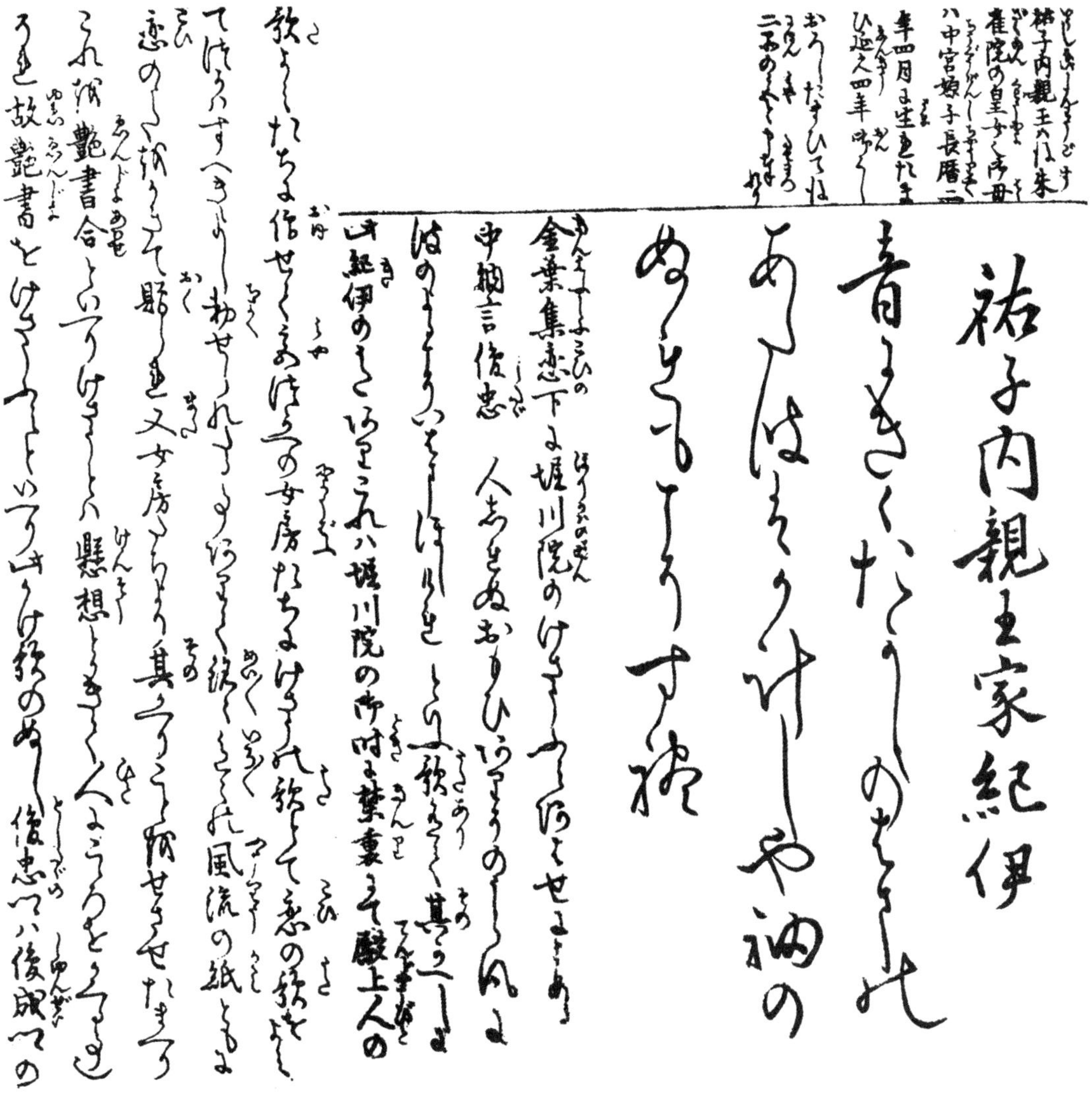
祐子内親王家紀伊
音にきくたかしのはまのあだ浪はかけじや袖のぬれもこそすれ

(72) 祐子内親王家紀伊

ゆうしないしんのうけのきい

口語訳

噂に高い高師の浜にいたずらに打ち寄せる波など掛けたくはありません。あだな男と噂に高いあなたの言葉も同じこと。きっと涙で袖を濡らすことになるでしょうから。

概要

祐子内親王は、後朱雀天皇の皇女で、長暦三年（一〇三九）に生まれ、延久四年（一〇七二）に出家しました。紀伊は、平経方の女（むすめ）で、紀伊守重経の妹といい、兄が紀伊守だったことから紀伊をその名としたといいます。しかし、出自については他にも様々な説があり、定かなところはわかっていません。祐子内親王に仕えたためその家の紀伊とも、中宮の紀伊とも呼ばれました。紀伊は、一音でキと読みます。我が国の旧国名で二字を一音で読むのは、この紀伊と摂津（ツ）だけです。紀伊の国は、もと木の国といいました。これは、神代に五十猛神（いそたけるのかみ）が多くの樹の種を持って天下り、この地を樹木豊かな国としたからと言われます。また、摂津はもと船着場が多かったことから津の国と言いました。それが、元明天皇の和銅六年（七一三）五月、諸国の名を二文字にするようにとの詔が下され、その時からこのような文字使いになったものと思われます。（渡部修）

注釈

五十猛神　『日本書紀』『先代旧事本紀』に登場する神。『古事記』には登場しないが、大屋毘古神がそれにあたると考えられている。林業の神として信仰された。

元明天皇　天智天皇（❶番）の第四皇女で、第四三代天皇。息子である文武天皇の早世によって、孫である首皇子（聖武天皇）の即位までの中継ぎとして即位した。太安万侶に『古事記』の筆録を命じたことで知られている。

又こそ都の名高き人も此紀伊の国へよりて奥[illegible]人
志ゝ遊びれもひ[illegible]のとけしこのころハ人[illegible]まゝす内證そ
をひけあ[illegible]其をひの[illegible]風の[illegible]
よるひろまいひしやすしよいまて[illegible]と[illegible]の浦よ
いひけ夜の[illegible]波の[illegible]ひけ[illegible]の有磯の浦ハ越
中の名所也 其鈴の[illegible] 音[illegible]の浜の[illegible]
[illegible]て此鈴のころハ[illegible]人の[illegible]手水[illegible]
[illegible]の[illegible]人の信せしさもハ賽銭[illegible]何の[illegible]
賽入れて[illegible]ハ袖をあ[illegible]
[illegible]袖[illegible]

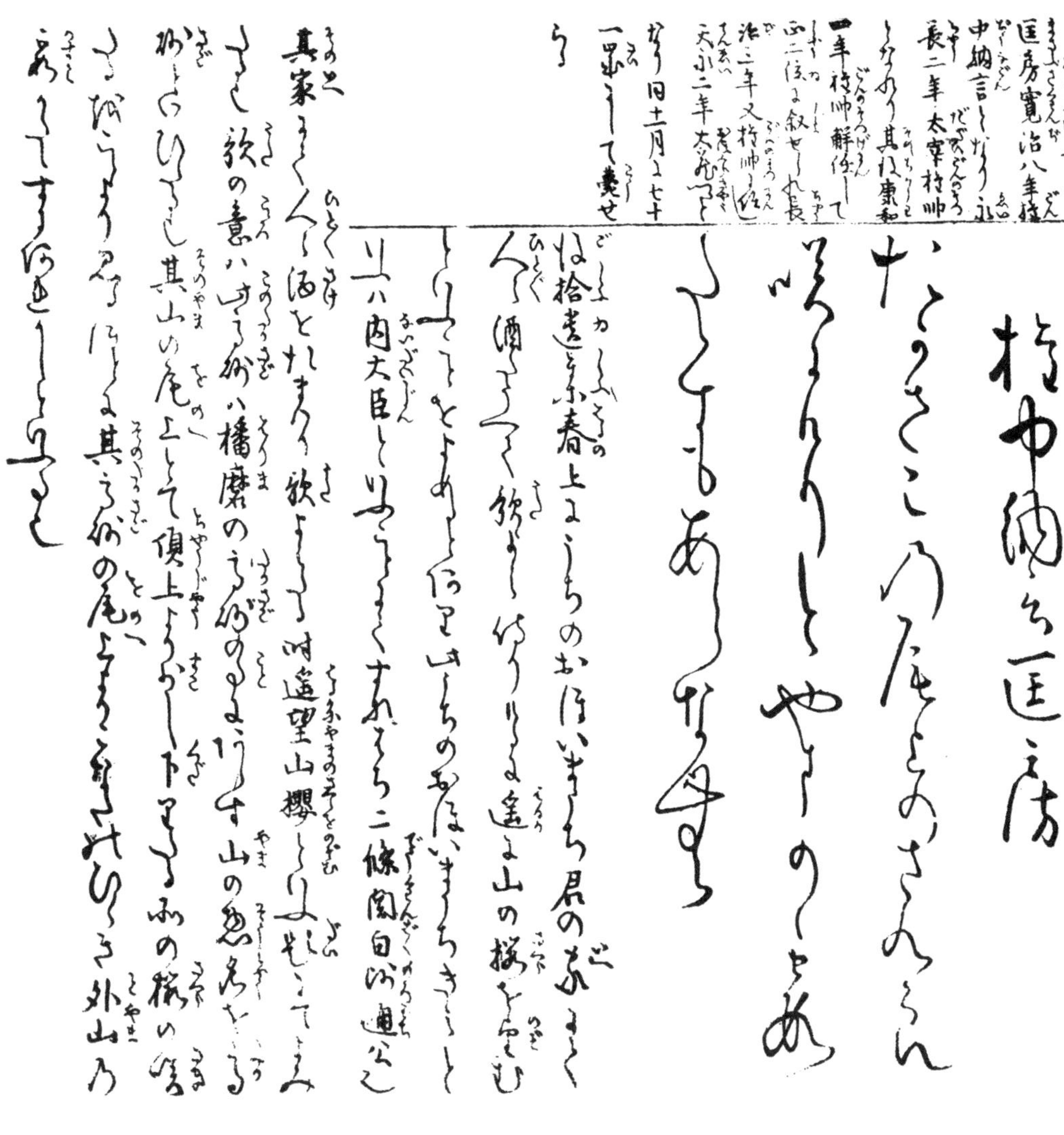

権中納言匡房

たかさごのをのへのさくらさきにけりとやまのかすみたゝずもあらなむ

❼❸ 権中納言匡房

ごんちゅうなごんまさふさ

口語訳

あの高い山の峰の桜が咲いたのだなあ。人里近い山の霞よ、（花が見えなくならないように）どうか立たないでほしい。

概要

大江匡房（一〇四一～一一一一）は大江匡衡と赤染衛門（❺❾番）の曽孫。儒者、漢詩人として知られる一方、歌人としても評価が高い人です。『後拾遺和歌集』（春上・一二〇）に「内大いまうち君の家にて人々酒たうべて歌よみ侍けるに、遥かに山桜を望むといふ心をよめる　大江匡房朝臣」とあります。「内大いまうち君」とは内大臣で後二条関白、藤原師通。その二条邸の宴会で歌会が行われた時「遥望山桜」の題で詠んだ歌です。この頃より学者が歌題を出したり、歌題が詩題に近づくのは匡房の影響ともいいます。（大内瑞恵）

注釈

高砂　播磨国（兵庫県）の歌枕。謡曲「高砂」に謡われる「相生の松」や「曾根の松」が知られる。

尾上　峰の上の意味から、山の高い所。山の頂。播磨国の尾上神社境内は桜の名所。しかし、「高砂の尾上」は題からすると、歌枕ではなく普通名詞。

惣名　総称と同じ。個々のものをまとめて呼ぶこと。

外山（とやま）　端山、高い峰や奥山・深山に対して、人里に近い山をいう。

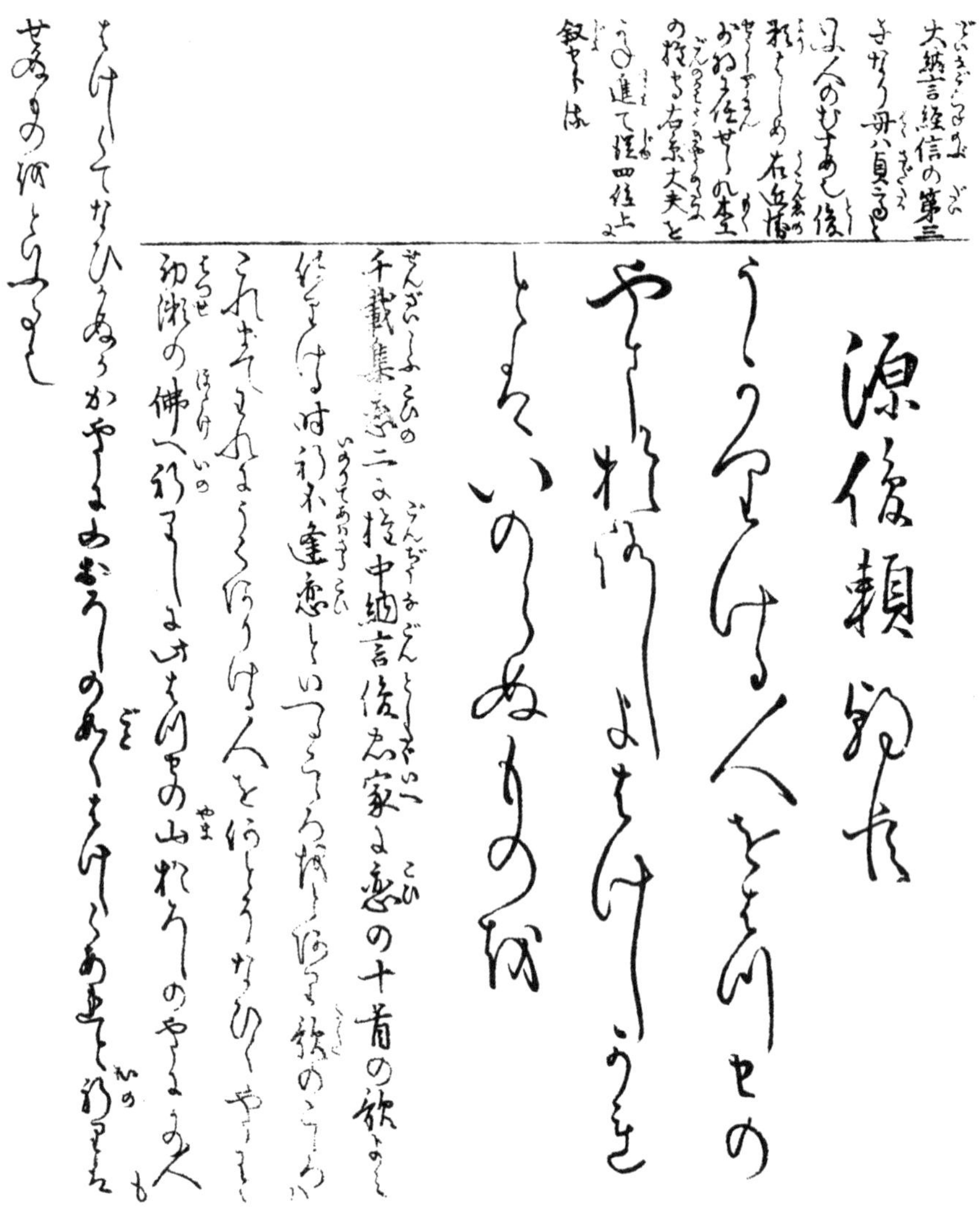

(74) 源俊頼朝臣　みなもとのとしよりのあそん

口語訳

私につれないあの人がなびくようにと初瀬の観音様に祈ったけれど、山から吹く風のように一層激しく辛くとは祈らなかったのに。

概要

『千載和歌集』（恋二・七〇八）の詞書には「祈れども逢はざる恋」とあります。霊験あらかたとされる長谷寺で祈願したわけですが、結局それは叶わなかったということでしょう。諸注釈が指摘するように一首の背後に恋物語が揺曳しているようです。作者の源俊頼（一〇五五～一一二九）は堀河院歌壇の重鎮であり、温厚な性格が好まれ、多くの歌合に判者として招かれています。『堀河百首』の推進者であり、『金葉和歌集』の撰者ともなりました。歌集に『散木奇歌集』、歌論書に『俊頼髄脳』があります。（城﨑陽子）

注釈

堀河百首　『堀河院御時百首』とも、『堀河院類聚百首』ともいう。院政期、当代を代表する一六人の歌人の組題百首を四季と恋、そして雑に部類し、その中の百題に和歌を類聚し、堀河天皇に進覧した。

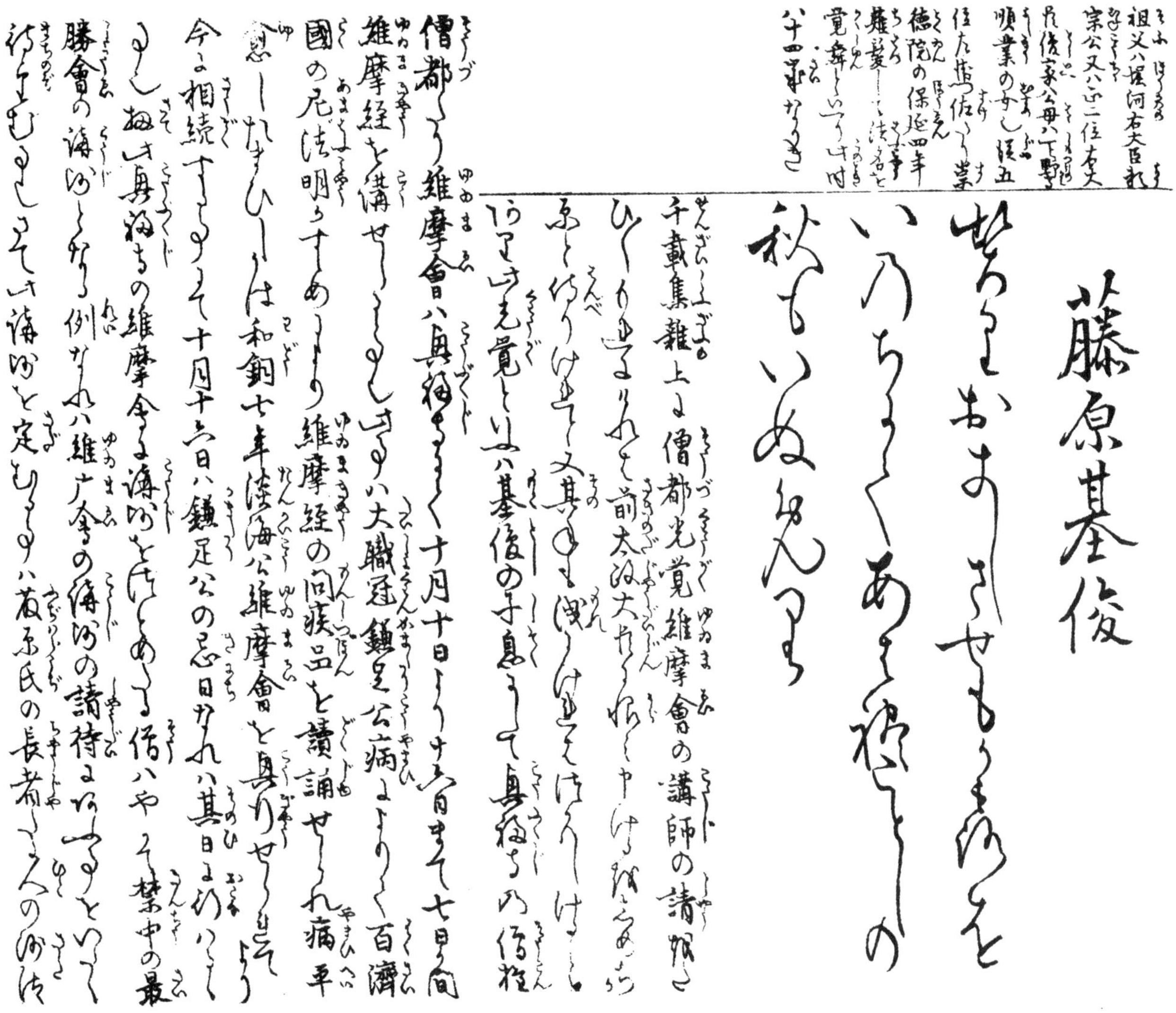

75 藤原基俊

ふじわらのもととし

口語訳

「私を頼みにせよ」とお約束してくださいました。させも草（よもぎ）の露のようなお言葉を頼みにしてまいりましたが、今年の秋もむなしく過ぎてしまいました。

概要

『千載和歌集』（雑上・一〇二六）の詞書に僧都光覚に維摩会の講師のことを前太政大臣藤原忠通に願ったところ、なかなか聞き届けられなかったので基俊が忠道に当該の歌を送ったという作歌事情が示されています。僧都光覚は基俊の子。維摩会の講師を務めると、禁中の最勝会の講師となる通例があることから、父の基俊も息子の売り込みに必死だったのでしょう。作者基俊（一〇六〇〜一一四二）は藤原北家の出身ですが、官途は不遇でした。自分の才能を鼻にかけ、人を批判することが多かったので、同時代に活躍した源俊頼（74番）に比べ評判は悪かったようです。ある時、郊外へでかけた際に、道の傍らにあった御堂のそばの椋の木に六歳ぐらいの子供が登って木の実を食べているのを見かけました。子供に、「この堂は神か仏かおぼつかな」と口ずさんだところ、子供が、「法師巫女にぞ問ふべかりける」と答えたので、基俊はただ者ではない子供だと言ったというエピソードが残されています。ちなみに、藤原俊成（83番）は基俊の和歌の弟子です。（城﨑陽子）

注釈

維摩会　興福寺において一〇月一〇日より七日間『維摩経』を講読する法会をいう。南都三会の一つで、宮中の御斎会、薬師寺の最勝会とともに学僧の登竜門とされた。摂関期以降、当会の講師が明年の御斎会と最勝会の講師となった。

最勝会　薬師寺において三月七日から一三日の七日間、勅使を迎え、護国の経典である『金光明最勝王経』を講じ、国家の繁栄と皇室の安泰を祈る法会。正月八日から一四日間に宮中で行われるのを特に「御斎会」と呼んだ。興福寺の維摩会、宮中の御斎会とともに南都三会と称され、この三会を成し遂げた講師は僧綱に任ぜられるという盛儀であった。

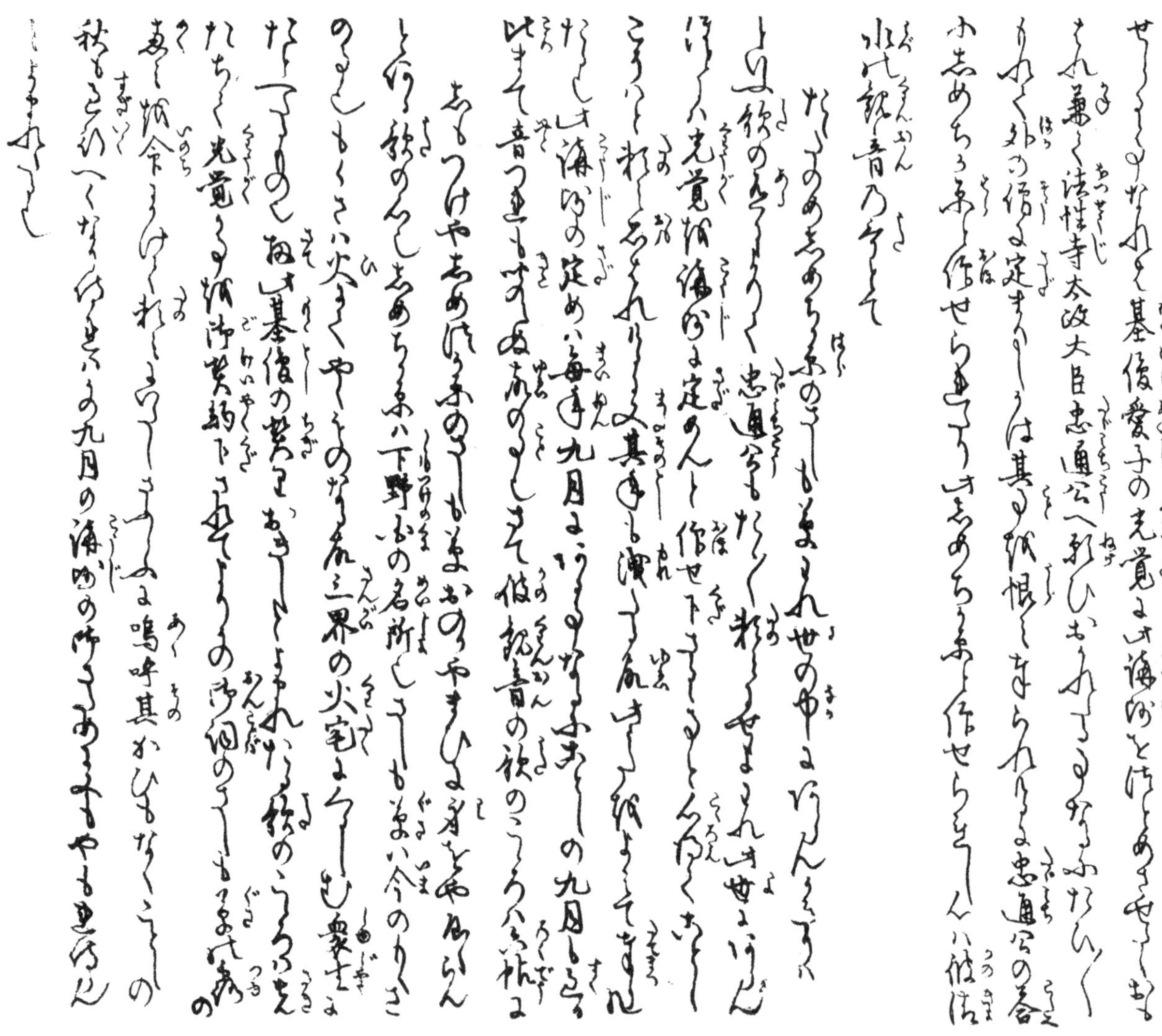

〔コラム〕10

院政期の歌壇　平安時代後期、白河上皇が院政を始めてから平安末期を院政期といいます。この頃になると歌会や歌合は一時の遊興としてだけではなく記録され、歌集が作られるようになり、源俊頼（74番）、藤原基俊（75番）、藤原顕季（顕輔・79番の父）らが活躍しました。歌会・歌合では題に合わせて歌を詠む題詠が行われるため、古歌や漢詩文の知識が重要になります。そのため親から子へ、師から弟子へと歌の知識や詠み方を教える歌学が意識され始めました。顕季に始まる六条藤家、基俊に学んだ俊成（83番）に始まる御子左家など「歌の家」が始まるのもこの頃からです。彼らは廷臣として上皇や皇族、摂関家の歌会で活躍し、勅撰集の撰進に携わりました。一方、白川にある俊恵法師（85番）の坊「歌林苑」では朝廷から離れた風流な歌会がたびたび催されました。ここには藤原実定（後徳大寺左大臣・81番）、殷富門院大輔（90番）、顕昭、源頼政、鴨長明など、貴族・武家・僧侶・神官・隠遁者といった様々な歌人が参加しました。

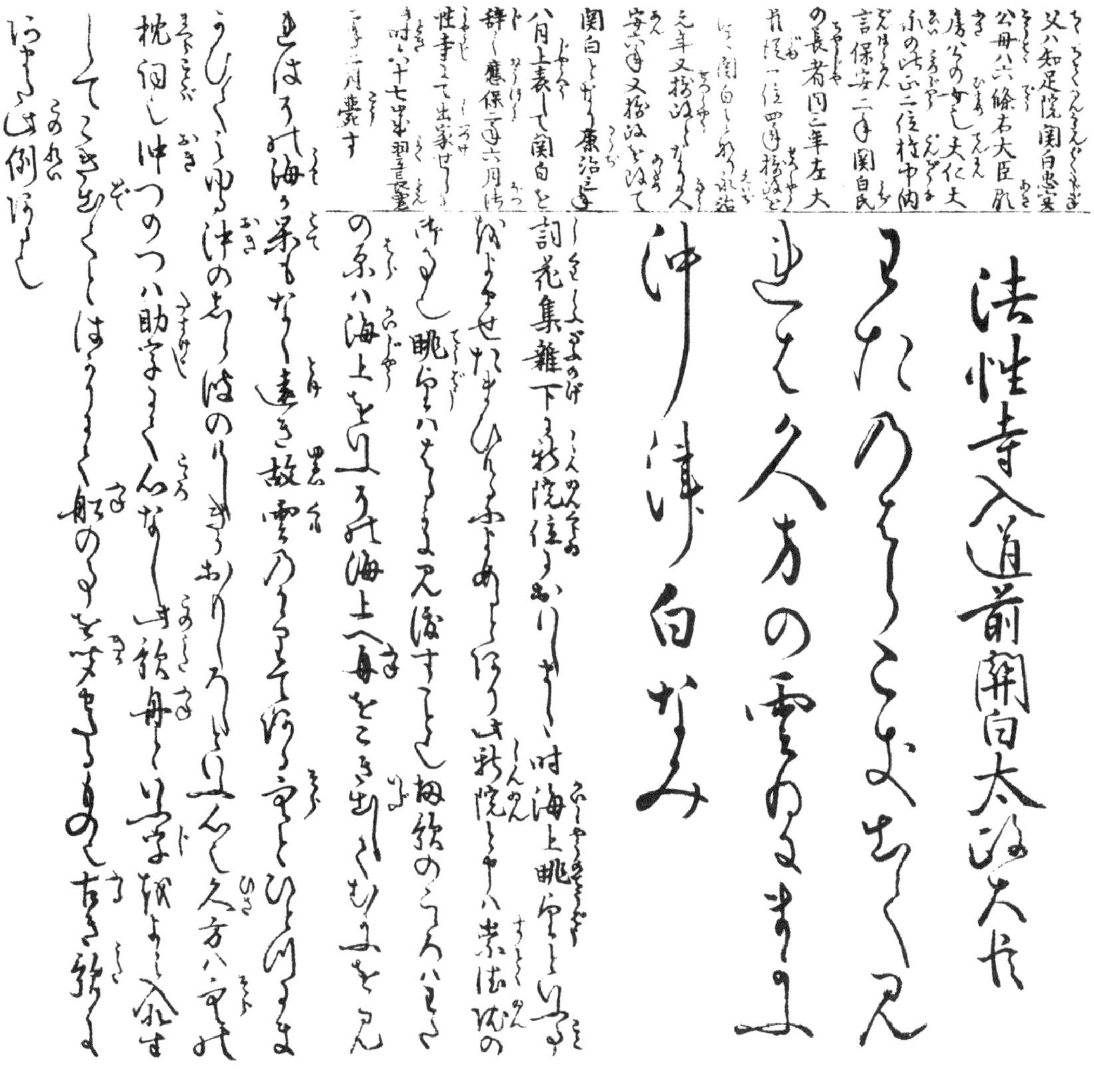

76 法性寺入道前関白太政大臣

ほっしょうじのにゅうどうさきのかんぱくだいじょうだいじん

口語訳

海の上へと船を漕ぎ出してみると、遠く雲のかかる空と紛れるかのように見える沖の白波であることよ。

概要

藤原忠通（一〇九七～一一六四）。忠実の子です。父忠実は、関白だった時、白河法皇との仲が悪くなり、法皇は息子の忠通の職を変えようとしました。しかしそれを聞いた忠通は、「家の作法として詔が下された時には、父が子に対して職を受け継がせることになっています。願わくば、父の罪を赦され、父子対面の機会を得て職を継ぎたいと存じます」と言いました。法皇はいたく感心し、父の罪を赦した上で、忠通を従一位に進め左大臣に任じました。（渡部修）

注釈

白河法皇　堀河天皇の父。八歳で即位した堀河天皇に代わり、実質的に政務を取り仕切った。ここからいわゆる「院政」が始まる。

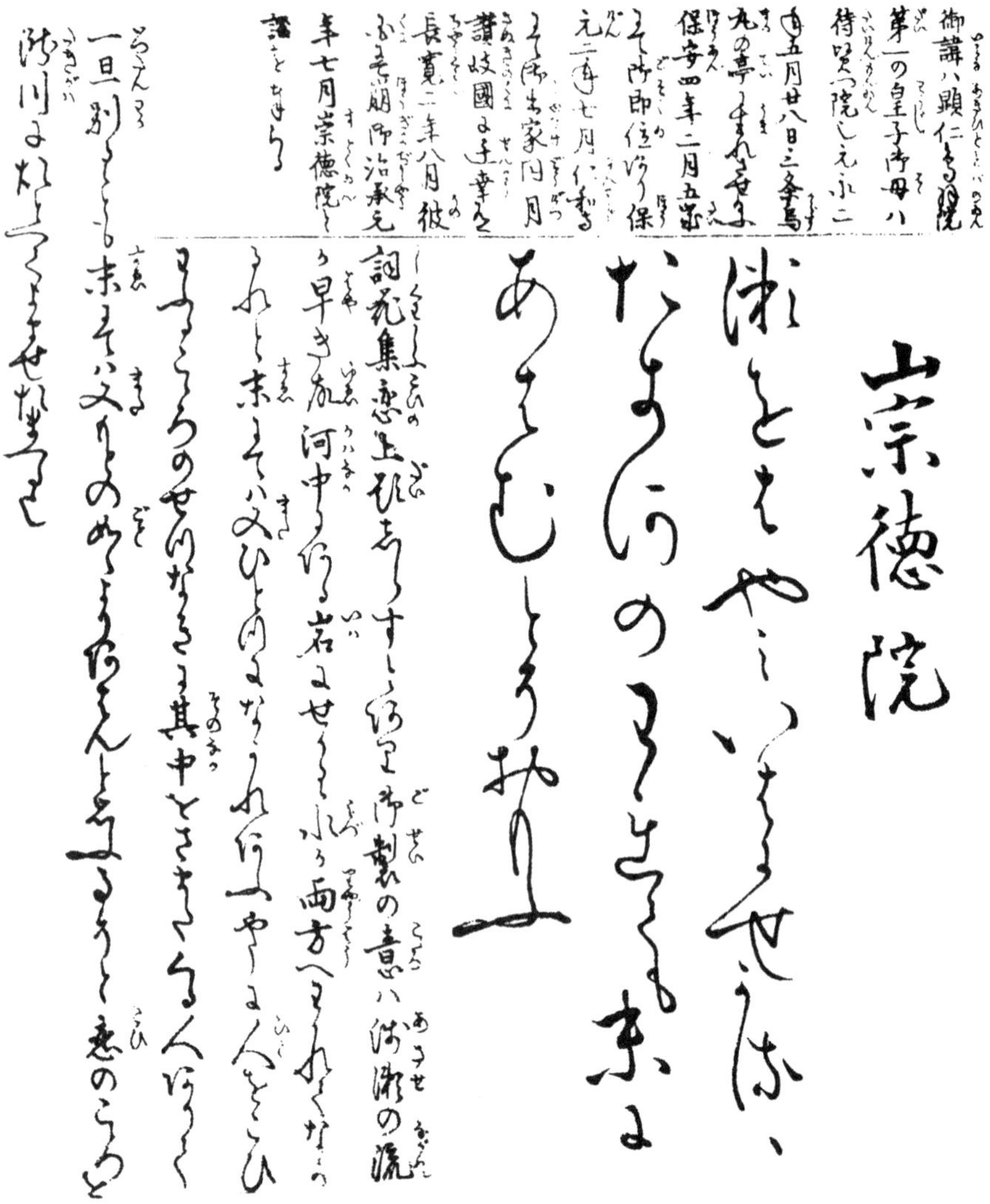

77 崇徳院　すとくいん

口語訳

川瀬の流れが速いので岩に堰き止められる滝川の水が、一時分かれてもいずれは一つになるように、今人にさえぎられてあなたと別れることになっても、やがては必ず逢おうと思う。

概要

崇徳院（一一一九〜一一六四）は第七五代天皇。鳥羽天皇第一皇子で、母は待賢門院。保安四年（一一二三）五歳で即位、永治元年（一一四一）に譲位。保元元年（一一五六）乱を起こしましたが敗れて讃岐に配流となり、その地で崩御しました。この歌は『詞花和歌集』（恋上・二二九）に「題不知　新院御製」と記されます。崇徳院は和歌に熱心で、この歌も久安六年（一一五〇）成立の『久安百首』が初出であり、推敲を重ねて現在の形になったものです。（大内瑞恵）

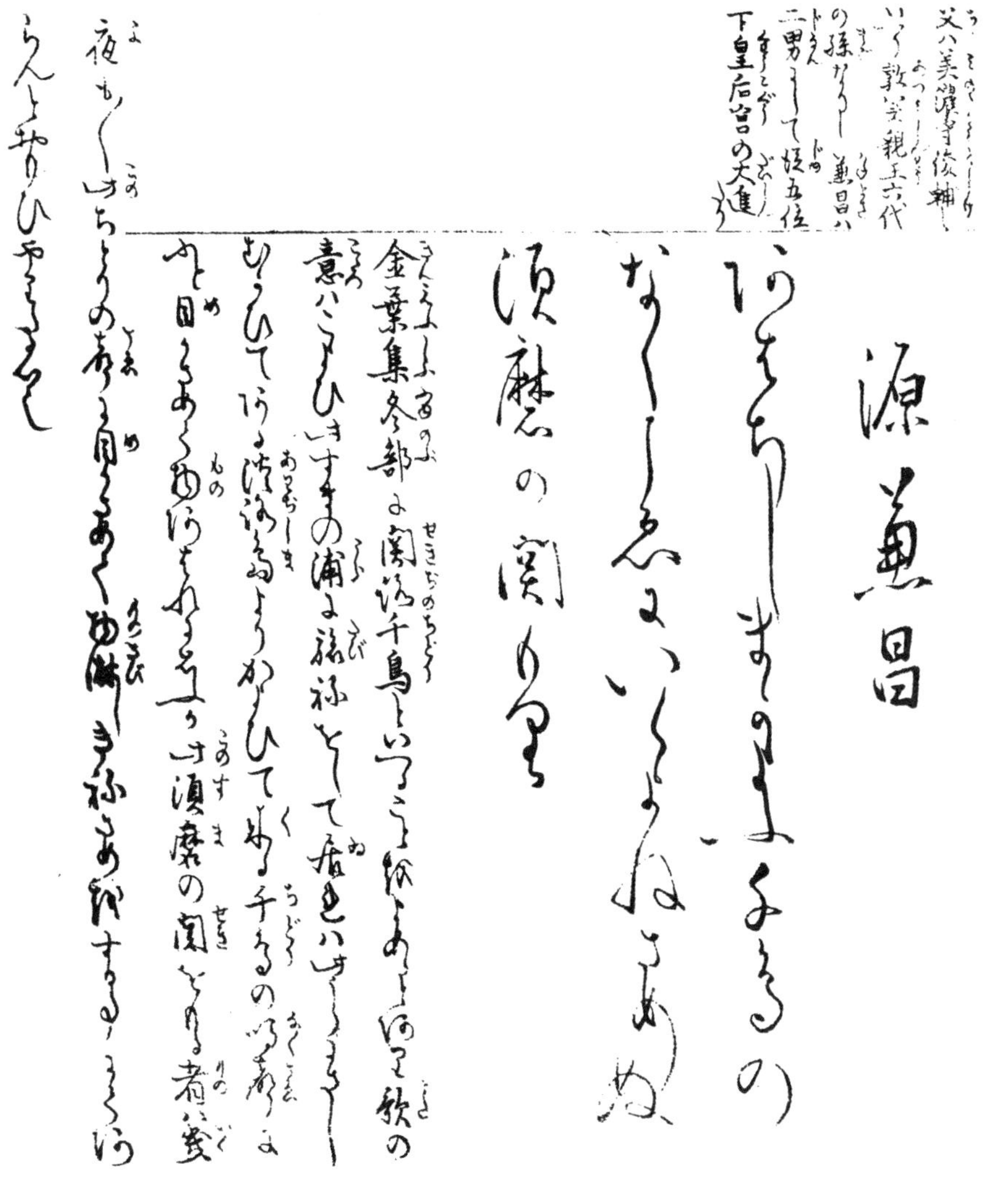

78 源兼昌

みなもとのかねまさ

口語訳

淡路島から通ってくる千鳥の鳴く声の悲しさに、幾夜目を覚ましたことか、須磨の関守は。

概要

源兼昌は生没年未詳。この歌は『金葉和歌集』（冬・二七〇）に「関路千鳥といへることをよめる　源兼昌」とあるように、院政期から一般的な傾向となる題詠歌です。「須磨の関」は古代の関所といわれる歌枕で現在の神戸市須磨区の海岸付近。在原行平（16番）が閑居した伝説や「友千鳥もろ声に鳴くあかつきはひとり寝ざめの床もたのもし」（『源氏物語』須磨）など物語的情景を踏まえているかと考えられます。（大内瑞恵）

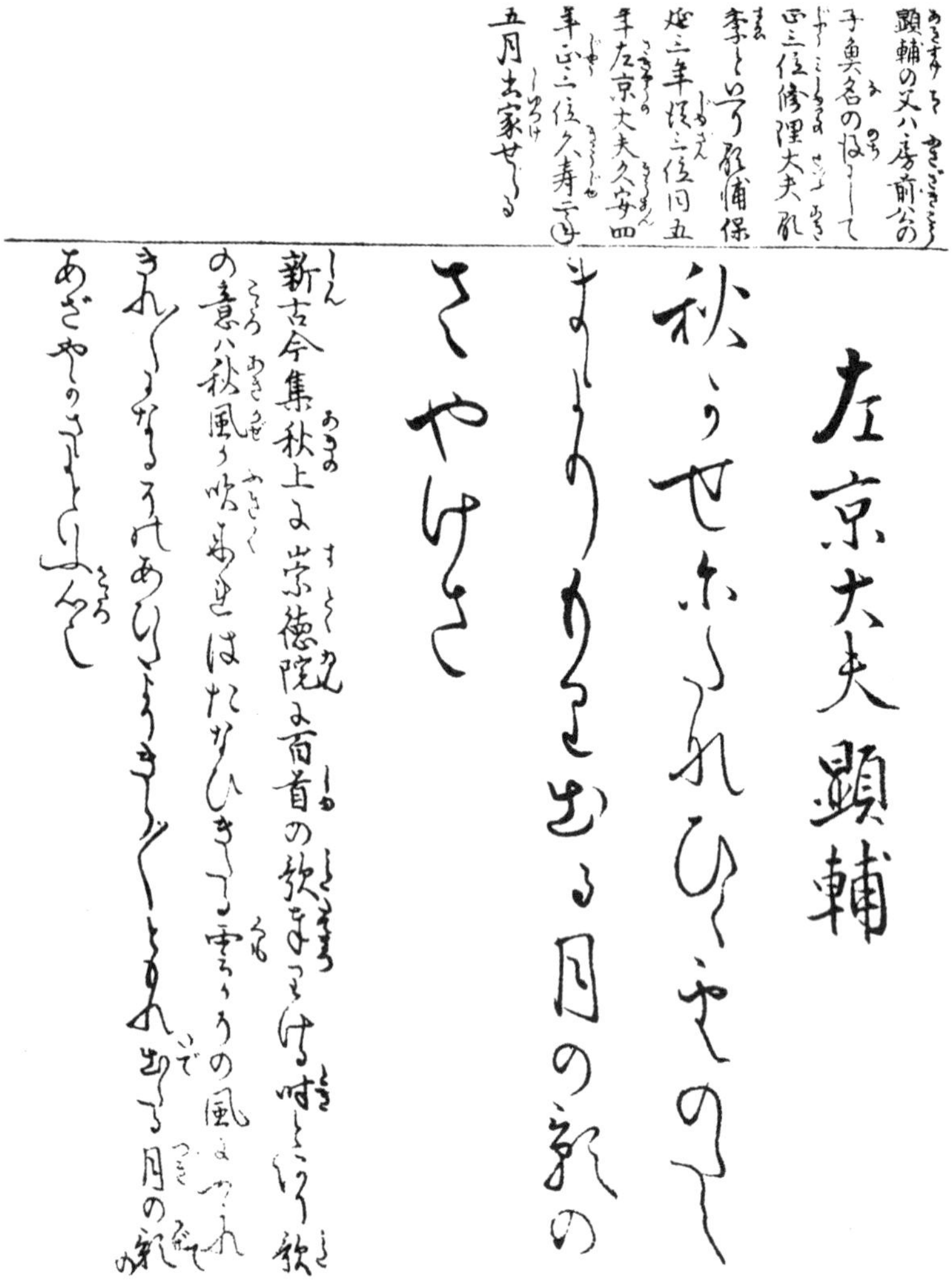

⑦⑨ 左京大夫顕輔

さきょうのたいふあきすけ

口語訳

秋風に吹かれてたなびいている雲、その途絶えた切れ間から、もれ出る月の光のなんと清く澄んでいることだろう。

概要

藤原顕輔（一〇九〇～一一五五）は、父顕季から歌学と人麿影（肖像画）を継承し、子の清輔（84番）へ伝え、六条藤家という世襲的歌道家を確立しました。また、崇徳院（77番）の命を受け『詞花和歌集』を編纂しました。この歌は『新古今和歌集』（秋上・四一三）に「崇徳院に百首の歌たてまつりけるに　左京大夫顕輔」とあり、崇徳院の歌と同様に『久安百首』が初出です。（大内瑞恵）

注釈

影　光のこと。「影のさやけさ」ははっきりと澄んだ光。

さやけさ　明さ・清さ。

〔コラム〕11

六条藤家　平安時代後期、藤原顕季に始まる和歌の家（歌道家）です。顕季の邸宅が六条東洞院にありましたので、源経信・俊頼（74番）の六条源家と区別し「六条藤家」と呼ばれます。顕季は母が白河院の乳母であったことから、院の側近となり白河院歌壇の中心的歌人となりました。また、歌聖柿本人麿（3番）の肖像（影）に和歌の上達を願う「人麿影供」を元永元年（一一一八）に行い、和歌の家の基礎を築きました。息子の顕輔は、仁平元年（一一五一）に勅撰歌集『詞花和歌集』を崇徳院に撰進しました。その子の清輔は『続詞花和歌集』を編纂しましたが、二条院の崩御により勅撰とはなりませんでした。この清輔は『袋草紙』を、義弟の顕昭は『古今秘注抄』などを記し、六条家歌学を大成します。建久四年（一一九三）「六百番歌合」では、歌の優艶を重視する判者藤原俊成（83番）に対し顕昭は「六百番陳状（顕昭陳状）」で反駁しました。一方、藤原定家（97番）は顕昭の『古今秘注抄』に対し自分の考えを付

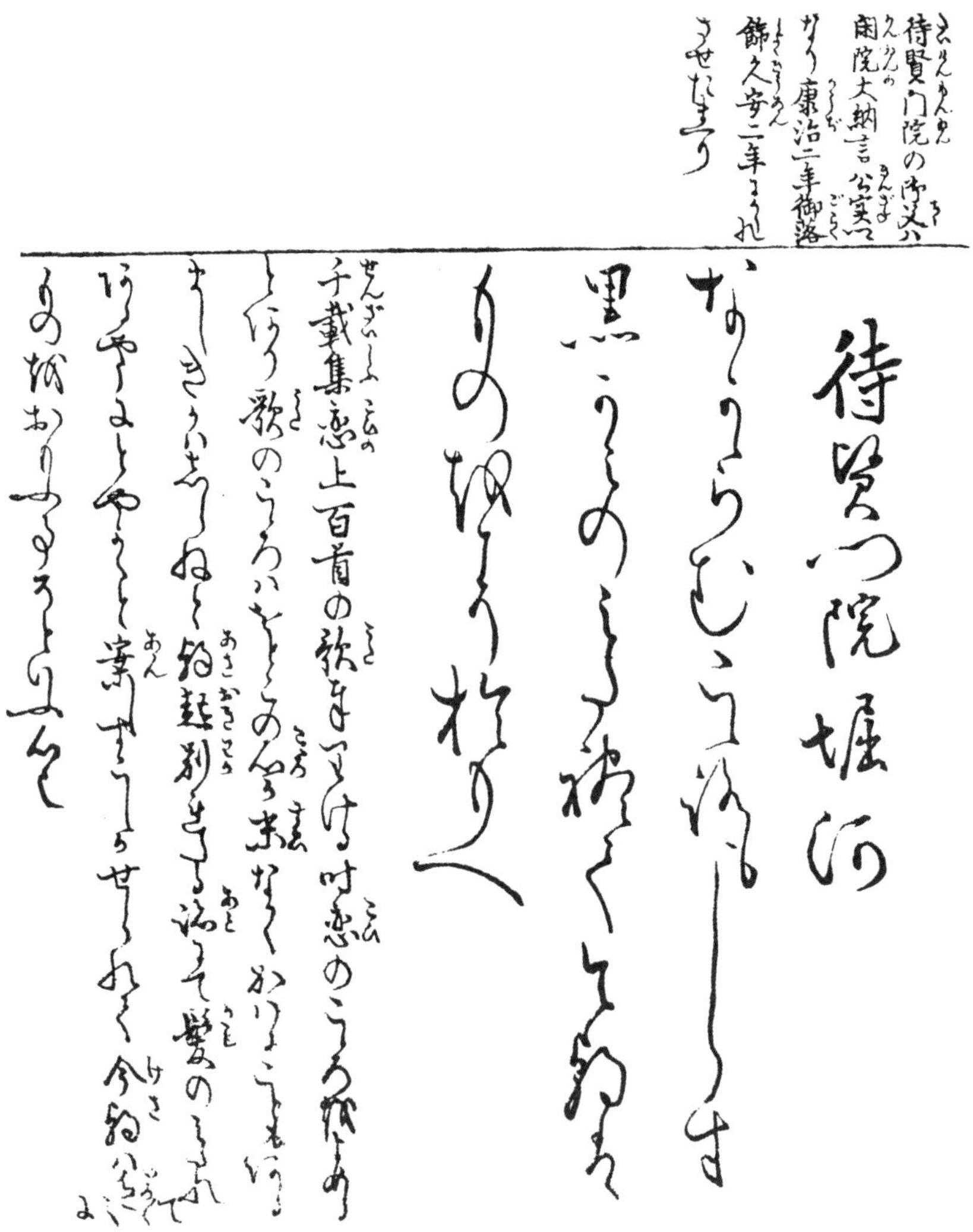

加した『顕注密勘』を記し六条家歌学を評価していましたが、歌道の主流は御子左家へと移っていきました。

⑧⓪ 待賢門院堀河　たいけんもんいんのほりかわ

口語訳

あの方の心が末永いものかどうかはわからないけれど、黒髪の乱れるように、今朝の私はものを思っています。

概　要

待賢門院は藤原公実の女（むすめ）で、白河天皇の養子となり、鳥羽天皇の后となった方です。堀河は女房としてそれに仕えていました。源顕仲の女（むすめ）で、前斎院の六条といわれた人の妹です。女流歌人として名高く、堀河の君とも、兵衛の君とも称されました。家集には、待賢門院の御子である崇徳天皇（⑦⑦番）から時鳥の歌を一〇首賜り、それに返歌したことが見えていて、崇徳院にも仕えたようです。また夫と死別したようですが、その夫が誰かはわかりません。（渡部修）

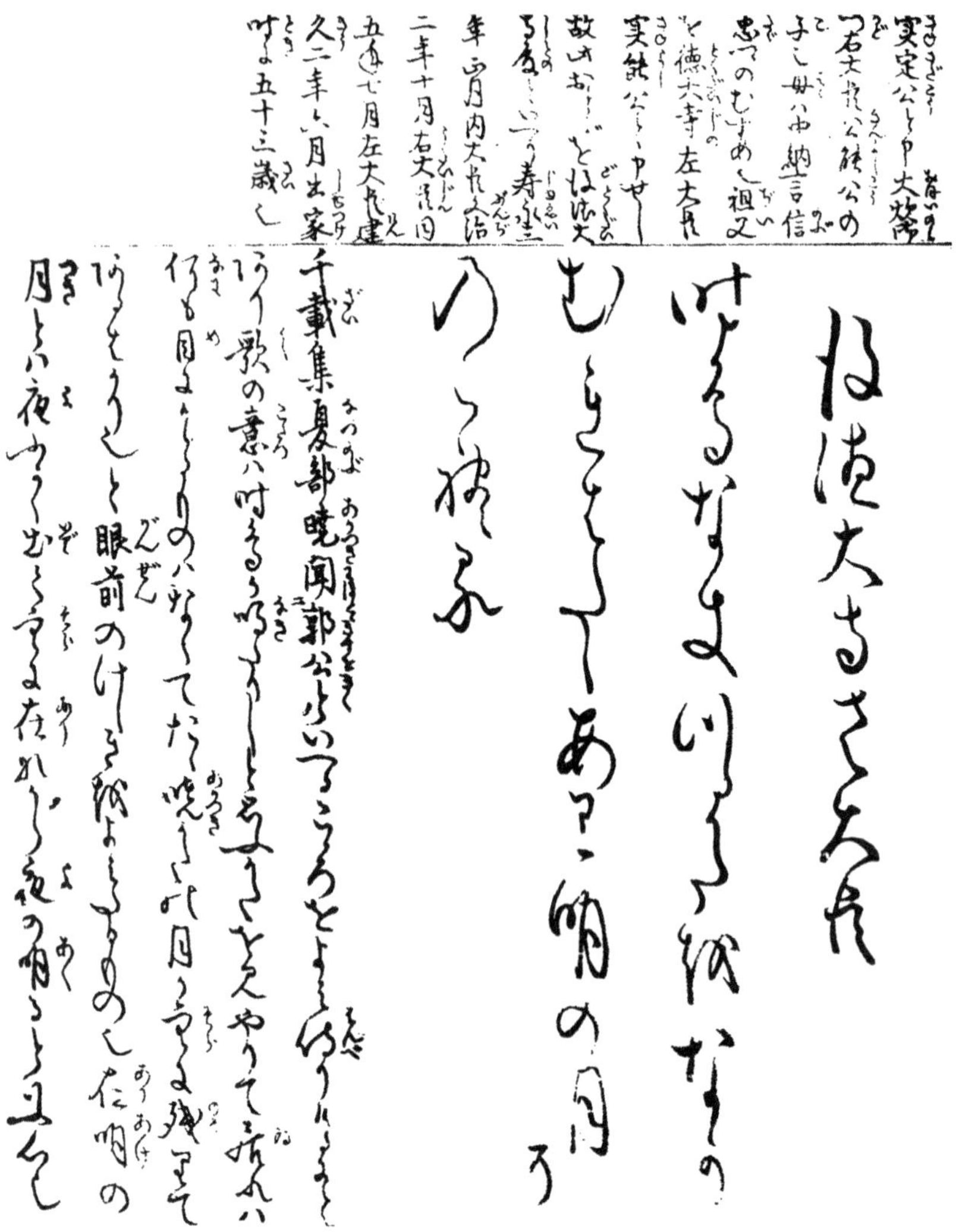

81 後徳大寺左大臣

ごとくだいじのさだいじん

口語訳

時鳥が鳴いた方に目をやったところ、そこにはただ、有明の月が残っているばかりでした。

概要

徳大寺実定（一一三九～一一九一）。公能の子です。祖父実能を徳大寺左大臣と称したところから、後徳大寺と呼ばれました。高倉天皇の嘉応二年（一一七〇）頃、住吉社頭で行われた歌合に、「社頭松」の題で歌を詠んだところ、これを住吉明神が愛で、徳大字家の船が摂津に入るのに難儀していたのを助けたそうです。また、西行（86番）は、屋敷の寝殿の屋根に鳶除けの縄が張られているのを見て、鳶を煩わしがる実定の心映えを残念がって訪れを絶やしたという話が伝えられています。（渡部修）

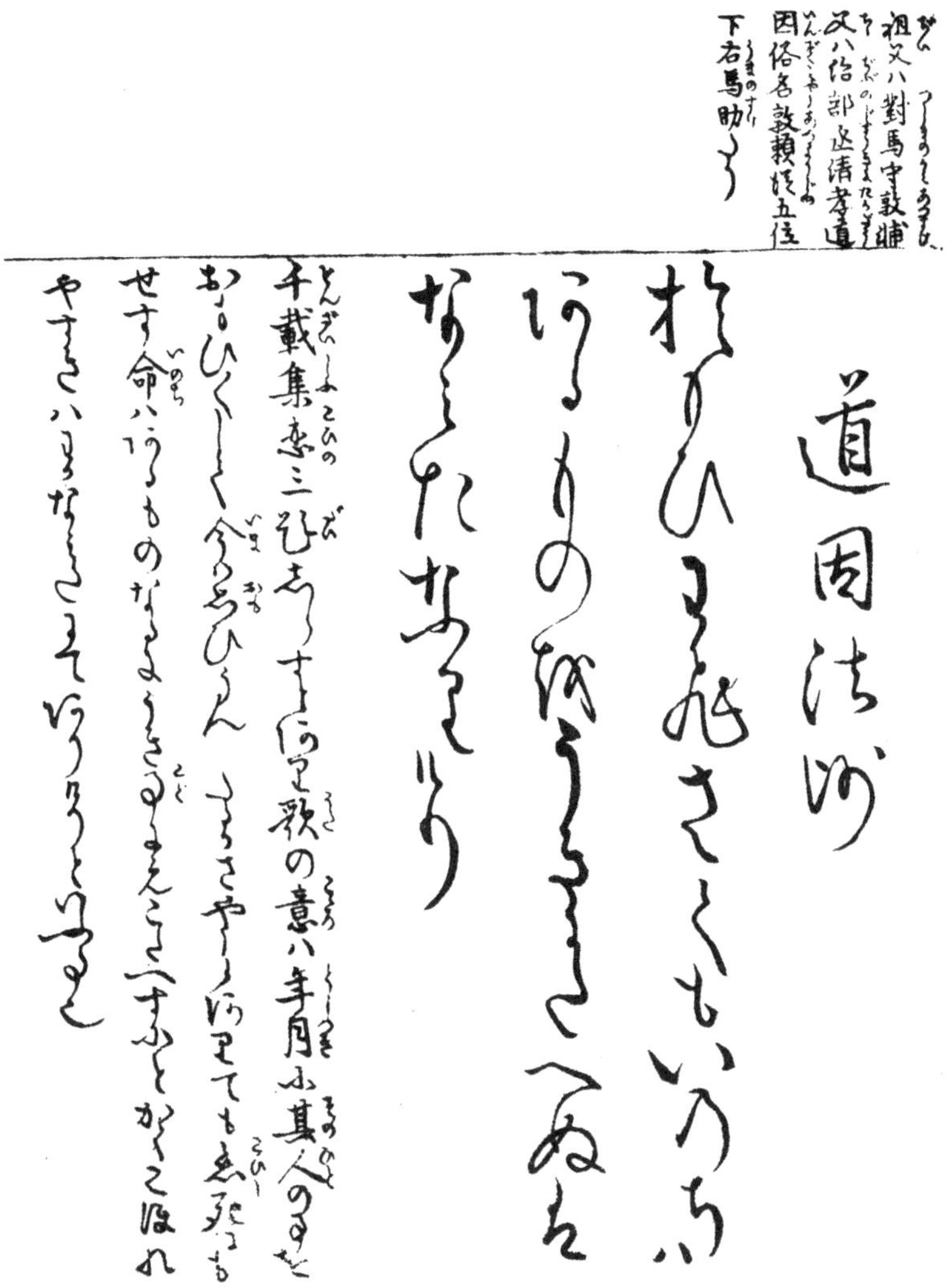
祖父ハ対馬守敦輔
父ハ治部丞清孝
道因俗名敦頼従五位
下右馬助

道因法師

おもひわひさても命はあるものをうきにたへぬは涙なりけり

千載集恋三題しらず 此歌の意ハ年月に其人のつれなきをおもひわびて今ハ思ひやんとするさやうに思ひわびても死もせず命ハあるものなるをうきにたへずほろほろとこぼれやすきハ泪なりけりといへる也

❽❷ 道因法師

どういんほうし

口語訳

侘しくなるほどに思い続けてもまだ命はあるものなのに、辛さに耐え切れずにこぼれ落ちるものは涙なのです。

概要

藤原敦頼（一〇九〇〜?）。清孝の子。在俗中は崇徳天皇（❼❼番）に馬助として仕えましたが、吝嗇で評判がよくありませんでした。しかし出家して以降は歌に深く志し、七、八〇まで秀歌を詠めるようにと住吉へ月詣でをしたりしました。藤原俊成（❽❸番）が『千載和歌集』を選んだ時、そうした道因の志を愛でて一八首入集させると、夢の中に道因が現れて涙を流してその喜びを述べました。俊成はこれを哀れんで、更に二首加えて二〇首にしたそうです。（渡部修）

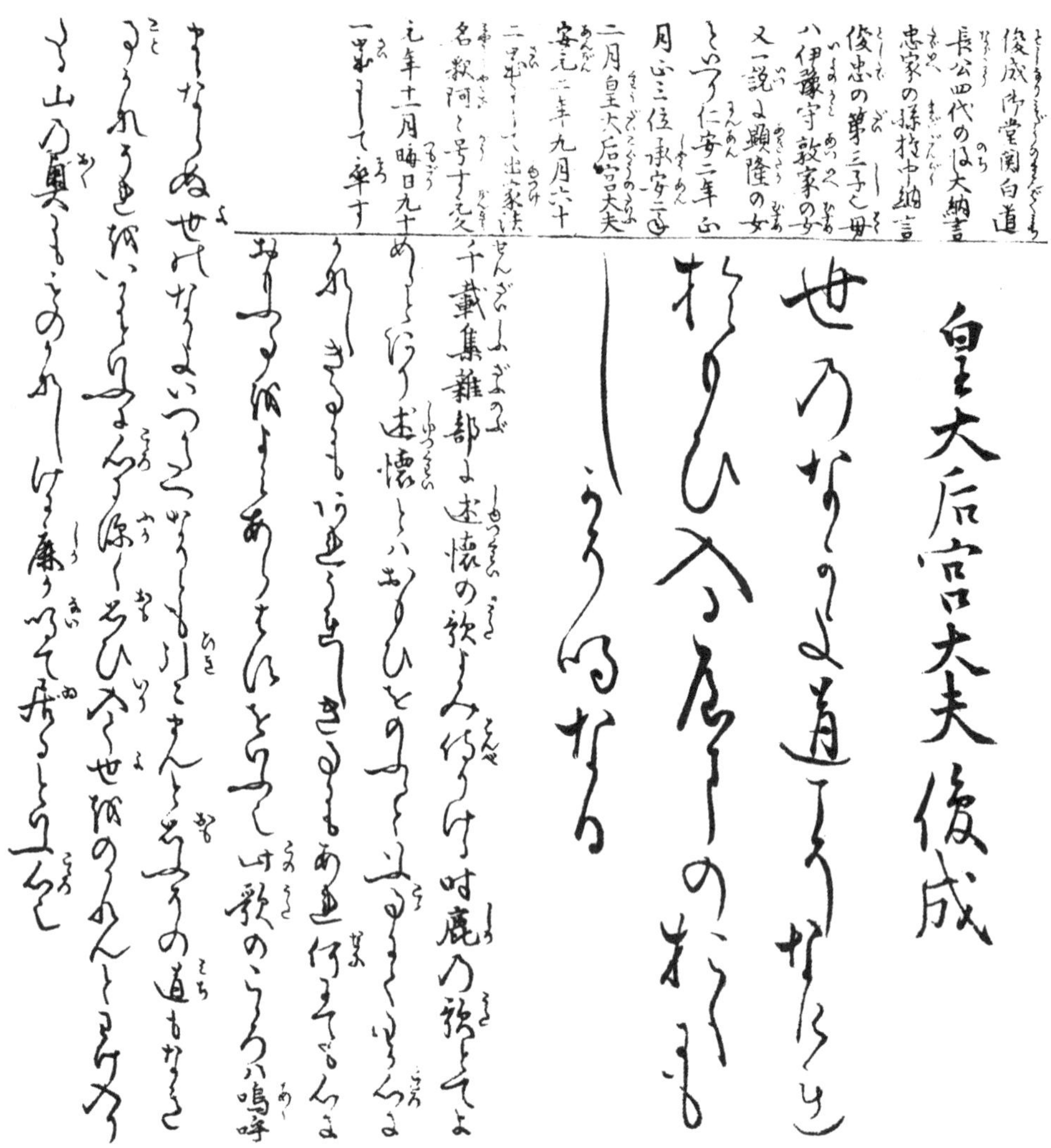

83 皇太后宮大夫俊成

こうだいこぐうのたいふとしなり

口語訳

ままならない世の中だなあ。どこへでも行ってしまおうと思って入り込んだ山の奥にも鹿が泣いていることよ。

概要

『千載和歌集』（雑中・一一五一）の詞書に、「述懐」の歌として詠まれたことが記されています。作者藤原俊成（一一一四～一二〇四）は作歌当時は二七、八歳で、父俊忠に早世され、葉室顕頼の養子となって、顕広と名乗っていたころです。俗世からの逃れがたさを詠った作品ですが、嘆くのは「我が身」なのか、「世の乱れ」なのかで説がわかれています。さて、俊成は和歌を藤原基俊（75番）に学びましたが、源俊頼（74番）への賛辞も惜しみませんでした。また、歌を詠む際には、古い浄衣を着て、正座して桐火桶を抱きながら一心に詠みましたので、その姿を人々は「桐火桶の姿」と呼びました。ある時、俊成が最勝光院へ花見に訪れた際、御堂を開けてくれるように頼んだところ、なかなか鍵が届かず、やっと届けてくれた女に「鍵預かるもしやうの大事や」とつぶやいたところ、「明け暮れはさせる事もなきもの故に」と付けたので、天下に名高い歌詠みに付けるとは、女とは恐ろしいと皆が語ったというエピソードが『古今著聞集』に残されています。（城﨑陽子）

注釈

最勝光院　後白河法皇の御所である法住寺殿に付属して建てられていた。

『古今著聞集』　橘成季の著による中世の説話集。建長六年（一二五四）成立。収集された説話は内容によって分類され、原則としてそれぞれ年代順に配列されている。

〔コラム〕12

御子左家　藤原道長の六男藤原長家を祖とする家系が御子左家です。長家が醍醐天皇の御子である左大臣兼明親王邸を相続したことから、御子左と呼ばれま

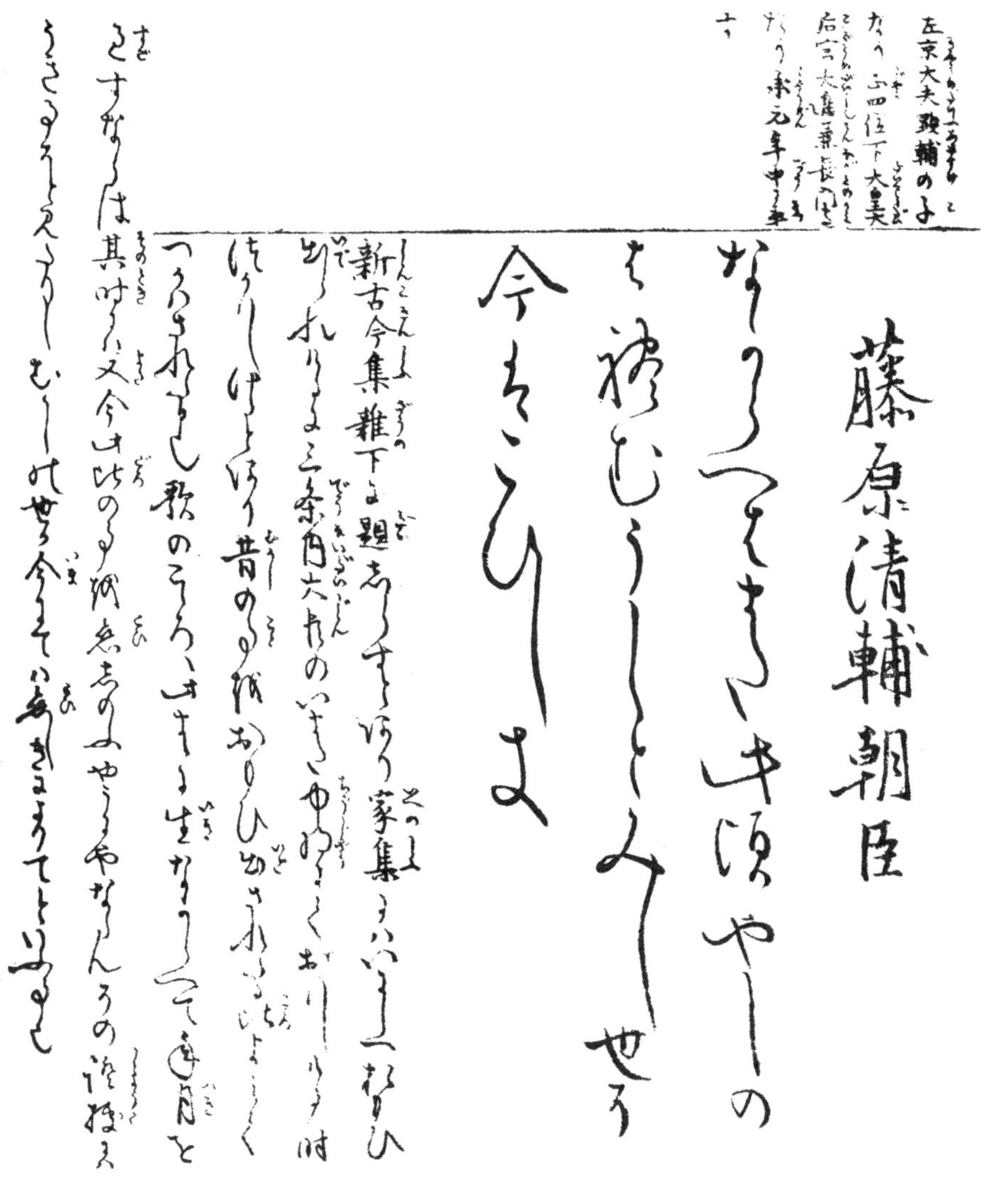

した。

平安末期に、六条藤家の清輔（84番）や顕昭と拮抗しつつ、長家の曽孫の俊成は崇徳院歌壇で活躍、勅撰集『千載和歌集』を編纂するなど歌人として頭角をあらわしていきました。定家（97番）、為家と歌人が続き、平安末～鎌倉初期の動乱期に「和歌の家」（歌道家）として確立していきました。一族に寂蓮（87番）、俊成女（むすめ）などの歌人を輩出する一方、定家の古典籍書写活動を家族で支えたりもしています。

定家の子為家は順徳院（100番）の側近となるべく育ちましたが、承久の乱後は京に残り、歌人として生きました。為家の子の代で、二条家・京極家・冷泉家の三家に分かれ、それぞれ和歌の家となりました。京極家は鎌倉時代に、二条家は室町時代に絶えましたが、その歌学は二条家の弟子達に伝えられ、二条流歌学として「古今伝受（伝授）」「百人一首」とともに伝えられました。

84 藤原清輔朝臣

ふじわらのきよすけのあそん

口語訳

生きながらえたならば、辛い世の中だと思った今頃をいつかは恋しく思い出すようになるだろう、昔は辛いことだと思った世の中を、今は恋しく思うから。

概要

作者の藤原清輔（一一〇四～一一七七）は藤原顕輔（79番）の子で、六条藤家の後継者です。父とは長く不和が続き、当該歌はその心情を詠んだものかとされます。同時期に活躍した藤原俊成（83番）とはライバル的な位置にあり、二人とも歌合では「偏頗」（かたよりの意）ある判者と評されていました。俊成は人を批評する際にそれほど強い態度に出ることはありませんでしたが、清輔は清廉な見かけにもかかわらず、気色を変えて相手を論破したというエピソードが『無名抄』に載っています。清輔は堀河天皇、鳥羽天皇、崇徳天皇（77番）三代の天皇に仕え、勅命により『続詞花和歌集』を撰しましたが、二条天皇の崩御により勅撰集撰者とはなりませんでした。家集に『清輔朝臣集』、歌学書に『奥義抄』『袋草子』があります。（城﨑陽子）

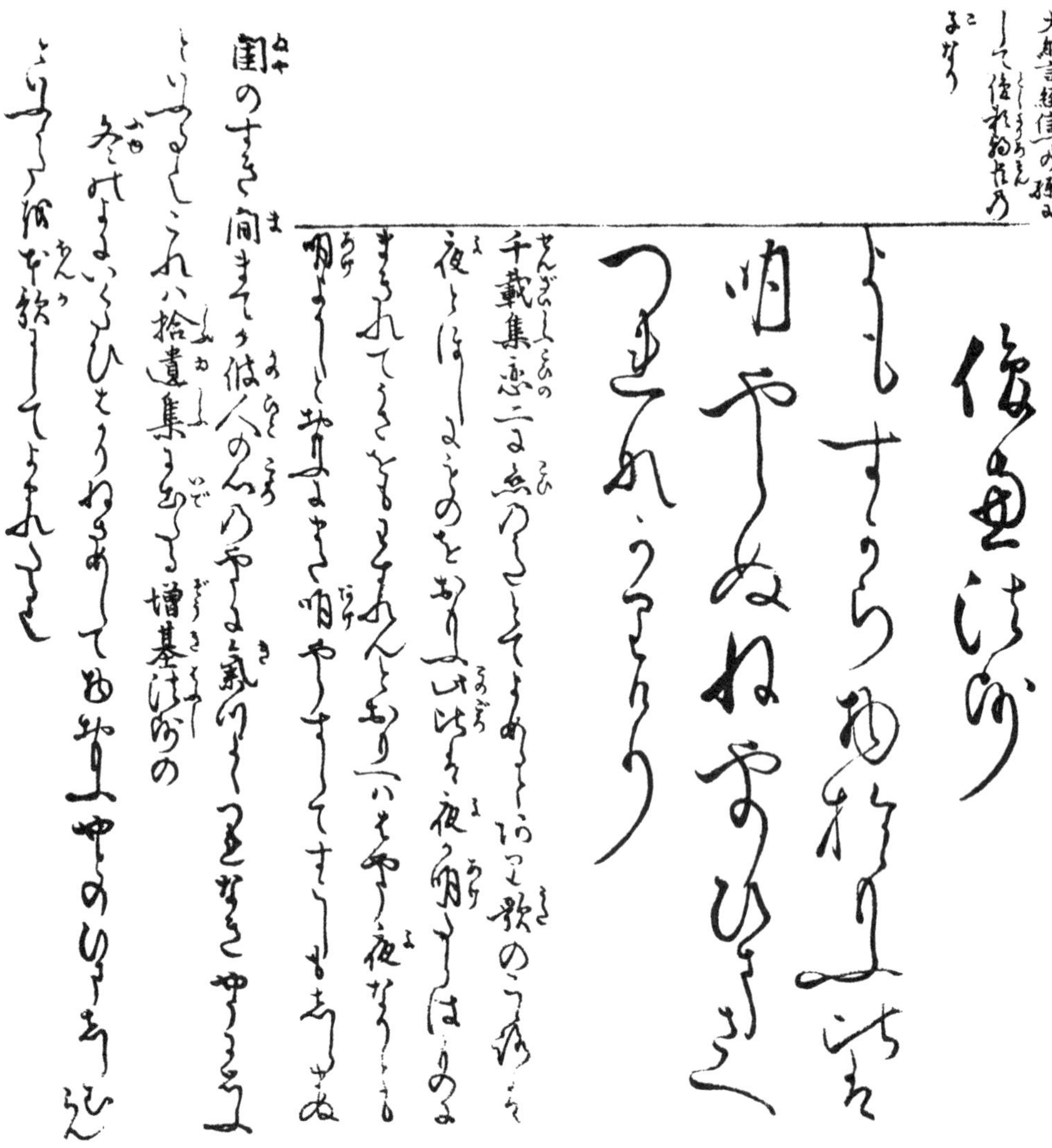

大納言経信の孫にして俊頼の子なり
俊恵法師
よもすがら物おもふ比は
明やらぬねやのひまさへ
つれなかりけり

(85) 俊恵法師　しゅんえほうし

口語訳

夜通しものを思っているこの頃は、なかなか夜も明けきらず、閨の隙間さえもつれなく思われることです。

概要

源経信の孫で、俊頼（㊹番）の子です。父俊頼に続いて歌詠みとして名高く、鴨長明はこの人の弟子でした。住まいを歌林苑といい、長明の『無名抄』には、ここで毎月歌会が開かれたことが見えています。歌の風体を具体的な喩えを用いて評することは『古今和歌集』の仮名序がはじめですが、俊恵もまた、人々の歌を様々なものによそえて評することを好みました。これは、当時の和歌の興隆、また志ある者の導きともなりました。

（渡部修）

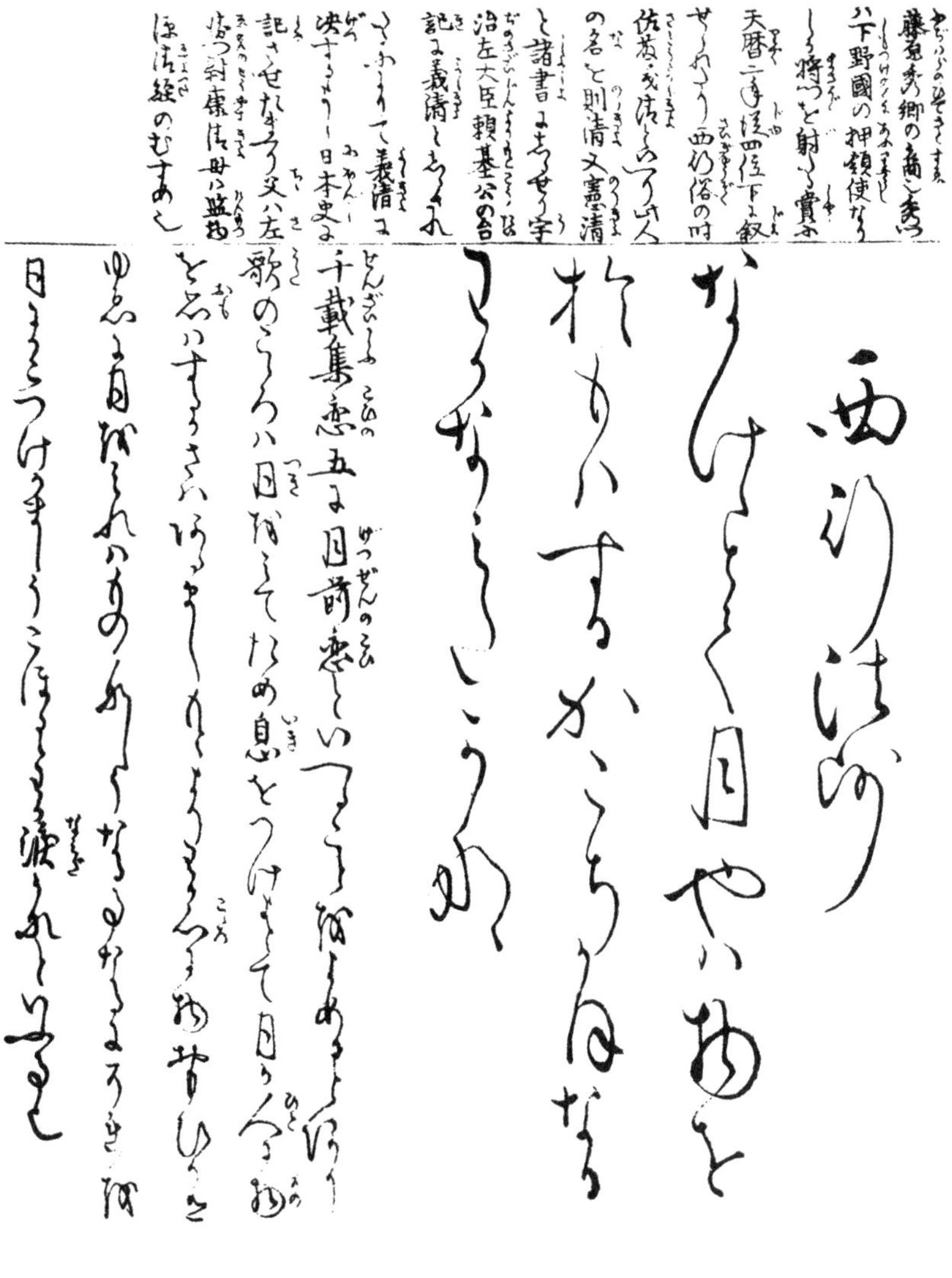

(86) 西行法師　さいぎょうほうし

口語訳

「嘆け」といって月は私にもの思いをさせるのであろうか。いや、そうではない。けれど、月のせいであるかのように、（月を見ると）流れてしまう我が涙であることよ。

概要

西行（一一一八～一一九〇）の俗名は佐藤義清。鳥羽院北面の武士、左兵衛尉でしたが保延六年（一一四〇）二三歳で出家。法名は円位、西行と号しました。西行の出家については、失恋、世の無常など諸説が語られています。この歌は『千載和歌集』（恋五・九二九）に「月前恋といへる心をよめる　円位法師」とあります。西行の家集『山家集』「月に寄する恋」三七首中の一首です。僧侶にとって月は「真如の月」など真理の象徴ともされますが、「百人一首」における月は大江千里（㉓番）歌と同様に「物思い」させるもののようです。（大内瑞恵）

注釈

やは　反語表現。～だろうか、いやそうではない。

かこつ　託つ、かこつける、他にことよせて恨み嘆く意。

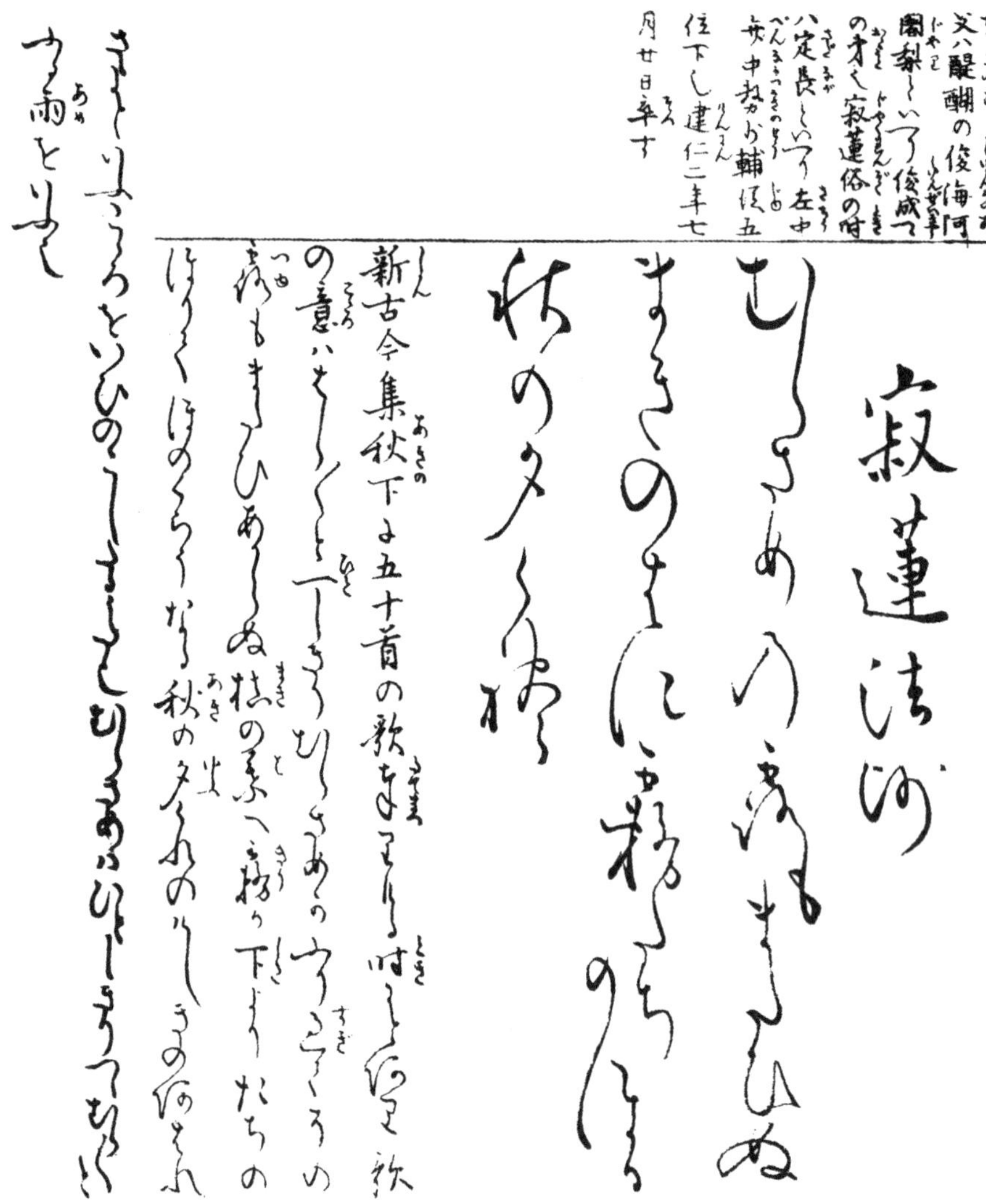

87 寂蓮法師　じゃくれんほうし

口語訳

ひとしきり降り過ぎていった村雨の残した露もまだ乾いていない真木の葉のあたりに、もう白い霧が立ち上ってくる、（しみじみと情趣深い）秋の夕暮れなのですね。

概要

寂蓮（一一三九頃〜一二〇二）の俗名は藤原定長。醍醐寺の僧阿闍梨俊海（俊成の兄弟）の子です。父の出家後、俊成（83番）の養子となりましたが、承安二年（一一七二）頃、自身も出家。この歌は『新古今和歌集』（秋下・四九一）に「五十首歌奉りしとき　寂蓮法師」とあり、建仁元年（一二〇一）二月「老若五十首歌合」の際の歌です。「まき（真木・槙）」とは杉や檜など良材となる立派な木の意です。（大内瑞恵）

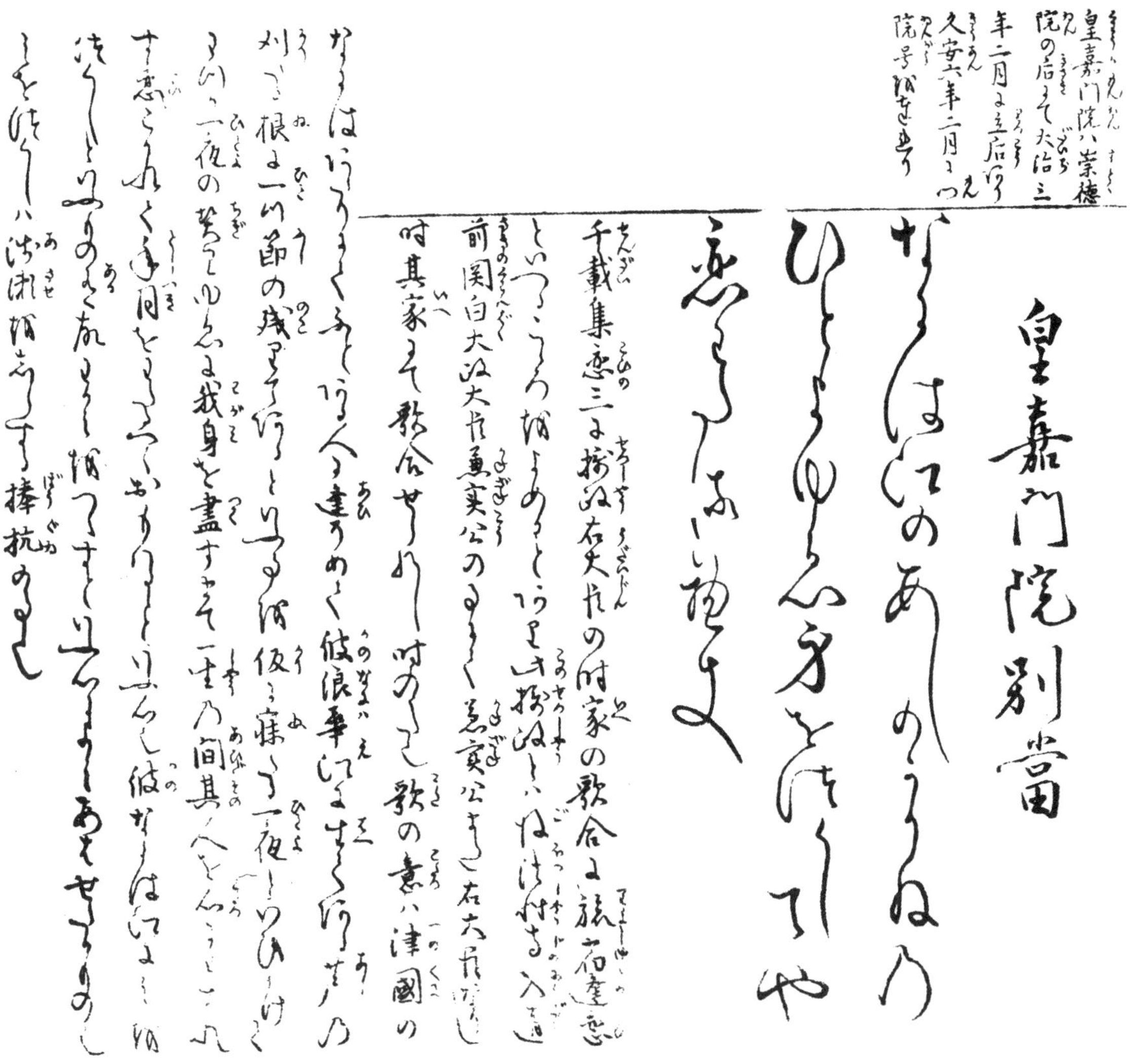

88 皇嘉門院別当

こうかもんいんのべっとう

口語訳

難波の入り江に生えている蘆を刈り取った根の一節（ひとよ）のような、ほんの短い旅の仮寝の一夜（契り）のために、難波江の澪標（みをつくし）のように、この身を尽くしてあなたを恋い続けることになるのでしょうか。

概要

作者は生没年未詳。崇徳院（77番）の皇后聖子（皇嘉門院、関白藤原忠通の女（むすめ））に仕えた女房で、源俊隆の女（むすめ）です。この歌は『千載和歌集』（恋三・八〇七）に「摂政右大臣の時の家の歌合に、旅宿逢恋といへるこころをよめる　皇嘉門院別当」とあります。摂政右大臣とは藤原（九条）兼実で、皇嘉門院の異母弟。歌合に際し「旅宿逢恋」を詠んだ題詠です。摂津国難波（今の大阪）という歌枕を舞台に、旅先の一夜の恋の契りのために、生涯身を捧げて恋い続けなければならないと悩む心を、巧みに言葉を組み合わせ、技巧的でありながら美しい歌です。難波江の遊女のような女性を意識して詠んだものとも考えられます。（大内瑞恵）

注釈

難波江は伊勢（19番）の歌のように蘆の名所として知られるとともに、港であり、旅宿を連想させる。この歌は「難波江・蘆・刈り根・一節・澪標・わたる」という縁語を連ね、「刈り根・仮り寝」、「一節・一夜」、「澪標・身を尽くし」の掛詞など和歌の修辞技巧を駆使しつつ、その表現は巧みな比喩となっている。

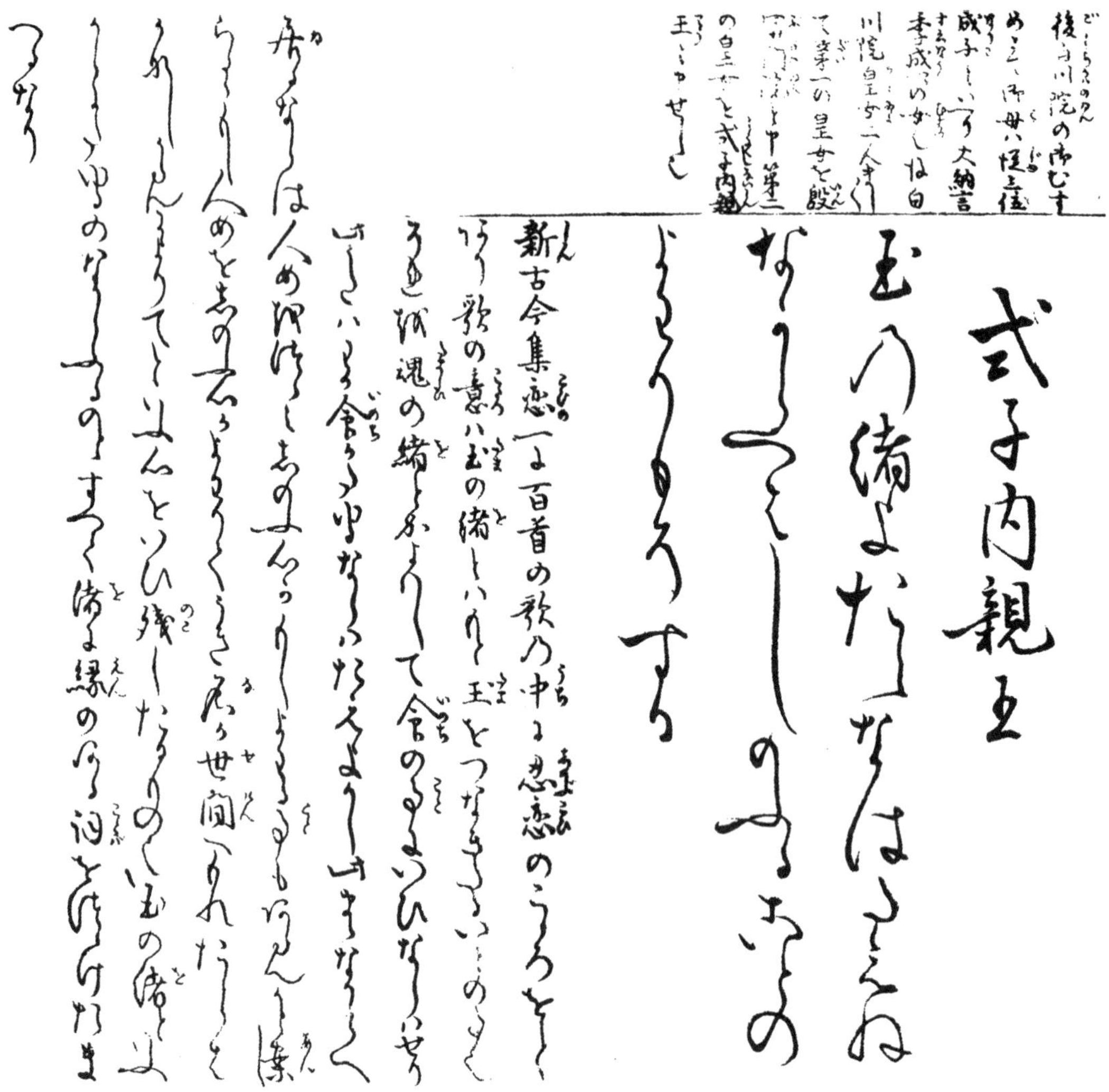

89 式子内親王

しょくしないしんのう

口語訳
私の命よ、絶えるなら絶えてしまっておくれ。このまま生きながらえていたら、恋を忍ぶ心が弱って、誰かに知られてしまいそうだから。

概要
後白河天皇の第三皇女。平治元年（一一五九）に賀茂斎院に立ち准三宮となりましたが、嘉応元年（一一六九）病により職を辞しました。後、剃髪して承如法と称しました。藤原定家（97番）と関係があったと伝えられ、定家の父俊成（83番）が、この噂を聞き定家の住まいに行ったところ、「玉の緒よ」の歌を書いた内親王の手跡があるのを見て、定家が心を尽くすのも道理だとして、諌めることをしなかったといいます。（渡部修）

注釈
後白河天皇 鳥羽天皇の第四皇子で、第七七代の天皇。譲位後は、三四年に渡って院政を敷いた。また、今様を好み、『梁塵秘抄』を撰したことで知られている。

賀茂斎王 上賀茂神社・下賀茂神社に仕える未婚の皇女。

准三宮 太皇太后・皇太后・皇后の三宮に準じる位のこと。

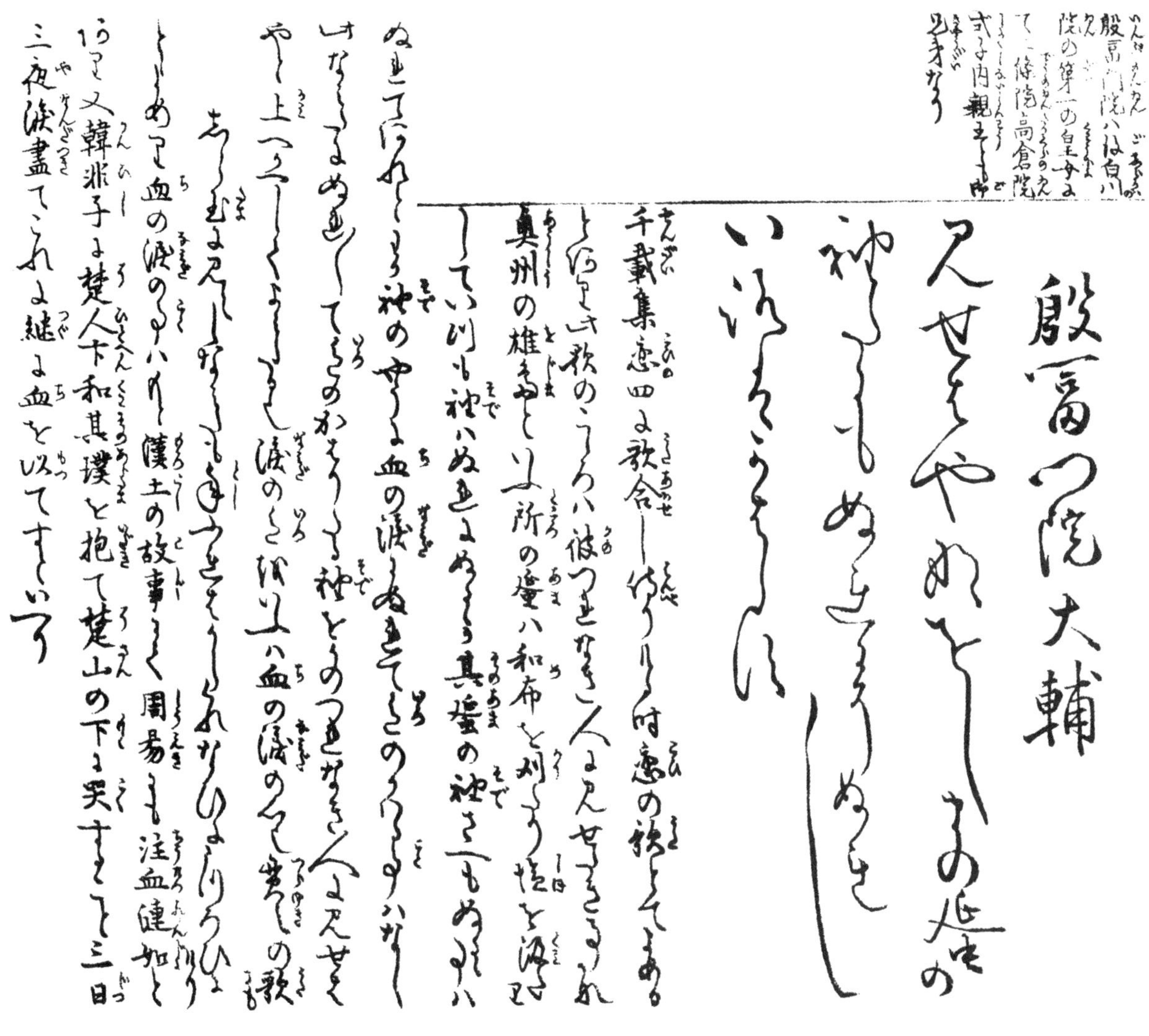

殷富門院大輔

みせばやなをじまのあまの袖だにもぬれにぞぬれし色はかはらず

90 殷富門院大輔

いんぷもんいんのたいふ

口語訳

あなたに見せたいものです。つれないあなたを思って流す涙で色が変ってしまった私の袖を。奥州の雄島の海人の袖でさえ、どんなに濡れたところでこんなふうに色が変わりはいたしません。

概要

殷富門院（生没年未詳）は、後白河天皇の第一皇女です。安徳天皇・後鳥羽天皇（99番）二代の准母で、順徳天皇（100番）の養女となりました。文治三年（一一八七）六月に門院号を奉られ、建保四年（一二一六）四月に薨じました。母は、従三位成子といい、藤原季成の女です。大輔は、殷富門院に仕えた官女で、祖父は後白河天皇の判官代の藤原行憲で、高藤の後裔にあたります。父は、藤原信成とされます。一説に、信成はもと説輔といったということです。信成には娘が二人いて、姉は殷富門院の播磨といい、妹が殷富門院の大輔だといわれています。（渡部修）

注釈

准母　天皇の生母と同等の地位を与えられた女性のこと。通常は、先代天皇の皇后や未婚の内親王が当てられる。

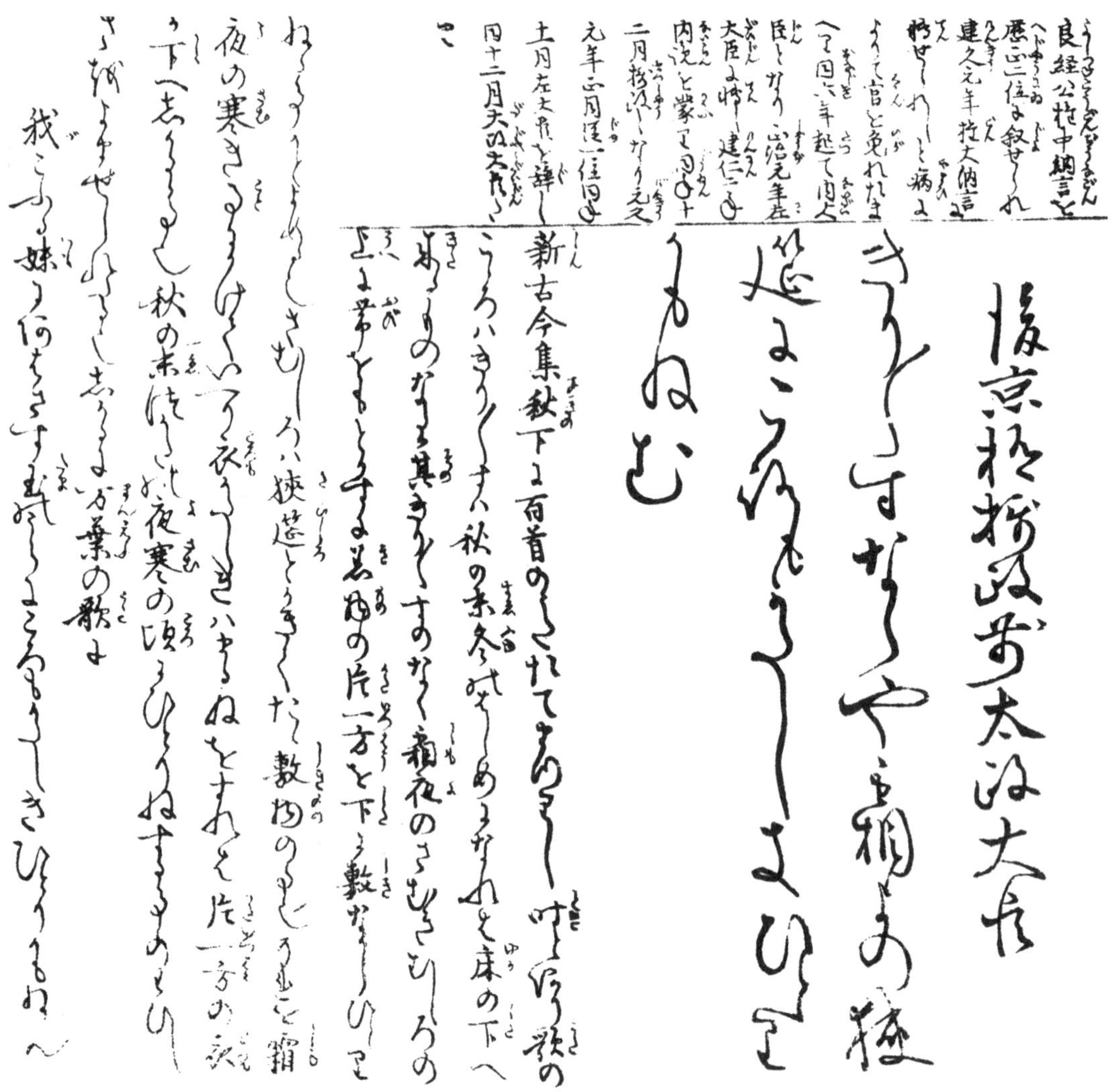
後京極摂政太政大臣
きりぎりすなくや霜夜のさむしろに衣かたしきひとりかもねむ

91 後京極摂政前太政大臣
ごきょうごくせっしょうさきのだいじょうだいじん

口語訳

こおろぎが鳴いている、霜の降る夜の寒い莚の上に、衣の片袖だけを敷きながら独り寝る、なんとも侘びしいことです。

概要

藤原良経（一一六九～一二〇六）は、摂政太政大臣で、法性寺入道藤原忠通（76番）の孫。関白藤原（九条）兼実の子ですが、三八歳で急逝しました。この歌は『新古今和歌集』（秋下・五一八）に「百首の歌奉りし時摂政太政大臣」とあります。百首とは正治二年（一二〇〇）の初度百首で後鳥羽院（99番）が歌を召しました。この歌の本歌に、「さむしろに衣かたしき今宵もや我を待つらむ宇治の橋姫」（『古今和歌集』恋四・六八九）と柿本人麿の歌（3番・『百人一首』）がありますが、契沖は「我が恋ふる妹に逢はさず玉の浦に衣片敷き独りかも寝ん」（『万葉集』巻九・一六九二）を引きます。しかし、良経はこの直前に妻を喪っていますので技巧的な本歌取りというより、心のままの嘆きともいえるでしょう。（大内瑞恵）

注釈

きりぎりす 今の蟋蟀（こおろぎ）。『詩経』に「七月在野…十月蟋蟀入我牀下（しつげつざいや…じゅうがつしっしゅつにゅうがしょうかにいる）」とあり、牀下とは床下のことと。

さむしろ 「さ」は接頭語で、莚、敷物。「寒し」との掛詞。

かたしき 片敷は独り寝のことで、共寝の時は互に衣の袖を敷き交わすことから。

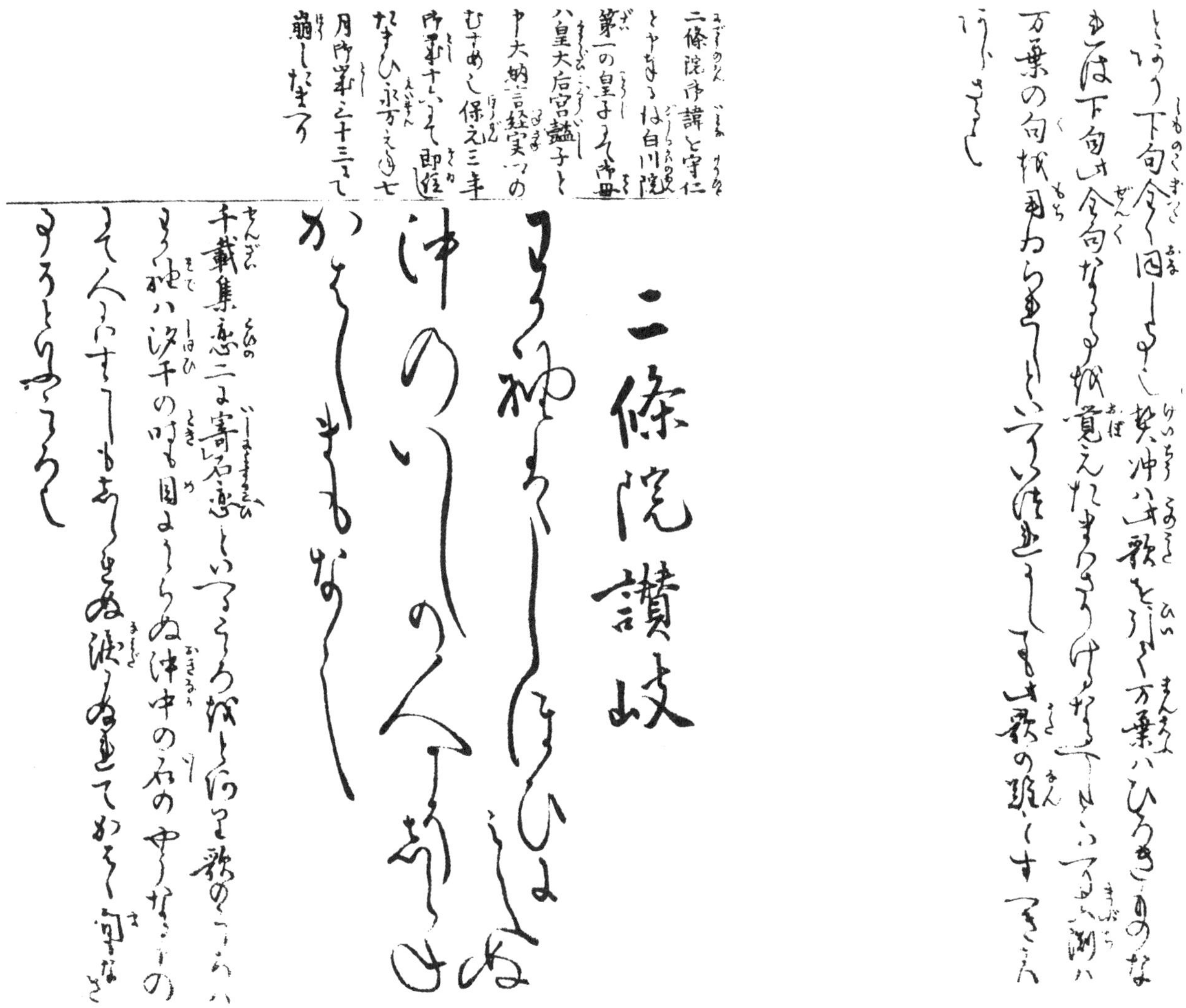

92 二條院讃岐

にじょうのいんさぬき

口語訳

私の袖は、潮が引いた時にも見えない沖の石のようなものです。誰かに知られることこそありませんが、いつも涙に濡れて乾く間もありません。

概要

二條院は、後白河天皇の第一皇子です。讃岐はその官女で、源三位頼政の女（むすめ）です。父は鵺退治で有名な武将ですが、和歌にも長じていました。女の讃岐も歌詠みの名が高く、藤原定家（97番）は、藤原有家・雅常・家隆（98番）などにも劣らないと評しました。家集が一巻あり、その中には御製への返し歌も見えています。また、この「沖の石の」の歌を詠んだことによって、「沖の石の讃岐」とも呼ばれました。（渡部修）

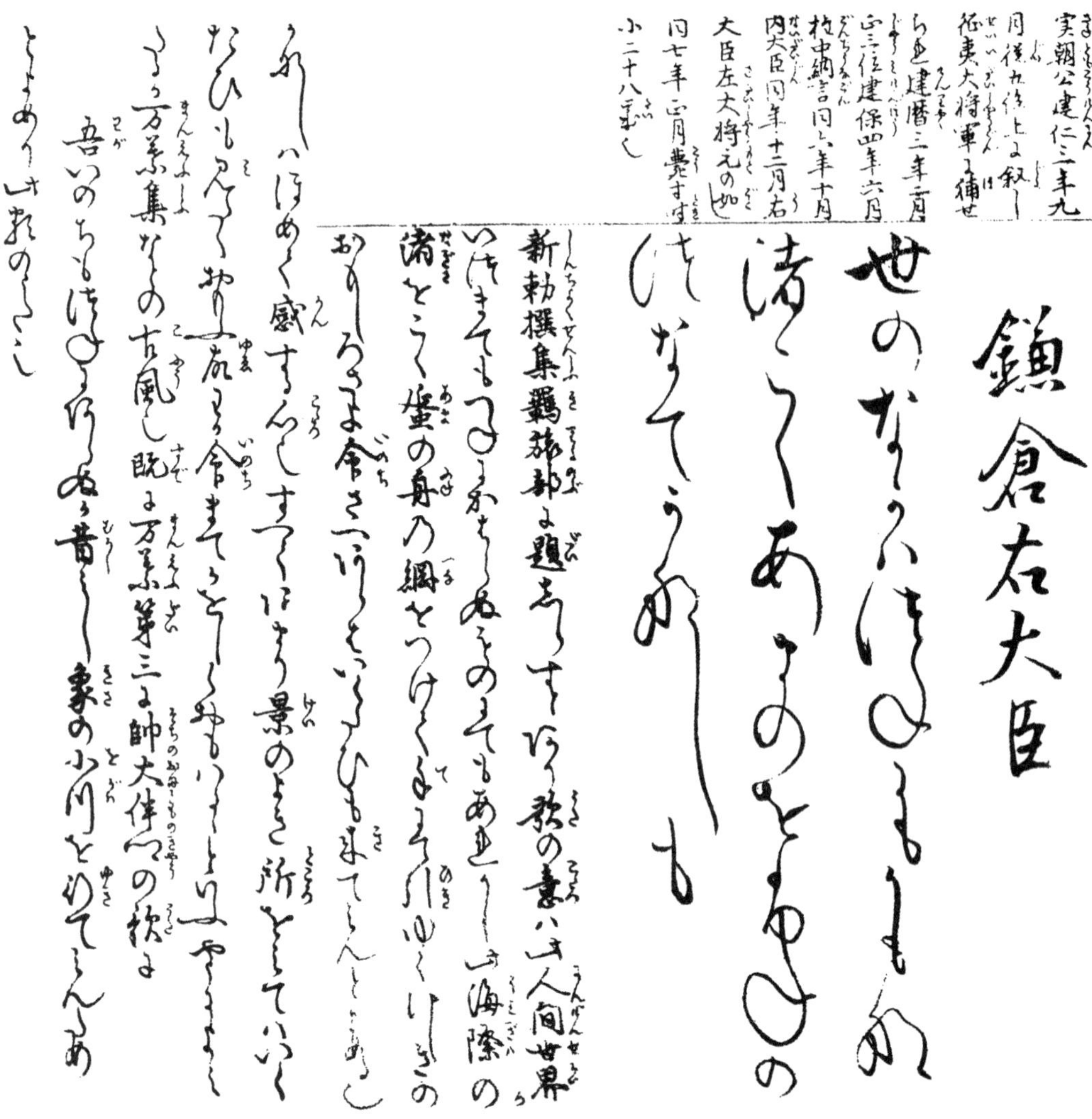

93 鎌倉右大臣 かまくらのうだいじん

口語訳

世の中は変わらずにあってほしいものだなあ。渚を漕いでいる海人の小舟の綱手を引いていく様にも心惹かれることだ。

概要

『万葉集』（巻一・二二番歌）や『古今和歌集』（巻二〇・一〇八八番）の歌を本歌取りして、常住不変を願う気持ちが込められている一首です。作者の源実朝（一一九二～一二一九）は源頼朝の二男で、鎌倉三代将軍です。歌を藤原定家（97番）に学び、定家の弟子の中でも常磐井相国（西園寺実氏）と衣笠内大臣（藤原家良）と実朝の三人が優れた歌詠みであったとされています。特に実朝は『万葉集』の古風を好み、詠む歌は「風骨あり」と評されていました。ちなみに『万葉集』の古写本の一本である「広瀬本」は定家が実朝に贈ったテキストを祖本としています。実朝は蹴鞠など、京風の風流も好んだとされています。右大臣拝賀の夜、鶴ヶ岡八幡宮の社頭で甥の公暁に殺され、源家正統の血筋は絶えたのでした。家集に『金槐和歌集』があります。（城﨑陽子）

注釈

常磐井相国（一一九四～一二六九） 西園寺実氏の号。鎌倉幕府に親しく、朝廷では後深草・亀山天皇の外祖父として権威をふるった。「常磐井」の呼称は京極常磐井に館があったため。

衣笠内大臣（一一九二～一二六四） 藤原家良の号。歌を藤原定家に師事し、『万代和歌集』を藤原光俊とともに撰した。

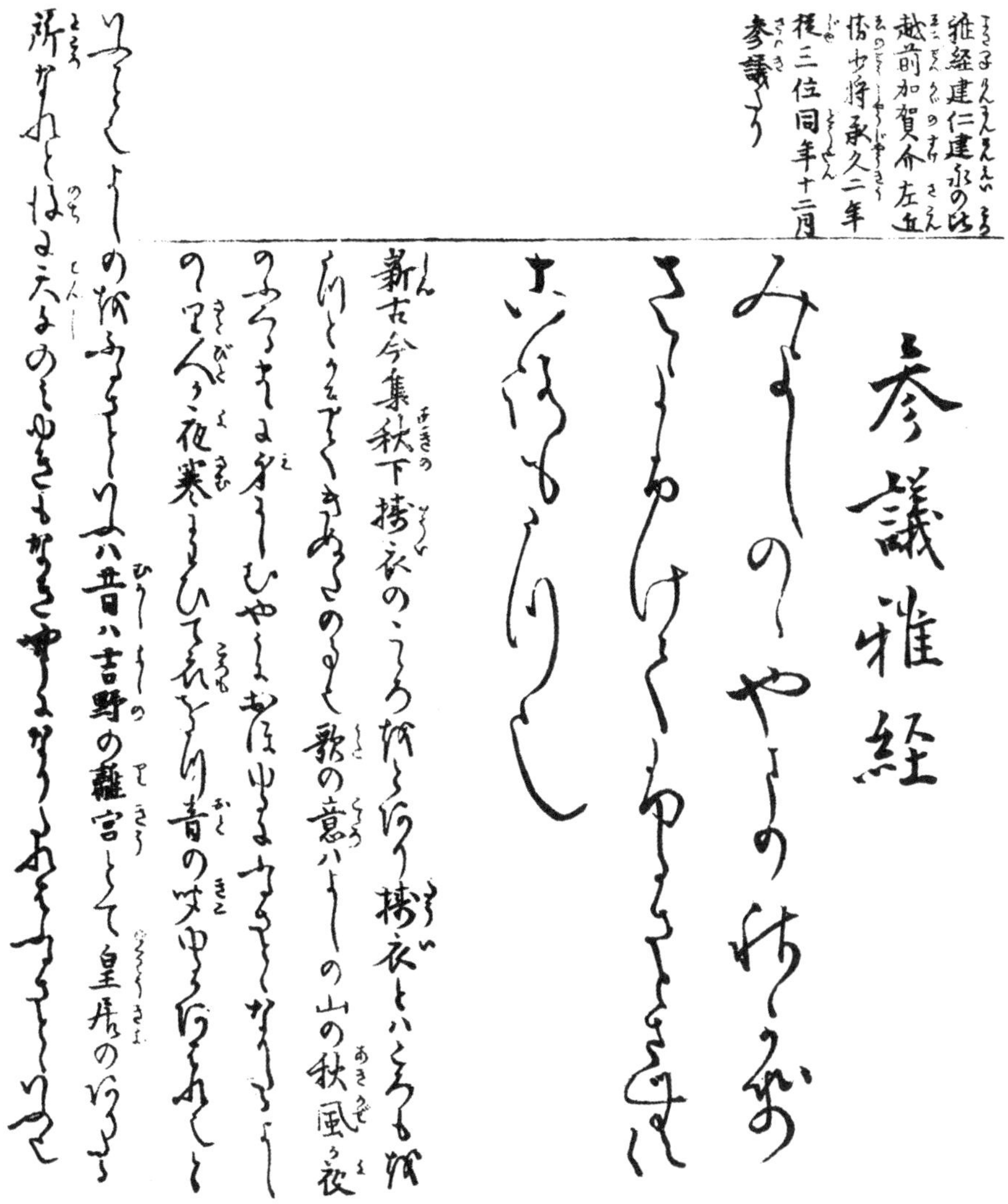

94 参議雅経　さんぎまさつね

口語訳

吉野の山の秋風が、夜更けに吹いてくる。その風にのって、古都吉野の里で衣を打つ砧の音が寒々と聞こえてくるように感じられることよ。

概要

藤原雅経（一一七〇～一二二一）は和歌・蹴鞠の家、飛鳥井家の祖。この歌は『新古今和歌集』（秋下・四八三）に「擣衣の心を　藤原雅経」とあります。『飛鳥井和歌集』の建仁二年（一二〇二）八月二五日「詠百首和歌」にありますのでこの頃詠まれた歌です。坂上是則（31番）の「み吉野の山の白雪つもるらし古里寒くなりまさるなり」（『古今和歌集』冬・三二五）が本歌。視覚的な本歌に対し、秋風や擣衣（布をやわらかに、艶を出すために砧にのせて槌で打つ）の聴覚的な表現に特色があります。（大内瑞恵）

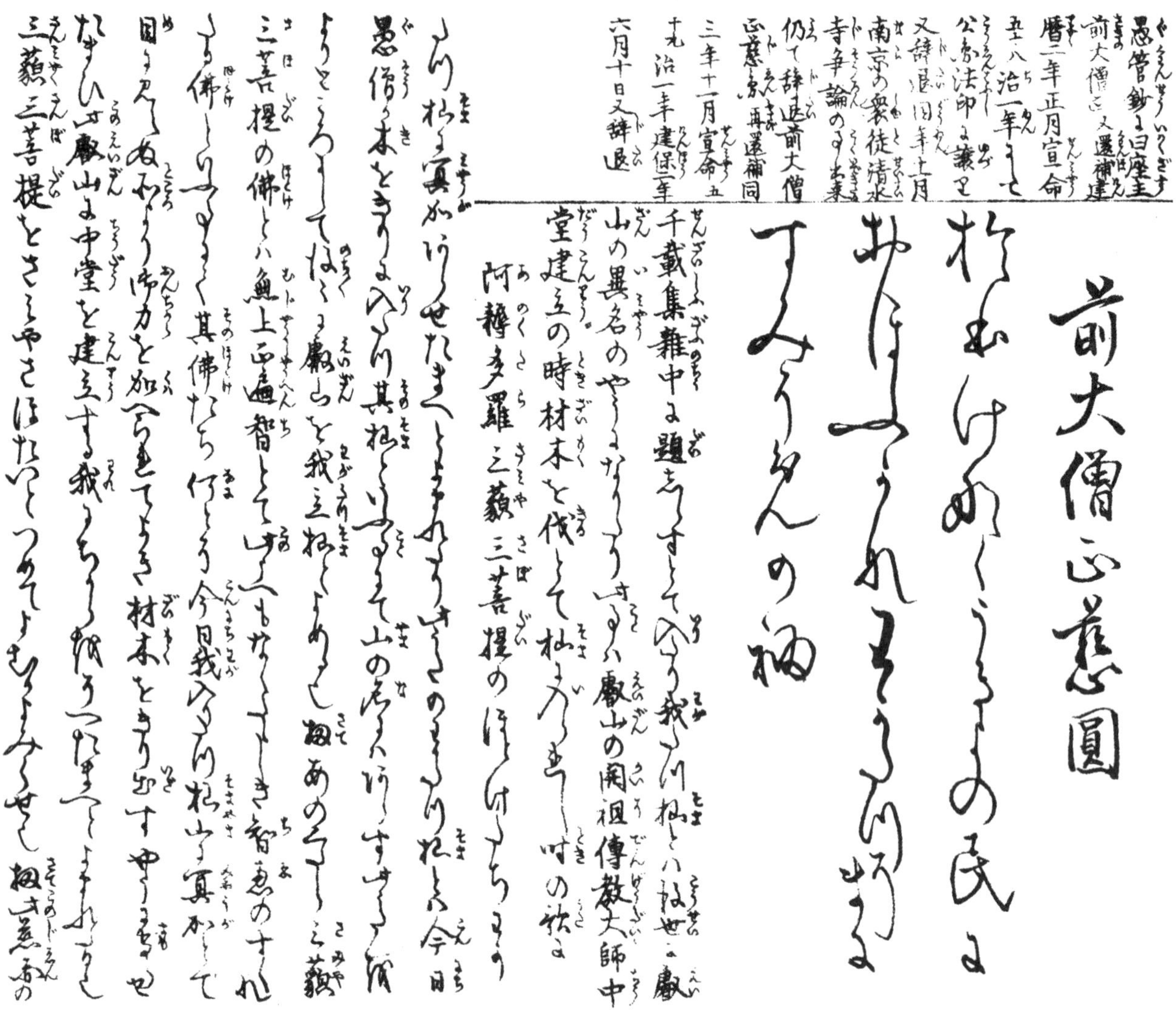
前大僧正慈圓

おほけなくうきよの民に
おほふかなわかたつ杣に
すみそめの袖

愚管鈔ニ曰座主
前大僧正 又還補建
暦二年正月宣命
五十八治一年ニて
公家法印ノ議ヲ
又辞退同年十二月
南京の衆徒清水
寺争論の事ニ来
仍て辞退前大僧
正慈鎮 再還補同
三年十一月宣命五
十九 治一年建保二年
六月十日又辞退

千載集雑中ニ題しらずとして入り我たつ杣とハ拔世ニ叡
山の異名のやうになりたりけるハ叡山の開祖傳教大師中
堂建立の時材木を伐とて杣入ありし時の歌ニ
阿耨多羅三藐三菩提のほとけたちわが
たつ杣に冥加あらせたまへ

95 前大僧正慈圓

さきのだいそうじょうじえん

口語訳

分不相応にも世の民の上に覆い掛けることです。この比叡山に住み始めて着るようになった墨染めの衣の袖を。

概要

藤原忠通（76番）の子（一一五五～一二二五）。延暦寺の座主覚快法親王の弟子となって、はじめ道快と名乗りましたが、養和元年（一一八一）一一月、慈圓と改めました。若い頃、西行（86番）に和歌を習おうとした時に、西行から「密教を学ぶならまず和歌を学びなさい。和歌を詠めないようでは密教の奥義は得られません。」と言われ、たいそう深く感心したそうです。後鳥羽天皇（99番）は、慈圓の歌を、西行の風体で優れた歌は誰にも劣らないけれども、ややもすると珍しいものを好むところがあったと評しました。また、藤原定家（97番）の息子の為家は、歌の家に生まれながらなかなか歌が上達せず、苦しんでいました。そこで、いっそのこと出家しようと思い慈圓にそれを告げました。すると慈圓は「まだ若いのだから、出家するのは、もっと歌道修行に励んでからでもよいのでは」と諭しました。これを聞いた為家は、一念発起して歌道に励み、歌の宗匠にまでなって、父祖の名をますます高めたということです。（渡部修）

注釈

覚快法親王　鳥羽天皇の子。一三歳で出家し、治承元年（一一七七）、延暦寺の座主に就任した。

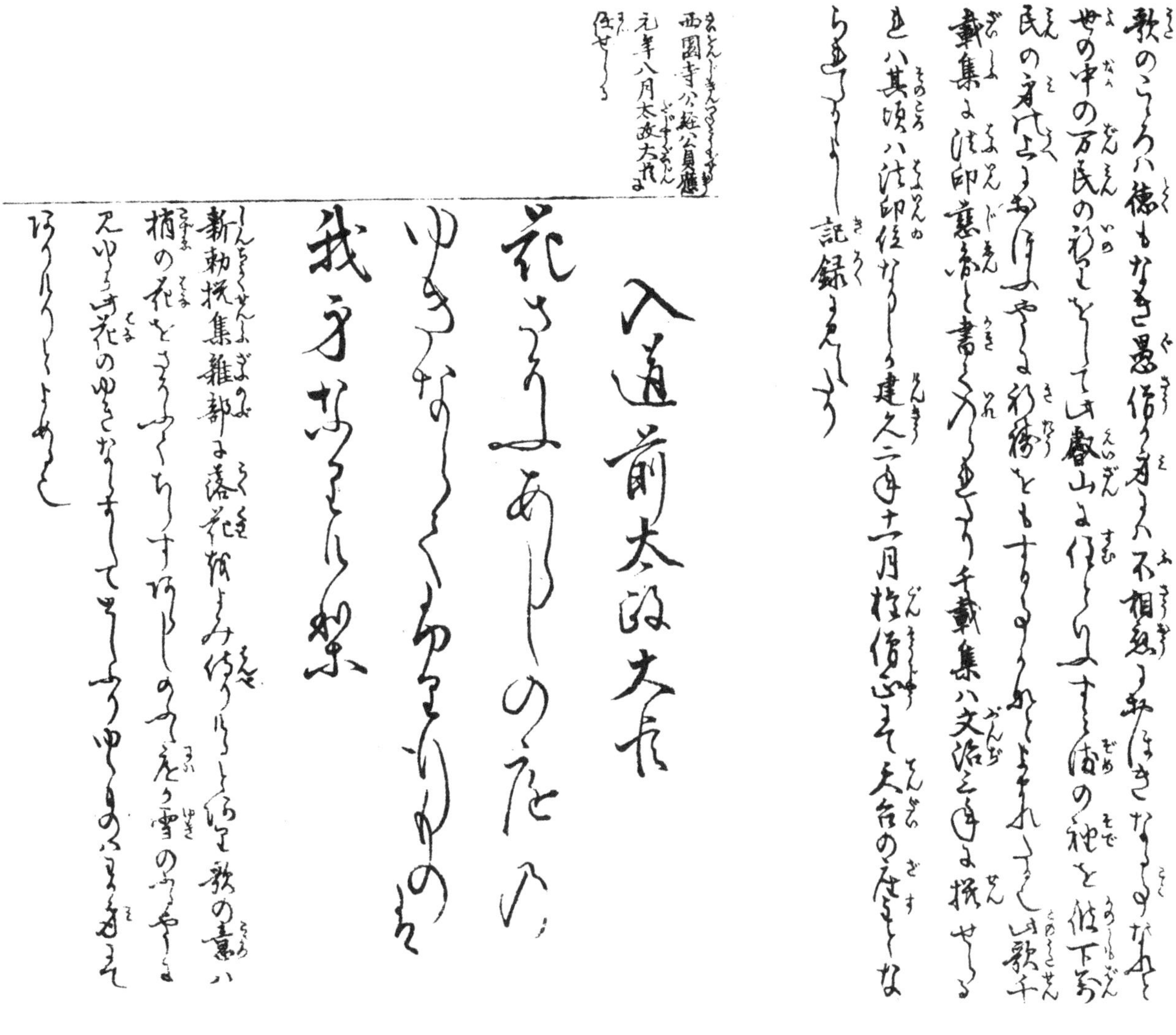
入道前太政大臣

花さそふあらしの庭ハ
ゆきならてふりゆくものハ
我身なりけり

96 入道前太政大臣

にゅうどうさきのだじょうだいじん

口語訳

花を誘って吹く嵐の庭に、雪のように花は散っていきます。しかし、古り行くものは実は花ではなくて、この我が身の方なのです。

概要

藤原公経（一一七一～一二四四）。実宗の次男で、西園寺家・洞院家の祖となりました。嘉禄年中（一二二五～一二二六）に京都北山に西園寺を建立したことによって、西園寺殿と称され、後にはそれが代々の家の名となりました。『増鏡』にはその結構の素晴らしさが語られ、『中務内侍日記』にも弘安八年（一二八五）七月一九日の御幸の描写が、その荘厳な様に触れています。この跡が現在の鹿苑寺です。（渡部修）

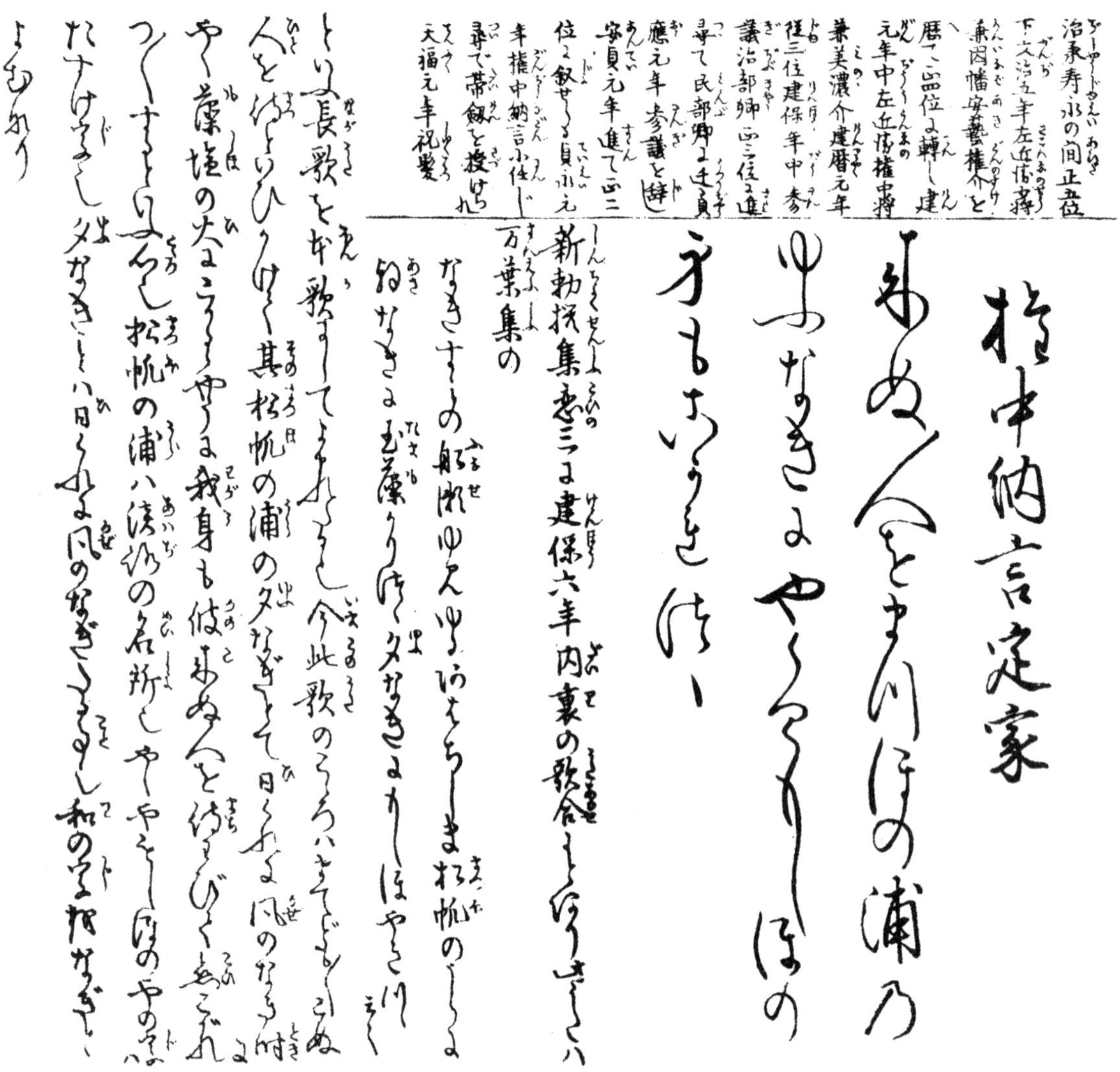

97 権中納言定家

ごんちゅうなごんさだいえ

口語訳

いくら待っても来ない人を待つ私は、松帆の浦の夕凪に海人が焼く藻塩のように恋焦がれています。

概要

当該歌は二句目から続く海浜の景としての「焼くや藻塩の」までが「身を焦がす」ことを導く序詞ともなっています。作者の藤原定家（一一六二～一二四一）は藤原俊成（83番）の子。文治元年（一一八五）源雅行と争闘に及び、除籍処分の勅勘を蒙ったことがあります。元久（一二〇四～一二〇六）の初めごろ、後鳥羽上皇（99番）の勅により源通具、藤原有家、家隆（98番）、雅経らとともに『新古今和歌集』を撰集しました。和歌はもちろん、漢学や詩、射馬など諸芸に秀でていましたが、もともと競争心が強く、上昇志向が高かったため、常に不平不満を述べていたことで後鳥羽上皇も後には定家を疎んだといいます。定家は我が家で歌を詠む時も必ず南面の障子を開き、衣を整え、正座して詠んだといいます。これは、貴顕の前で歌を詠む時に、心が慌ただしくなって詠み誤ることがあるかもしれないからだと言い、また、白楽天の詩句を吟じて歌を詠むと心深くなると言ったと伝えられています。定家の邸宅が北京極の西にあたり、これに中納言の唐名をあわせて「京極黄門」と称されました。定家の子為家、その子に為氏、為教、為相の三人があり、これが後の二条、冷泉、京極の三家となりました。ちなみに、為氏から為世、為明と御子左家の正統として二条家が続きましたが、『新拾遺和歌集』を撰している途中に為明が早世し、二条家は断絶しました。（城崎陽子）

注釈

松帆の浦 淡路島の北端の地を指し、歌枕となっている。

源通具（一一七一～一二二七） 源通親の子。藤原俊成の娘婿。堀河大納言と称され、『新古今和歌集』の撰者の一人でもある。

藤原有家（一一五五～一二一六） 父は大宰大弐藤原重家、母は中納言藤

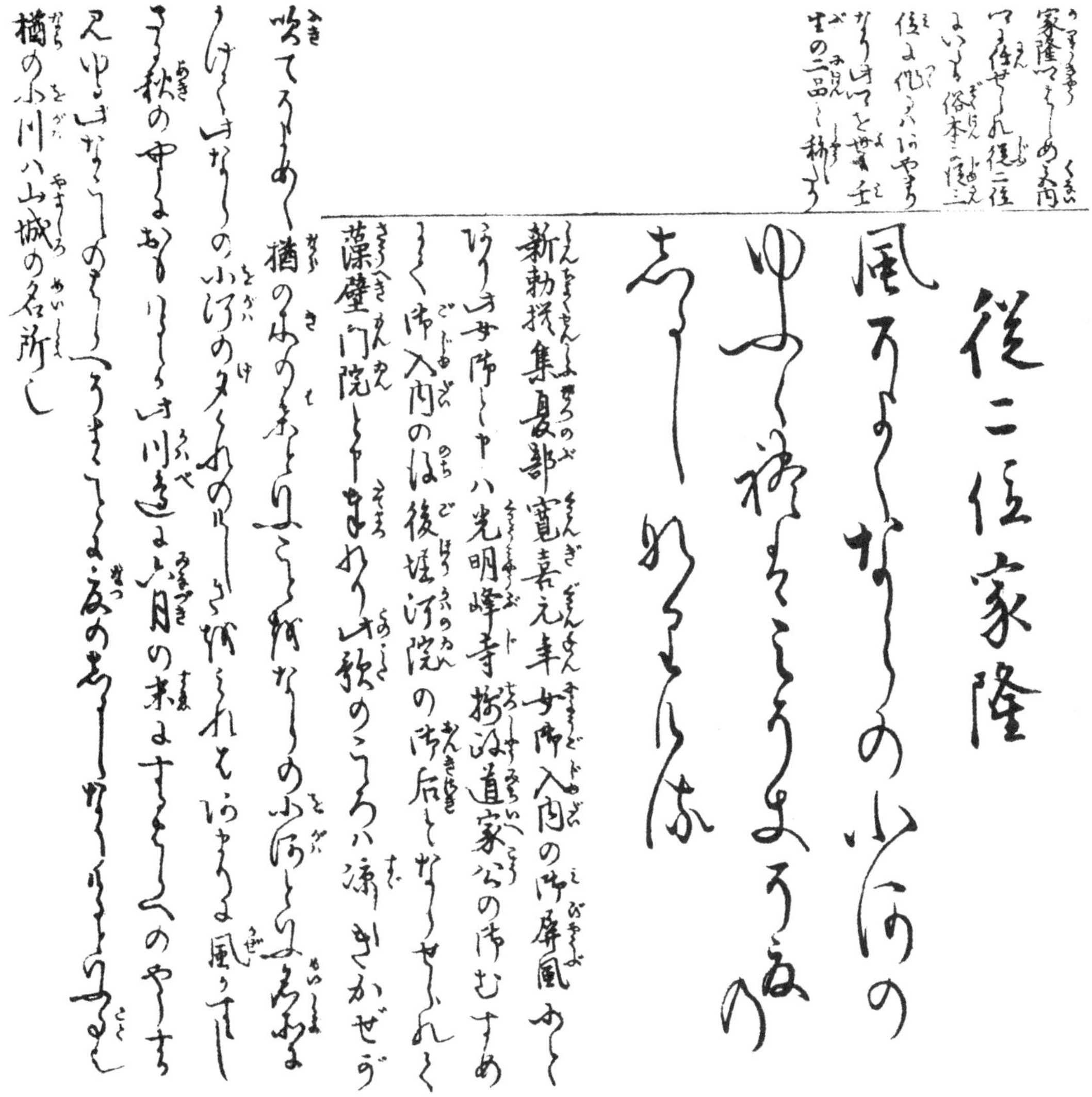
従二位家隆

風そよぐならの小河の夕暮は御禊ぞ夏のしるしなりける

原家成の女（むすめ）。六条藤家の一員で九条家歌壇において活躍し、御子左家に親しかった人物とされている。

❾❽ 従二位家隆

じゅにいいえたか

口語訳

涼しい風がそよそよと楢（なら）の葉に吹いている。秋のようにも思われるこのならの小川の夕暮れだけど、六月祓（みなづきばらえ）の御禊（みそぎ）こそがまだ夏である証拠なのですよ。

概要

藤原家隆（一一五八〜一二三七）は、寂蓮（87番）の娘婿で、俊成（83番）に和歌を学びました。この歌は『新勅撰和歌集』（夏・一九二）に「（寛喜元年女御入内屏風）正三位家隆」とあります。家隆の家集『壬二集』（寛喜女御入内屏風和歌）では「六月祓」。寛喜元年（一二二九）一一月、前関白九条道家の女（むすめ）竴子（のちの藻壁門院）が後堀河天皇に入内する時の屏風歌です。「六月祓」とは旧暦六月末に行われる夏越（なごし）の祓のこと。祓が過ぎると秋七月。「ならの小川」は夏越の祓で有名な京都市上賀茂神社の境内を流れる御手洗川（みたらしがわ）で植物の楢を掛けています。（大内瑞恵）

注釈

本歌として「みそぎするならの小川の川風に祈りぞわたる下に絶えじと」（『古今六帖』『新古今集』恋・一三七六）、「夏山の楢の葉そよぐ夕暮はことしも秋の心地こそすれ」（『後拾遺集』夏・二三一）が考えられる。

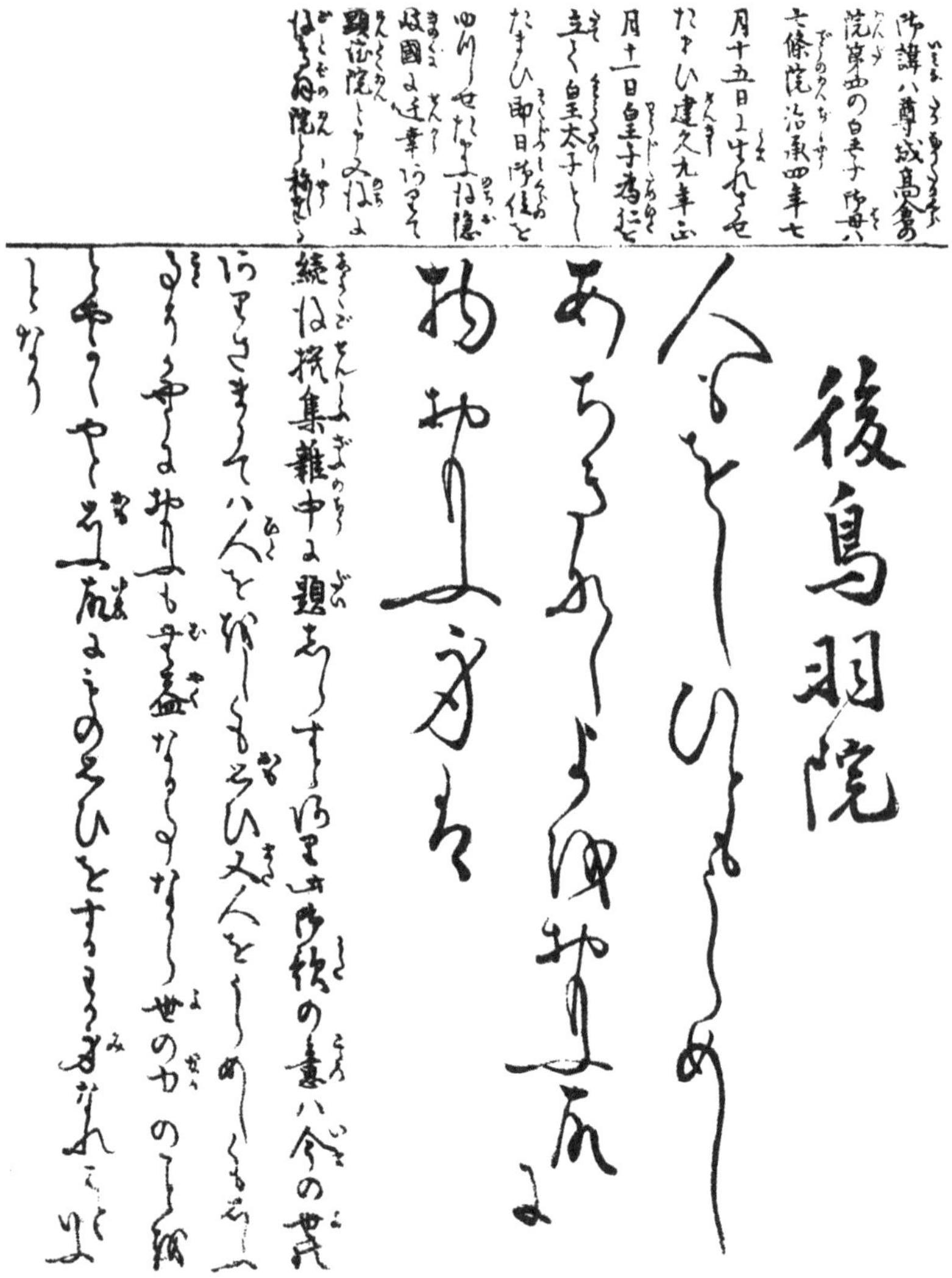

99 後鳥羽院

ごとばのいん

口語訳

人を愛しくも思い、また、恨みにも思うことだ。味気ない世の中だと思うから物思いをしている私なのです。

概要

作者の後鳥羽院（一一八〇〜一二三九）は、高倉天皇の第四皇子です。源平合戦の最中、平氏一門と西国へ落ちた安徳天皇に変わり、四歳で即位しました。そして、源氏の世となるに及んで対幕府の交渉に心を砕きました。建久九年（一一九七）には太子に帝位を譲り、土御門天皇が即位します。後鳥羽院は和歌所を定め、『新古今和歌集』を撰しました。承元四年（一二一〇）土御門天皇に帝位を譲らせ、順徳天皇（100番）が即位します。承久二年（一二二〇）、後鳥羽院と執権北条義時との間に確執が生じたことから、承久の乱が起こりました。後鳥羽院側が敗れ、後鳥羽院は隠岐国に配流され、北条執権の要望を入れて後堀河天皇が即位しました。以後、天皇の即位や譲位の事にはことごとく幕府の意向が反映されるようになりました。隠岐での後鳥羽院は都の歌人と便りを交わし、「遠所歌合」などを催したりもしましたが、延応元年（一二三九）配流の地で崩御しました。

（城﨑陽子）

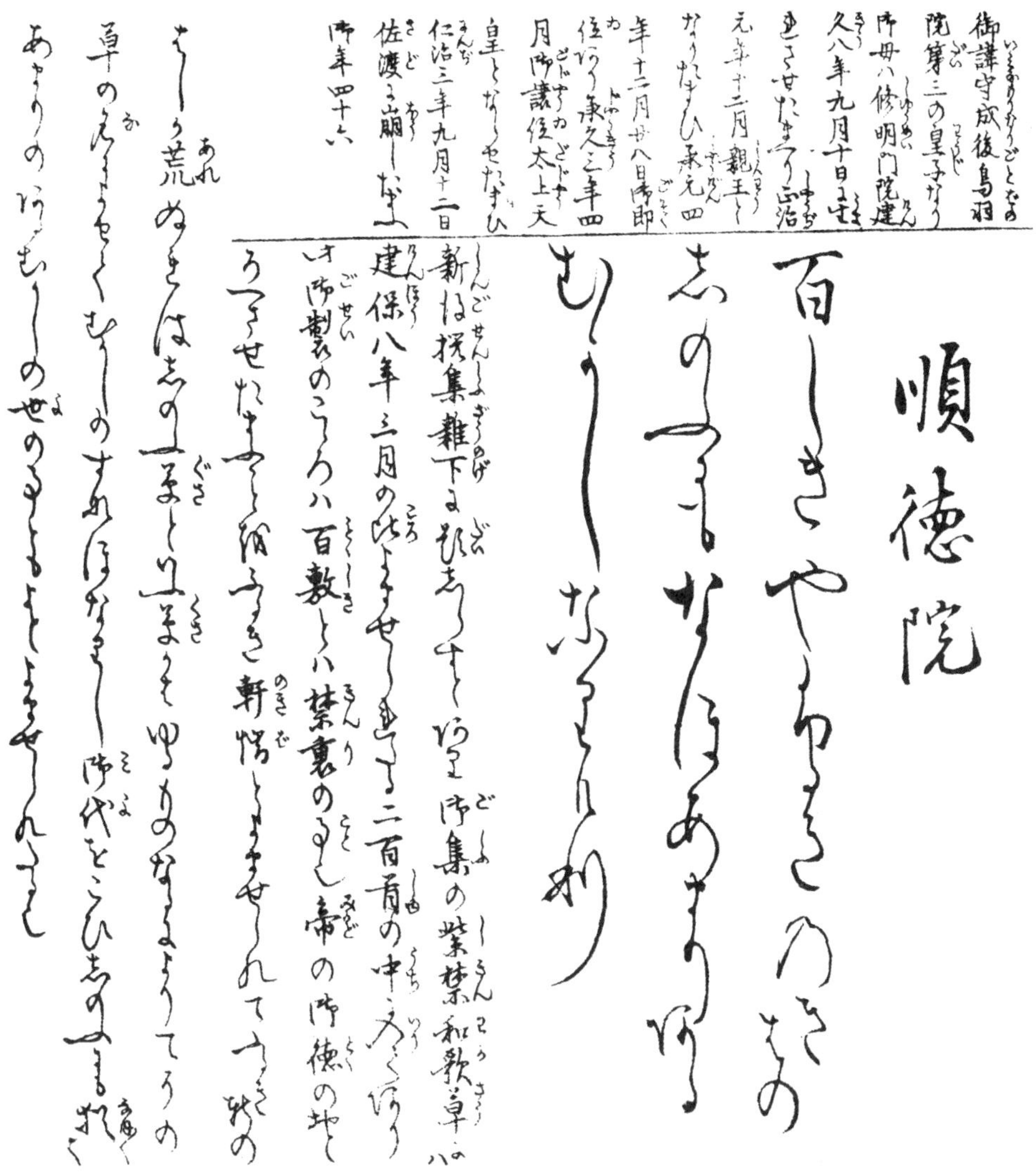
順徳院

百しきやふるきのきはのしのふにもなほあまりあるむかしなりけり

100 順徳院

じゅんとくいん

口語訳

ああ、この禁裏の有様はなんとしたことでしょうか。古びた軒端にはしのぶ草さへ生えています。それを見るにつけ、偲んでも偲んでも尽きることのない昔です。

概要

後鳥羽天皇（99番）の第三皇子（一一九七～一二四二）。父の寵愛が篤く、承元二年（一二〇六）、土御門天皇に替わって一四歳で即位しました。しかし、父の起こした承久の乱に連座して佐渡に配流となります。聡明で殊に和歌をよくし、『八雲御抄』『禁秘抄』などの歌論を残しています。御集を『紫禁和歌草』といい、他に『順徳院百首』一巻があります。その歌は、各々特色のある歴代天子のそれと異なり、姿麗しく詠み口が柔らかでしかも正しく、後世の模範とすべき風体だと評されています。（渡部修）

⑮光孝天皇

㉔菅家

61伊勢大輔

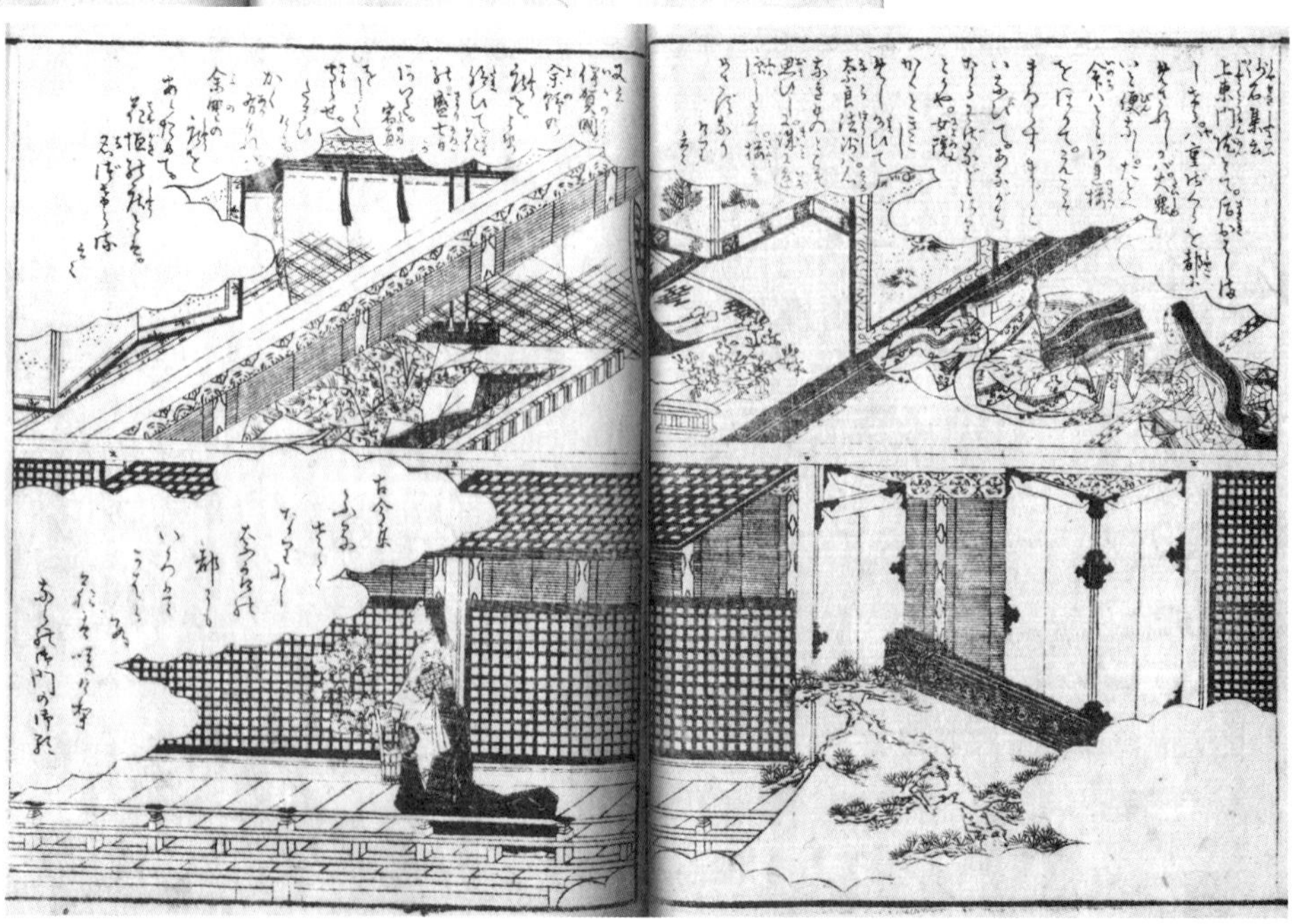

『百人一首一夕話』書き下し文

凡例

翻刻をするにあたって、以下のような凡例にした。

一、本文の書き下しやふりがなは原則として版本のままとした。

一、旧漢字は通行の字体に改めた。

一、合字は開き、欠字は（　）で補った。

一、読みやすさを考えて、便宜的に句読点を入れた。

［P2］

❶天智天皇

御幼名を葛城皇子とも中の大兄の皇子とも申奉り。御諱を天命開別天皇とも申奉る。天智とは平城の朝の御時に淡海真人御船といふ人代々の天皇の御徳を考へ、漢土の例にならひて諡を奉りしよりかく称し奉る也。御父は舒明天皇、御母は宝の皇女、後に皇極天皇又斉明天皇とも申奉れり。

秋の田のかりほのいほの
とまをあらみわか衣手は
露にぬれつゝ

此御製は後撰集秋中に題しらすとて入れり。御歌の意は、稲の実のりたる秋の田を鳥獣にあらさせしと、仮庵とて仮屋をたて、守り居るか、其庵をふきたる苫の目かあらき故中に居るわれらの袖か朝もよるも露にぬれつ〱して苦労なる事そといふこゝろ也。これを天子の御身にてわか衣手と仰せられたるよし注するはわろし。天皇の御身をおしくたしたまひ、土民になりかはりてよませられたる御歌なれは、百姓の辛労をいたはらせたまふ叡慮のありかたき也。衣手はすなはち袖の事にて、むかしは衣といふ字を衣と一字の訓によみたり。衣の手のあたる所なるゆゑころもてと訓したり。

［P3］

❷持統天皇

御幼名は鸕野讃良の皇女と申奉る。御父は天智天皇、御母は大臣蘇我山田石川麿の女なり。天武天皇の皇后とならせたまひ後に帝位に即たまふ。文武天皇の大宝三年に崩したまへり。御諡を高天原広野姫天皇、又持統天皇とも称し奉る。

はる過て夏来にけらし
しろたへのころもほすてふ
あまのかくやま

新古今集夏部に入て題しらすとあり。此御製はもと万葉集に入て、

春すきて夏は来ぬらし白たへの
ころもさらせりあまのかくやま

とありしを、新古今集に詞をその時代の風に直して入られたるものか、又は伝へあやまりてかやうの詞になりたるかしりかたし。先万葉集にあるまゝの詞にて御歌のこゝろを解かは、春は過去て夏か来たるにや、民百姓ともの白き着物ともか天のかく山あたりにほしてあるかよく見ゆるといふ事にて、奈良の都の禁裏より見わたしたまへるけしきをありのまゝによませられたるものなり。しろたへとはたゝ白き色といふ事にて、外の色に染ぬさきの着もの、色は皆白き故、むかしより白たへの衣、とも白たへの袖とも歌によみ来れり。白妙とかく妙の字は仮字にて、万葉には多く白栲とかけり。栲の字は木の名にて、栲といふ木の皮をさきて衣に織たる故、外の色に染ぬ先を白栲といふ也。さらせりとは日にほしてあるといふこゝろにて、此御時代は藤原の宮とて大和の高市郡か都にてありし故、禁裏よりほと近き十市郡の香具山あたりなる民の家々に、夏になれは櫃より着物ともをとり出してほしわたすさまを御覧してよませたまへる也。しかるに新古今集にも此百人一首にも衣ほすてふとかゝれたるは不審なる事なり。すへて歌の詞に、てふといふはいふと云詞をつゝめたるものにて、恋をするといふことを恋すてふといへるか如し。しかれは、此御製に眼前衣のほしてあることを衣ほすてふとよませたまふへきにあらす。此故に百人一首の諸家の註釈、いつれも此歌の解にさま〱のむつかしき説ともをつけなから明らかに解得たるも見えす。こゝにひとつの考あり。後京極摂政良経公の月清集に、院の第二度の百首とてあり。その冬の歌のうちに、

雲はるゝ雪のひかりや白たへのころも
ほすてふあまのかく山

とよまれたり。此後京極殿は定家卿と同し時代の人なるに、わか歌に持統天皇の御製を三句なからそのまゝにてぬすみよみたまふへきにあらす。此後京極殿の歌のこゝろは、かの万葉集にある持統帝の御製のころもさらせりあまのかくやまとよませたまへるは、夏のはしめのけしきなるを、今雲のはれたるあとの雪のひかりのましろにみゆるにつけて、むかし持統帝の衣さらせ

りとのたまひし天のかく山のけしきもかやうにありたるにやと思ひあはせてよまれたる也。ほすもさらすも同しこゝろなれは、これにてよく聞ゆるなり。されは新古今にも此百人一首にも、後京極殿の歌と持統帝の御製とをひとつに混してかきつたへたるものなるへくおもはるゝなり。

［P5］

❸ 柿本人麿

先祖つまひらかならす。天武天皇の白鳳九年によまれたる歌、万葉集に見えたり。人丸死去の年は聖武天皇の神亀元年二月なるよし、林家の国史実録に見えたり。

あしひきのやま鳥の
尾のしたりをのなか〳〵し
よをひとりかもねむ

拾遺集恋部に題しらすとあり。あしひきは、山といふ枕詞也。山鳥の尾はしたりてなか〳〵しきものなるか、此なか〳〵しき夜をひとりねすることかといふこゝろ也。此歌の趣意は、たゝ長き夜を待人は来ぬ故ひとりねする事かと歎く心はかりなるに、足引の山鳥の尾のなと、外の事をかりていひつゝくるを序歌といひて、古今集なとにもあまた此体の歌あり。

［P6］

❹ 山部赤人

先祖つまひらかならす。山辺とかくは誤なり。万葉集に山部宿禰赤人とありてこの山部の姓は顕宗天皇の御時伊与の来目部小楯といふ人に始て山部の連をたまふよし、日本紀に見えたり。又其後桓武天皇を山部の王と申ける故、山部の姓をあらためて山とせられたり。

たこのうらにうちいてゝみれは
白たへのふしの高ねに
雪はふりつゝ

新古今集冬部に題しらすとあり。此歌はもと万葉集に出て、

たこのうらゆうち出てみれはましろに
そふしのたかねに雪はふりける

とよまれたるかまことの赤人の歌也。それを新古今に直して入られたるなるへし。しかれは先万葉の歌にて解へし。
たこのうらゆとはたこのうらよりといふ事にて、駿河国庵原郡の田籠の浦からむかふへ出てみれは、ましろにふしの高きみねに雪のふりたるか見ゆるといふこと也。しかるに直して入られたる今の歌にてとけは、田子のうらへふと出てみれはましろなるふしの高きみねに又雪かふりつ〳〵するといふこゝろになる也。

［P7］

❺ 猿丸大夫

父祖官位ともにつまひらかならす。或説に元明天皇の時の人なりといへるは続日本紀に柿本朝臣佐留卒すとあるを此人の事と思ひあやまりたる也。大夫といふは官人の称也。古今の真名序に柿本大夫とかきてかきのもとのまうちきみとよませたり。

奥やまにもみちふみわけ
なくしかのこゑきく時そ
秋はかなしき

古今集秋部に、是貞のみこの家の歌合のうた、よみ人しらすとあり。歌のこゝろは、奥山に散しきてあるもみちの中をふみわけて鳴ありく鹿の声を聞時か、まことに秋のものかなしき至極の時節なりといふこゝろ也。

［P8］

❻ 中納言家持

祖父は大納言従二位安麿、父は大納言従二位旅人、姓は大伴といへり。孝謙天皇の天平十七年従五位下、宝亀十一年参議に任す。光仁天皇の天応元年従三位、桓武天皇の延暦元年参議東宮大夫兼陸奥按察使鎮守将軍、同三年中納言、同四年薨す。

かさゝきのわたせる橋に
おくしもの白きをみれは
よそふけにける

新古今集冬部に題しらすとて入れり。かさゝきの橋といふ事はもと漢土の故事にて、淮南子に七月七日夜烏鵲塡レ河成レ橋以度二織女一とありて、七夕にはからすともか羽ねをよせあはせて天の河に橋をかけて織女をわたすといひ伝へたるより起りて、皇国にても此事をかさゝきのより羽の橋なと歌によみて、鵲の橋といへは天上にある橋の事となりたり。しかるに帝を天子と申奉るより禁中の事をすへて天上にたとへていふ事、やまともからも同し事故、かさゝきの橋を禁庭の御殿へ上る御橋の事にいひならはせたり。されは此歌のこゝろは禁中に宿直して冬の夜に禁庭の御階のあたりに置わたしたる霜のましろなるをみれは、まことに夜のふけたるよと思はるゝといふこと也。

［P9］

❼ 安倍仲麿

古伝に中務大輔船守の子とあれと、此船守といふ人続日本紀に見えねは、仲麿の先祖はたしかにしりかたし。安倍氏は孝元

天皇第一の皇子大彦の命の後なり。

あまの原ふりさけみれは
春日なるみかさのやまに
出し月かも

古今集羇旅部に、もろこしにて月をみてよめるとて此歌をのせられ、歌の左の注に此うたはむかしなかまろをもろこしに物ならはしにつかはしたりけるに、あまたのとしをへてえかへりまうてさりけるを、此国より又つかひまかりいたりけるに、たくひてまうて来なんとていてたちけるに、めいしうといふところの海辺にて彼国の人うまのはなむけしけり。よるになりて月のいとおもしろうさし出けるをみてよめるとなんかたりつたふるとあり。是は仲麿を学問の為もろこしへつかはされたるに、数十年を歴ても帰朝せられさりしところに、清河といふ人をまたもろこしへつかはされてその清河に伴ひて仲丸も帰られんとて、明州といふ所の海辺より出船せらるゝ時、唐人ともか仲丸の為に餞別の酒宴をしたるに、夜に入て明州の海の上へ月のおもしろうさし出たるをみてよまれたる也。歌のこゝろは、天の原とはそらの一面に浩き事也。そのそらをはるかに見わたせはおもしろう月か出てあるか、此月はわか幼少の時奈良の都の三笠山より出たる月と同し月なるか、此年頃久しく唐にすみたる時常々月をみたれともかやうにはおもはさりしに、此たひ久々にてふるさとの日本へ帰らんとおもひたちたる故にや、此明州の海上へ出る月をみれは、ふと三笠山え出たる月の事かおもひ出さるゝといふこゝろ也。又此うたを貫之の土佐日記には青海原ふりさけみれはとかゝれたり。むかしより青海原とも天の原とも両様にいひつたへたるうたにて有しにや。

［P10］

❽ 喜撰法師

此法師の事は系譜等見るところなしといふか正説也。或は橘の奈良丸の子といひ、又紀名虎の子也といふはよりところなき説とも也。貫之の古今の序に宇治山の僧喜撰とはかりかゝれたれは、考ふへきよしなしといへとも、かれこれにつきて考へあはする事ありて、弘仁の頃の人とおもはるゝ事もあるよし也。

我いほは都のたつみしかそ
すむよをうちやまと人は
いふなり

古今集雑下に題しらすとあり。歌のこゝろは、我いほりは都よりは辰巳の方にあたりたる所にたゝ此通りに住てゐること也。これといふもうき世にあきて引こもりて居る事なるに、此山の名も世をうきものなりといふやうに、うち山〳〵と人かいふことそとよめる也。

［P11］

❾ 小野小町

父祖つまびらかならす。古説に参議篁の孫也といひ、小野良実のむすめといひ、又常澄の女、当澄の女などいふ説あれと、いつれもたしかならす。古今に小野貞樹とよみかはしたる歌あれは、此貞樹の親族にてや有けんと契沖はいへり。

花のいろはうつりにけりな
いたつらにわか身よにふる
なかめせしまに

古今集春下に題しらすと有。歌のこゝろは、さかりをみんと思ひ居たる花の色は、うつろひかはりたることかな。無益にわが身が世事にかゝはりて、いく日も〳〵もの思ひをして居たるあひたに、折しも春の長雨もふりたり、かれこれしてといふこゝろ也。なかめといふ詞は、心にものおもひのある時は何となうむかふを見つめて居るもの也。それをなかめといふ也。又それに長雨をそへていへり。

［P12］

❿ 蝉丸

姓氏つまひらかならす。古説に仁明天皇の時の道人也、常に髪をそらす世の人翁と号し或は仙人といひ、又延喜帝の第四の皇子なといへるは、いつれもよりところなき説共にて時代もたかへり。又蝉丸の像を盲人のさまに画く事わらふに堪たり。其事は下につまひらかにいふへし。

これや此行もかへるも
わかれてはしるもしらぬも
逢坂のせき

後撰集雑一に、逢坂の関に庵室をつくりて住しに行かふ人を見てと有て、行もかへるもわかれつゝとあり。逢坂の関は京と大津との間にあり。そこにいほりをむすひて住れたる時のうた也。歌のこゝろは、こゝを逢坂の関といふは、これは此関をこえて京より諸国へ行人も諸国より京へ帰る人も、こゝを行過てわかれては、しりたる人もしらぬ人も又こゝにて行あふといふ心にて、あふさかの関と名をつけたるものにてあらんといふ心也。

［P13］

⓫ 参議篁

姓は小野、参議正四位下峯守の長子、は

しめ文章生たり。天長年中従五位下太宰少弐、又東宮学士弾正少弼、承和二年従五位上同十四年従三位。俗書に篁の歌字尽といふものあり。俗書たる事は勿論の事なれと、より所なきにあらす。篁の瑣玉集といふ書有。偏旁同し字をあつめて童蒙の便とせり。

わたのはらやそしまかけて
こき出ぬと人にはつけよ
あまの釣舟

古今集羇旅部に、隠岐の国に流されける時、舟に乗て出たつとて京なる人のもとへつかはしけると有。歌のこゝろは、わたの原は海原の事也。海は船にてわたるもの故、日本紀には海の字をわたともよませたり。原はすへて広き所をいふ。天の原、野原、笹原、萩原なとみなひろき事にいへり。扨此たひ隠岐の国へ流さるゝとて、津国の難波の浦より出船するに、八十島とて数もしれぬ島々へかけて篁か船は今日こき出したりといふ事を京の人々にもしらせたけれと、流人の身にてたよりも自由ならねは、此うらの蜑の釣舟よそのものともなりとも京の人々に此よしをつけしらせよといふこと也。

[P14]

⑫ 僧正遍昭

俗名良峰宗貞といへり。父安世は桓武天皇の御子にて、延暦二十一年良峰といふ姓を賜はれり。宗貞は仁明天皇の承和三年に従五位下左兵衛佐、十三年備前介兼左近衛少将たり、因て良少将といへり。僧となりて遍昭と号す。又良僧正とも、花山の僧正ともいへり。素性法師の父也。

あまつかせ雲のかよひち
吹とちよをとめのすかた
しはしとゝめむ

古今集雑上、五節に舞姫を見てよめる、良峰宗貞とあり。五節の舞といふことは毎年十一月の中の丑の日より辰の日まで四日のあひた内裏にて儀式あり。辰の日は公卿の家々のいまた男せぬむすめを撰出されて舞をまはせらるゝ事にて、これを豊明の節会といふ也。遍昭俗にてありし時、其舞をみてよまれたるうた也。歌のこゝろは、天ふく風よ、天女のやうなるあの舞姫かそらより下り来たる雲のかよひみちを吹とちよ、さあらは、天つをとめかもとの天へえ帰るましきによりて此おもしろき舞のすかたを今しはしこゝにとゝめてみんほとにといふこゝろ也。をとめは未通女とかきていまた男をもたぬむすめの事也。それを天女とみなしてよみたるうた也。天津風のつの字は助字にて心なし。

[P15]

⑬ 陽成院

御諱は貞明、清和天皇第一の皇子、御母は贈太政大臣長良公の女、皇大后宮高子と申。則二条の后の御事にて、藤原基経公の妹なり。

つくはねの峰より落る
みなの河こひそつもりて
渕となりぬる

後撰集恋三に、つりとのゝみこにつかはしけるとあり。釣殿の院といふは光孝天皇の御殿の名也。御むすめの綏子内親王に此釣殿をゆつりて住しめたまひし故、此内親王をつりとのゝみこと申奉りし也。御歌のこゝろは、つくはねもみなの川も常陸の国の名所也。筑波山の峰の、そのみねより流れ落る水かふもとのみなの川といふ河になるやうに、はしめは人しれす思ひそめたるわか恋もつもり〳〵て今にては彼みなの川の渕のやうに深うなりたりといふこと也。みなの川のみの字は水の字にいひかけてよみたまへる也。扨此釣殿といふ御殿は池河なとの水の上へさしてかけ造りにたてたる御殿也。居なから魚の釣らるゝやうにしてかうらんのうちは板敷にしたるもの也。

[P16]

⑭ 河原左大臣

源の融、嵯峨天皇第十二の皇子、母は正四位下大原金子と申き。仁明天皇の御子となされて承和五年皇太子御元服の日、融も共に禁中にて元服したまひ、正四位下に叙せらる。それより昇進して貞観のはしめ正二位、同十四年左大臣に任せらる。六條の河原の院に住れし故、河原左大臣と称す。

陸奥のしのふもちすり
誰ゆゑにみたれそめにし
われならなくに

古今集恋四に題しらすと有て、四の句みたれんとおもふとあり。歌のこゝろは、奥州の信夫郡より出るもちすりといふものは、髪を乱したるやうにしとろもとろにもやうをすりつけたるきぬなるか、われもたれゆゑに心かみたれはしめしそ、みなそこもとゆゑの事にてわれと思ひみたれたるにはあらすといふ事也。もちすりはすり衣の事にて、むかしは藍しのふ草萩月草なとを布にすりつけたる也。後にはもの、かたちを板にほりてそれに色をぬりて布をすることになれり。

［P17］

⑮ 光孝天皇

御諱は時康、仁明帝第三の皇子、御母は贈皇大后宮藤原沢子、贈大政大臣総継公の女なり。在位二年小松の天皇と申奉れり。

君かためはるの野に出て
わかなつむわかころもてに
雪はふりつゝ

古今集春上、仁和のみかとのみこにおはしましける時、人にわかなたまひける御うたとあり。仁和は此天皇の年号なり。みこにおはしましけるとは時康親王と申せし時の事にて人とは臣下の人をいふ也。御歌のこゝろは、そこもとへ進せんとおもふ故に、また余寒の頃にてさむき春の野へ出て此若菜を摘たるかわか袖に雪かふりかゝり〳〵してさむき事にて有しをいふ事也。衣手は袖也。君といふ字はもと下より上たる人をさしていふ詞なれと、したしくおもふあまりには我より下の人をも君といへり。夫か妻を君といひ、親か子を君ともいふ類也。

［P18］

⑯ 中納言行平

父は弾正尹、四品阿保親王、実母つまひらかならす。弘仁九年誕生、伊都内親王御子としたまへり。天長三年在原の姓を賜はり、承和二年蔵人頭に補せられ、斉衡二年従四位に叙せられて因幡守に任せらる。後昇進して元慶六年中納言に任せらる。

たち別れいなはの山の
峰に生るまつとしきかは
いまかへり来む

古今集離別部に題しらすと有。これは斉衡二年の正月に行平因幡守になられ、其国に往るゝとて、京を出たゝるゝ時、人によみて残されたるうた也。歌のこゝろは、京を起てそなたに別れてゆくその因幡の国の山の峰にはへてある松の木の名のやうに、そなたかわれを待といふ事を聞ならは、ほとなく今のまに京へ帰りてこんといふこと也。たちわかれいなはといふ詞にわかれて行といふ心をかねたり。古き詞にはゆくをいくとかきたる事多し。

［P19］

⑰ 在原業平朝臣

阿保親王第五の御子にて行平卿の弟なれと同胞にはあらす。母は桓武天皇の皇伊都内親王なり。貞観年中佐近衛中将、元慶年中兼相模美濃権守たり。世に在五中将と称するは、在原氏にて第五子の中将なりし故也。

千早ふる神代もきかす
龍田河から紅に水くゝる
とは

古今集秋下、二条の后の春宮のみやすんところと申しける時、御屏風に立田河にもみちなかれたるかたをかけりけるを題にてよめるとあり。此事かきは、二条后かまた后にたゝせたまはぬ先に帝の御子をうませたまひて、春宮の御息所と申たる時といふ事にて、女御にて皇子をうみたまへは御息所と称し奉る事也。歌のこゝろは、ちはやふるは神といふ枕詞也。神代にはさま〳〵のあやしき事とも有しときくに、今此龍田川の絵をみれは、一面に赤き色の中より青き水かくゝると見ゆる、此やうなるあやしき事は神代にも有しとはきかすといふこと也。からくれなゐとは、赤き色をほめていふ也。むかしは韓より来るものをめてゝ、から藍、からにしき、からくしけなとゝもいひたり。

［P20］

⑱ 藤原敏行朝臣

父の按察使富士麿は鎌足公の孫武智麿の事也。三代実録に仁和二年六月従六位上、佐兵衛権佐右近少将に転すとあり。母は紀名虎のむすめ也。いせものかたりには業平の妹婿とかけり。

住の江のきしによる波よる
さへや夢のかよひ路人め
よく覧

古今集恋二に寛平の御時きさいの宮の歌合のうたとあり。寛平は宇多天皇の年号にて、其御時代に后の御殿にて歌合有し時のうた也。此きさいの宮と申は、七条后温子の御事也。歌のこゝろは先住の江のきしによる波の事をいひ出し、波のきしによるを夜るにいひかけ、昼は人めをよけは、かゝる故思ふ人のもとへ得かよはぬが、それかくせとなりてよるの夢のうちのかよひみちにさへ人めをよくる〳〵とみるならんといふ事也。

［P21］

⑲ 伊勢

父は伊勢守継蔭、仁和の頃宮つかへに出て父の伊勢守たるによりて、呼名をいせといへり。後に亭子院の皇子を生奉られし故、貴て伊勢の御息所とも、いせの御ともいへり。

なには潟みしかきあしの
ふしのまもあはて此よを
過してよとや

新古今集恋一に題しらすとあり。なには潟は津国の難波の海辺にて、塩のさゝぬ時は干潟となる所をいふ也。さて、そのなにはかたにはへてあるたけのみしかき芦のふしとふしとの間は、わつかなるものなるか、それほとのわつかなる間もおもふ人にえあはすして此世をむなしう過せよといふことかとよめる也。

［P22］

⑳ 元良親王

陽成天皇第一の皇子、御母は主殿頭遠長の女也。元慶元年従四位上又三位に叙せられ、兵部卿又式部卿とならせたまへり。天慶六年七月薨す。御年五十四。

わひぬれはいまはた同し
なにはなるみをつくしても
あはむとそおもふ

後撰集恋五に、事いて来て後に京極の御息所につかはしけると有。歌のこゝろは、かやうにうんしはてゝ居れは、今は又いかやうにしても同し事なれは、難波にある澪標といふもの、名のやうに、わか身を尽しはて命をすてゝも君に逢まいらせんとおもふといふ心也。みをつくしといふものは、なにはの浦にたてゝある棒杭の事にて、水の深さ浅さをはかるしるしの杭也。

［P23］

㉑ 素性法師

初の名は玄利といへり。清和天皇につかへて右近衛の将監たり。雲林院に住して権律師に任せらる。又石上良因院に住す。一説に俗名を信時といへりとそ。僧正遍昭の子也。

今来むといひしはかりに
長月のありあけの月を
まちいてつるかな

古今集恋四に、題しらすと有。歌のこゝろは彼人かほとなう今のまに来んといひをこせたるはかりにて、九月頃の長き夜にまてとも〳〵其人は来すして、在明の月を待出したる事かなといふ事也。在明の月は廿日より後の月にて夜ふけて後遅く出る故、空にありなから夜の明るといふ心にて在明とはいふなり。

［P24］

㉒ 文屋康秀

先祖つまひらかならす。作者部類に元慶元年縫殿助に任すとあり。古今集には参河掾とあり。文屋の姓は姓氏録に天武天皇の皇子二品長の親王の後なりといへり。

吹からに秋の草木のしをる
れはむへやまかせをあらしと
いふらむ

古今集秋下に出てことかきに、これさたのみこの家の歌あはせのうたとあり。是貞のみこは光孝天皇第二の皇子也。歌のこゝろは、山風かふくゆゑに秋の草や木の枝葉かをれふしも、しをれもするによりて、其山風をあらしといふはもつともなる事なるへしといふ事也。此歌古今の序には野辺の草木のと有、菅家万葉集には打ふくに秋の草木のと有、又六帖にはなへて草木のと有。此歌のしをるれはといふ詞はしほたるゝ事にはあらす、風かきひしくあたりてそれに吹をらるゝやうの心也。それ故に仮名もしをるとかく也。人をしかりて折檻することをしをるといふも同し心也。むへは宜の字にてむへなる哉とうけかふ事にて、俗語にさうあるへきこと也といふ心の詞也。あらしは和名鈔に山下に風を出すなり。和名あらしと有。山といふ字の下に風とかきて山より吹おろす風のあら〳〵しき義也。

［P25］

㉓ 大江千里

大江氏はもと大枝と書たりしか、参議従三位音人卿にいたりて、表をたてまつりて大江とあらためられたり。其子を千里といへり。官は伊与権守、式部権大輔たり。

月みれはちゝにものこそ
かなしけれわか身ひとつの
秋にはあらねと

古今集秋上に、是貞のみこの家のうたあはせの歌とあり。歌のこゝろは、月をみれはいろ〳〵さま〳〵にものかなしうなる事かな、世界一統の秋にてわか身一分の秋にてはなけれともといふ事也。

［P26］

㉔ 菅家

菅原の姓はもとは土師なりしか、土師の古人といふ人、光仁天皇の御時大和国菅原の里に居す。依て土師を菅原に改む。菅家御諱は道真、字は三と申。小名阿呼。参議是善卿の第三子也。貞観年中文章博士より数官を歴て、延喜中右大臣に任せられたまふ。

此たひはぬさもとりあへす

手向やまもみちの錦
かみのまに〳〵

古今集羇旅部に、朱雀院ならにおはしましける時、手向山にてよみ侍りけるとあり。宇多天皇朱雀院といふ御殿に引こもらせたまひし時、ならにみゆきしたまふ御供にて手向山にてよませられたる也。手向山はならにあり。歌のこゝろは、今度の旅は君の御供なるによりて、道々の神に手向るぬさも用意せさりし、しかれは、手向山の神へたむけ奉るぬさは、すなはち此山のもみちのにしきにさふらふまゝ此にしきを神の御こゝろまかせにぬさと御覧したまへとよませられし也。ぬさといふは神にさゝくる色々の帛の事也。まに〳〵は随意とかきて心まかせといふこと也。

［P27］

㉕ 三條右大臣

定方公、勧修寺家の元祖良門の孫内大臣高藤公の二男なり。母は宮内大輔弘益の女也。延長二年正月、大納言より右大臣に任せらる。

名にしおはゝあふさか山の
さねかつら人にしられて
くるよしもかな

後撰集恋三に、をんなのもとにつかはしけるとあり。歌のこゝろは、名にしおはゝのしの字は助字にて心なし。人にあふといふ事を名に負ふてゐる山ならは、其山にはへてあるさねかつらを手にてたくるやうに、その人か此方へ来る事もあれかしとよみたる也。逢坂山は近江の名所にて、さねかつらは五味子といふ実のゝる草也。かつらとは葛かつら、蔦かつらなとのことくなかくはふてあるものゆゑ、手にて繰ることを人の来る事によせてよめり。又寝る事を万葉にさねそめてなとよめれは、此さねかつらも寝ることにかけていへり。

［P28］

㉖ 貞信公

忠平公、基経公の四男、母は弾正尹人康親王の御むすめなり。寛平年中正五位下に叙せられ、左大臣に転せらる。同八年摂政、承平六年太政大臣、天暦二年准三宮、小一條太政大臣といひ又花山院と称す。

をくらやま峰のもみちは
こゝろあらはいまひとたひの
みゆきまたなむ

拾遺集雑部に亭子院大堰河に御幸ありて、行幸もありぬへきところなりとおほせたまふに、事のよし奏せんと申てとあり。亭子院は寛平法皇の御事にて、大堰河は山城の名所也。さて御幸とかきても行幸と書てもいつれもみゆきとはよめと、御幸は仙洞のみゆき行幸は今上のみゆき也。
此こと書のこゝろは寛平法皇大堰河へみゆきしたまひて、をくら山のもみちのけしきを御覧あり当今延喜の帝も行幸有へき所そと仰せられしを、此忠平公御供にてありけれは、帰り候はゝ其よし帝へ奏聞仕るへしと申上てよまれたりといふ事也。さて歌の意は此小倉山の峰のもみちか心あるものにてあらは、今日法皇の御賞美にあひ奉りて、又当今もみゆきあるへき事におほせらるれは、此まゝ色もかはらすちりもせすして今一度のみゆきを待奉りたらはよからんといふこゝろ也。大鏡にはもみちの色も心あらはとあり。

［P29］

㉗ 中納言兼輔

勧修寺家の元祖良門の孫、右中将利基の子也。寛平九年十月昇殿せられ、同十年正月讃岐掾に任せられ、延喜二年正月七日従五位下、延長五年正月十二日従三位中納言、同八年十二月右衛門督を兼、承平三年二月十八日、五十七歳にして卒す。

みかのはらわきて流るゝ
いつみ河いつみきとてか
恋しかるらむ

新古今集恋一に題しらすと有。みかの原もいつみ河も山城の名所也。わきて流るゝとは、泉は地よりわくもの故、涌てなかるゝいつみとつゝけたるものにて、又いつみといふ詞よりいつ見きといひかけたるもの也。いつみきのきの字は、けりといふてにはをつめたるものにて、いつみけりとてかといふこと也。さて歌のこゝろは、われは彼人をいまた見たる事もなきに、かやうにこひしく思ふはわかこゝろなから何たる事そと思はるゝ、いつその人を見たる事のありてかやうに恋しくはある事ならんとよめる也。

［P30］

㉘ 源宗于朝臣

父は光孝天皇の御子、一品式部卿是忠親王なり。一説に仁明天皇の御子本康親王の御子といへり。寛平六年正月従四位に叙せられ、承平二年十月に右京大夫正四位となり、天慶二年に卒す。

やまさとは冬そ淋しさ
まさりける人目も草も
かれぬとおもへは

古今集冬部に冬のうたとてよめるとあり。歌のこゝろは、山中の里はいつもさひしき所なるか、冬になりてはまことに物さひしさかいつよりもまさる事そ。いかにといふに、春秋なとは花やもみちを都より見に来る人もあるによりて、よのつねの淋しき所なりと思ひしか、冬になりてはかのまれ〳〵に見たる人目もたえ、草もかれはてたりとおもふによりて、いよ〳〵さひしさかまされると上の句へかへしてよみたる也。万葉集に離の字をかるゝとよみて、人目のかるゝとは人はなれになりたるこゝろ也。

[P31]

㉙ 凡河内躬恒

凡河内といふ姓の事はもと天津彦根命の後凡河内の国造等の子孫にて、昔は此姓の人後の世の河内守の如くにて代〳〵河内の国を治めしと見えたり。此躬恒も其河内守の子孫なりしとみゆ。しかれとも躬恒は良高といふ人の子也ともいひ、或は諶利といふ人の子也ともいひて、其父祖をつまひらかにせす。

こゝろあてに折らはや折らん
初しものおきまとはせる
しらきくの花

古今集秋下に白菊の花をみてよめるとあり。歌のこゝろは、わかこゝろのおしあてにて折うならはをられもせうか、初霜かましろに置て、花の色を人に見ちかへさするやうなるしらきくの花なれはといふこゝろ也。初霜は秋の末よりおく霜をいふ也。心あては心に推量してそれとさしあつること也。

[P32]

㉚ 壬生忠岑

壬生の姓は天足彦国押人の命の後也とも、崇神天皇の後なりともいへり。後世壬生をみふとよむは、壬はみつのえといふ字なるによりてみとよめるなるへし。古きものにては壬生をにふとよめり。源順の和名鈔には、壬生をたゝちに尓布とかなをつけられたり。

ありあけのつれなくみえし
別れより暁はかりうき
ものはなし

古今集恋三に題しらすとあり。歌の意は、在明の月は夜の明るのをしらぬかほして空にあるか、われも宵のほとより彼人のもとに行たるに、彼人は何とも思はすしらぬかほしてわれに逢ぬ故、ほいなうわかれてかへりしよりこのかたいつのよもかのほいなうてわかれし時分になれ、先夜の事か思ひ出されて暁ほとうきものはなしと思ふよし也。在明は十五夜以後の月をいふ也。つれなくとは先の人かわか心のほとを何とも思はぬといふ心也。暁は夜明け前をいふ也。

[P33]

㉛ 坂上是則

初御書所の衆にてありしか、其労によりて延喜八年正月大和権少掾に任せられ、同年八月大掾に転し、十二年三月小監物に任せられ、同十五年中監物に転し、十七年正月少内記、廿一年正月大内記となり、延長二年正月従五位下に叙せられ、加賀介に任せらる。卒年つまひらかならす。

朝ほらけ在明の月と
みるまてによしのゝさとに
ふれるしら雪

古今集冬部に、やまとの国にまかれりける時に雪の降けるをみてよめるとあり。歌の意は、ほからかに夜の明たる時にみれは、在明の月のかけかとみるほとまてに此よしの、里にふりてある雪よといふ事也。朝ほらけといふ詞は、万葉集には朝開とありて朝早く船をこき出す時分の事也。舟を出す事を開レ船といふは、漢土にてもいふこと也。しかるに中世以後は、あさひらきをあさほらけとよみかへて、舟の事にはかゝはらすして夜の明る時分の事によみなせり。

[P34]

㉜ 春道列樹

従五位下雅楽頭親名宿弥の一男。文章博士正六位上、延喜二十年壱岐守に任せられ、又出雲守に任せらる。

やま河に風のかけたる
しからみはなかれもあへぬ
もみちなりけり

古今集秋下しがの山こえにてよめるとあり。志賀山越といふは山城の北白河の瀧のかたはらより上りて如意か嶽越に近江の志賀へ出る道也。さて歌の意は此山河に柵かかけてあると見ゆるが、よく〳〵みれは人のかけたるしからみにはあらて、風かかけたる也。その故は水上より流れ来て、えながれおほせぬもみちの落葉か、よとみたまりてしからみのやうになりてあるそといふ心也。元来柵といふものは川の岸堤なとを水のくつさぬやうに、杭をうちて竹柴なとをからみつけておくもの也。

[P35]

㉝ 紀友則

紀氏はもと建内の宿弥の子孫にして、木の角の宿弥、木の臣、都奴の臣、坂本の臣の後也。中頃木の字を改めて紀の字とせられたり。友則の父は一説に宮内権少輔有友といひ、又の説には紀有常の子なりといふ。友則の官は寛平九年正月土佐掾、同十年正月少内記、延喜四年七月大内記に任せらる。位は五位也。

久方のひかりのとけき
はるの日にしつ心なく
花のちるらむ

古今集春下に、さくらの花のちるをみてよめるとあり。歌の意は、久方といふはすへて天の枕詞也。空のけしきののとかなる春の日なるに、何とて花はしつかなる心もなくかやうにいそかはしうちるやらんとよめる也。

[P35]

㉞ 藤原興風

昌泰三年正月相模掾に任せられ、延喜十四年四月に下総権大掾に任し、従五位下を授けらる。

誰をかもしる人にせん高
砂の松もむかしの
ともならなくに

古今集雑上題しらすと有。歌の意は、われは年よりて友たちともは皆過さりたる故、今は誰をかしる人にはせん、あの高砂の松か年久しきものなるか、これもむかしからの友にはあらすといふ事也。高砂といふ事は歌によりて山の惣名とす。それは高き砂といふ事にて、砂か高く積りて山となりたるこゝろ也。此歌の高砂は播磨国の高砂をいふ也。此所はもと海辺にて砂の高かりし所故、高砂と名つけたるものなるへし。

[P36]

㉟ 紀貫之

中納言長谷雄の孫にて、父の望行も歌に名高かりし人也。延喜年中御書所の預となり、越前権少掾、内膳、典膳、少内記等の官を歴て大内記に転せられ、五位下を授けられ加賀、美濃介となり、延長年中大監物、右京亮に拝せられ土佐守となる。後天暦年中玄番頭となり、従五位上にすゝみ、木工権頭となり同九年に卒す。

人はいさこゝろもしらす
ふるさとは花そむかしの
香にゝほひける

古今集春上、初瀬にまうつることにやとりける人の家に久しくやとらてほとへて後にいたりけれは、彼家のあるし、かくさたかになんやとりはあるといひ出して侍りけれは、そこにたてりける梅の花を折てよめるといふことかきあり。是は貫之都より長谷の観音にまうてらるゝ度毎に宿られたる宿坊に久しく一宿もせす程経て後行て案内をこはれたれは、彼宿坊のあるしか貫之へ申には、久しく此方にて一宿もせられねと此方の宿はかやうに相かはらすさふらふと内よりいひ出したれは、其宿の庭に植てありたる梅の花を折て此うたをよみたるといふ事也。さて歌の意は、そのもとの心は前かとゝは、かはりてあるかなきかはしらねと、われは故郷のやうにおもひ居る此御坊の庭の花はまことに前かとの通りの香にすこしもかはらす匂ふことゝ存するといふ事也。これはかのあるしか貫之の中絶せられたる事をうらみていひ出したる詞を聞て、わさと打かへしてかやうによみかけられたる也。貫之の家集には此時宿のあるしのよみたる返歌をのせたり。

花たにも同しこゝろにさくものを植
けん人のこゝろしらなん

とあり。此歌の意は、梅の花さへもむかしと同し心に相かはらす咲ものなれは、此梅を植たる我心を花のかはらす咲にて知りたまへとこたへたる也。

[P38]

㊱ 清原深養父

清原の姓は舎人親王の子孫、其外諸皇子の末にも賜はれり。姓氏録に清原の真人は敏達天皇の御孫百済の王の後也ともあり。深養父は作者部類に筑前介海雄の孫、豊前介房則の子とあり。又一説に従五位下内匠允蔵人所の雑色ともいへり。

夏の夜はまた宵なから
明ぬるを雲のいつこに
つきやとるらむ

古今集夏部に月のおもしろかりける夜、暁かたによめるとあり。歌の意は、夏の夜はさてもみしかきもの也、また宵の間そと思ひしに其宵なからに夜か明たれは、空を行月は西に入はてすして雲のいつかたにやとりてあるらんといふ事也。

[P39]

㊲ 文屋朝康

父祖つまびらかならず。一説に延喜二年大舎人の允に任ずといひ、又一説に光孝天皇の仁和年中の人ともいへり。又或説に文屋康秀の子にして、大膳少進より大舎人允になれりといへり。

しら露に風のふきしく
秋の野はつらぬきとめぬ
玉そちりける

後撰集秋中に、延喜の御時うためしければとあり。歌の意は草の上に置てある露に風が一面にふきしく秋の野のけしきは、緒にぬきとほしてつなきとめぬ玉かちりみたる、やうに見ゆるといふ事也。

［P40］

㊳ 右近

右近少将季縄といふ人は交野の少将ともいへり。其人のむすめなるによりて右近とよひたる也。

わすらるゝ身をはおもはす
ちかひてし人のいのちの
をしくも有かな

拾遺集恋四に題しらすとあり。歌の意は男にわすられたるわか身のかなしさは大体の事ならねと、そのわか身の事はおもはす、それよりはさまぐ\の誓ひをたてゝいつまてもかはらしといひし男の身に、神や仏の御罰かあたりて命をうしなふ事もあらんかと思へは、其人の命かをしき事にてあるかなといふ心也。

［P41］

㊴ 参議等

参議官名にて三司に参り議るといふ事にて、左右の大臣内大臣の三大臣の政をたすけ行ふ役なり。等は源姓にて嵯峨の天皇の御子、大納言弘卿の孫にて父を中納言希卿といへり。此希卿は扶桑略記に延喜二年正月五十四にて薨せらるゝよし見えたり。

浅ちふのをのゝしの原
しのふれとあまりてなとか
人の恋しき

後撰集恋一に人につかはしけるとあり。歌の意は、浅茅とは茅花の葉の事にて、其浅茅のはへてある野のさゝ原といひて篠をしのともいふ故、しのふといふ詞の序にいひつゝけたるものにて下の句にて恋のこゝろを顕はせり。これ序歌のすかた也。つゝみしのふとすれと、しのひあまりてたへられぬほとに、何とて彼人か恋しき事そとわか心をわれなからうたかひたるなり。さて浅茅生の生の字は浅茅のはへてあるといふ心にて、よもきのはへてある所を蓬生といひ、粟のはへてある所を粟生といひ、草木のはへたる園を園生といふ、みな同し心也。又此小野の小の字はつけ字にてたゞ野の事也。名所にはあらす。

［P42］

㊵ 平兼盛

光孝天皇の皇子是忠親王の曽孫、太宰少弐篤行の子也。天暦四年二月越前権守、天徳五年五月山城介に任せられ、応和三年四月大監物、康保三年正月従五位上、天元二年八月駿河守、正暦元年十二月卒す。平の姓は桓武天皇の皇子一品葛原親王の御子、従四位下高棟の王に天長二年に平朝臣を賜りしか始也。

しのふれと色にいてにけり
わか恋はものやおもふと
人のとふまて

拾遺集恋一天暦の歌合にとあり。歌のこゝろは、誰にもしられましとつゝみしのふれと色に出たる事かな、わか恋の心はと上へかへしていへり。下句のこゝろは、何そものおもひにてもあるやとわか顔色を見て、人かとふほとまてになりたるよといふ事也。

［P43］

㊶ 壬生忠見

壬生忠岑の子なり。天暦八年五月、御厨子所の定額膳部たり。天徳二年正月、摂津権大目に任せられたり。

こひすてふわか名はまたき
たちにけり人しれすこそ
おもひ初しか

これも拾遺集恋一の巻頭に天暦御時歌合にとあり。歌の意は、恋をするといふわか名は世間に早うたちたる事かな、誰も人にはしられぬ事そと心得て思ひそめたる事なるかといふ事也。またきははやくといふ事にて、いまたさやうなる事はあるましと思ふといふやうなる心也。

［P44］

㊷ 清原元輔

元輔の官位は天慶五年正月河内権掾に任せられ、応和元年三月監物、二年正月中監物、康保三年正月大蔵少丞、四年正月民部少丞、十二月大丞に転し、安和二年九月従五位下に叙せられ、十月阿波権守、天延二年周防守、同年八月鋳銭の長官を兼、天元々年三月薬師寺の功労によりて従五位上に叙せられ、寛和二年正月肥後守に任せらる。

契りきなかたみに袖を
しほりつゝ末の松山
波こさしとは

後撰集恋部に心かはりける女に人にかはりてと有。歌のこゝろは、まつかた中よかりし時契りおきたる事あり。その契約せし時にはそなたもわれもたかひに涙にて袖をぬらしつゝ〳〵して、たとひいかやうの事かあらうとも末の松山を波のこすやうに心のかはる事はあるましと契約せしにはあらすやと、末の句より初五文字へかへしていふうたにて心のかはりたるをうらみたるうた也。此歌は古今集陸奥歌に、

君をおきてあたし心をわかもたは末の
まつ山波もこえなん

とよめる歌によりてよみたる也。此本歌のこゝろは、奥州に末の松山といふ山あり。それは海辺の山なれといたりて高き山なる故、いかほと波の高くたつ時も此松山を波のこすといふ事はなし。それ故人のこゝろのかはらぬ事を松山を波のこさぬといふ也。さるによりて此本歌は、そこもとをさしおきて外にあた〳〵しき心をもつならはあの末の松山を波もこすて有う、しかし末の松山を波のこすといふ事はとてもなき事なれはわか心のかはることもなき事そとおもひたまへとよみたる也。

[P45]

43 中納言敦忠

延喜十七年二月十二歳にて昇殿、同廿一年正月従五位下に任し殿上にて元服を加へられ、廿二年正月侍従、延長六年正月従五位上、同年六月左兵衛佐より次第に昇進し、天慶二年正月従四位上、同八月参議に任せられ、四年十二月近江権守を兼、五年三月従三位権中納言に任ぜられ、六年三月七日三十八歳にして薨ぜらる。

逢みての後のこゝろにくら
ふれはむかしはものをおもは
さりけり

拾遺集恋一に題しらすとあり。歌のこゝろは、逢ぬさきのものおもひも大抵の事にてはあらさりしかと、今逢みて後のこゝろつかひにくらふれは、あはぬむかしはかやうにもの思ひはせさりしと思ふといふこゝろにて、逢て後にかへりて物思ひのまさりたるよしをよめる也。

[P46]

44 中納言朝忠

朝忠は三條右大臣定方公の二男にて、母は中納言山蔭卿の女也。従三位右衛門督、土御門中納言と称す。大和物語に朝忠の中将とあり。天暦六年参議、応和三年中納言、康保三年十二月五十七歳にて薨ぜらる。

逢事のたえてしなくは
なか〳〵に人をも身をも
うらみさらまし

拾遺集恋一に天暦の御時歌合にとあり。歌の意は人に逢といふ事の絶てなきものならば、人の心のつれなくかはるをも又我身のあだなる契をむすびしことをも恨むる事は有まじきに、なまなかに逢と云事のあるゆゑに人をも我身をもかく恨むことよといへる心にて、一首のうへにいひつくさずして、おのづから其心をふくみて聞かせたる歌なり。絶てしのし文字は休め字にて心なし。なか〳〵にはなまなかに也。ざらましとはうらみずあらましといふ事にて、ずあの二字をつゞむればざの一字となるなり。業平朝臣の、世の中に絶て桜のなかりせば春の心はのどけからましの歌によく似たる趣なり。これらや、かの心あまりて言葉たらずといへる体なるべし。

[P47]

45 謙徳公

一条摂政伊尹公と申て貞信公の孫、九条右丞相師輔公の一男也。母は武蔵守藤原経邦の女。天禄元年右大臣に拝せられ、続て太政大臣に拝せられ、正二位にすゝみ、三年十一月四十九歳にして薨せられしかは、正一位を贈られ、追て参河公に封せられ、謙徳公と謚せらる。

あはれともいふへき人はおも
ほえて身のいたつらになりぬ
へきかな

拾遺集恋五に、ものいひける女の後につれなく侍りて、さらに逢す侍りけれはとあり。これはかたらひ居たる女か後々に此方の事を何とも思はぬやうになりて、又とはあはさりし時によみてやられたるといふ事也。歌のこゝろは、今は此方を深切にいとをしともいひさうなる人は世に有うとも思はぬ故、わか身か、らちもなう恋死ぬるやうになりさうなる事かなといふこゝろなり。此あはれは嗚呼と感して愛する心也。

[P48]

46 曽根好忠

曽根の姓は姓氏録に神饒速日の命の六世の孫、伊香我色雄の命の後也と有。しかれとも好忠の父祖はつまひらかならす。丹後掾といひ伝へたるのみ也。

ゆらのとをわたる舟人
かちをたえ行方もしらぬ
恋の道かな

新古今集恋一に題しらすとあり。歌の意は、由良は紀伊国にある所にて、其由良の迫門をこきわたる船頭かかちをうち折たるやうに、われも思ふ人にいひよるたよりをうしなひて、いかやうになるとも行先のしれぬ恋の道かなとよみたるにて、これも序歌のすかた也。

[P49]

㊼ 恵慶法師

先祖つまひらかならす。花山院の寛和の頃の人と見えたり。

八重むくらしけれるやとの
淋しきに人こそ見えね秋は
きにけり

拾遺集秋部に、河原院にてあれたる宿に秋来るといふ心を人々よみ侍りけることあり。河原院といふは六条坊門のみなみ万里小路の東八町に在て、昔融のおとゞの住れたる所なりしか、大臣の在世には此院の庭に奥州の塩釜の浦のけしきをうつされておもしろかりし所なるか、今はあれたるやど、なりたるに、さひしき秋の時節の来りたるこゝろを題にて人々とゝもによまれたる也。さて歌のこゝろは、八重むくらとはいやかうへにはへしけりたる草の事にて、其草のしけりてある此やとのさひしきに、あるしらしき人は見えぬか秋はあひかはらす来たる事よといふ事也。

[P50]

㊽ 源重之

康保四年十月左近衛権将監に任し、同月右近将監となり、安和元年十一月従五位下、二年正月相模権介、天延三年正月左馬助、貞元々年七月相模権守、長保年中陸奥にて卒す。

かせをいたみ岩うつなみの
おのれのみくたけてものを
おもふ頃かな

詞花集恋上に冷泉院東宮と申けるとき、百首の歌奉りけるによめるとあり。これは冷泉院のまだ東宮にておはしましける時、百首の歌をさし上たる中のうたそといふ事にて、此うたの意は風をいたみとは風かきひしきによりてといふ事にて、あまりに風のきひしさに海の中の岩へうちかくる波かうちよせても、われとくたくるといふ事にて、波風のきひしきを恋のこゝろの切なるにたとへ、海の岩をつれなき人にたとへて波のよするやうによりそひても、その人か何ともおもはぬによりて、彼波のくたくるやうにわれはかりものおもひをする此頃かなと歎きたるうた也。

[P51]

㊾ 大中臣能宣朝臣

神祇大副祭主頼基の子也。はしめ蔵人所に候し讃岐権掾となり、天徳年中神祇少佑となり、ほとなく大佑に転し、安和の初少副にうつり、従五位下を授けられ、大副に転して祭主となり、累りに正四位にすゝみ、正暦二年八月九日七十一歳にて卒せらる。

みかきもり衛士のたく火の
よるはもえてひるは消つゝ
ものをこそ思へ

詞花集恋上に題しらすと有。歌の意は、御垣守とは天子の御門を守護する人の事にて、衛門の官也。衛士とは其築土御門のあたりに火をたきて番をするもの、事也。衛はまもるとよむ字也。さて其衛士のたく火のやうによるは思ふ人をこひこかれてむねかもえ、ひるはかの焼火も消るかわか身も消入るやうになりつ〳〵して心つかひをする事にては有そといふ事也。

[P52]

㊿ 藤原義孝

謙徳公の三男にして御母は代明親王の御むすめ也。謙徳公は一条摂政伊尹公の御事也。

君かためをしからさりし
いのちさへなかくもかなと
おもひけるかな

後拾遺集恋一にをんなのもとよりかへりてつかはしけるとあり。歌のこゝろは、逢ぬうちにはそなたゆゑならは命にかゝはるやうなる事か出来てもくるしからす、命にかへても逢たきとおもひてをしくもなかりし命まてか一度逢て帰りしより急にをしくなりて、しかも長生して行末久しくそひたしとおもふ心になりたる事かなといふ事也。なかくもかなのかなはこひねかふ心也。

[P53]

51 藤原実方朝臣

左大臣師尹公の孫也。父の定時は侍従たり。叔父の済時養ひて子とす。一条帝に仕へて侍従右兵衛権佐を歴、従四位上に叙せられ、左近衛の中将にいたる。

かくとだにえやはいふきのさしも
くさゝしもしらしなもゆる
おもひを

後拾遺集恋一に女にはしめていひつかはしけるとあり。歌の意はかやうにおもふて居るといふ事さへ、えいはぬによりてといふことはを伊吹山といふ山の名にいひかけたるものにて、伊吹山は下野の名所也。其山にさしも草といふ草かはゆる也。それは今いふもくさの事也。其さしも草といふ名に、さしもしらしなとかさねていひかけたるもの也。さしものしの字は助字にて、先の人かさうともしるまし、このやうにむねのもゆるほとにこかれて居るわか思ひをといふこゝろ也。

[P54]

52 藤原道信朝臣

祖父は九條右大臣師輔公、父は法住寺為光公、母は謙徳公のむすめ也。道信の官位は左中将従四位、正暦五年廿三歳にして卒せらる。

明ぬれはくるゝものとは
しりなからなほ恨
めしき朝ほらけかな

後拾遺集恋上に、女のもとより雪のふり侍りける日帰りてつかはしけると有て、二首ある中の一首也。此歌の意は、夜か明たれは又其日か暮る、日かくれたらは又往てあはるゝ物そとはしりて居なから、別れ際にはやはりうらめしうおもはるゝ、此夜あけの頃かなといふ事也。後拾遺に此うたとならひて入たる今一首は、

かへるさの道やはかはるかはらねと
とくるにまとふ今朝のあは雪

といふうた也。

[P55]

53 右大将道綱母

道綱卿の父は東三條の摂政兼家公なり。道綱長徳二年右大将に任し、同三年大納言、長保三年正二位、寛仁四年薨す。母は正四位下倫寧の女にして長能の妹たり。

なけきつゝひとりぬるよの
明るまはいかにひさしき
ものとかはしる

拾遺集恋四に、入道摂政まかりたりけるに門をおそく明けれは立わつらひぬといひいれて侍りけれはよみて出しけるとあり。此ことかきは入道摂政兼家公わかゝりし時此御かたへかよひたまひけるに、ある夜門を遅く明られけれは、兼家公の詞に先ほとより門の外に立わつらひたるそと内へいひいれさせたまひけれは内よりよみて出されたる歌也。歌のこゝろは、門を明るあひたの遅きをさへさやうに仰せらるゝか、わらはかうちなけきつゝしてひとりねる夜の其夜あけまてのあひたはいかほと久しく待遠なるものそとおほしめすそといふこゝろ也。なけくはためいきをつく事也。

[P56]

54 儀同三司母

儀同三司伊周公の父は中関白道隆公也。伊周公は正暦三年十九歳にして権大納言正三位となり、同五年大将を越て内大臣に任せられ、長徳二年事に坐せられて太宰権帥に左遷せられたまひしか、同三年京に召かへされ、寛弘五年准大臣として封千戸を給はり。同七年三十七歳にて薨せらる。

わすれしの行末まては
かたけれはけふをかきりの
いのちともかな

新古今集恋三に中関白かよひそめ侍りし頃とあり。中の関白道隆公其頃はまだわかゝりしに、此儀同三司の母も成忠のむすめと申せしほとにしのひてかよひしたまひし時のうた也。歌の意は、いつまてもわすれましといふ人の言葉か末々までは頼みにしかたきによりて、かやうに深切にいふてたまはるけふきりのわか命にてもあれかし、命ほとをしきものはなけれと男の心のかはるうきめをみんよりはかはらぬさきに死にたしといふ心也。

[P57]

55 大納言公任

天元三年清涼殿にて元服せられ、正四位下に叙せられ、次て侍従となり、永観寛和の間左近衛権中将兼尾張伊与権守となり、正四位上にすゝみ、永祚の初蔵人頭に補せられ備前守を兼、正暦三年参議に拝せられ、長徳長保の間左衛門督、検非違使別当をかね、中納言に任せられ、正三位に叙せられ、又大納言に任せらる。

瀧の音は絶てひさしく
なりぬれと名こそ流れて
猶きこえけれ

拾遺集雑上に、大覚寺に人々あまたまかりたりけるに、古き瀧を見てとあり。大覚寺は遍照寺の西にあるよし拾芥抄に見えたり。嵯峨の上皇のおはせし所にて瀧を落し瀧殿をつくらせて御覧有し所なりしか、此時代には其かたはかり残りて瀧はなかりしか、そこへ人々と共に往てふるき瀧

のあとを見てよまれし也。拾遺集には瀧の糸はたえて久しくとあり。千載集には瀧の音とあり。扨歌の意は、此瀧は嵯峨の天皇の御時代にはおもしろき瀧にてありたるよし、其瀧の流れて落る音は絶て久しくなりたれと高き名はいひ伝へて今もやはり世に聞ゆる事そといふ心にて瀧の音と上にいひたるによりて、瀧に縁ある詞にてむかしより今に伝はりてある事を名か流れて猶聞ゆるとつゝけたるもの也。

［P58］

56 和泉式部

越前守大江雅致のむすめ也。母は越前守保衡の女といへり。

あらさらむ此世のほかの
おもひ出にいまひとたひの
逢こともかな

後拾遺集恋三に、こゝち例ならす侍りける頃人のもとにつかはしけるとあり。これはやまひにをかされてこゝろもちもつねにかはりてものうかりける時、思ふ人のもとへよみてやりたるうた也。歌の意は、此ほとはやみふしてもはや此世に久しくも居ましと思ひ侍るによりて、この世の外の先の世にての思ひ出しくさにもなるやうに、何とぞ今一度君に逢まいらする事もあれかしと思ひ侍るといふ事也。

［P59］

57 紫式部

中納言兼盛の曽孫、従五位下藤原為時のむすめ、母は摂津守為信のむすめなり。右衛門権佐藤原宣孝の妻となりて二人の女を生り。姉の賢子は太宰大弐高階成章の妻となりし故、後に大弐三位といひ、妹は弁の局といひて後に後冷泉院の御乳母となれり。

めくりあひてみしやそれ
ともわかぬまに雲かくれ
にしよはの月かな

新古今集雑上に、はやくよりわらはともたちに侍りける人のとし頃経て行あひたるかほのかにて、七月十日ころ月にきほひて帰り侍りけれはと有。はるかに前かとよりをさなともたちにて有たる人か年数をへて後出あひたるに、たしかに其人ともおもひさためぬあひたに七月十日頃の夕月のかくるゝにおとらす彼人もはやく帰りたるをほいなくおもひてよみたるよし也。歌の意は、月も空をめくりては又出るものなるか、久しふりにてめくりあひて顔を見たるはむかしの友たちなりし、その人かとも見わけぬあひたに雲にかくれたるこよひの月のやうに早くかへりし其人の残りおほさよといふ事也。

［P60］

58 大弐三位

父は左衛門佐宣孝、母は紫式部也。名を賢子といへり。

ありまやまゐなのさゝ原
風ふけはいてそよ人を
わすれやはする

後拾遺集恋三に、かれ〳〵なる男のおほつかなうなといひたりけるによめるとあり。中のたえ〳〵になりたるをとこのかたよりわか疎遠なる事はいはすして、かへりて三位の心をおほつかなくうたかはしきよしいひをこせたる時よみたるにて、歌のこゝろは津の国にありま山といふ所ありて、そのあたりに猪名の篠原といふところもあり。彼有馬山より猪名のさゝ原へさして風か吹来れは、さゝの葉かそよ〳〵とすれあふ其そよといふ詞を、それよといふ事にして、まことにそれよ来もせぬ人のこゝろこそおほつかなけれ、こなたにはわすれはせぬものをといふこと也。そよとは戦くといふ事にて、葉と葉とすれあひて音のする心也。

［P61］

59 赤染衛門

赤染氏は日本紀天武紀に赤染徳足といふ人見えたれは、此人の子孫なるへし。衛門父は大和守時用、一説に兼盛の女といへと、よりところたしかならす。

やすらはてねなましものを
さよふけてかたふくまての
月をみし哉

後拾遺集恋二に、中の関白少将に侍りける時はらからなる人にものいひわたり侍りけり。たのめて来さりけるつとめて、をんなにかはりてよめるとあり。これは中関白道隆公かまた少将にておはせし時、衛門の兄弟の女にかたらひて月日を経たまひしか、あるよ来んと約束して頼みにさせおきて来たまはさりける翌の朝早〳〵に、彼女にかはりて衛門かよみてやられたるなり。歌のこゝろはかやうなる事としり侍らは待あはさすにねよう事にて有たるものを来んとのたまひし故、宵より待て西の空へかたふくまてになりたる月をひとりみ侍りし事かなといふ事也。

［P62］

60 小式部内侍

父は和泉守橘の道定、母は和泉式部な

り。母の召名につきて小式部といひし也。

大江やまいくの、道のとほ
けれはまたふみもみすあまの
はしたて

金葉集雑上に、和泉式部保昌に具して丹後の国に侍りける頃都に歌合のありけるに、小式部の内侍うたよみにとられて侍りけるを、中納言定頼局のかたにまうて来て、歌はいかゝせさせたまふ、丹後へは人つかはしけんや、つかひはまうて来すや、いかにこゝろもとなうおほすらんなとたはふれてたちけるを引とゝめてよめるとあり。此事はおくの話の所にしるせはこゝにはいはす。此歌のこゝろは、母の往て居らるゝ丹後の国へ下るには丹波路の大江山幾野なとゝいふ所ありて、其名さへおほきなるやま、幾はくともしれぬ野といふやうなる所にて、道のほとも遠きによりていまたたよりのふみも見侍らすといふ事を、彼丹後にある天の橋立をふみてもみぬといひなしたるものにて、大江山幾野天の橋立の三つの名所をよみ入て思ふ心をあらはしたる歌也。

［P63］

61 伊勢大輔

大中臣能宣の孫にて祭主輔親のむすめなる故、伊勢の大輔といへり。

いにしへのならの都の八重
さくらけふこゝのへににほひ
ぬるかな

詞花集春部に、一条院の御時奈良の八重さくらを人のたてまつりて、その折御前に侍りけれは、其花を題にて歌よめと仰こと有けれはとあり。歌のこゝろは、今は昔になりたる彼ならの都の八重さくらか今日此九重の君の御前に匂ふこと哉と此花をほめてよむうちに、当代をほめ奉りいにしへといひてけふとうけ、八重といひて九重とうけたる所か手際なり。九重は禁裏の事也。

［P64］

62 清少納言

少納言は官名なり。清原元輔のむすめなる故、清少納言とよひし也。一条院の皇后定子につかへし官女也。

よをこめて鶏のそら音は
はかるとも世にあふさかの
関はゆるさし

後拾遺集雑二に、大納言行成ものかたりなとして侍りけるに、内の物忌にこもれはとていそき帰りて、つとめて鳥の声にもよほされてといひをこせて侍りけれは、夜ふかゝりけん鳥のこゑは函谷の関のことにやといひつかはしけるを、立かへりこれは逢坂の関に侍るとあれはよめるとあり。これは大納言行成卿と物語なとして夜をふかされたる時、行成卿かこよひは禁裏に物いみせさせたまひて、おのれも其物忌にこもり侍れはといひていそき帰られしか、行成卿翌早朝清少納言のもとへつかはされしふみに、夜前は鶏の声にせつかれて早々帰りさふらふと申こされたる故、清少納言の返事に、夜前はまた夜か深からんと存したるに、鶏か鳴たると仰らるゝ、其鳥の声は函谷関の事にてさふらはんといひやられたる也。此故事は史記にありて、孟嘗君といふは斉の国の人なりしか、秦の国へ行て昭王の相となりて居られたるを、或人讒言して孟嘗君を殺さんとしけれは秦の国を遁れ出んとて、夜中に函谷関といふ関所まて落来られしに、此関の掟にて鶏の鳴ぬうちは関の門をひらかさるによりて大に当惑せられしところに、此孟嘗君平生あまたの客を扶持しおかれたるか、其三千人の食客の中に此時つき従ひて来たる者に鶏の声のまねをよくする者ありて其まねをしけれは、まことの鶏の声とや思ひけん、此関所の鳥も鳴出しけれは関守例の如く関門をひらきし故、孟嘗君はつゝかなく落のひられしといふ事あり。これはまことの鳥にあらさりし故、鳥のそら音と歌にもよむ事なり。行成卿の鳥の声にもよほされて帰りしよしいひをこせられたるはまことにあらす、かこつけ事也といふ事を、函谷関の故事によせていひやられたるに、又そのふみの返事に、行成卿かいなこれは函谷の関にてはさふらはす、そこもとに逢といふ逢坂の関の事にてさふらふといひをこされし故、又清少納言か此うたをよみて贈られたる也。さて此うたの意は、彼函谷関の関守はまた夜の明ぬうちにそら鳴の鳥の声にてたふらかさるゝとも、世の中に君のこととき空ことをのたまふ御方に逢といふ逢坂の関はわらはゝゆるし侍るましとたはふれてよみてやられし也。其時又行成卿のかへしに、

逢坂は人こえやすきせきなれは鳥はな
かねと明て待とか

とよみて贈られし也。此うたのこゝろは、彼函谷の関とはちかひて男と女と逢といふ名のある其逢坂の関は人の越やすき関なるによりて、鶏はなかねと戸を明て待とやらんいふと也と、又たはふれてかへしによみてやられたる也。

［P66］

63 左京大夫道雅

童名を松君と申せし、儀同三司伊周公の

御子なり。母は大納言源重光の女なり。長和五年従三位左中将、万寿三年四月左京権大夫に遷られ、天喜二年七月、六十三歳にて卒せらる。

今はたゝおもひたえなむと
はかりを人つてならていふ
よしもかな

後拾遺集恋三に伊勢の斎宮わたりよりのほりて侍りける人にしのひてかよひける事を、おほやけもきこしめしてまもりめなとつけさせたまひて、しのひにもかよはすなりけれはよみ侍りけるとあり。これは後の話のところにいふ常子内親王に密通せられし事なれと、わさと斎宮わたりよりのほりたる人とひかへて書たるもの也。まもりめとは目つけの人の事也。扨歌のこゝろは申たき事かやま〳〵あれと自由にならぬやうになりしかは、今はたゝ外の事はさしおきて、おもひきり侍らんといふはかりの一言なりとも、人たよりならす直におん目にかゝりて申すよしもあれかしと思ひ侍るとよみたるにて、あふことのまゝならぬ故思ひあまりてよまれたる事也。

[P67]

64 権中納言定頼

大納言公任卿の一男にて母は昭平親王の御むすめ也。寛弘年中侍従右近衛少将を歴て、長元二年に権中納言に任せられ、長久三年に正二位、同五年仕を致して、明年正月十八日五十二歳にて薨せらる。

朝ほらけうちの河霧
たえ〳〵にあらはれわたる
せゝのあしろ木

千載集冬部、宇治にまかりて侍りけるときよめると有。うたのこゝろは、夜の明かたにみれは此宇治川に夜のうちよりたちわたりてありたる霧かたえ〳〵に晴て行は、次第〳〵に河瀬〳〵のあしろ木あらはれて見えわたるけしきの面白さをありのまゝによみたるうた也。扨霧といふものを秋のものとはかりおもふ人あれと冬も春もたつもの也。又網代といふものは近江の田上川や山城の宇治川に杭を左右にならへうちて其下の方に床をかきて篝火をたき居るを網代守といふ也。かやうにして待居れは河の水か其杭の間にせかれ入るにつれて、彼床の簀の上へ氷魚かよりて来るをとる事也。その杭をあしろ木といふ也。

[P68]

65 相模

源頼光朝臣のむすめ也。或説に本名乙侍従といひて、入道一品の宮の女房なりしよしいへり。

うらみわひほさぬ袖たに
あるものを恋にくちなむ
名こそ惜けれ

後拾遺集恋四に永承六年内裏の歌合にといふことかきあり。永承は後冷泉院の年号也。歌のこゝろはつれなき人をうらみつ〳〵してうんじはてゝ、いつもなみたにぬれてかはかさぬわか袖さへあるに、また此上によそより何かといひたてられて、此恋故に朽はつるてあらんと思ふわか名こそをしき事なれといふ事也。

[P69]

66 大僧正行尊

小一条院の御子参議基平卿の子にて三井寺平等院の僧正たり。保延元年三月五日入滅あり。

もろともにあはれとおもへ
やまさくら花よりほかに
しる人もなし

金葉集雑上に、大峰にておもひかけすさくらの咲たりけるをみてよめるとあり。大峰山入する時節は春峰入するを順の峰といひ、秋入るを逆の峰といふ也。行尊は順の峰入にて、深山木の中に思ひかけもなく桜のさきてあるを見てよまれたるうた也。扨歌の意は、かやうなる山中に唯ひとり咲てあるさくらなれは外に友もなきやうす也。われも又ひとり此山へわけ入ておもひかけなく此花を見つけたる事なるによりて、汝と我とたかひに感し入ておもひあふへき事なれは、汝もさやうにおもへ山さくらよ、此花より外にしる人はなしとわれも思ふほとにと、心なき花に対してものいふやうによまれたる也。あはれは嗚呼と感する詞也。

[P70]

67 周防内侍

父は周防守平継仲とて葛原親王七世孫也。此内侍は後冷泉院の女房也。又作者部類には白川院の女房といひ、袋艸子には堀川院につかへ奉られしやうにかけれと、皆ひかことなり。これも父の受領によりて周防の内侍とよひし也。

はるのよのゆめはかりなる
たまくらにかひなくたゝむ
名こそをしけれ

千載集雑上にきさらきはかり月の明き夜、二条院にて人々あまた居あかして物かたりなとし侍りけるに、周防内侍よりふしてまくらをがなとしのひやかにいふをきゝて、大納言忠家これをまくらにとてかひなをみすの下よりさしいれて侍りけれはよめるとあり。これは二月頃月の明かりし夜、二条の院といふ御殿にて人々夜あかしに物かたりしたるに、此内侍物によりかゝりて枕かなほしやとちひさき声にていはれたるを聞て、大納言忠家といふ人これをまくらにしたまへとて、かひなをみすの下よりさしいれられたる時よみたる也。歌のこゝろは此みしかき春の夜のしかもはかなき夢のやうなるたはふれことにて、君のかひなを手まくらにいたしなは、まことのわけもなきに何のかひもなく人にかれこれ名をたてられ侍らん、その名こそ惜き事にて侍れといふ心也。かひなくといふ詞に、かひなといふ字をたち入れられたり。さて其時忠家卿のかへしに

　契りありてはるのよふかきたまくらを
　いかゝかひなく夢になすへき

とよまれたり。此心はいなさやうにては候はす、そこもとゝわれらともとよりいひかはしたる事ありて、此春の夜のふけたるやうにふかき心ありてさしいれたる此手まくらをいかにしてかひなき夢のやうにし侍らんと、これも又たはふれてわさと心ありけによまれたる也。此忠家卿は俊成卿の父也。

[P71]

68 三條院

御諱は居貞と申たてまつる。冷泉院の第二の皇子也。御母は贈皇大后藤原超子、太政大臣兼家公の御女也。寛弘八年十月即位、長和五年正月譲位、寛仁四年四月御出家、九月九日三條院に崩したまふ。御年四十二。

　こゝろにもあらてうきよに
　なからへはこひしかるへき
　よはの月かな

後拾遺集雑上に例ならすおはしまして位なとさらんとおほしめしける比、月のあかゝりけるを御覧してとあり。御歌のこゝろはとても長く此世には居ましとおもへと、思ひの外此うき世に存命して居は、其時にはこひしくあるへきこよひの月かなとよませられたるにて、御下心にはほとなく位をさらんとおもふ故禁中の月を見るはことしはかりなれは、位を去りて後に今夜の事を思ひ出して、恋しくおもふへき事かなといふ心をふくめたまへる也。

[P72]

69 能因法師

父は肥前守元愷といへり。又一説に遠江守忠望の子なりしか、兄の肥前守元愷の養子とせられし故、俗名を永愷といへり。

　あらしふくみむろの山の
　もみち葉はたつたの河の
　にしきなりけり

後拾遺集秋下に、永承四年内裏の歌合にとあり。歌のこゝろは、あらしのふくみむろ山のもみち葉かそのまゝ龍田河へ散来て流るゝか錦とみゆるといふ事也。三室山は大和の高市郡にあり。龍田川は龍田山のふもとに流れて平群郡なれは、高市郡よりは外の郡をもへたてゝはるか西北にあたりて川の流れさへ異なれは、三室山のもみちかこゝに流るへきにあらす、いにしへも歌よむ人の地理をよく考へられさりし事あるなるへしと契沖はいへり。

[P73]

70 良暹法師

父祖つまひらかならす。ある説に祇園の別当にて、母は実方の家の女のわらは白菊といひし人也ともいへり。

　さひしさにやとをたちいてゝ
　なかむれはいつくも同し秋の
　ゆふくれ

後拾遺集秋上に題しらすとあり。うたのこゝろはあまりに物さひしさにわかやとを出てあちこちをなかめわたせは、こゝもかしこもさしてかはる事もなう、同しやうにさひしき秋の夕くれのけしきそといふこと也。

[P74]

71 大納言経信

経信卿長元の初従五位下参河権守、長暦寛徳の間、刑部少輔、左馬頭、少納言、永承中正四位下、天喜治暦の間右大弁、参議、延久の初正三位、左大弁、承保二年権中納言、永保の初権大納言、寛治中正三位たり。

　ゆふされはかとたの稲葉
　音つれてあしのまろ
　やに秋かせそふく

金葉集秋部に、師賢朝臣の梅津の山里に人々まかりて田家秋風といふ事をよめるとあり。歌のこゝろは、日暮になれは田舎の家の門さきにある田の稲葉にそよ〳〵と音つれて、そのまゝ芦にてまろくふきたる家へ秋風か吹て入るといふこゝろ也。たとへは人の外よりとひ来る時、先門口にて案内をこひ、扨奥へ通るやうに、門田にそよめきてほとなく丸屋へ吹入る秋風のさまを

よくよみたる事也。

72 祐子内親王家紀伊

［P75］

祐子内親王は後朱雀院の皇女也。御母は中宮嫄子。長暦二年四月に生れたまひ、延久四年御くしおろしたまひて後、二品の宮と申奉れり。

音にきくたかしのはまの
あた波はかけしや袖の
ぬれもこそすれ

金葉集恋下に、堀川院のけさうふみあはせによめる。中納言俊忠、人しれぬおもひありそのうら風に波のよるこそいはまほしけれ、といふ歌有て其かへしに此紀伊のうたあり。これは堀川院の御時に禁裏にて、殿上人の歌よみたちに仰せて、宮つかへの女房たちにけさうの歌とて恋の歌をよみてつかはすへきよし勅せられたる事ありて、銘々色々の風流の紙ともに恋のうたをかきて贈られ、又女房たちより其かへりことをせさせたまへり。これを艶書合といへり。けさうとは懸想とかきて人にこゝろをかくる事也。それ故艶書をけさうふみといへり。此かけ歌のぬし俊忠卿は俊成卿の父にて歌よみの名高かりし人也。此紀伊のかたへよみて贈られたる、人しれぬおもひあり、そのといふうたのこゝろは、人にはしられす内証にて思ひのある事なるか、其思ひのあるといふことを風のたよりにてなりとも、よるひそかにいひしらせたしといふ事にて、有といふ詞をありその浦にいひかけ、夜の事を波のよる事にいひかけたるもの也。有磯の浦は越中の名所也。其歌のかへしに、音にきくたかしの浜のといふうたを贈りたるにて、此歌のこゝろは、かねて人のうはさに高う聞侍るあた〳〵しき心のある人の仰せらるゝ事は聞入れ侍らし、何の詮もなうあたなることはを聞入れて、果々は袖をぬらして泣やうなる事もあらんによりてといふ事也。あたなることはを聞入ることをあた波を袖にかくるといひなしたるもの也。

73 権中納言匡房

［P77］

先祖は大江音人也。匡房寛治八年権中納言となり、永長二年太宰権帥となれり。其後康和四年権帥解任して正二位に叙せられ、長治三年又権帥に任し、天永二年大蔵卿となり、同十一月に七十一歳にして薨せらる。

たかさこの尾上のさくら
咲にけりとやまの霞
たゝすもあらなむ

後拾遺集春上にうちのおほいまうち君の家にて、人々酒たうへて歌よみ侍りけるに、遙に山の桜を望むといふことをよめるとあり。此うちのおほいまうちきみといふは内大臣といふことにて、すなはち二条関白師通公也。其家にて人々酒をたまはり歌よみたる時、遙望山桜といふ題にてよみたる也。歌の意は此高砂は播磨の高砂の事にあらす、山の惣名を高砂といひたる也。其山の尾上とて頂上より少し下りたる所の、桜の咲たるをこゝよりみるほとに、其高砂の尾上よりこなたのひくき外山の霞か、たゝすにあれかしといふ事也。

74 源俊頼朝臣

［P78］

大納言経信の第三子なり。母は貞高といふ人のむすめ也。俊頼はしめ右近衛少将に任せられ木工の権守、右京大夫をかねて進て従四位上に叙せらる。

うかりける人をはつせの
やまおろしよはけしかれ
とはいのらぬものを

千載集恋二に、権中納言俊忠家に恋の十首の歌よみ侍りける時、祈不逢恋といへるこゝろをとあり。歌のこゝろは、これまてわれにうくありける人を何とそなひくやうにと初瀬の仏へ祈りしに、此はつせの山おろしのやうに、かの人もはけしくてなひかぬかやうに、山おろしの如くはけしくあれと祈りはせぬものをといふ事也。

75 藤原基俊

［P79］

祖父は堀河右大臣頼宗公、父は正二位右大臣俊家公、母は下野守順業の女也。従五位左衛門佐たり。崇徳院の保延四年薙髪して法名を覚舜といへり。此時八十四歳なりき。

契りおきしさせもが露を
いのちにてあはれことしの
秋もいぬめり

千載集雑上に、僧都光覚維摩会の講師の請をたひ〳〵もれにけれは、前太政大臣に恨み申けるをしめちか原と侍りけれと、又其年も洩にけれはつかはしけるとあり。此光覚といふは基俊の子息にして興福寺の僧権僧都たり。維摩会は興福寺にて十月十日より十六日まて、七日の間維摩経を講せらる事也。此事は大職冠鎌足公病によりて、百済国の尼法明かすゝめにより維摩経の問疾品を読誦せられ病平癒したまひしかは、和銅七年淡海公維摩会を興行せられてより今に相続する事にて、十月十六日は鎌足公の忌日なれは其日に行はるゝ事也。扨此興福寺の維摩会に講師をつとめたる僧はやかて禁中の最勝会の講師となる例なれは、維摩会の講師の請待にあふ事をいたく待望む事也。さて此講師を定むる事は藤原氏の長者たる人の沙汰せらるゝ事なれは、基俊愛子の光覚に此講師をつとめさせたくおもはれ、兼て法性寺太政大臣忠通公へ願ひおかれたる事なるに、たひ〱もれて外の僧に定まりしかは、其事を恨み奉られけるに、忠通公の答にしめちか原と仰せられたり。此しめちか原と仰せられし心は、彼清水の観音の歌とて、

たゝたのめしめちか原のさしも草われ
世の中にあらんかきりは

といふ歌の有によりて、忠通公もたゝ〱頼みにせよ、われ此世にあらんほとには光覚を此講師に定めんと仰せ下さるゝ事と心得てことしこそはと頼み思はれけるに、又其年も洩たる故、此うたをよみて奉られたる也。此講師の定めは毎年九月にある事なるに、ことしの九月も過る頃まて音つれも聞えぬ故の事也。さて彼観音の歌のこゝろは六帖に、

しもつけやしめつか原のさしも草おの
かやまひに身をやゝくらん

とある歌の心也。しめちか原は下野国の名所也。さしも草は今のもくさの事也。もくさは火にてやくものなる故、三界の火宅にくるしむ衆生にたとへたるもの也。扨此基俊の契りおきしとよまれたる歌のこゝろは、先たちて光覚か事を御契約下されてより、かの御詞のさしも草の露の恵みを命にかけて頼みにいたしさふらふに、嗚呼其かひもなくことしの秋も過行へくなり侍れは、かの九月の講師の御さために又もやもれ侍らんとよまれたる也。

[P81]

76 法性寺入道前関白太政大臣

父は知足院関白忠実公、母は六條右大臣顕房公の女也。天仁天永の頃正二位権中納言、保安二年関白氏の長者、同三年左大臣従一位、四年摂政を改て関白となり、永治元年又摂政となり、久安六年又摂政を改て関白となり、康治三年八月上表して関白を辞し、応保二年六月法性寺にて出家せらる。此時六十七歳、翌長寛二年二月薨す。

わたのはらこき出てみ
れは久方の雲ゐにまかふ
沖つ白なみ

詞花集雑下に、新院位におはしまし、時、海上眺望といふ事をよませたまひけるによめるとあり。此新院と申は崇徳院の御事也。眺望ははるかに見渡すこと也。扨歌のこゝろは、わたの原は海上をいふ、その海上へ舟をこき出してむかふを見れはその海か果もなく遠き故、雲のかゝりてある空とひとつにまかひてみゆる沖のしら波のけしきかおもしろくといふ心也。久方は空の枕詞也。沖つのつは助字にて心なし。此歌舟といふ字をよみ入れすしてこき出てとはかりにて船の事を聞せたるもの也。古き歌にあまた此例ある也。

[P82]

77 崇徳院

御諱は顕仁。鳥羽院第一の皇子、御母は待賢門院也。元永二年五月廿八日三条烏丸の亭に生れさせ給ふ。保安四年二月五歳にて御即位あり。保元二年七月仁和寺にて御出家、同月讃岐国に遷幸有。長寛二年八月彼国にて崩御。治承元年七月崇徳院と謚を奉らる。

瀬をはやみいはにせかるゝ
たき河のわれても末に
あはむとそおもふ

詞花集恋上題しらすとあり。御製の意は浅瀬の流か早き故、河中にある岩にせかるゝ水か両方へわかれてなかるれと末にては又ひとつになかれあふやうに、人をこひわふるこゝろのせつなきに、其中をさまたくる人ありて一旦別るゝとも、末にては又もとの如くよりあはんと思ふ事そと、恋のこゝろを瀧川にたとへてよませたまへる也。

[P83]

78 源兼昌

父は美濃守俊輔といへり。敦実親王六代の孫なりし、兼昌は二男にして従五位下皇后宮の大進たり。

あはちしまかよふ千鳥の
なくこゑにいくよねさめぬ
須磨の関もり

金葉集冬部に関路千鳥といへることをよめるとあり。歌の意はこよひ此すまの浦に旅ねをして居れは、此うらにさしむかひてある淡路島よりかよひて来る千鳥の鳴声に、ふと目かさめて物あはれに思ふか、此須磨の関をもる者は、幾夜も〱此ちとりの声に目かさめて、物淋しきねさめをする事にてあらんとおもひやりたる心也。

[P84]

79 左京大夫顕輔

顕輔の父は房前公の子、魚名の後にして

正三位修理大夫顕季といへり。顕輔保延三年従三位、同五年左京大夫、久安四年正三位、久寿二年五月出家せらる。

秋かせにたなひく雲のたえ
まよりもれ出る月の影の
さやけさ

新古今集秋上に、崇徳院に百首の歌奉りける時とあり。歌の意は秋風か吹来れは、たなひきたる雲かその風にふかれてきれ〳〵になる、そのあひたよりきら〳〵ともれ出たる月の影のあざやかさよといふ心也。

［P85］

(80) 待賢門院堀河

待賢門院の御父は閑院大納言公実卿なり。康治二年御落飾、久安二年にかくれさせたまへり。

なか〻らむこ〻ろもしらす
黒かみのみたれて今朝は
ものをこそおもへ

千載集恋上、百首の歌奉りける時、恋のこ〻ろをよめるとあり。歌のこ〻ろは、をとこの心か末なかくかはることもあるましきかはしらねと、朝起別れたる跡にて髪のみたれてあるやうにとやかくと案しすこしかせられて、今朝は色々にものをおもふ事そといふ心也。

［P86］

(81) 後徳大寺左大臣

実定公と申。大炊御門右大臣公能公の子也。母は中納言信忠卿のむすめ也。祖父を徳大寺左大臣実能公と申せし故、此おとゞを後徳大寺殿といへり。寿永三年正月内大臣、文治二年十月右大臣、同五年七月左大臣、建久二年六月出家。時に五十三歳也。

時鳥なきつるかたをなか
むれはた〻あり明の月そ
のこれる

千載集夏部、暁聞二郭公一といへるこ〻ろをよみ侍りけるにとあり。歌の意は、時鳥か鳴たりしと思ふかたを見やりて居れは何も目にか〻るものはなくて、た〻暁かたの月か空に残りてあるはかり也と眼前のけしきをよみたるもの也。在明の月とは、夜ふかく出て空に在なから夜の明るといふ心也。

［P87］

(82) 道因法師

祖父は対馬守敦輔、父は治部丞清孝。道因俗名敦頼、従五位下右馬助たり。

おもひわひさてもいのちは
あるものをうきにたへぬは
なみたなりけり

千載集恋三題しらすとあり。歌の意は、年月に其人の事をおもひ〳〵して今は思ひうん（し）たるか、さやうにありても恋死にもせす命はあるものなるに、うき事にえこたへすに、とかくこほれやすきはわかなみたにてありけりといふ事也。

［P88］

(83) 皇太后宮大夫俊成

俊成御堂関白道長公四代の後大納言忠家の孫、権中納言俊忠の第三子也。母は伊予守敦家の女、又一説に顕隆の女といへり。仁安二年正月正三位、承安二年二月皇太后宮大夫、安元二年九月六十三歳にして出家、法名釈阿と号す。元久元年十一月晦日九十一歳にして卒す。

世のなかよ道こそなけれ
おもひ入るやまのおくにも
しかそ鳴なる

千載集雑部に、述懐の歌よみ侍りける時鹿の歌とてよめるとあり。述懐とはおもひをのふるといふ事にて、わか心にかなしき事にもあれ、うれしき事にもあれ、何にても心におもふ事をよみあらはすをいふ也。此歌のこ〻ろは、嗚呼ま〻ならぬ世のなかよ、いつかたへなりとも引こまんと思ふその道もなき事かな、それをいかにといふに、心に深く思ひ入て世をのかれんとわけ入りたる山の奥にもものかなしけに鹿か鳴て居るといふ心也。

［P89］

(84) 藤原清輔朝臣

左京大夫顕輔の子なり。正四位下大皇大后宮大進兼長門守たり。承元年中に卒す。

なからへはまた此頃やしの
はれむうしとみし世そ
今はこひしき

新古今集雑下に題しらすとあり。家集にはいにしへおもひ出られけるに、三条内大臣のいまた中将にておはしける時つかはしけるとあり。昔の事をおもひ出されたる頃よみてつかはされたる也。歌のこ〻ろは、此ま〻に生なからへて年月を過すならは、其時には又今此頃の事を恋しのふやうにやならん、その証拠にはうき事そとみたりし、むかしの世か今にては恋しきによりてといふ事也。

［P90］

85 俊恵法師

大納言経信卿の孫にして俊頼朝臣の子なり。

よもすから物おもふ頃は
明やらぬねやのひまさへ
つれなかりけり

千載集 恋二に恋のうたとてよめるとあり。歌のこゝろは、夜とほしにものをおもふ此頃は、夜か明たらはものにまきれてうさをもわすれんとおもへは、はやう夜なりとも明よかしとおもふに、また明やらすして、すこしもしらまぬ閨のすき間まてか彼人の心のやうに気つよくつれなきやうに思ふといふ事也。これは拾遺集に出たる増基法師の、

冬のよにいくたひはかりねさめして物
おもふやとのひましらむらん

といふうたを本歌にしてよまれたる也。

［P91］

86 西行法師

藤原秀郷の裔也。秀郷は下野国の押領使なりしか、将門を射たる賞に天暦二年従四位下に叙せられたり。西行俗の時佐藤義清といへり。此人の名を則清又憲清と諸書にしるせり。宇治左大臣頼基公の台記に義清としるされたるによりて義清に決するよし日本史に記させたまへり。父は左衛門尉康清、母は監物源清経のむすめ也。

なけゝとて月やは物を
おもはするかこちかほなる
わかなみたかな

千載集 恋五に、月前恋といへることをよめるとあり。歌のこゝろは、月をみてため息をつけよとて月か人に物を思はするか、さはあるまし、もとよりわか心に物おもひか有ゆゑに月をみれはものかなしうなる事なるに、それを月にかこつけかましうこほるゝわか涙かなといふ事也。

［P92］

87 寂蓮法師

父は醍醐の俊海阿闍梨といへり。俊成卿の弟也。寂蓮俗の時は定長といへり。左中弁中務少輔従五位下也。建仁二年七月廿日卒す。

むらさめの露もまたひぬ
まきのはに霧たちのほる
秋の夕くれ

新古今集 秋下に、五十首の歌奉りける時にとあり。歌の意ははら〳〵と一しきりむらさめかふり過て、その露もまたひあからぬ槙の葉へ、霧が下よりたちのほりて、ほのくらうなる秋の夕くれのけしきのあはれさよといふこゝろをいひのこしたるうた也。むらさめはひとしきりつゝ、むら〳〵とふる雨をいふ也。

［P93］

88 皇嘉門院別当

皇嘉門院は崇徳院の后にて大治三年二月に立后あり。久安六年二月に門院号を奉れり。

なには江のあしのかりねの
ひとよゆゑ身をつくしてや
恋わたるへき

千載集 恋三に摂政右大臣の時家の歌合に旅宿逢恋といへるこゝろをよめるとあり。此摂政とは後法性寺入道前関白大政大臣兼実公の事にて、兼実公また右大臣なりし時其家にて歌合せられし時のうた也。歌の意は津国のなにはあたりにてふとある人に逢そめて、彼浪華江に生てある芦の刈たる根に一つ節の残りてあるといふ事を、仮に寝たる一夜といひかけてわつか一夜の契りゆゑに、我身を尽すまて一生の間其人を心にわすれす恋こかれて年月をわたるへくおもはるゝといふ心也。彼なには江にみをつくしといふもの有故、わかみをつくすといふ心によみあはせたるもの也。みをつくしは浅瀬をしらする棒杭の事也。

［P94］

89 式子内親王

後白川院の御むすめにて御母は従三位成子といへり。大納言季成卿の女也。後白川院皇女二人まし〳〵て第一の皇女を殷富門院と申。第二の皇女を式子内親王と申せし也。

玉の緒よたえなはたえね
なからへはしのふることの
よわりもそする

新古今集 恋一に、百首の歌の中に忍恋のこゝろをとあり。歌の意は、玉の緒とはもと玉をつなきたるいとの事也。それを魂の緒とかよはして命の事にいひならはせり。此うたは、わか命かたゆるならはたえよかし、此まゝなからへ居るならは、人めをつゝみしのふ心かもしよわる事もあらんかと案しらるゝ、もし人めをしのふ心かよわりて、うき名か世間へもれたらは、

かなしからんによりてといふ心をいひ残したるもの也。玉の緒といふからに、たゆるのなからふるのとすへて緒に縁のある詞をつゝけたまへるなり。

[P95]

⑨⓪ 殷富門院大輔

殷富門院は後白川院の第一の皇女にて二條院高倉院式子内親王とも御兄弟なり。

みせはやなをしまの蜑の
袖たにもぬれにそぬれし
いろはかはらす

千載集恋四に、歌合し侍りける時、恋の歌とてよめるとあり。此歌のこゝろは、彼つれなき人に見せたき事かな、奥州の雄島といふ所の蜑は和布を刈たり塩を汲たりして、いつも袖はぬれにぬるゝか、其蜑の袖さへもぬるゝ事は、ぬれてあれとわか袖のやうに、血の涙にぬれて色のかはる事はなし。此なみたにぬれ〱て色のかはりたる袖をかのつれなき人に見せはやと、上へかへしてよみたる也。涙の色をいふは、血の涙の心也。貫之の歌にも、

しら玉に見えしなみたも年ふれはから
くれなひにうつろひにけり

とよめり。血の涙の事は、もと漢土の故事にて、周易にも注血漣如とあり。又韓非子に、楚人卞和其璞を抱て楚山の下に哭すること三日三夜涙尽て、これに継に血を以てすといへり。

[P96]

⑨① 後京極摂政前太政大臣

良経公権中納言を歴、正二位に叙せられ、建久元年権大納言に転せられしかと病によりて官を免れたまへり。同六年起て内大臣となり、正治元年左大臣に転し、建仁二年内覧を蒙り、同年十二月摂政となり、元久元年正月従一位、同年十一月左大臣を辞し同十二月大政大臣たり。

きり〱すなくや霜よの狭
莚にころもかたしきひとり
かもねむ

新古今集秋下に、百首のうたたてまつりし時とあり。歌のこゝろはきり〱すは秋の末冬のはしめになれは床の下へ来るものなるか、其きり〱すのなく霜夜のさむきむしろの上に、帯をもとかすに着物の片一方を下に敷なから、ひとりねる事かとよめる也。さむしろは狭莚とかきて、たゝ敷物の事也。それを霜夜の寒き事にかけていへり。衣かたしきはまるねをすれは片一方の衣が下へしかるゝ事也。秋の末つかたの夜寒の頃に、ひとりねする事のわひしさをよませられたる也。しかるに万葉の歌に、

我こふる妹にあはさす玉のうらにころ
もかたしきひとりかもねん

とあり。下句全く同し事也。契沖は此歌を引て万葉はひろきものなれは、下句此全句なる事を覚えたまはさりけるなるへしといへり。真淵は万葉の句を用ゐられしといへり。いつれにしても、この歌の難とすへきにはあらさる也。

[P97]

⑨② 二條院讃岐

二條院御諱を守仁と申奉る。後白川院第一の皇子にて御母は皇大后宮懿子と申。大納言経実卿のむすめ也。保元三年御歳十六にて即位したまひ、永万元年七月御歳二十三にて崩したまへり。

わか袖はしほひにみえぬ
沖のいしの人こそしらね
かはくまもなし

千載集恋二に、寄ㇾ石恋といへるこゝろをとあり。歌のこゝろは、わか袖は汐干の時も目にかゝらぬ沖中の石のやうなるものにて、人にはすこしもしられぬ涙にぬれてかはく間もなき事そといふこゝろ也。

[P98]

⑨③ 鎌倉右大臣

実朝公建仁三年九月従五位上に叙し、征夷大将軍に補せられ、建暦三年二月正三位、建保四年六月権中納言、同六年十月内大臣、同年十二月右大臣左大将元の如し。同七年正月薨す。時に二十八歳也。

世のなかはつねにもかもな
渚こくあまのをふねの
つなてかなしも

新勅撰集羈旅部に題しらすとあり。歌の意は、此人間世界かいつまてもつねにかはらぬものにてもあれかし、此海際の渚をこく蜑の舟の綱をつけて手にて引ゆくけしきのおもしろさよ、命さへあらはいくたひも来てみんとよめる也。かなしはほめて感する心也。すへてあまり景のよき所をみてはいくたひも見たくおもふ故、わか命まてかをしくおもはるゝといふやうによみたるか、万葉集なとの古風也。既に万葉集第三に帥大伴卿の歌に、

吾いのちもつねにあらぬか昔みし象
の小川を行てみんため

とよめり。此類のうた也。

[P99]

⑨④ 参議雅経

雅経建仁建永の頃越前加賀介左近衛少将、承久二年従三位、同年十二月参議たり。

みよしの、やまの秋かせ
さよふけてふるさとさむく
ころもうつ也

新古今集秋下、擣衣のこゝろをとあり。擣衣とはころもをうつとかきてきぬたの事也。歌の意はよしの山の秋風か夜のふくるまゝに身にしむやうにおほゆるに、ふるさと、なりたるよしの、里人か夜寒にわひて衣をうつ音の聞ゆるか、あはれ也といふこと也。よしのをふるさとゝいふは昔は吉野の離宮とて皇居のありたる所なれと、後に天子のみゆきもなきやうになりたれは、ふるさとゝいふ也。

[P100]

95 前大僧正慈圓

愚管鈔に曰座主前大僧正[又還補]建暦二年正月宣命[五十八]治一年にして公圓法師に譲り又辞退、同年十一月南京の衆徒清水寺争論の事出来、仍て辞退、前大僧正慈圓[再還補]同三年十一月宣命[五十九]治一年建保二年六月十日又辞退。

おほけなくうきよの民に
おほふかなわかたつそまに
すみそめの袖

千載集雑中に題しらすとて入たり。我たつ杣とは、後世に叡山の異名のやうになりたり。此事は叡山の開祖、伝教大師中堂建立の時、材木を伐とて杣に入られし時の歌に、

阿耨多羅三藐三菩提のほとけたちわか
たつ杣に冥加あらせたまへ

とよまれたり。此うたのわかたつ杣とは、今日愚僧か木をきりに入たつ其杣といふ事にて、山の名にはあらす。此うたをよりところにして、後々に叡山を我立杣とよめる也。扨あのくたら三藐三菩提の仏とは、無上正遍智とて、此うへもなくたゝしき智恵のすくれたる仏といふ事にて、其仏たち何とそ今日我入りたつ杣山に冥加とて、目にみえぬ所より御力を加へられてよき材木をきり出すやうに守らせたまひ、此叡山に中堂を建立する我にちからをそへたまへとよまれたる也。三藐三菩提をさみやさほたいとつめてよむかよみくせ也。扨此慈圓の歌のこゝろは、徳もなき愚僧か身には不相応におほきなる事なれと、世の中の万民の祈りをして此叡山に住といふすみ染の袖を、彼下万民の身の上におほふやうに祈祷をもする事かなとよまれたる也。此歌千載集に法印慈圓と書て入られたり。千載集は文治三年に撰せらるれは、其頃は法印位なりしか、建久二年十一月権僧正にて天台の座主となられたるよし記録に見えたり。

[P101]

96 入道前太政大臣

西園寺公経公貞応元年八月太政大臣に任せらる。

花さそふあらしの庭の
ゆきならてふり行ものは
我身なりけり

新勅撰集雑部に、落花をよみ侍りけるとあり。歌の意は、梢の花をさそふてちらすあらしのふく庭か雪のふるやうに見ゆるか、此花のゆきならすして、としふりゆくものはわか身にてありけりとよめる也。

[P102]

97 権中納言定家

治承寿永の間正五位下、文治五年左近衛少将兼因幡安芸権介を歴て正四位に転し、建元年中左近衛権中将兼美濃介、建暦元年従三位、建保年中参議治部卿正三位に進。尋て民部卿に遷る。貞応元年参議を辞し、安貞元年進て正二位に叙せらる。貞永元年権中納言に任じ、尋で帯剣を授けられ、天福元年祝髪。

来ぬ人をまつほの浦の
ゆふなきにやくやもしほの
身もこかれつゝ

新勅撰集恋三に、建保六年内裏の歌合にとあり。此うたは万葉集の、

なきすみの船瀬ゆ見ゆるあはちしま松
帆のうらに
朝なきに玉藻かりつゝ夕なきにもしほ
やきつゝ云々

といふ長歌を本歌にしてよまれたる也。今此歌のこゝろは、まてども〳〵こぬ人を待といひかけて、其松帆の浦の夕なぎとて日くれに風のなき時にやく藻塩の火にこかるゝやうに、我身も彼来ぬ人を待わびて恋こがれつ〳〵するといふ心也。松帆の浦は淡路の名所也。やくやもしほのやの字はたすけ字也。夕なきとは、日くれに風のなぎたる事也。和の字をなぎとよむなり。

[P103]

98 従二位家隆

家隆卿はしめ宮内卿に任せられ従二位にいたる。俗本に従三位に作るはあやまりなり。此卿を世に壬生の二品と称したり。

風そよくならの小河の

ゆふくれはみそきそ夏の
しるしなりける

新勅撰集夏部、寛喜元年女御入内の御屏風にとあり。此女御と申は光明峰寺摂政道家公の御むすめにて、御入内の後後堀河院の御后とならせられて、藻壁門院と申奉れり。此歌のこゝろは涼しきかぜが吹てそよめく楢の木の葉といふことを、ならの小河といふ名所にかけて、此ならの小河の夕くれのけしきをみれはあまりに風かすゝしさに秋のやうにおもはるゝか、此川辺に六月の末にするはらへのやうすか見ゆる、此なこしのはらへそ、まことに夏のしるしなりけるといふ事也。楢の小川は山城の名所也。

［P104］

99 後鳥羽院

御諱は尊成、高倉の院第四の皇子、御母は七條院。治承四年七月十五日に生れさせたまひ、建久九年正月十一日皇子為仁を立て皇太子としたまひ、即日御位をゆつらせたまふ。後隠岐国に遷幸ありて、顕徳院と申。又後に後鳥羽院と称し奉る。

人もをしひともうらめし
あちきなくよをおもふ故に
物おもふ身は

続後撰集雑中に題しらすとあり。此御歌の意は、今の世のありさまにては人ををしくも思ひ又人をうらめしくも思ふ事そ、かやうにおもふも無益なる事なから、世の中のことをとやかくやと思ふ故に、もの思ひをするわか身なれはといふことなり。

［P105］

100 順徳院

御諱守成、後鳥羽院第三の皇子なり。御母は修明門院。建久八年九月十日に生れさせたまへり。正治元年十二月親王となりたまひ、承元四年十二月廿八日御即位あり。承久三年四月御譲位、太上天皇とならせたまひ、仁治三年九月十二日佐渡に崩したまふ。御歳四十六。

百しきやふるきのきはの
しのふにもなほあまりある
むかしなりけり

新後撰集雑下に題しらすとあり。御集の紫禁和歌草には、建保八年三月の頃よませられたる二百首の中に入てあり。此御製のこゝろは、百敷とは禁裏の事也。帝の御徳のおとろへさせたまふことをふるき軒端とよませられて、ふるき軒のはしか荒ぬれは、しのふ草といふ草かはゆるものなるによりて、その草の名によせて、むかしのすなほなりし御代をこひしのふにも猶々あまりのあるむかしの世の事ともよとよませられたる也。